有关萧红的一百个细节

句 芒／著

作家出版社

句芒　1982年生于湖北，2008年毕业于湖北大学现当代文学专业，获文学硕士学位。

本科期间开始发表作品。现为自由撰稿人，居杭州。

自2001年第一次系统阅读之后，薄薄的几册《萧红全集》便常置案头，十几年来翻阅了不下十次，写过的零散文章也有数万字。萧红是可以读尽、写尽的吗？我不知道。我只知道自己仍在探索她思想和灵魂的边界。

1937年1月，旅居日本半年后，萧红应萧军的强烈要求返回上海。等待她的，是萧军的又一次恋爱纠纷。萧军后来也承认，萧红在日本期间，由于偶然的际遇，他和某人有一段较短时期的恋爱，但他和对方都很清楚彼此没有结合的可能，为了结束主段没有结果的恋爱，他们决定催促萧红尽快回来。

作者手迹

目　录

引 言

关于命运，有位俄罗斯女性这样说过：命运不是神秘的外在力量，而是人的内在储备和时代的基本倾向两者精确演绎的结果。

这种说法虽然笼统——人的内在储备包括哪些，时代的基本倾向又该如何界定——却为我们审视前人人生提供了一个很好的思考切入点。拿萧红来说，几乎在她所有重要的人生节点上，我们都可以发现个人意志和时代倾向的共同作用：少女时期的萧红个性倔强叛逆，加上受到新文化运动后婚姻自由、恋爱自由思潮的影响，逃婚和离家出走便成了她顺理成章的选择；萧红本就同情弱者和穷人，二十世纪三十年代初共产主义理论、苏联模式在中国的流行和传播，又促使她自觉走向了为无产阶级代言的左翼文学阵营；萧红的理想是挣脱家庭主妇式的命运，做一名时代新女性，但她骨子里又有操持家务和照顾他人的天性，因此她既离不开爱情和婚姻，又害怕生命力被它们所耗损，感情之路注定难行；萧红受鲁迅影响很深，抱持的是启蒙文学观，主张作家为暴露人类的愚昧而创作，在文学工具论盛行的抗战时期，她将不可避免地遭到边缘化……当然，这只能是大致思路。人生毕竟不是各种内外因素加减乘除的结果，也不是能用几个词语、句子或段落概括主题的故事。人的内心复杂善变，时代的倾向又多棱多面，两者交错演绎出来的，更可能是一地支离破碎的命运断片，其中一些甚至可能彼此龃龉相互矛盾。而这，正是我放弃线性叙事，试图以大量细节拼接萧红一生的原因。

书中细节全部来自萧红本人的作品，以及相关人士的文章、回忆和访谈。对存在两种或以上不同说法的细节，我尽可能客观地做了辨析，但究竟何者为真何者为伪，读者也许会有自己的判断。

书中所有引文，除萧红作品外，均由注释标明出处。[①]萧红的作品，绝

---

① 编者注：本书中的引文创作于不同的历史时期，因此一些文字的用法与现行规范不同，为尊重原文起见，均保留原貌，并非错误。如"的"作"底"，"像"作"象"，"的""地""得"不分等。

大部分引自哈尔滨出版社 1991 年版《萧红全集》和人民文学出版社 2009 年版《萧红十年集》，书中则不再标注。感谢这两套文集的编者和出版方。

虽经多次修改，书中恐怕还是会有因学识不足导致错漏和不当之处，真心希望能得到指正，也欢迎读者和我交流探讨。

1.生日成谜

"一九一一年，在一个小县城里边，我生在一个小地主的家里。那县城差不多就是中国的最东最北部——黑龙江省——所以一年之中，倒有四个月飘着白雪。"

1936年12月，萧红散文《永久的憧憬和追求》中这样介绍过自己①，但到底出生于1911年的哪一月哪一日，萧红这篇文章没有道明，后来的文章也没有再提及。骆宾基那本根据萧红本人临终"自述"②所写的《萧红小传》，也只说她"一九一一年在黑龙江省呼兰县一个地主家庭里降生"，月份和日期俱缺。

与萧红共同生活过近六年的萧军说，萧红的生日是农历五月初五端午节，后来又补充说是辛亥年端午即公元1911年6月2日，但根据万年历，辛亥年端午应为公历6月1日，这就前后矛盾了；萧红的另一位丈夫端木蕻良则说萧红的生日确为端午节，因为这个日子不吉利，家人便将她的生日往后推了三天，说成了农历五月初八③。与端木蕻良持相似说法的是他的侄子曹革成，在《我的婶婶萧红》一书中，他提到萧红的小姨梁静芝晚年曾回忆，当时呼兰的老人们中有传说，男莫占三六九女莫占二五八，萧红五月初五出生，很不吉利，所以家人就说她是五月初六出生的。④此说与端木蕻良所言稍有出入，但在萧红真实生日是端午节这点上却是一致的。

古代民间确实有过视五月五日为恶月恶日的迷信，而在萧红的故乡呼兰，也的确有家长给出生于不吉利日子的孩子改生日的习俗，萧红的长篇小说《呼兰河传》写到七月十五鬼节时，就有这样的文字：

---

① 这篇散文是应美国记者斯诺之请而写，在其主编的《活的中国》一书中用作萧红的作者简介，后来这本书没有收萧红的作品，这篇简介因此也没有用上，发表在《报告》（上海）创刊号上，1937年1月10日，第73页。
② 骆宾基《萧红小传修订版自序》，黑龙江人民出版社，1981年，第7页。
③ 端木蕻良《纪念萧红向党致敬》，原载于《文汇报》，1957年8月17日。
④ 曹革成《我的婶婶萧红》，江苏人民出版社，2010年，第3页。

"七月十五这夜生的孩子，怕是都不大好，多半都是野鬼托着个莲花灯投生而来的。这个孩子长大了将不被父母所喜欢，长到结婚的年龄，男女两家必要先对过生日时辰，才能够结亲。若是女家生在七月十五，这女子就很难出嫁，必须改了生日，欺骗男家。"

既然出生于七月十五的女孩要改生日才能出嫁，那么，萧红的家人给五月初五出生的她改生日也就不是不可能了。

较早从事萧红研究的学者铁峰曾就萧红的出生日期问题与萧军进行过交流，据说二萧在一起的几年间，萧红从来没有过过生日，所以她是否端午节那天出生，萧军也不能完全肯定。铁峰通过考证，提出了萧红出生于农历五月初六、阳历6月2日的观点，在《萧红生平事迹考》里他说自己拜访过萧红父亲张廷举的友人于兴阁，于先生告诉他，曾听张廷举亲口谈及萧红生辰是在宣统三年五月初六。铁峰又向萧红的堂妹张秀珉求证，她也恍惚记得是五月节（当地人称端午为五月节）的后一天，但不敢说准。[①]不过这终究算不上铁证，如果呼兰当地真有生于端午节不吉利或者"女莫占二五八"的遗俗，那么，自然是从萧红出生起，家人就对外宣称她其实生于初六或者初八了，所以无论是于兴阁还是张秀珉的话，都不足以成为铁证。

萧红到底出生于哪一天，由于她的同时代人均已过世，看来是难以定论了。在没有更确切的史料出现之前，本书倾向于认为她出生在1911年6月1日，辛亥年端午节。

---

① 铁峰《萧红生平事迹考》，载于《萧红全集》（三卷本），哈尔滨出版社，1998年。

2. 身世猜想

1978 年，萧军在为萧红写给他的书信做注释时，爆出了一个关于萧红身世的惊人秘密，引发了学界关于萧红身世问题的长期争论和考证。

据萧军回忆，四十年代末他在哈尔滨"鲁迅文化出版社"的楼上，与萧红胞弟、当时因病在家休养并准备退伍的人民解放军军人张秀珂有过一次谈话。张秀珂告诉萧军，自己心中一直有个猜想——张廷举（字选三）并非他和萧红的亲生父亲，他们真正的父亲可能是贫雇农成分，他们的母亲因为与张廷举有了奸情而将他谋害，然后带着年幼的他们嫁进了张家。①萧军听后想了又想，认为这是"可能的"，并且声称自己"有可靠的第一手材料为根据"。萧军所说的根据，指的是 1933 年他在哈尔滨《国际协报》上连载的中篇小说《涓涓》，内容全部来自萧红的亲口讲述，而其中一部分正是"（萧红的）父亲张选三对于她曾经表现出过企图乱伦的丑恶行径"，萧红告诉他，就是希望他给予揭露和打击。因此，萧军断定"张秀珂疑心张选三不是他们的生父——也可能就是谋害他们亲父的仇人！——是有根据的"。这番言论一经发表，就如一枚巨石投向了湖面，围绕着它，有关萧红身世的说法如涟漪扩散，持不同观点的人分化成了"养女说"和"亲女说"两派。

由于萧军的信息来源是张秀珂，加上他与萧红的关系又非同一般，他的观点被很多人不假思索地接受了。如 1979 年，萧红生前的友人蒋锡金发表《萧红和她的〈呼兰河传〉》一文，就这样介绍萧红：

"虽然大家都知道她原名'张乃莹'，这只是她随她母亲到了老张家之后随了张家的姓和取了的名字。她原有自己的父亲，他姓什么，也许姓张，也许不姓张，我不知道；萧红本人生前大约也不知道，能够知道的人很少，能知道而现在还在世者恐怕也不多了……"②

① 萧军《萧红书简辑存注释录》，黑龙江人民出版社，1981 年，第 46 页。
② 蒋锡金《萧红和她的〈呼兰河传〉》，载王观泉编《怀念萧红》，黑龙江人民出版社，1981 年，第 43-44 页。

蒋锡金，以及持"养女说"观点的人，没能得到更多更切实关于萧红生父的资料，支撑他们的观点的，一是萧军，二是这样的两个疑点：首先，呼兰距离哈尔滨不过二十余公里，萧红被困在哈尔滨东兴顺旅馆走投无路时，张廷举不可能对她的境况毫不知情，而他竟然见死不救，任由萧红自生自灭；其次，萧红在香港去世，张廷举得知消息毫无反应①。可想而知，仅凭这两个疑点，远不能得出萧红非张廷举亲生的结论。

　　持"亲女说"的一派，则找到了相对有力的物证和人证。早在1979年，萧红同父异母的弟弟张秀琢就批驳过"养女说"荒谬可笑②，张秀珂的儿子、萧红的侄子张抗也写过《萧红家庭情况及其出走前后》，引用张家宗谱中有关萧红生母姜玉兰的记载，证明她是张廷举明媒正娶的原配妻子。其实，用常理来推论，张家在呼兰算殷实之家，张廷举是地主家的独子，又上过学堂，在那个讲究门当户对的年代，他也不可能娶一个谋杀过丈夫还带着两个孩子的寡妇。

　　如果说族谱有为张廷举和姜玉兰粉饰遮掩的嫌疑，那么，姜玉兰的妹妹姜玉凤对当年张廷举与姜玉兰相亲、结婚过程的回忆，则因为细节的丰富而更具真实性和说服力。据姜玉凤说，姜玉兰是张廷举的母亲范氏到亲戚家喝喜酒时相中的，之后姜玉兰的父亲和叔父也到卜奎③去相看过在那里念书的张廷举，只是没见着人，就看了照片，两家把婚事订下来了，第二年八月姜玉兰嫁到张家那天，姜玉凤还记得"下大雨，送亲去了二十多人，我也去了，坐了满满两大车，车上用席子搭的篷"④。而张家族人也记得张廷举结婚时排场很大，张家在院子里搭了席棚，还打发了人赶车去哈尔滨买了结婚礼品，呼兰北烧锅（酒厂）那天淌的二锅头酒也都让张家拉过来了，阿城张家也有几个兄弟赶来贺喜，看热闹的小孩都有糖块吃。但是，老人的回忆仍没能平息"亲女"还是"养女"的争议。

　　1984年成立的"呼兰河萧红研究会"⑤，成立之初就开始对萧红的身世进行调查考证，工作人员走访了在世的相关知情人，得到了更多解开这个谜题的线索：萧红家的老邻居梁洪玉和阿忠恩记得1908年萧红的祖父为儿子结婚，从4月开始盖房，先盖了五间正房，媳妇娶进门后，这五间新房的东间外屋就是洞

①　陈隄《漫话写萧红》，刊载于《学习与探索》，1980年第1期，第116页。
②　张秀琢《重读〈呼兰河传〉，回忆姐姐萧红》，载于《怀念萧红》，王观泉编，黑龙江人民出版社，1981年，第48页。
③　现齐齐哈尔市。
④　王化钰《萧红家世及其青少年时代》，原载《黑龙江文史资料》第八辑，1983年。
⑤　简称"萧红研究会"。

房，三年后萧红出生在东间外屋的南炕上；姜玉兰的堂妹姜玉昆对"抢妻"之说非常愤慨，她说如果张廷举真的杀过长工抢过人家妻儿，土改时就不会被轻易放过了；而同乡李德祥则证实屯子里确实发生过一起害夫夺妻案，受害人李德珍是他的哥哥，但与李德珍的妻子郭氏勾搭成奸并谋害人命的人叫冯振国，事发后，郭氏嫁到了江北一个崔姓人家，这是举村皆知的事，与萧红的父亲张廷举毫无关系。

那么，张秀珂为什么要怀疑张廷举不是他和萧红的亲生父亲呢？据张抗说，他母亲也就是张秀珂的妻子曾听丈夫提及此事，他自幼得不到父母关爱，母亲过世继母进门后，还被打发到下屋去和老厨子一起睡，盖的是冰凉滑腻黑得发亮的被子，老厨子对他感叹说你命苦啊，没有亲妈，爹也不是亲爹。这话的原意可能是说张廷举待儿子不像亲生子，落到张秀珂的耳朵里却是怀疑的开始。后来萧红离家出走，张廷举严禁家人与她往来，还警告张秀珂说如果发现他私自同她联系，也将要逐他出家门。父亲对姐弟俩如此绝情，张秀珂的怀疑又加深了一层。到了四十年代，已是解放军一员的张秀珂回呼兰家中养病，偶见到父亲与继母窃窃私语，看到他又装出一副若无其事的笑脸，张秀珂心里疑窦再生。后来土改，张秀珂决定返回部队，整理行装时发现父亲和继母私藏财产，就把他们塞在马褡子里的金银绸缎都上交给了土改工作队，父亲和继母极为不满，又说了一些很不中听的话，张秀珂听了更加坚定自己的猜想，在和萧军会面时就说了出来。他后来才知道，张廷举与梁氏背着他窃窃私语，一是得知要土改，商量着多藏一些浮财，二是想设法把他留在家中，保住这个地主家庭。他们没想到张秀珂会产生那样的误会，当然更想不到会引发多年后学术界关于萧红身世的长久争论和考证。

值得一提的是，张秀珂怀疑张廷举不是自己的亲生父亲，进而将可能是从流言蜚语中得知的害夫夺妻案移植到自己父母身上，固然是各种误会所致，特殊时代背景下阶级血统无与伦比的重要性也是一个不能否认的因素，地主家庭的出身在当时就如古代被实施黥刑的犯人脸上留下的刺青，象征着有罪和耻辱，难以洗脱，何况张廷举还曾出任过伪满协和会会长，这更是"罪加一等"，张秀珂厌恶这样的出身，产生"真正的父亲可能是个贫雇农的成分"的幻觉，就不足为奇了。

3. "祖父非常地爱我"

萧红的祖父张维祯，根据《东昌张氏宗谱书》中对他的记载——"公秉性温厚，幼读诗书约十余年，辍学时正逢家业隆盛之际，辅助父兄经营农商事务"——可知，他少时习过孔孟之道，家业隆盛时放弃举业，随父兄学习经营家族生意。但性格温厚闲散的张维祯对经商之道一无天分二无兴趣，分家时也只分到了呼兰的部分住房、菜地和油坊等产业，于是他从阿城福昌号屯老家迁到呼兰，靠祖传的几十垧土地和房屋，维持着安闲的日子。

张维祯与夫人范氏共育有三女一子，小儿子不幸夭折，为延续香火，夫妇二人便过继了堂弟张维岳的第三个儿子张廷举为嗣子，等到张廷举长大成家生儿育女时，张维祯已是六旬老翁，对萧红的降生，他可能是全家唯一真正感到欢喜的人，因为孙女驱走了他的暮年寂寞，他对萧红不是疼爱，是溺爱。据张家族人回忆，萧红童年时十分调皮，常常爬树上房掏鸟窝，和邻居家的孩子跑出去玩，因此免不了遭到母亲姜玉兰的责骂，而祖父张维祯则永远是宠溺着她安抚着她。①

萧红一成年就离家，对她来说半生漂泊遭尽白眼冷遇，只有关于童年和祖父的记忆是一簇生命的暖光，因此流离中的她用长篇小说《呼兰河传》重造了一个故乡和一个家。小说的前两章里，"呼兰河"这座小城的一切，寒冷、泥土、喧嚣、荒凉、愚昧、轮回、挣扎等等，如在一幅缓缓打开的画卷上逐一呈现，而第一个进入读者视线的具体人物便是"我"的祖父，"呼兰河这小城里住着我的祖父"是小说第三章的第一句话。

《呼兰河传》里祖父和我，在很大程度上便是萧红记忆中的张维祯和自己："我生的时候，祖父已经六十多岁了，我长到四五岁，祖父就快七十

---

① 张抗《萧红家庭情况及其出走前后》，原载《萧红研究》第一辑，哈尔滨出版社，1993年9月。

了。""等我生来了，第一给了祖父的无限的欢喜，等我长大了，祖父非常地爱我。使我觉得在这世界上，有了祖父就够了，还怕什么呢？""我"的祖父也是个善良温厚的老人，他"是个长得很高的人，身体很健康，手里喜欢拿着个手杖。嘴上则不住地抽着旱烟管，遇到了小孩子，每每喜欢开个玩笑"；而且，他也是爱好闲散的人，"祖父不怎样理财，一切家务都由祖母管理"；祖父和"我"，整天都在后花园里，"祖父戴一个大草帽，我戴一个大草帽，祖父栽花，我就栽花；祖父拔草，我就拔草。当祖父下种，种小白菜的时候，我就跟在后边，把那下了种的土窝，用脚一个一个地溜平。哪里会溜得准，东一脚的，西一脚的瞎闹。有的把菜种不单没被土盖上，反而把菜子踢飞了"……

是的，回忆是多多少少会篡改、美化过去的经历的，但1940年萧红写作《呼兰河传》中下面这段文字时，她的快乐一定是真实的：

"后花园中有一棵玫瑰。一到五月就开花的。一直开到六月。花朵和酱油碟那么大。开得很茂盛，满树都是，因为花香，招来了很多的蜂子，嗡嗡地在玫瑰树那儿闹着。

"别的一切都玩厌了的时候，我就想起来去摘玫瑰花，摘了一大堆把草帽脱下来用帽兜子盛着。在摘那花的时候，有两种恐惧，一种是怕蜂子的针刺人，另一种是怕玫瑰的刺刺手。好不容易摘了一大堆，摘完了可又不知道做什么了。忽然异想天开，这花若给祖父戴起来该多好看。

"祖父蹲在地上拔草，我就给他戴花。祖父只知道我是在捉弄他的帽子，而不知道我到底是在干什么。我把他的草帽给他插了一圈的花，红通通的二三十朵。我一边插着一边笑，当我听到祖父说：

"'今年春天雨水大，咱们这棵玫瑰开得这么香。二里路也怕闻得到的。'

"就把我笑得哆嗦起来。我几乎没有支持的能力再插上去。等我插完了，祖父还是安然的不晓得。他还照样地拔着垄上的草。我跑得很远地站着，我不敢往祖父那边看，一看就想笑。所以我借机进屋去找一点吃的来，还没有等我回到园中，祖父也进屋来了。

"那满头红通通的花朵，一进来祖母就看见了。她看见什么也没说，就大笑了起来。父亲母亲也笑了起来，而以我笑得最厉害，我在炕上打着滚笑。

"祖父把帽子摘下来一看，原来那玫瑰的香并不是因为今年春天雨水大的缘故，而是那花就顶在他的头上。

"他把帽子放下，他笑了十多分钟还停不住，过一会一想起来，又笑了。

"祖父刚有点忘记了，我就在旁边提着说：

"'爷爷……今年春天雨水大呀……'

"一提起，祖父的笑就来了。于是我也在炕上打起滚来。"

这段祖父的故事是整部《呼兰河传》中阳光最明媚、色彩最鲜艳、气息最清冽的文字，读过的人可能永远不会忘记祖父的憨厚、孙女的调皮和五月玫瑰的芬芳。

4. "世间死了祖父"

　　萧红回忆祖父的作品，还有作于 1934 年的散文《蹲在洋车上》。文中萧红回忆了自己六岁那年一次离家出走的经历，她独自上街去买皮球，结果自然是皮球没买到而她迷路了，想回家但怎么也分辨不清家的方向。就在她不知所措跌倒路边的时候，一个拉车的洋车夫让她上车，问她家在哪里，并将她送回了家。被拉到家门口了，调皮的萧红不肯老实坐着，突发奇想蹲在车上，洋车忽然放停，她便从上面倒滚了下来，祖父心疼孙女，见状不问青红皂白地"猛力打了拉车的，说他欺辱小孩，说他不让小孩坐车让蹲在那里。没有给他钱，从院子把他轰出去"。善良的洋车夫受到冤枉殴打，让年幼的萧红对蛮不讲理的祖父非常不满，但文中"所以后来，无论祖父对我怎样疼爱，心里总是生着隔膜"这句却不能当真，因为在《呼兰河传》中，"我"和祖父之间毫无芥蒂，祖母去世后，"我"还闹着睡到祖父的屋里去了，祖父教"我"念《千家诗》，没有课本，就口耳传诵，祖父念一句，"我"跟着念一句。"早晨念诗，晚上念诗，半夜醒了也是念诗。念了一阵，念困了再睡去"。《呼兰河传》中这段和祖父有关的文字，较《蹲在洋车上》的更具可信性，因为从小学起就接受新式教育的萧红确有旧诗功底。1936 年旅居东京时萧红曾两次写信给萧军，要求他快快寄唐诗给她读。而据端木蕻良回忆，萧红平时不写旧诗，但偶一为之，也颇不俗。[1] 可见，祖父在萧红的脑海中播下了一颗古典文学的种子，尽管她后来不以旧诗闻名，她生前出版的作品集中甚至没有收入一首旧诗，但像那个时代从事新文学、白话文学创作的大部分作家一样，她的内心存有对旧诗的爱好，对古典审美的认同。而更重要的是，早慧的萧红可能正是在对"春眠不觉晓，处处闻啼鸟。夜来风雨声，花落知多少"和"重重叠叠上楼台，几度呼童扫不开。刚被太阳收拾去，又为

---

① 端木蕻良《我与萧红》，载曹革成著《我的婶婶萧红》，时代文艺出版社，2005 年。

明月送将来"的反复吟哦中，学会了以诗意的目光打量自己所处的世界，她后来所写的那些最成功的作品，尤其其中写景的部分，无不具有诗性化的特点。

1920年萧红九岁时，她上学了，那以后，跟祖父一起在后花园消耗或在屋里念诗的时间少了。再往后，萧红念完初小念高小，又上中学，渐渐脱离家庭，远离祖父。年迈的祖父越来越衰弱，又抽上了大烟，病到神志不清，有一次竟然忘了三女儿已经去世多年，让萧红写信叫三姑妈过来。萧红每每放假回家，总是陪在祖父身边，直到开学也不忍离开。"祖父睡着的时候，我就躺在他的旁边哭，好象祖父已经离开我死去似的，一面哭着一面抬头看他凹陷的嘴唇。我若死掉祖父，就死掉我一生最重要的一个人，好象他死了就把人间一切'爱'和'温暖'带得空空虚虚。我的心被丝线扎住或铁丝绞住了。"这是1935年萧红在《祖父死了的时候》一文中忆及1929年祖父去世前后自己内心的孤苦和绝望时写下的，她写到了最后一次和祖父相聚的情形：

"大门开时，我就远远注意着祖父住着的那间房子。果然祖父的面孔和胡子闪现在玻璃窗里。我跳着笑着跑进屋里。但不是高兴，只是心酸，祖父的脸色更惨淡更白了。等屋子里一个人没有时，他流着泪，他慌慌忙忙的一边用袖口擦着眼泪，一边抖动着嘴唇说：'爷爷不行了，不知早晚……前些日子好险没跌……跌死。'"

其时张维祯已经八十一岁，身体和精神俱已风烛，他自己知道，萧红也知道。那一天无法避免地来了，萧红从学校赶回家，马车离家还很远，她就看到白色的幡杆挑得比房头还高，吹鼓手们的喇叭在怆凉地悲号，穿过门前的白幡、白对联、灵棚和闹哄哄的人，在吹鼓手们呜呜的哀号声中走进家门，祖父不是坐在玻璃窗里，"是睡在堂屋的板床上，没有灵魂地躺在那里"，萧红意识到"祖父这回真死去了啊"！

祖父被装进棺材的那天早晨，又是后花园里的玫瑰花满树开放的时候。萧红用祖父的酒杯饮了酒，跑到后园的玫瑰树下卧倒，园中飞舞的蜂子和蝴蝶、青草的气息，都令她回想起十年前母亲去世的时候她在园中扑蝴蝶的往事，这一次她真正体会了失去至亲的悲痛。

祖父的死带给萧红的，不只化不开的悲痛，还有与她当时年龄不符的绝望。祖父曾给予她无限的包容和柔软的溺爱，对年幼的萧红来说，这意味着自由意味着免于恐惧，这种隔代的舐犊之爱是如此充盈纯粹，它抹去了一颗早慧的心对未知世界的恐惧，满足了它被温柔对待的渴求，祖父的爱照亮了萧红的童年，也照亮了她记忆中每一个祖孙相聚的瞬间。曾经被这样爱过的她，在祖父去世后势必要面对黯淡的未来，和荒芜凶险布满了瑕疵的世界。因此，年仅十八岁的她感到绝望了："我懂得的尽是些偏僻的人生，我想世间死了祖父，就没有再同情我的人了，世间死了祖父，剩下的尽是些凶残的人了。"这句恐惧悲观的话，与她 1942 年临终前写下的"半生尽遭白眼冷遇"，不幸成为了她后来十几年人生的预言和总结。

5. "和父亲打斗着生活"

"过去的十年我是和父亲打斗着生活。在这期间我觉得人是残酷的东西。父亲对我是没有好面孔的，对于仆人也是没有好面孔的，他对于祖父也是没有好面孔的。因为仆人是穷人，祖父是老人，我是个小孩子，所以我们这些完全没有保障的人就落到他的手里。后来我看到新娶来的母亲也落到他的手里，他喜欢她的时候，便同她说笑，他恼怒时便骂她，母亲渐渐也怕起父亲来。

"母亲也不是穷人，也不是老人，也不是孩子，怎么也怕起父亲来呢？我到邻家去看看，邻家的女人也是怕男人。我到舅家去，舅母也是怕舅父。

"我懂得的尽是些偏僻的人生，我想世间死了祖父，就没有再同情我的人了，世间死了祖父，剩下的尽是些凶残的人了。"

这是 1935 年 7 月 28 日萧红以悄吟之名发表的《祖父死了的时候》中的片段，这篇散文调子悲怆，这段内心独白更是让人心惊，"人是残酷的东西"的感悟，世间"尽是些凶残的人"的恐惧，竟是一位少女从亲生父亲那里得来的。萧红的祖父去世是在 1929 年，那时萧红即已与父亲"打斗着生活"了十年，可以推知自生母姜氏去世也就是萧红还不满十岁起，她与张廷举的关系就开始恶化了。

《永久的憧憬和追求》一文中，萧红再次谈到了父亲，"父亲常常为着贪婪而失掉了人性。他对待仆人，对待自己的儿女，以及对待我的祖父都是同样的吝啬而疏远，甚至于无情"。对萧红，他没有好面孔，"九岁时，母亲死去。父亲也就更变了样，偶然打碎了一只杯子，他就要骂到使人发抖的程度。后来就连父亲的眼睛也转了弯，每从他的身边经过，我就像自己的身上生了针刺一样；他斜视着你，他那高傲的眼光从鼻梁经过嘴角而后往下流着"；对付不起租金的房客，他把人家全套的马车赶过来，祖父不忍，将两匹马还回去，"为着两匹马，父亲向祖父起着终夜的争吵"。在萧红早期的散文作品中，张廷举就是以一个如此负面的形象出现的，他身上几乎聚集了一切的人性缺点，苛刻、吝啬、冷酷、暴虐……

　　萧红的父亲张廷举，出生于1888年，本是阿城张维岳的第三子，1900年被过继给堂伯父、呼兰的张维祯为嗣子，因此他字选三。对他的生平事迹，张抗曾作过如下的大致描述：

　　"族人回忆：张维祯收继子张廷举后，本欲要他经营家业，但念其好学，不忍废之。据《宗谱书》载：'甫十二令即出继堂伯父维祯公''先送私塾攻读继又送入黑龙江省立高等小学毕业''复又升入原地优级师范学堂毕业''奖励师范科举人中书科中书衔'云云。先后当过教员、小学校长、义务教育委员长、实业局劝业员、县教育局长和督学等。伪满时曾一度出任过伪协和会长。光复后，因民愤较小并拥护中国共产党政策，被选为开明士绅和松江省参议员。"①

　　张廷举的言行，也许与他受到的教育不无关系，他先入私塾开蒙，举业废除后进学堂，是被灌输了"中学为体，西学为用"思想的晚清一代学子。对于张廷举这一代人来说，"科学"和"民主"只是纸上谈兵的好词语，决定他们思考和行为方式的，仍然是封建伦常秩序。而张廷举的个性，据亲属讲，是"'书呆子'气较浓，常一年在外充职，不善掌家理财，故萧红的祖父张维祯死后，家境愈贫，甚至要靠经常卖点地以应支出。其妻儿常回阿城（即张维岳家）居住，理由是：我们家是过继出去的，过穷了就得回来。阿城县张家逢年过节经常给呼兰张家送粮送肉等，张廷举的亲大哥张廷蓂经常住在呼兰代弟弟管家"。②可见，他确实又爱财又庸碌，萧红对他的评价有过激之嫌，但不是无中生有。

　　贪婪、吝啬、无情本是常见的人性弱点，作为一家之长，执意为子女的婚姻和人生做主在当时也是常有之事，只是萧红并非普通女子，她的倔强和叛逆仿佛与生俱来。她同父异母的弟弟张秀琢回忆，张廷举曾告诉过他，尚在襁褓中时萧红就不喜束缚，"母亲在她睡前照例要用裹布缠住她的手脚以便使她安睡，她却拼命挣扎着不让人抓她的胳膊。来串门的大婶看到这个情形笑着说：'这小丫头真厉害，长大准是个"茬子"。'"③但更重要的是，自晚清起，摧毁家族体系的呼声在中国的知识界就不绝于耳了，发生在二十世纪初、对青年学

①　张抗《萧红家庭情况及其出走前后》，原载《萧红研究》第一辑，哈尔滨出版社，1993年9月。
②　同上。
③　张秀琢《重读〈呼兰河传〉，回忆姐姐萧红》，载于《怀念萧红》，王观泉编，黑龙江人民出版社，1981年。

生影响极大的新文化运动更是视传统家庭为万恶之源，"四海无家，六亲不认"被青年当作座右铭，当作思想进步的标志。萧红天生叛逆，又赶上一个叛逆的时代，便注定了与保守庸碌的张廷举格格不入，而他们的激烈冲突以及她后来的离家出走，在当时的中国也不是绝无仅有的特例，青年为追求自由和爱情与家族决裂的情节不仅社会上经常上演，更成为五四后的文学作品中一个长久不衰的主题。萧红与父亲张廷举之间的种种，往小了说是一个天生反骨的青春期少女与一个想要抖家长威风的父亲的冲突，往大了说，则是五四后狂飙突进的一代与晚清改良保守的一代必然抵牾的特例。

第一个矛盾由升学引起，萧红在散文《镀金的学说》中回忆过这段往事，那是 1926 年她十五岁时，"我从小学毕业就要上中学的时候，我的父亲把脸沉下了！他终天把脸沉下。等我问他的时候，他瞪一瞪眼睛，在地板上走转两圈，必须要过半分钟才能给一个答话：'上什么中学？上中学在家上吧！'"张廷举反对萧红继续上学，原因很可能是担心她离家后更加不服管教，如张秀琢所言，"父亲治家颇严，虽然不像他人那样要求'女子无才便是德'，但也要求女孩子稳重文雅，三从四德"，而萧红，显然距离他的要求甚远。上世纪二十年代，年轻女子已大多摆脱了圈养式的生活，她们被允许接受一定的新式教育，拥有一定程度的婚姻自主权，但无形的约束还是无所不在，如女孩子必须"扎一条长辫子，穿上拖到脚面的旗袍，走起路来必须是步履姗姗"[①] 等。新思潮的清风已吹遍中国，但尚未渗入肌理，女性依然要受各种条条框框的束缚，这对从小就如一匹横冲直撞的小马、调皮惯了的萧红来说，和褟裤中缠住她手脚的那条裹布没什么分别，她是决意要挣脱的，何况当时青年学生中盛行的激进思想向她保证了反叛封建家长的正当性，这更加助长了她天性中的倔强和叛逆。她和父亲的冲突愈演愈烈，出于作为父亲的责任和尊严，张廷举势必要把她留在家里，给予管束和教育。

不能升学，萧红终日闷闷不乐，躺在炕上。张廷举看不过去，就骂她懒，萧红"大逆不道"地回了嘴，做父亲的"立刻像火山一样暴裂起来。当时我没能看出他头上有火冒也没？父亲满头的发丝一定被我烧焦了吧！那时我是在他的手掌下倒了下来，等我爬起来时，我也没有哭。可是父亲从那时起他感到父亲的尊严是受了一大挫折，也从那时起每天想要恢复他的父权。他想做父亲的更该尊严些，或者加倍的尊严着才能压住子女吧"？这件事之

---

① 张秀琢《重读〈呼兰河传〉，回忆姐姐萧红》，载于《怀念萧红》，王观泉编，黑龙江人民出版社，1981 年。

后，张廷举更加坚定了不让萧红继续上学的决心，谁出面说情都不管用了。因此，1926 年萧红小学毕业，“整整死闷在家中三个季节”之后，才于 1927 年升入了中学，张廷举最终妥协，是因为萧红施行了骗术，她放言不能继续读书就去做修女，张家在呼兰是殷实之家，张廷举又在教育界任职，为了颜面，他让步了。

萧红赢得了与父亲之间战争的第一个胜利，但张廷举的让步没有换来父女关系的和缓，见识了更广阔天地、接受了更激进思想冲击的萧红，更加不可能回到父亲为她规划好的庸碌本分的生活中去了。而萧红的第二次反抗也势必招致张廷举更加暴躁的镇压，原本淡漠的亲情在萧红一再离家出走后化为乌有，父女间只剩敌意和憎恨。得到萧红第三次逃走的消息，张廷举暴怒了，他宣布与萧红断绝关系，将她从族籍中除名，并严禁家人与她通信①。萧红流浪在哈尔滨街头时，曾与张廷举偶遇，双方冷眼相对而过②，后来萧红怀孕遭弃被困在东兴顺旅馆，张廷举不闻不问。离家出走后吃了那么多苦，因为倔强和骄傲，她不能承认自己行差踏错，便加倍憎恨父亲的绝情，提起笔写到父亲写到家庭，更是势不两立的架势，除了《祖父死了的时候》《永久的憧憬和追求》《镀金的学说》等散文，写于 1935 年的《初冬》里她也表达过即使饥寒交迫也不回家接受父亲豢养的立场。1936 年，与弟弟张秀珂在上海重逢，她问张秀珂：“你同家脱离关系了吗？”张秀珂回答说是偷跑出来的，再谈家中情况时，萧红便说：“那个家不值得谈了。”

比起爱，恨是一种更强烈持久更具塑造力的感情，对父亲的恨意极大地影响乃至决定了萧红的性格和人生。因为恨他，就必须逃脱他的控制，哪怕是以决绝、不计后果的方式；因为恨他，就必须走向他的反面，做一个跟他截然不同甚至完全相反的人，萧红的女权意识和同情弱者的倾向，也许与她内心深处异于父亲的渴望不无关系。

据骆宾基说，萧红在她人生的最后时刻曾说过：“现在我要在我父亲面前投降了，惨败了，丢盔弃甲的了。因为我的身体倒下来了，想不到我会有今天！”③很长一段时间里，父亲在她笔下都是一个落后残暴的封建家长脸谱，她的离家出走也因为父亲的封建落后而获得了文本意义上反抗父权追求自由的正当性和崇高性，然而，十年漂泊的坎坷难行，她不可能不质疑这种正义和

① 张秀珂《回忆我的姐姐——萧红》，原载《黑龙江文史资料》第八辑，1983 年。
② 张抗《萧红家庭情况及其出走前后》，原载《萧红研究》第一辑，哈尔滨出版社，1993 年 9 月。
③ 骆宾基《萧红小传》，黑龙江人民出版社，1981 年 11 月。

崇高的虚无缥缈，现实意义上她伤痕累累，早已是"惨败了"，支撑着她到临终前才"丢盔弃甲"的，仍是骨子里的倔强，这倔强决定了她即便投降，也没有后路可退。1940年萧红完成了《呼兰河传》，在她建构的"呼兰河城"里，已没有落后残暴的家长的踪迹，只有一个父亲淡淡的剪影。时间磨去了她的锋利，也给予了她消解憎恨的宽阔，心头的恨意流散后，可能，曾升起过她也不敢承认的想念。萧红认为自己在父女战争中"惨败了"，张廷举未尝不是如此，据1951年与他有过一面之识的王化钰说，谈到萧红，晚年的张廷举明显心中有隐痛①。

---

① 王化钰《萧红生父张廷举其人其事》，原载《呼兰文史资料》，1989年。

6. "母亲并不十分爱我"

也许是因为母亲早逝，和她有关的记忆稀薄，萧红作品中提及母亲的次数不多。1937 年 7 月发表的短文《感情的碎片》中，她回忆了生母去世前的一个小细节：萧红认为母亲并不十分爱她，但也总算是母亲，所以母亲临终前，她隐隐地感到害怕："母亲就要没有了吗？"弥留之际的母亲在极其短暂的清醒时刻安慰她说："……你哭了吗？不怕，妈死不了！"想到就要失去母亲，萧红取出衣袋里母亲给买的小洋刀，可能是人生中第一次体会到了死亡的残酷和永恒，"小洋刀丢了就从此没有了吧？"

萧红的母亲姜玉兰，是呼兰县城西北四十五里外的姜家窝棚屯人，出生于1886 年。姜玉兰的父亲姜文选是地主，也是私塾先生，在呼兰当地以博学闻名，姜玉兰是他的长女，自幼随他读书，颇为聪颖，1909 年 8 月嫁给张廷举为妻，1911 年 6 月生下长女萧红，之后姜玉兰又接连生下了富贵、连贵、连富三个儿子，富贵和连富先后夭亡，姜氏长大成人的孩子就只有一女荣华（萧红）和一子连贵（张秀珂）。1919 年，姜玉兰因病去世，留下了几个未成年的孩子，和张家族谱上一句"夫人姜氏玉兰，呼邑硕学文选公女，幼从父学，粗通文字，来归十二年，勤俭理家，躬操井臼，夫妇伉俪最笃，惟体格素弱，不幸罹疫逝世"的文字记载。

姜玉兰的死因，族谱上说是"罹疫逝世"，即感染时疾而亡。有学者认为，姜玉兰是死于虎列拉传染病，也就是霍乱，一种传播快、死亡率高的急性肠道传染病[1]，但当时张家除了姜玉兰，没有其他人染病；也有学者将姜玉兰的死因归结为"毒火郁结于心，不得外溢"而导致的"血凝心窍"[2]，意即某种急性心血管病夺走了她的生命，此说虽无确切证据，但联系到富贵和连富的夭亡，张秀珂盛年时患上严重心脏病，年仅四十岁就因病去世，以及萧红临终前向端木蕻

① 王化钰《萧红家世及其青少年时代》，载《黑龙江文史资料》第八辑，1983 年。
② 李重华等《萧红外传》，载《呼兰学人说萧红》，哈尔滨出版社，1991 年，第 295 页。

良表示胸口疼等种种蛛丝马迹，这种说法也并非全然是无中生有；导致姜玉兰早逝的，确有可能是某种心脏遗传疾病，而且，它还早早地在她的儿女身上投下了死亡的阴影。

据张家族人回忆，姜玉兰生前是个"精明强干的'理家'的人"，张廷举读书毕业后去了汤原、巴彦等县任教，长期不在家中，家事由姜氏代劳，萧红故居的厢房（现已拆毁）就是姜氏一手操办建成的，姜氏和婆婆范氏一样重男轻女，对萧红很冷淡，生前一直不让她上学读书。①

将族谱记载和族人的评价结合起来可以推知，身体一向不大好的姜玉兰嫁到张家十年，生下了四个孩子，因丈夫常年不在家，她要承担养育孩子操持家务的重任，还要承受婆婆去世和孩子夭折的家庭变故。这十年对姜玉兰来说并不好过，那么，她对萧红的冷淡和忽略，有没有可能不是因为不爱她而是分身乏术力不从心呢？一个从小接受三从四德教育、生活在重男轻女社会氛围中的年轻母亲，禁止生性调皮的女儿上学读书，有没有可能是出于和张廷举后来反对萧红上中学一样的原因——便于管教呢？萧红写下"母亲并不十分爱我，但也总算是母亲"这句话时，比较的对象是对她无条件溺爱和纵容的祖父，跟好脾气的老顽童相比，其他长辈当然显得严厉、"并不十分爱我"了。

母亲的另一个比较对象是继母。萧红的继母梁亚兰在姜玉兰去世不久就进了门，当时她还只有二十三岁，《东昌张氏宗谱书》中说她"亦名门女，佐理家务具有条理"。萧红则说继母"很客气，不打我，就是骂，也是指着桌子或椅子来骂我。客气是越客气了，但是冷淡了，疏远了，生人一样"。（《祖父死了的时候》）据梁亚兰的妹妹、萧红少女时代的好友梁静芝回忆，梁亚兰对萧红实在不错，萧红在哈尔滨念书的那几年，有时家里没钱，梁亚兰就偷偷到别人家借上两三百给萧红带上。萧红在家整天看书写字，梁亚兰从不说她，也不支使她干这干那，萧红想要什么，梁亚兰没有一次不答应。梁静芝说梁亚兰从嫁入张家，确实从未对萧红有过"声色俱厉、恶言恶色的时候，更不用说打骂了"。②梁静芝的话从侧面印证了萧红的说法，继母待她客气，但疏远。

萧红和继母发生矛盾冲突还是在学业和婚姻这两桩大事上，中学毕业后萧红想继续求学，父亲和继母都希望她和那个时代绝大部分女青年一样——女大当嫁，双方都不愿让步，但梁亚兰不像张廷举那样直接管教孩子，而是在萧红大吵大闹时打开屋门，向外人表示自己管不了前房的孩子，她还向萧红的大舅

---

① 张抗《萧红家庭情况及其出走前后》，原载《萧红研究》第一辑，哈尔滨出版社，1993年，第63页。
② 王化钰《萧红生父张廷举其人其事》，原载《呼兰文史资料》，1989年。

也就是姜氏的弟弟告状，大舅专程从乡下赶来，扬言要打断萧红"这个小犟种"的腿。① 后来萧红出走失败，从北平回家，被软禁在阿城福昌号屯，梁亚兰也没有停止履行她身为母亲的责任。据张廷举的弟媳、萧红的婶婶王氏回忆，在阿城，梁亚兰把萧红不肯出阁非要念书跟家里吵闹的事告诉了张廷举的大哥张廷蓂，张廷蓂就去打萧红，"有一次荣华没处躲了，只好跑到我屋里（东北习俗，大伯子不能进弟媳妇的卧室），一天到晚不敢出屋，连饭都是我给盛好端进去的。她躲在屋里没事给我织了不少大人和孩子的袜子手套"。② 在萧红看来，继母和父亲是一伙的，她憎恨家庭憎恨父亲，不可能不捎带上这个继母。

对母爱的需求没能得到满足，萧红写母亲时总有些酸楚有些委屈，《生死场》里写金枝娘的那句"母亲一向是这样，很爱护女儿，可是当女儿败坏了菜棵，母亲便去爱护菜棵了"就是其中一例。

---

① 张抗《萧红家庭情况及出走前后》，原载《萧红研究》第一辑，哈尔滨出版社，1993 年 9 月。

② 同上。

7. "祖母用针刺了我"

萧红的祖母范氏比祖父张维祯年长四岁，1845年生，1911年萧红出生时她已近古稀之年。《呼兰河传》里写了一个"我"和祖母之间的小细节：

"我记事很早，在我三岁的时候，我记得我的祖母用针刺过我的手指，所以我很不喜欢她。我家的窗子，都是四边糊纸，当中嵌着玻璃。祖母是有洁癖的，以她屋的窗纸最白净。别人抱着把我一放在祖母的炕边上，我不加思索地就要往炕里边跑，跑到窗子那里，就伸出手去，把那白白透着花窗棂的纸窗给捅了几个洞，若不加阻止，就必得挨着排给捅破。若有人招呼着我，我也得加速地抢着多捅几个才能停止。手指一触到窗上，那纸窗像小鼓似的，嘭嘭地就破了。破得越多，自己越得意。祖母若来追我的时候，我就越得意了，笑得拍着手，跳着脚的。

"有一天祖母看我来了，她拿了一个大针就到窗子外边去等我去了，我刚一伸出手去，手指就痛得厉害。我就叫起来了。那就是祖母用针刺了我。

"从此，我就记住了，我不喜欢她。虽然她也给我糖吃，她咳嗽时吃猪腰烧川贝母，也分给我猪腰，但是我吃了猪腰还是不喜欢她。"

这段文字曾被不少学者视为萧红童年凄惨、曾遭重男轻女的祖母虐待的有力佐证而不断引用，为此，萧红家人张秀琢特意在文章中澄清说自己曾就此事向父亲张廷举求证，张廷举笑着告诉他，奶奶并没有真的用针扎过萧红，"看她用手指头捅窗户纸，就在她的对面拿针比画着，她就记住了，多少天不理奶奶。"[1]此说还是比较可信的，范氏老来丧子，抚养嗣子张廷举长大，为他操办婚事，自然是希望早日抱上孙子，萧红的降生，可能的确让她失望过，但《呼兰河传》里亦有这样的文字："我祖母有三个女儿，到我长起来时，她们都早已出嫁了。可见二三十年内就没有小孩子了。而今也只有我一个"，说明"我"的降生在这个二三十年没有小孩子的家庭里还是被当成喜事的，更何况姜玉兰后

---

① 张秀琢《重读〈呼兰河传〉，回忆姐姐萧红》，载于《怀念萧红》，王观泉编，黑龙江人民出版社，1981年。

来接连诞下男孩，范氏心愿得遂，有什么理由一直视孙女为眼中钉呢？

其实，萧红早年的自叙性散文《蹲在洋车上》中也曾写到祖母：

“当我还是小孩的时候，祖母常常进街。我们并不住在城外，只是离市镇较偏的地方罢了！有一天，祖母又要进街，命令我：

“'叫你妈妈把斗风给我拿来！'

“那时因为我过于娇惯，把舌头故意缩短一些，叫斗篷作斗风，所以祖母学着我，把风字拖得很长。

“她知道我最爱惜皮球，每次进街的时候，她问我：

“'你要些什么呢？'

“'我要皮球。'

“'你要多大的呢？'

“'我要这样大的。'

“我赶快把手臂拱向两面，好像张着的鹰的翅膀。大家都笑了！”

祖母学着奶声奶气的萧红把斗篷叫作斗风，每次上街都问萧红要什么，说明她自有亲切慈祥的一面，只是不像祖父那样千依百顺罢了，比如她每次都忘了买皮球。

《呼兰河传》里还另有一段跟祖母有关的叙述：

“在她临死之前，病重的时候，我还会吓了她一跳。有一次她自己一个人坐在炕上熬药，药壶是坐在炭火盆上，因为屋里特别的寂静，听得见那药壶骨碌骨碌地响。祖母住着两间房子，是里外屋，恰巧外屋也没有人，里屋也没人，就是她自己。我把门一开，祖母并没看见我，于是我就用拳头在板隔壁上咚咚地打了两拳。我听到祖母'哟'的一声，铁火剪子就掉在地上了。

“我再探头一望，祖母就骂起我来，她好像就要下地来追我似的。我就一边笑着，一边跑了。

“我这样地吓唬祖母，也并不是向她报负，那时我才五岁，是不晓得什么的，也许觉得这样好玩。”

由这段细致生动的文字，不难想象萧红后来捡起童年往事拂去尘埃时浮现在她脸上的沉醉珍惜的表情，一个童年黑暗受过虐待的人在回忆过去时是不可能有这样的表情的。张秀琢也说，姐姐萧红的童年跟黑暗完全无关，家里生活条件优越，长辈对她也很娇惯，只是她自尊心强，谁要是说了她骂了她，她就几天不理睬谁，所以只和祖父亲近，和祖母、父亲、母亲都不怎么亲近。①

<hr />

① 张秀琢《重读〈呼兰河传〉，回忆姐姐萧红》，载于《怀念萧红》，王观泉编，黑龙江人民出版社，1981 年。

8."还有一个小弟弟"

离家出走后十年里，萧红与整个家族几无联系。祖父已死，父母、亲人大都放弃乃至渐渐遗忘她了，弟弟张秀珂是她和家族间唯一的联系。

姜玉兰因病去世时，她的一女三子中萧红八九岁，富贵夭亡，张秀珂约三岁，连富刚刚出生不久。据梁亚兰后来回忆，姜氏去世不久她过门时，萧红还为她生母戴着孝，鞋面上缝着白布，别人撕掉了才领到她跟前磕头认母的，张秀珂也是别人把着给磕的头，她还抱了抱连富算是当了妈。[①]不久连富夭亡，张秀珂成了萧红唯一的胞弟。

梁亚兰进门后萧红上了小学，张秀珂搬到祖父屋里去住了，他经常半夜醒来就吃祖父的点心，因此肚子总是不舒服，但祖父像教萧红一样教他念诗，跟着祖父住的那段日子同样是他童年最愉快的记忆，后来祖父抽上了大烟，他又搬到下屋和老厨子睡，盖冰凉滑腻黑得发亮的被子，身上还有虱子来回爬；等他上了小学，因为父亲张廷举常年在外地任职，年初离家时就算好了他和萧红的学费、纸笔费，他从家里拿不到一点儿零花钱，馋了也只能偷个小瓶子去换糖球，早上上学时继母没起床，他吃不上早饭就到豆腐坊的盘子上拿两块豆腐边走边吃，豆腐坊上门收钱，继母就向父亲告状[②]……张秀珂的童年，因为赶上了家道衰败，比萧红的还要寂寞难熬，以至他很早就开始怀疑自己不是父亲亲生。

据张秀珂说，从萧红上学他就不常见到姐姐了，姐弟关系并不亲密，但他喜欢靠近姐姐，姐姐也关心他。他记得自己曾随萧红到呼兰女校去玩，上课时被放在姐姐和同桌赵同学之间，他趁她们听课不备，偷吃了赵同学的馅饼，姐姐和赵同学非但没有责备他，还欢迎他再去学校玩；萧红在哈尔滨女中读书期间放假回家，给他带过一个万花筒；萧红离家出走后从北平回家，给他买了个

① 张抗《萧红家庭情况及其出走前后》，原载《萧红研究》第一辑，哈尔滨出版社，1993年9月。
② 同上。

幻镜……但是，姐弟俩毕竟年龄相差较大，性格各异，渐渐地，张秀珂对姐姐就有些无法理解了，"比如她爱看毛边的鲁迅、蒋光慈等人的新小说，而我觉得那有什么好看的呢？能比我正在看的《西游记》《济公传》还有意思吗？又如不愿意同家庭订的汪姓人结婚，那就'离婚'好了，何必要打官司告状呢？再如因家庭封建意识太深，在众口一词的逼迫下，令人无法出气，那就慢慢避开好了，何必在死冷寒天，孤身一人跑到哈尔滨去呢？最后当在哈尔滨困极，没东西吃没衣穿的时候，即使不愿向家庭索要，也可向留在哈市的诸叔伯弟妹们要一点钱物，何必受那么大的罪呢？"①当时的张秀珂认为，就算与父亲、与家庭产生了矛盾，也没有必要使自己陷入到走投无路的境地。直到上了高中，他才开始明白萧红，明白了"原来要做一个真正的人，是必须做这样的斗争"！

1934 年张秀珂在齐齐哈尔上高中时，偶然在报纸上看到了悄吟和三郎的名字，得知悄吟就是自己的姐姐，他便写信到报社去探询，信中他可能倾诉了自己精神上的寂寞与空虚，萧红很快就回信，向他表示了热烈的欢迎，还鼓励他转学到哈尔滨去。可惜，那年秋天张秀珂真的转学到哈尔滨时，萧红已经和萧军去了青岛。

书信的联系仍在继续，信中萧红指点张秀珂阅读进步小说，偷偷给他寄《生死场》《八月的乡村》和《丰收》等书。张秀珂高中毕业后到日本留学，不久萧红也到了日本，姐弟二人本有机会在异国他乡重逢，但当时的日本处在特务统治中，张秀珂怕特务发觉，不敢去找姐姐，转回了东北。②萧红抱着与弟弟重逢的期望赴日，抵达日本不久得知他已回国③，她很失望。

1936 年冬天张秀珂从东北到上海，找到了萧军。应该是萧军在信中通报了这一消息，尚在日本的萧红给他回信说："珂到上海来，竟来得这样快，真是使我吃惊。暂时让他住在那里罢，我也是不能给他决定，看他来信再说。"12 月 15 日的信里又写："珂，既然家有信来，还是要好好替他打算一下，把利害说给他，……我是总怕他的生活成问题，又年轻，精神方面又敏感，若一下子挣扎不好，就要失掉永久的力量。"

跟忧心忡忡的萧红相比，萧军待张秀珂随性多了，据他后来所说，二十岁出头的张秀珂"是一个诚朴、谨慎而自重的青年。从素质来看有一些神经质，同时他谨慎得有点和他的年龄不相称，过于'成年人'气了，已经失却了一个

① 张秀珂《回忆我的姐姐——萧红》，载《黑龙江文史资料》第八辑，1983 年。

② 同上。

③ 见 1936 年 7 月 26 日萧红在东京写给萧军的信，载《萧红书简辑存注释录》，黑龙江人民出版社，1981 年，第 11 页。

青年人应有的活泼和奔放的特点了，这当然也是自幼没有爱，没有充分的阳光所造成的结果"。萧军在自己的住所附近给他租了个亭子间，时常和他一起吃饭，告诉他暂时不必考虑别的问题，到上海各地方看一看，得知他喜欢语言学，便介绍他去学习世界语。①张秀珂没有兄长，也没得到过什么父爱，萧军的关怀照顾自然会让他心里充满感激和新奇，何况敏感内向的青年本就容易对孔武有力、豪爽大气的成年男子产生崇拜之情，张秀珂之喜欢和信任萧军，是理所当然的事，他写给萧红的信里，热烈、毫不掩饰地表达了这点："有一件事我高兴说给你：军，虽然以前我们没会过面，然而我从像片和书中看到他的豪爽和正义感，不过待到这几天的相处以来，更加证实、更加逼真，昨天我们一同吃西餐，在席上略微饮点酒，出来时，我看他脸很红，好象为一件感情所激动，我虽然不明白，然而我了解他，我觉得喜欢且可爱！"②看到弟弟这样喜欢和夸赞自己的丈夫，萧红很高兴，她马上就把这段话转给了萧军。姐弟二人都不知道，当时萧军正热恋着他和萧红共同的好友黄源的妻子。

次年年初萧红回上海，与张秀珂重逢，那是一次难得的长时间团聚，他们还一起去拜了鲁迅墓。只是，萧军的婚外情给这次团聚抹上一层阴影，萧红返沪后与萧军热战冷战不断。张秀珂记得有一次他一进屋，萧红就告诉他刚才他们争吵，萧军把电灯泡都打坏了，萧军马上争辩说是碰坏的，并申诉着自己是如何有理，张秀珂问萧红他们到底为什么争吵，萧红又支吾不答。因为实在信任和崇拜萧军，张秀珂选择了站在他那边，他不听萧红的话了，萧红去北平问他去不去，他也不去，很久以后他才知道那次闹矛盾，责任不在萧红。七七事变后张秀珂决定前往陕北抗日，萧红问他能否习惯陕北的黑馍，他说那算啥你顾虑得太多了，然后就带着萧军写给红军里的熟人的书信去了西安。姐弟俩大概都没有想到，那就是永别了。1941 年，身在香港的萧红写《"九一八"致弟弟书》，诗意地回忆了那个离别的晚上："你走的那天晚上，满天都是星，就象幼年我们在黄瓜架下捉着虫子的那样的夜，那样的黑黑的夜，那样飞着萤虫的夜。"

抗战时期萧红四处流徙，张秀珂亦随部队流动作战，两人很快就断了音讯。1938 年初萧红到山西临汾，听说张秀珂在不远的洪洞前线，就托人给他带信，可惜张秀珂没收到信，当时他所在的部队正在汾阳、孝义整军，他不知道姐姐就在附近的民族革命大学里任教，一次难得的见面机会就这样错失。半年后，

---

① 萧军《萧红书简辑存注释录》，第 107 页。
② 同上。

张秀珂将自己写的几篇通讯报告之类寄到延安，他以为萧红在延安，结果自然是收不到任何回音。四年后，他在苏北新四军某师工作，偶然在军部的文艺副刊上看到了萧红困居香港的消息，他写信给她，请她到根据地来，还是没有收到回音。1942 年夏天，同样是在那个文艺副刊上，他看到了悼念萧红的启事，他写了一首极尽哀思的长诗欲发表，却还是毁掉了。

在萧红的童年记忆里，弟弟张秀珂可以说毫无存在感，《呼兰河传》写到"我"的弟弟，只有"那时他才一岁半岁的，所以不算他"这一句。成年之后，他们又仅得短短数月相聚，彼此实在不算亲厚。然而，生命走向尽头时，病榻上的他们都忆起了自己最亲的人：1941 年 9 月 26 日，萧红在香港《大公报》的文艺专栏上发表了《"九一八"致弟弟书》；1955 年 4 月，卧病北京和平医院的张秀珂口述了《回忆我的姐姐——萧红》一文，次年病逝。

9. 家族和家族以外的人

宗族，或者说家族，简单来说就是将具有血缘关系、超越阶级的多个家庭联系在一起并拥有内部自治权的一个组织。它是农业社会的基本构成单位，也是中国的封建王朝能持久长存的关键。萧红出生于清末民初，帝国的统治已摇摇欲坠，作为其基础的家族制度却如巨树的根系，交叉盘结在看不见的地底，牢牢牵制着地表的一切。萧红就出生在这样一个封建家族里，据 1935 年修的《东昌张氏宗谱书》，张家祖籍是山东省东昌府莘县长兴社东十甲杨皮营村，今属山东省聊城市莘县，祖先张岱于清乾隆年间迁移到东北落地生根，到清末，他的后人们便在黑龙江开枝散叶，繁衍成了一个不大不小的家族。据张抗查对谱书，张家五世同宗兄弟就有三十人，萧红的父亲张廷举排行二十一。[①]

家族成员之间关系亲疏有别，同宗兄弟三十人，和张廷举最亲厚的是他亲生大哥张廷蓂。据《东昌张氏宗谱书》记载，张廷蓂"幼年读书，颇有心得。仪容端方，举止庄严，身材魁梧，望之凛凛焉。喜围猎，爱枪马，尤长于管弦之属。非风尘中人，实山林逸者，视宦途如河海。精通俄语，尚义侠之举。迨民国二年（1913 年），只身到黑龙江省拜泉县贞字四甲十二井开荒，艰险备尝者二十余年，于兹中间千百磨炼，胆略不为之挫。长于谈论，每坐家，对于匪患，防之极严，恒终夜而不寐，日中任聚三五知己高谈阔论。其精神健旺，概可知矣"。从这些溢美之词不难看出，和"书生气"的弟弟张廷举不同，张廷蓂是个能文能武、极具男子汉英雄气概的豪侠人物。因为弟弟张廷举长期在外地任职，张廷蓂便常到呼兰替他打理家事，萧红后来写散文《镀金的学说》，也毫不掩饰对这位大伯父的崇拜，"伯父最爱我，我五六岁时他常常来我家，他从北边的乡村带回来榛子。冬天他穿皮大氅，从袖口把手伸给我，那冰寒的手呀"，"我的伯伯，他是我童年唯一崇拜的人物，他说起话有宏亮的声音，并且他什

---

① 张抗《萧红家庭情况及其出走前后》，原载《萧红研究》第一辑，哈尔滨出版社，1993年 9 月。

么时候讲话总关于正理，至少那时候我觉得他的话是严肃的，有条理的，千真万对的"。伯父给萧红带榛子，给她讲解古文，夸她聪明，从伯父身上萧红得到了父爱式的温情，因此她受他影响较深，"他说穿衣服素色最好，不要涂粉，抹胭脂，要保持本来的面目"，萧红就默默遵行着，"常常是保持本来的面目，不涂粉不抹胭脂，也从没穿过花色的衣裳"。

　　只是，家族里的长辈与晚辈除了血缘和亲情，还有更为重要的伦理关系，包括晚辈对长辈的"孝"与"顺"，长辈对晚辈的权威，以及成员对家族利益和秩序的绝对服从。萧红的倔强叛逆，不止父亲张廷举和呼兰张家容不下，疼爱过她的张廷蒉乃至整个家族也容不下。争取升中学权利的那次战争，萧红对抗的不仅是父亲，也是整个家族。张廷蒉也反对萧红升学，理由是"女学生们靠不住，交男朋友啦！恋爱啦！我看不惯这些"，也许正是听了大哥的话，张廷举才格外坚决，连父亲张维祯来说情也不让步的。萧红和伯父的感情就此淡漠了，"伯父对我似乎是客气了，似乎是有什么从中间隔离着了"。等到萧红中学毕业闹了两回离家出走，淡漠和隔离就升级为对立了，萧红被带回阿城福昌号屯老家暂住，张廷蒉从萧红的继母梁亚兰口中听说了她的事，要打她，萧红躲进婶子房里一天到晚不敢出屋，后来还直接从福昌号屯出逃，从此再没有回过家。[①]萧红逃离福昌号屯老家之后，暴怒的张廷举开除了她的族籍，使她成为了"家族以外的人"。1935 年 8 月，分布各地的张氏族人集资修《东昌张氏宗谱书》，就既没有录入张秀环也没有录入张迺莹[②]（前者是萧红的原名，后者是六岁时改的名）。

　　也许是常被无根的感觉侵扰，1936 年旅居日本时，萧红创作了带有自叙色彩的短篇小说《家族以外的人》。小说中的"有二伯"是一个类似于《红楼梦》中焦大的人物，他在"我"的家族里做了多年长工却始终没有挣得"家里人"的待遇，还因年老日渐遭到嫌弃，他衰弱、孤独、绝望，想离开又无处可去，他和焦大一样对东家心有不满时常骂骂咧咧，终于招致"我"父亲的痛打。后来萧红又对《家族以外的人》进行改写，在"有二伯"的悲剧里增添了温情的喜剧色彩，并将它糅进了《呼兰河传》。

　　"有二伯"确有其人吗？他的人物原型又是谁呢？张秀琢说有二伯实有此人，姓张而不姓有，因为乳名叫有子，大家就随口叫起有二伯来，忘了他的真

① 张抗《萧红家庭情况及其出走前后》，原载《萧红研究》第一辑，哈尔滨出版社，1993年 9 月。
② 也有一说是当时的政治环境下族人考虑到萧红左翼作家的身份可能招致祸患，就没有将她编入族谱。

姓。有二伯的身世详情，张秀琢也不大清楚，他所知道的与《呼兰河传》中写的基本一致，有二伯无依无靠没有亲人，从三十岁到呼兰张家，一待就是三十多年，名义上是家人实际是不挂名的长工。他工作勤恳，每天很早就起床莳弄张家房后的菜园，给全家上下提供食用的蔬菜，张家不给他发工钱只供吃穿，给他的生活待遇也很不好，干活在先吃饭在后，还多半是和老厨子一起吃，穿用也都破旧不堪。张秀琢还说萧红与有二伯感情很好，有二伯到菜园干活萧红也去，有二伯锄地萧红就拿一把小铲子挖草，有二伯浇水萧红就提着小喷壶玩水，有二伯喜欢萧红萧红也关心有二伯，她帮他缝补破旧衣物，给他送吃的，有时还背着家人把落花生、冻梨送给有二伯，离家后还曾打听过他的情况。[1]

那么，有二伯到底从何而来，跟呼兰张家又是什么关系呢？学者铁峰在《萧红传略》中指出，萧红的小婶曾说有二伯原名张廷臣，乳名有子，是张氏家族中败落得最早的一支，在五世同宗兄弟二十九人中排行老二。这一说法后来经张抗考证为不实，因为张氏谱书记载五世同宗兄弟三十人，名叫张廷臣的人排行二十三，娶妻孟氏，生三子二女，家居宾县猴石屯，是当地的中等地主，他显然不可能是"有二伯"，同宗兄弟三十人中排行第二的名为张廷彦，在萧红出生之前就已去世，也不可能是"有二伯"，而且，三十个人里并没有乳名叫有子的。[2] 有二伯的来历，成了一个难解之谜，同样难解的，还有他的结局，《家族以外的人》结尾道：

"春天，我进了附近的小学校。

"有二伯从此也就不见了。"

有二伯是死去还是被逐，萧红没有道明，张秀琢和张抗的文章也没有道明。可以肯定的是，他至死都是"家族以外的人"。

———————————

[1] 张秀琢《重读〈呼兰河传〉，回忆姐姐萧红》。

[2] 张抗《萧红家庭情况及其出走前后》，原载《萧红研究》第一辑，哈尔滨出版社，1993年9月。

10. 童年的后花园

"我家的后面有一个很大的园，相传叫作百草园。现在是早已并屋子一起卖给朱文公的子孙了，连那最末次的相见也已经隔了七八年，其中似乎确凿只有一些野草；但那时却是我的乐园。

"不必说碧绿的菜畦，光滑的石井栏，高大的皂荚树，紫红的桑椹；也不必说鸣蝉在树叶里长吟，肥胖的黄蜂伏在菜花上，轻捷的叫天子（云雀）忽然从草间直窜向云霄里去了。单是周围的短短的泥墙根一带，就有无限趣味。油蛉在这里低唱，蟋蟀们在这里弹琴。翻开断砖来，有时会遇见蜈蚣；还有斑蝥，倘若用手指按住它的脊梁，便会拍的一声，从后窍喷出一阵烟雾。何首乌藤和木莲藤缠络着，木莲有莲房一般的果实，何首乌有拥肿的根。有人说，何首乌根是有像人形的，吃了便可以成仙，我于是常常拔它起来，牵连不断地拔起来，也曾因此弄坏了泥墙，却从来没有见过有一块根像人样。如果不怕刺，还可以摘到覆盆子，像小珊瑚珠攒成的小球，又酸又甜，色味都比桑椹要好得远。"①

这是鲁迅散文《从百草园到三味书屋》的开篇。这篇回忆性散文写于 1926 年 9 月 18 日，当时四十五岁的鲁迅刚刚收获了他的爱情，出于种种原因他于 8 月底离开生活多年的北京到厦门大学任教，在厦大他的处境并不好②，但心情不坏，几个月里便写下了散文集《朝花夕拾》③ 中一半的篇目④。其中《从百草园到三味书屋》一文童趣盎然，鲁迅用天真好奇的儿童口吻描述了他最初认识的世界——"百草园"，还讲述了自己步出这个世界去"三味书屋"开蒙的往事。

在萧红的文学世界里，也有这样一座储存童年往事的后花园："这花园里蜂子、蝴蝶、蜻蜓、蚂蚱，样样都有"；"到我有记忆的时候，园子里就只有一棵樱桃树，一棵李子树，为因樱桃和李子都不大结子，所以觉得它们是并不存

---

① 鲁迅《从百草园到三味书屋》,《鲁迅全集》第二卷，人民文学出版社，2005 年，第 287 页。
② 这年年底他便因不满学校而辞职，离开厦门前往广州。
③ 在报刊发表时题为《旧事重提》。
④ 除《从百草园到三味书屋》外尚有《父亲的病》《琐记》《藤野先生》和《范爱农》。

在的。小的时候，只觉得园子里边就有一棵大榆树"；后花园里也有一位陪伴"我"成长的慈爱长辈，"祖父一天都在后园里边，我也跟着祖父在后园里边。祖父戴一个大草帽，我戴一个小草帽，祖父栽花，我就栽花；祖父拔草，我就拔草。当祖父下种，种小白菜的时候，我就跟在后边，把那下了种的土窝，用脚一个一个地溜平"；对"我"来说，后花园同样是童年的游乐场，是整个世界，"一到后园里，我就没有对象地奔了出去，好像我是看准了什么而奔去了似的，好像有什么在那儿等着我似的。其实我是什么目的也没有，只觉得这园子里边无论什么东西都是活的，好像我的腿也非跳不可了。"消磨在后花园里的时光，都是阳光灿烂健康漂亮的，是自由的，是快乐的，"花开了，就像花睡醒了似的。鸟飞了，就像鸟上天了似的。虫子叫了，就像虫子在说话似的。一切都活了。都有无限的本领，要做什么，就做什么。要怎么样，就怎么样。都是自由的。倭瓜愿意爬上架就爬上架，愿意爬上房就爬上房。黄瓜愿意开一个谎花，就开一个谎花，愿意结一个黄瓜，就结一个黄瓜。若都不愿意，就是一个黄瓜也不结，一朵花也不开，也没有人问它。玉米愿意长多高就长多高，它若愿意长上天去，也没有人管。蝴蝶随意地飞，一会从墙头上飞来一对黄蝴蝶，一会又从墙头上飞走了一个白蝴蝶。它们是从谁家来的，又飞到谁家去？太阳也不知道这个。……"（《呼兰河传》）

离开了"百草园"，鲁迅的童年不失趣味，"百草园"只占据了他记忆的一隅，鲁迅写它，只有过隙白驹似的数百字；而萧红一离开"后花园"，就告别了她的童年，她写"后花园"，文字洋洋洒洒如天女散花，写花草虫鸟写趣事写祖父祖母不说，还写发生在后园磨房里的故事，而且，同一个故事，她还写了两次。

发表于1940年4月的短篇小说《后花园》，写的就是住在临着后花园的一座"冷清清的黑洞洞的磨房"里的磨倌冯二成子的故事。三十六岁的冯二成子原本寂寞、无思无虑地生活在磨房里，"他什么都忘了，他什么都记不得，因为他觉得没有一件事情是新鲜的。人间在他是全呆板的了。他只知道他自己是个磨倌，磨倌就是拉磨，拉磨之外的事情都与他毫无关系"，突然间却爱上了隔壁赵老太太的女儿，突如其来的激情如洪水冲开了他感官和思绪的闸门，冯二成子害上了单相思，感受到了自己的寂寞和空虚，"寂寞的秋空的游丝，飞了他满脸，挂住了他的鼻子，绕住了他的头发。他用手把游丝揉擦断了，他还是往前看去"。他无望地爱着他的心上人，连作者也被他卑微赤诚的爱所打动，忍不住惊叹"世界上竟有这样谦卑的人，他爱了她，他又怕自己的身份太低，怕毁坏了她。他偷着对她寄托一种心思，好象他在信仰一种宗教一样"。心上人对磨倌满腔的热恋一无所知，她出嫁了，没多久她母亲也搬走了，冯二成子一下子"好象失了魂魄"，全身和头脑都没了气力，他甚至无法拉磨了。还好三十多岁的寡妇老王理解他，"他所说的，她都理解得很好，接着他的话，她所发的议论也和他的一样"，两个空虚的人结了婚，尽管没有举行任何仪式，他们对婚事的态度却"庄严得很，因为百感交集，彼此哭了一遍"。冯二成子的生活热闹起来，还有了孩子，可是两年后孩子的妈妈死了，孩子也死了，冯二成子又回到了寂寞和无思无虑里，"以后两年三年，不知多少年，他仍旧在那磨房里平平静静地活着"。这是《后花园》里磨倌冯二成子的故事。而《呼兰河传》的最后一章里，老实的磨倌冯歪嘴子同样住在临着后花园的磨房里，寂寞地打着他的梆子，同样没经过任何仪式，就和同院老王家的大姑娘王大姐结了婚生了子，一家人过了两三年贫穷安宁的日子，生下第二个儿子不久王大姐死去，冯歪嘴子奇迹般地独自养大了两个孩子。

冯二成子和冯歪嘴子显然取材自同一人物原型，在那间临着后花园的磨房里，童年的萧红目睹了寂寞和宿命的不可抗拒，后来，她在短篇小说《后花园》里给了磨倌一段热烈的爱情体验，在不朽的长篇小说《呼兰河传》里，她又给予了他坚韧的生命力和光明的结局。在萧红的心里，后花园是乐园，更是一处繁华与凋零交替、热闹和寂寞消长的"生死场"。

11. 作家和故乡

在中国现代文学史上，故乡一直是作家孜孜不倦书写的主题。究其缘由，大约是连年战乱和现代化早期进程促成了人口的大规模流徙，城市像巨大的磁石将外乡人吸附到了它的热火朝天中，也像巨大的羽翼将故土沦陷的流亡者纳入了自己的庇佑下。这些背井离乡、在大都市谋生的"地之子"们，一面怀揣着对现代性的热望与疑虑，一面又缅怀着被现代性击碎的传统美感，他们焦虑而怅惘，对既不可望又不可即的故乡魂牵梦萦，不能忘怀，以致一提起笔，故乡就流淌了下来。

对故乡和土地的追恋之情，端木蕻良曾在《我的创作经验》中作过这样的表白：

"在人类的历史上，给我印象最深的是土地。仿佛我生下来的第一眼，我便看见了她，而且永远记起了她。在我的家乡那儿的风俗，一个婴儿初生下来第一次亲到的东西是泥土和稻草。我们把'一个婴儿生下来了！'这句话说成'一个孩子落草了！'落草了，便等于说一个新的生命开始了，从此，泥土的气息和稻草的气息便永远徘徊在我的前面。在沉睡的梦里，甚至在离开了土地的海洋漂泊的途中，我仍然能闻到土地的气息和泥土的芳香。

"土地传给我一种生命的固执。土地的沉郁的忧郁性，猛烈的传染了我。使我爱好沉厚和真实。使我也象土地一样负载了许多东西。当野草在西风里萧萧作响的时候，我踽踽的在路上走，感到土地泛滥出一种熟识的热度，在我们脚底。土地使我有一种力量，也使我有一种悲伤。我不能理解这是为什么，总之，我是负载了它。而且，我常常想，假如我死了，埋在土里了，这并不是一件可悲的事，我可以常常亲尝着。我活着好象是专门为了写出土地的历史而来的。"

鲁迅《朝花夕拾》写下的绍兴，沈从文深情拳拳勾勒的湘西，李劼人《死水微澜》里的成都……这些风情各异的水土以独特的气候、地貌、历史和民俗滋养了作家的性灵，然后，借由他们的情怀和妙笔，于异彩纷呈的文学世界中显影。可以说，故土孕育作家的灵魂，作家增添故土的华彩，从来作家与养育他们的故乡都是相互成就的。

萧红在二十世纪三十年代步入文坛时，她的故乡呼兰所在的东北三省已全部沦陷，她不得不离开那块黑土地，流亡到了上海。其时抗战虽未正式打响，亡国已是大多数中国人心中挥之不去的梦魇，晚清到民国近一个世纪里被动挨打的事实教会了中国人要抵御外辱必先自强，而邻国苏联的暴力革命经验也输送到了中国，当时很多中国知识分子已开始相信，革掉一切旧制度的命注入新血液唤起古国的活力，才是强国的唯一出路。文学随着这一思潮转向，旨在开启民智的"启蒙"文学已成明日黄花，呼吁抗日鼓吹革命的"救亡"文学才是新的时代主流。萧红是生在民国初长在新文化运动氛围中的年轻人，故乡东北早早失陷，直到 1942 年她在香港去世时也未能收回，她不可能不感染上了那个时代的焦虑症，不能不对土地和故乡怀着矛盾的心理——憎恶土地上的愚昧与残忍，同情挣扎在生死场上的人们，期待一场改天换地的革命，但同时，她也和所有离家的游子一样眷恋故土，眷恋那传统的美感，尽管她可能不太愿意承认，怅惘和缅怀却如叶脉一样清晰地呈现在她的作品中。

《王阿嫂的死》《看风筝》和《夜风》是萧红最早的短篇小说尝试，作于1933 年，编入了与萧军合著的短篇小说合集《跋涉》。1934 年 9 月 9 日，逃离哈尔滨流亡到青岛的萧红，完成了她写作生涯的第一次飞跃——《生死场》脱稿，这部没有情节和主角的小说可以说是她对身后故土的一次回望。等到《生死场》几经周折终于出版时，萧红已经到了上海，这部小说的出版和成功令她一举成名，以"东北流亡作家"的身份进入了左翼文坛的主流。1936 年萧红陆续写作和发表了《马房之夜》《桥》《红的果园》《家族以外的人》《牛车上》《王四的故事》等短篇小说，同情的对象依然是故土上被侮辱与损害的人们。1938年秋到 1940 年底，在战火的催逼下辗转于武汉、西安、重庆、香港等地时，萧红酝酿并完成了她最负盛名的长篇小说《呼兰河传》，这是对她曾生活了二十年却回不去的故乡的一声绵长呼喊，萧红放下了救亡的立场，放下了对家庭的仇恨，对蛮横愚昧的故土她直抒忧伤的怜悯和不舍的眷恋。直至生命尽头，萧红还写下了《后花园》《北中国》《小城三月》等短篇小说。梳理这些萧红生前最重要的文学作品时，不难发现它们显而易见的共同点——故乡始终在里面，不是前景就是背景。

萧红在散文中提及家乡的次数并不算多，她早期的小说与散文呈现泾渭分明的两种色彩，前者偏向严肃宏大，后者趋于细微琐碎，这或许与当时文学界对小说社会功能的强调有关。相比小说，萧红的散文更贴近她的真实情感。写于 1937 年 8 月下旬的《失眠之夜》记录的是卢沟桥事变后不久，她和萧军在上海同朋友相聚，谈起抗战，谈起打回满洲，朋友们显得信心满满，畅想着回到故乡后要做的事，"有的说，煮一锅高粱米粥喝；有的说，咱家那地豆多么大！说着就用手比量着，这么大，碗大；珍珠米，老的一煮就开了花的，一尺来长的；还有的说，高粱米粥、咸盐豆。还有的说，若真的打回满洲去，三天二夜不吃饭，打着大旗往家跑。跑到家去自然也免不了先吃高粱米粥或咸盐豆。"但萧红对于回家，却并不怎么热烈，"家乡这个观念，在我本不甚切的，但当别人说起来的时候，我也就心慌了！虽然那块土地在没有成为日本的之前，'家'在我就等于没有了。"早在东北沦陷之前，她就与家庭断绝了联系，她是个无家可归的人，但听到别人说家乡，她失了眠，"心慌"地思念起家乡来：

"在家乡那边，秋天最可爱。

"蓝天蓝得有点发黑，白云就象银子做成一样，就象白色的大花朵似的点缀在天上；就又象沉重得快要脱离开天空而坠下来似的，而那天空就越显得高了，高得再没有那么高的。"

或许正是因为回不去，思乡之情无所着落，萧红才决意为一直在她作品中充当背景的故乡写一部《呼兰河传》，在文本中再现她记忆中的呼兰城，她把自己、亲人、爱与憎、追思与怜悯都化入了这部诗意十足的小说里。端木蕻良的那句"我活着好象是专门为了写出土地的历史而来的"，用在萧红与呼兰的关系上再确切不过了。

12. 亦幻亦真的"呼兰河城"

　　呼兰这个地名的由来，据说是清初满人取得天下之后曾在黑龙江南部一条大河边设防屯兵，军队炊事房的烟囱高高耸立，那条大河因此被称为"呼兰河"，"呼兰"就是满语中烟囱的意思。呼兰河源出小兴安岭，全长五百多公里，绵延曲折，至呼兰汇入松花江。清雍正十二年即公元1734年，清廷准设呼兰城，隶属黑龙江将军，呼兰始有建制；同治元年即1862年，置呼兰厅，是为呼兰最早的行政机构；光绪三十一年即1905年，改呼兰府；1913年，依中华民国大总统令，呼兰府撤销，改设呼兰县，隶属黑龙江省。

　　萧红的童年，就是在呼兰县度过的，或者说得更确切些，是在呼兰县龙王庙路南长寿胡同的张家大院里度过的。在散文《永久的憧憬和追求》中，萧红说她出生的县城位于中国的最东最北部，所以一年之中有四个月飘着白雪，冬季的寒冷和漫长是她对家乡最大的印象，而《呼兰河传》写"呼兰河城"也是从它那肃杀、混沌的严冬开始的：

　　"严冬一封锁了大地的时候，则大地满地裂着口。从南到北，从东到西，几尺长的，一丈长的，还有好几丈长的，它们毫无方向地，便随时随地，只要严冬一到，大地就裂开口了。

　　"严寒把大地冻裂了。

　　"年老的人，一进屋用扫帚扫着胡子上的冰溜，一面说：

　　"'今天好冷啊！地冻裂了。'

　　"赶车的车夫，顶着三星，绕着大鞭子走了六七十里，天刚一蒙亮，进了大车店，第一句话就向客栈掌柜的说：

　　"'好厉害的天啊！小刀子一样。'

　　"等进了栈房，摘下狗皮帽子来，抽一袋烟之后，伸手去拿热馒头的时候，那伸出来的手在手背上有无数的裂口。

　　"人的手被冻裂了。

　　"卖豆腐的人清早起来沿着人家去叫卖，偶一不慎，就把盛豆腐的方木盘贴在地上拿不起来了，被冻在地上了。

"卖馒头的老头，背着木箱子，里边装着热馒头，太阳一出来，就在街上叫唤。他刚一从家里出来的时候，他走的快，他喊的声音也大。可是过不了一会，他的脚上挂了掌子了，在脚心上好像踏着一个鸡蛋似的，圆滚滚的。原来冰雪封满了他的脚底了。他走起来十分的不得力，若不是十分的加着小心，他就要跌倒了。就是这样，也还是跌倒的。跌倒了是不很好的，把馒头箱子跌翻了，馒头从箱底一个一个地滚了出来。旁边若有人看见，趁着这机会，趁着老头子倒下一时还爬不起来的时候，就拾了几个一边吃着就走了。等老头子挣扎起来，连馒头带冰雪一起拣到箱子去，一数，不对数。他明白了。他向着那走不太远的吃他馒头的人说：

"'好冷的天，地皮冻裂了，吞了我的馒头了。'"

短短几百个字，"呼兰河城"恶劣的气候环境、呼兰人生存的艰难和他们的坚韧幽默被勾勒了出来。然后，作者开始细细描绘这座小城，"小城并不怎样繁华，只有两条大街，一条从南到北，一条从东到西，而最有名的算是十字街了。""十字街上有金银首饰店、布庄、油盐店、茶庄、药店，也有拔牙的洋医生"，只有医生的门口挂了一幅画着斗大一排牙齿的广告，"呼兰河城"向来是用不着什么广告的，人们早就把这城里的街道和街道上尽是些什么都记熟了，就是没有招牌，也会自己走进去买，所以牙医生的广告只让人觉得稀奇古怪，吸引了许多从乡下来的人们去看，拔牙的人却寥寥无几，女医生没有办法，为了生计，兼做了收生婆。除了十字街，"呼兰河城"还有一条东二道街和一条西二道街，街上有几座庙、几家烧饼铺和几家粮栈，值得一提的是东二道街上有两家小学堂，一个在龙王庙里，一个在祖师庙里，龙王庙里的那个学的是养蚕，叫做农业学校；祖师庙里的那个是普通小学，有高级班，所以又叫做高等小学，"这两个学校，名目上虽然不同，实际上是没有分别的。也不过那叫做农业学校的，到了秋天把蚕用油炒起来，教员们大吃几顿就是了。"东二道街上值得一写的，是一个五六尺深的大泥坑：

"不下雨那泥浆好像粥一样，下了雨，这泥坑就变成河了，附近的人家，就要吃它的苦头，冲了人家里满满是泥。等坑水一落了去，天一晴了，被太阳一晒，出来很多蚊子飞到附近的人家去。同时那泥坑也就越晒越纯净，好像在提炼什么似的，好像要从那泥坑里边提炼出点什么来似的。若是一个月以上不下雨，那大泥坑的质度更纯了，水分完全被蒸发走了，那里边的泥，又黏又黑，比粥锅潲糊，比浆糊还黏。好像炼胶的大锅似的，黑糊糊的，油亮亮的，那怕苍蝇蚊子从那里一飞也要粘住的。"

大泥坑子给人们制造了无数麻烦。旱年时若两三个月不下雨，泥坑子一天一天地干下去，到后来只有二三尺深，就常有冒险赶车从上边经过的人连人带车地翻进去，一年之中往外抬车抬马也不知要抬多少次；一下起雨来它又白亮亮地涨得溜溜地满，涨到两边人家的墙根上去，于是来往过路的人，一走到这里"就像在人生的路上碰到了打击。是要奋斗的，卷起袖子来，咬紧了牙根，全身的精力集中起来，手抓着人家的板墙，心脏扑通扑通地跳，头不要晕，眼睛不要花，要沉着迎战"，挣扎个五六分钟，才能过去。饶是如此，没有一个人说把这泥坑子用土填起来，却也带来了两条福利，第一是经常淹鸡淹鸭抬车抬马的，闹得非常热闹，给附近的居民平添了消遣和谈资，第二则是给了居民们吃瘟猪肉的借口，买便宜的瘟猪肉吃是不光彩的事，有了泥坑子，便可以把瘟猪变成淹猪，吃得心安理得了。

从泥坑这一段起，萧红叙述的重点由"呼兰河城"的气候、景物和街道，转移到居住在那里的人们身上，那些"天黑了就睡觉，天亮了就起来工作。一年四季，春暖花开、秋雨、冬雪，也不过是随着季节穿起棉衣来，脱下单衣地过着。生老病死也都是一声不响地默默地办理"的人。王寡妇的独子掉进河里淹死的事情轰动一时家传户晓，但不久也就平静下去了，王寡妇疯了，她忘不了她的悲哀，隔三差五地到庙台上去哭一场，哭完她仍然静静地活着，仍然卖着她的豆芽菜；染缸房里两个年轻学徒为争一个妇人，一个被按进染缸子淹死了，另一个下监狱判了无期徒刑，染缸房里依然染着布匹，布匹依然在远近的乡镇里流通着，甚至连淹死人的大缸或许也依然被使用着；扎彩铺的扎彩匠能做出万分好看活灵活现的阴宅，可是没人看见过他们为自己糊一座；死了亲人的人哭上一朝或三日，到城外去挖个坑把死人埋了，回家照旧得过日子，该吃饭吃饭该睡觉睡觉；"呼兰河城"的小胡同里卖麻花的、卖凉粉的、卖瓦盆的、拣绳头的、换破烂的、卖豆腐的……逐一出现在胡同口又都走了，火烧云上来了下去，乌鸦飞过，一天就这么过去了……自古以来这些人就承受斗转星移四季循环般地承受着生死和命运，"受得住的就过去了，受不住的，就寻求着自然的结果。那自然的结果不大好，把一个人默默地一声不响地就拉着离开了这人间的世界了"。死水一样的"呼兰河城"里就住着这些兽一样默默生死的人。

《呼兰河传》第二章，"呼兰河城"的各种民风民俗生鲜活泼地抖了出来。跳大神的鼓只要一打起来，男女老幼就都往跳神的人家跑，有些女人拉着孩子，哭天喊地地从墙头上跳过来看跳神的，跳到夜半时分送神归山，那鼓就打得格外响，大神也唱得分外好听，使人越听越悲凉。若赶上一个下雨的夜，"那鼓声就好像故意招惹那般不幸的人，打得有急有慢，好像一个迷路的人在夜里诉说着他的迷惘，又好像不幸的老人在回想着他幸福的短短的幼年，又好像慈爱的母亲送着她的儿子远行",使人忍不住问"人生为了什么,才有这样凄凉的夜";七月十五盂兰会,呼兰河上放花灯,河岸蹲满了人,从大街小巷往外出发的人仍是不绝,"把街道跑得冒了烟了",河灯一放,和尚就开始打鼓念经,河灯从上流拥拥挤挤地往下浮来了,"金呼呼的,亮通通的,又加上有千万人的观众,这举动实在是不小的。河灯之多,有数不过来的数目,大概是几千百只。两岸上的孩子们,拍手叫绝,跳脚欢迎。灯光照得河水幽幽地发亮,水上跳跃着天空的月亮",此情此景,也使人忍不住感叹"人生何世,会有这样好的景况",那河灯一路往下流,越流越少,也就显出荒凉孤寂的样子来了,看到的人们,"内心里无由地来了空虚";秋天,河岸的沙滩上搭了戏台,人们接亲唤友来看戏了,当地童谣唱"拉大锯,扯大锯,老爷(外公)门口唱大戏。接姑娘,唤女婿,小外孙也要去",因此戏还没有开锣,嫁到外地的女儿们就都回娘家来了,"呼兰河城"热闹得不得了了。等戏开了台,河滩上的戏台下边就是人山人海、笑语连天,闹得比锣鼓更响了,吃东西的、谈家常的、吵架的、调情的、私订终身的无所不有。夜里大戏散场,人们都回家了,赶车到城里来看戏的乡下人就在沙滩上扎营露宿,他们燃了火煮了茶谈着天,但终归人少,多少有一些凄凉之感,"夜深了,住在河边上,被河水吸着又特别的凉,人家睡起觉来都觉得冷森森的";还有四月十八的娘娘庙大会,全城人无分男女老幼都来逛庙,到不了晌午,街上就车水马龙拥挤得气息不通了,拜过了庙,就在街上买个不倒翁,所以"庙会一过,家家户户就都有一个不倒翁,离城远至十八里路的,也都买了一个回去"……这些就是"呼兰河城"的精神盛举,只是这些热闹,都是为鬼而做的,并非为人,人们一窝蜂地去看戏、逛庙,不过是揩油借光的意思,喧闹之后仍然是空虚和凄凉,小城也还是一潭死水。

尽管"呼兰河城"与"呼兰县城"仅一字之差,尽管《呼兰河传》中很多情节可以和现实——对应,如离张家大院不远的车马大道上确有一个大水坑,东二道街有两三家扎彩铺,当时呼兰人很迷信,县城里有几座大寺庙和不少小土庙,跳大神的活动也屡见不鲜等,[①] 尽管《呼兰河传》的"尾声"里有"幼年的记忆,忘却不了,难以忘却,就记在这里了"的句子,但是回忆和叙述是不可能不篡改历史和真实的,《呼兰河传》是一部具有虚构性质的长篇小说,"呼兰河城"并不等同于呼兰县城,后者是萧红出生和成长的地方,是她的故乡,而前者则是它诗意化的文学剪影。

---

① 张秀琢《重读〈呼兰河传〉,回忆姐姐萧红》。载于《怀念萧红》,王观泉编,黑龙江人民出版社,1981 年。

13. 少女往事

大半个世纪后，八十多岁高龄的傅秀兰还能详细地讲述第一次见到她的小学同学萧红的情形，那是 1925 年初秋，她十五岁，刚升入高小一年级，班上转来了一个高个同学，班主任果老师向大家介绍说她叫张乃莹，傅秀兰发现张乃莹白净的圆脸上闪着一双大眼睛，左眼皮下还有一颗小痦子，她向大家微微一笑，点个头，就走向老师给她安排的座位了。[①]

傅秀兰口述何宏整理的《女作家萧红少年时代二三事》一文，自从发表就是研究萧红小学生涯的重要史料。据傅秀兰回忆，五卅惨案那年的 7 月，她曾应萧红之邀到呼兰县城最有钱的八大家去为上海工人募捐。五卅惨案发生在 1925 年，按照傅秀兰的说法，直到那年初秋开学她才认识萧红，那么 7 月两人怎么可能一起去募捐呢?

萧红具体在哪一年进入龙王庙小学[②]读初小，是 1920 年还是 1921 年，又在哪一年转到县立第一女子初高两级小学校——也就是傅秀兰所在的学校读高小，是 1924 年还是 1925 年，长期以来学界说法不一。傅秀兰的口述虽有前后矛盾之处，却正好可以为捋清这个问题提供了思路。

首先可以肯定的是，萧红是 1926 年 6 月末高小毕业的，此后她与父亲抗争一年，1927 年秋才到哈尔滨继续上中学。高小读两年，因此萧红应该是 1924 年秋从龙王庙小学转到县立第一女子初高两级小学校，和傅秀兰成为同学的，这样一来，1925 年五卅运动之后萧红与傅秀兰一起去募捐也就合情合理了。再往前推，当时初小要读四年，所以萧红进龙王庙小学读书应为 1920 年。

除了第一次见面和一起募捐的往事，傅秀兰的口述中还有不少值得注意的细节：如萧红家境不错，穿戴行事却很朴素低调，与一般同学并无二致；萧红的性格温和恬静平易近人但不太爱说话；时间久了，傅秀兰还注意到萧红读书很

---

① 傅秀兰口述、何宏整理《女作家萧红少年时代二三事》，原载《萧红研究》第一辑，哈尔滨出版社，1993 年 9 月。
② 后改名为南关小学，现为萧红小学。

用功，听课认真，在课堂上从不做其他事情，每天早来晚走，从不迟到，她的成绩也很不错，尤其是作文，经常得到果老师的赞扬；一次呼兰大雨，听说一个农民和他的孩子双双淹死在自家土炕后，教育局的董先生给小学生们出了一道《大雨记》的作文题，萧红直抒胸臆，写得最生动最富有感情，得了高分和果老师的赞许，此事给傅秀兰留下了很深的印象。

而另一件有关萧红的往事，也长久地留在了傅秀兰的记忆中。那是在1926年6月底，傅秀兰和萧红她们即将高小毕业，毕业考试之后有消息说傅秀兰考了第一吴鸿章考了第二，但成绩榜迟迟没有张贴，直到毕业典礼前十分钟，红榜才张贴出来，出人意料的是上面写着萧红第一傅秀兰和吴鸿章分列二三，同学们议论纷纷，萧红也显得很尴尬，她成绩不错也很用功，但向来是在十名左右，从来没有拿到过前三名。傅秀兰认为，是因为当时萧红的父亲张廷举已经调任教育局局长，并且要参加萧红的毕业典礼，校长田蕴英为讨好上司，才弄虚作假临时把萧红排到第一名的，傅秀兰说这件事不怨萧红，萧红也可以说是个受害者，是哑巴吃黄连有苦说不出。但傅秀兰的回忆再次出现了偏差，张廷举是1928年也就是萧红到哈尔滨去读中学之后，才上任呼兰县教育局局长的。不过，张廷举其时任职教育界是事实，即使他不是教育局局长，萧红也是有可能因为他而被校长格外"眷顾"的。

据傅秀兰说，她与萧红并不亲昵，一来萧红家境优裕，她不愿结交富家学生，二来则是萧红个性比较孤僻不爱说话，所以高小毕业后两人就再也没有见过面，傅秀兰和另外六名同学去了齐齐哈尔女子师范上学，萧红则因父亲反对她升学而休学在家，两人仅有的交集便是傅秀兰去探望因不肯给官僚做小而当了修女的漂亮班长田慎如时，得知萧红也曾到教堂看望，她们的另一位同学陈瑞玉辍学后嫁了一个纨绔子弟，生活很不如意，傅秀兰和同学去看她时听说萧红也去看过她。①

---

① 傅秀兰口述、何宏整理《女作家萧红少年时代二三事》，原载《萧红研究》第一辑，哈尔滨出版社，1993年9月。

14. "我是在这几千人之中"

　　五四运动轰动全国后，能有效影响政治决策的游行示威活动被爱国学子们当作传统保留了下来，"如初春，如朝日，如百卉之萌动，如利刃之新发于硎"①的中国青年，普遍视放下书本走上街头为爱国与进步的表现，连向来反对学生罢课的胡适1925年五卅运动后写《爱国运动与求学》，在呼吁青年"在纷乱的喊声里，能立定脚跟，打定主意，救出你自己，努力把你这块材料铸造成个有用的东西"之前，也得先肯定学生运动的正义性和它频频发生的必然性——"在这个时候，国事糟到这步田地，外间的刺激这么强：上海的事件未了，汉口的事件又来了，接着广州、南京的事件又来了：在这个时候，许多中年以上的人尚且忍耐不住，许多六十老翁尚且要出来慷慨激昂地主张宣战，何况这无数的少年男女学生呢"？②作为一个后"五四"青年，萧红的胸中自然不可能不为爱国的激情所澎湃，走进振臂高呼的街头队伍。

　　萧红参加学生运动最早可追溯到1925年，据傅秀兰回忆，五卅惨案发生后全国反日情绪高涨，各地学生、工人纷纷走上街头募捐、演讲、游行，呼兰县城的学生也不例外。当时学校已放暑假，青年学生便将全部精力都投入到了爱国运动中，游行演讲持续了一周多，募捐则持续的时间更长，有将近一个月。当时，负责募捐的以女同学为多，其中就有萧红和傅秀兰，萧红还主动邀傅秀兰一起到"八大家"去募捐。"八大家"是当地的大户，门口都养着狗，又小气，兼瞧不起穷人家的孩子，女同学因为怕被赶出来，谁也不愿去。而萧红不仅敢于走进县署后胡同的八大家宅院去募捐，还当面直言富家太太小气捐款太少，给傅秀兰留下了深刻的印象。这年7月底，学生联合会为了扩大宣传也为了答谢捐款者，在西岗公园③举行了联合义演，萧红在话剧《傲霜枝》中出演了一个

---

① 陈独秀《敬告青年》，《青年杂志》创刊号，1915年9月15日，第1-6页。
② 胡适《爱国运动与求学》，《胡适文集4》，北京大学出版社，1998年，第627页。
③ 建于1916年的西岗公园至今仍存，里面有萧红的衣冠冢，葬的是端木蕻良保存多年的萧红的一缕青丝。

角色。①

而据萧红 1937 年 11 月和 12 月在武汉写的两篇回忆性散文《一条铁路底完成》和《一九二九年底愚昧》，在"哈女中"上学的三年间，萧红也曾两次参加学生运动。

一次是 1928 年年底，奉系军阀与日本政府秘密签订了由日方投资和承包修建东北五条铁路的《满蒙新五路协约》。消息一经披露，立刻激起了民愤，哈尔滨的学生纷纷组织集会游行以示抗议。"哈女中"校长孔焕书关闭校门禁止学生外出，但架不住其他学校男生的冲击，还是打开了校门，于是女生们也加入到游行的队伍中去了，当时萧红"觉得我是在这几千人之中，我觉得我的脚步很有力。凡是我看到的东西，已经都变成了严肃的东西，无论马路上的石子，或是那已经落了叶子的街树。反正我是站在'打倒日本帝国主义'的喊声中了"。第二天，请愿和游行演变成了示威，萧红自愿加入宣传队，站在雪花里读传单，直到示威队伍与警察遭遇并发生冲突，才以警察鸣枪和学生受伤终结了这次游行示威活动，"第二天的报纸上躺着那些受伤的同学们的照片，好像现在的报纸上躺的伤兵一样"，请愿无效，"以后，那条铁路到底完成了"。

次年，东北奉系与苏联政府因中东铁路问题产生矛盾并酿成武装冲突，奉系兵败。据萧红的中学同学刘俊民回忆，中苏事件后，女学生们出于爱国热情为阵亡将士的家属募捐，她们做了一些小蓝花，给马路上的过往行人戴上，并向他们募一点钱，这个活动叫配花。刘俊民说那时她和萧红一组，最多一天能募到一百多元。②但萧红却在散文中说那次佩花活动相当不尽如人意，首先是对不爱国的中国人非常失望，女学生的小花，"他们差不多是绝对不肯佩上。有的已经为他们插在衣襟上了，他们又动手自己把它拔下来，他们一点礼节也不讲究，简直是蛮人！把花差不多是捏扁，弄得花心几乎是看不见了。结果不独整元的，竟连一枚铜板也看不见贴在他们的手心上"，"还有比这个现在想起来使我脸皮更发烧的事情：我募捐竟募到了一分邮票和一盒火柴。那小烟纸店的老板无论如何摆脱不了我的缠绕之后，竟把一盒火柴摔在柜台上。火柴在柜台上花喇喇地滚到我的旁边，我立刻替国家感到一种侮辱。并不把火柴收起来，照旧向他讲演，接着又捐给我一分邮票。我虽然象一个叫花子似的被人接待着，但在精神上我相信是绝对高的。火柴没有要，邮票到底收了"。

---

① 傅秀兰口述、何宏整理《女作家萧红少年时代二三事》，原载《萧红研究》第一辑，哈尔滨出版社，1993 年 9 月。
② 刘俊民口述、何宏整理《我的同学萧红》，原载《萧红研究》第一辑，哈尔滨出版社，1993 年 9 月。

其次是对"苏联"和"帝国主义"产生了困惑，因为1928年游行示威是喊了"打倒日本帝国主义"的口号的，1929年"佩花"，学联会却没有发下一个"打倒苏联帝国主义"的口号，萧红不明白了，既然苏联也应该打，为什么它就不是帝国主义呢？

最后则是"佩花"大会后，"哈女中"竟然公开领导学生把一个苏联的什么子弟学校占做学生宿舍了，那宿舍很阔气，"席子纹一样的拼花地板，玻璃窗子好象商店的窗子那么明朗"，萧红在明朗的玻璃窗下读美国左翼作家辛克莱的名作《屠场》，早起去学校，"路上时常遇到戒严期的兵士们的审问和刺刀的闪光"，《屠场》和中苏战争同时启发了她。

这两篇写于1937年抗战打响之年的回忆性散文，谈到当年的爱国学生运动，萧红的质疑一篇比一篇强烈，尤其《一九二九年底愚昧》的结尾，萧红更是明确表示，在辛克莱《屠场》的影响下，在"兵士们的审问和刺刀的闪光"下，自己的思想发生了转变。

萧红不是以思想深刻著称的作家，但她描摹感觉和细节的天赋却常常使作品抵达意想不到的深处，如《一条铁路底完成》中写到学联会主席嘴对喇叭，激动地动员游行的学生队伍冲向警察时，萧红真实地记录了那一刻自己下意识的动作和心理："那喇叭的声音到队尾去了，虽然已经遥远了，但还是能够震动我的心脏。我低下头去看看我自己的被踏污了的鞋尖，我看着我身旁的那条阴沟，我整理着我的帽子，我摸摸那帽顶的毛球。没有束围巾，也没有穿外套。对于这个给我生了一种侥幸的心情！"又如她写警察鸣枪后学生队伍的混乱："大队已经完全溃乱下来，只一秒钟，我们旁边那阴沟里，好象猪似的浮游着一些人。女同学被拥挤进去的最多，男同学在往岸上提着她们，被提的她们满身带着泡沫和气味，她们那发疯的样子很可笑，用那挂着白沫和糟粕的戴着手套的手搔着头发，还有的象已经癫痫的人似的，她在人群中不停地跑着：那被她擦过的人们，他们的衣服上就印着各种不同的花印。"声势浩大的集体运动中，个人容易产生声音和力量被放大的幻觉，幽微的个体体验会遭到集体意志的驱逐和遮蔽，但是，个人毕竟并不是落入大海的水滴，每个人还是保有着参与者和观察者的双重身份的，还是有自己对集体运动的理解和困惑的，萧红记下了她作为青年学生参与爱国运动时真实的感受和体验，有时候，细节比思想更深刻。

15. 师生情

从德女中①的校名来自"三从四德",其校歌唱:"从德兮,松江滨,广厦宏
开气象新,学子莘莘,先生谆谆……"学校本就作风保守,加上被学生戏称为
"孔大牙"的校长孔焕书严厉刻板,因此门禁森严,凡有来信除非是某个学生
的未婚夫(学校对哪些学生有未婚夫以及未婚夫是谁都很清楚),都要拆封检阅,
管得比家里还严。这种闷罐头一样的中学生活,是萧红跟父亲苦苦争取升学机
会时始料未及的。②好在学校尚有几位开明开朗的老师,校园生活才不至于太无
味:教体育的黄淑芳老师曾带领"五虎将"参加全国运动会拿下冠军,令"哈
女中"名声大振,引来各地贺信;教图画的高仰山也是一位思想进步、深受学
生喜爱的老师。

据徐微③回忆,毕业于上海美术专科学校的高仰山不仅图画画得好,教学
认真,而且爱好文学,很关心学生。萧红和沈玉贤都曾在他的指导下受过严格
的铅笔素描、水彩和油画训练,萧红尤其有才情,绘画篆刻之外,还能写一手
郑板桥体的好字。④徐微此言并不夸张,后来萧红困居于东兴顺旅馆,无聊时勾
勒的几笔图案,就惊艳了前来探望的萧军。萧红另一位同学刘俊民也记得,萧
红虽不是她们美术小组的成员,却很喜欢画画,一次在校园写生被高老师发现,
从此成了他的重点培养对象。当时高老师还兼管学校图书馆,教萧红绘画之余,
他还借给她许多书,给她讲文艺知识和革命道理,⑤发现她们几个同学沉迷于张
资平、叶灵凤等人的爱情小说,他便将鲁迅、茅盾、郁达夫、莎士比亚和歌德

① 即哈尔滨东省特别区区立第一女子中学校。
② 《一九二九年底愚昧》一文中萧红写到自己当时非常苦闷,徐微后来也回忆说自己因从
德女中太过沉闷,曾在1929年秋天中途转学到哈尔滨法政大学读预科。
③ 原名徐淑娟。
④ 李丹、应守岩《萧红知友忆萧红——初访徐微同志》,原载《东北现代文学史料》第五
辑,辽宁社会科学院文学所编,1982年。
⑤ 刘俊民口述、何宏整理《我的同学萧红》,载《萧红研究》第一辑,哈尔滨出版社,
1993年9月。

等人的名著介绍给她们。①因此，萧红在校期间高仰山不仅是她的绘画老师，文学上他也给过她有益的指引。

萧红从"哈女中"毕业不久即离家出走，很快陷入穷途末路的境地，她曾向高仰山求过救，散文《饿》中，她就写到了1932年冬天高老师（文中化名为"曹先生"）到旅馆给她送钱的往事：

"'咯，咯！'这是谁在打门！我快去开门，是三年前旧学校里的图画先生。

"他和从前一样很喜欢说笑话，没有改变，只是胖了一点，眼睛又小了一点。他随便说，说得很多。他的女儿，那个穿红花旗袍的小姑娘，又加了一件黑绒上衣，她在藤椅上，怪美丽的。但她有点不耐烦的样子：'爸爸，我们走吧。'小姑娘哪里懂得人生！小姑娘只知道美，哪里懂得人生？

"曹先生问：'你一个人住在这里吗？'

"'是——'我当时不晓得为什么答应'是'，明明是和郎华同住，怎么要说自己住呢？

"好象这几年并没有别开，我仍在那个学校读书一样。他说：

"'还是一个人好，可以把整个的心身献给艺术。你现在不喜欢画，你喜欢文学，就把全身心献给文学。只有忠心于艺术的心才不空虚，只有艺术才是美，才是真美。爱情这话很难说，若是为了性欲才爱，那么就不如临时解决，随便可以找到一个，只要是异性。爱是爱，爱很不容易，那么就不如爱艺术，比较不空虚……'"

高老师的话，当时正和萧军热恋的萧红可能不以为然。起身离开前，高老师丢了一张票子到桌上，那是萧红写信去借的，她和萧军已经几天没吃过饱饭了，但老师的到来唤起了她的青春记忆，使她忘却了腹中饥饿，只感到海水一样的惆怅在胸中翻涌："我完全被青春迷惑了，读书的时候，哪里懂得'饿'？只晓得青春最重要，虽然现在我也并没有老，但总觉得青春是过去了！过去了！……"

二萧共同的友人孙陵后来著文回忆萧红，说民国二十年秋天她曾因和一位老师发生暧昧关系而被学校开除。②孙陵所说的那位老师是否高仰山不可知，但据徐微和刘俊民所说，萧红和她们一起从哈女中毕业，并未被学校开除，只有当年与萧红同校不同班的杨范说萧红因经常外出参加活动，曾遭校长孔焕书威

---

① 李丹、应守岩《萧红知友忆萧红——初访徐微同志》，原载《东北现代文学史料》第五辑，辽宁社会科学院文学所编，1982年。
② 孙陵《我熟识的三十年代作家》，台北成文出版社，1980年。

胁开除① 。所以，仅凭孙陵之言并不能断定萧红在校期间有过一段师生恋情。

旅馆一别，萧红可能就没再见过高老师了，但她对绘画的热情却长久没有冷却。正式开始写作前她曾尝试到电影院画广告，可惜没有被录用。在哈尔滨期间她与朋友筹备过一次画展，并创作了两幅粉笔画，打算募款救济为洪水所害的灾民。1936 年旅居日本时她曾写信跟萧军说："我对于绘画总是很有趣味，我想将来我一定要在那上面用功夫的。我有一个到法国去研究画的欲望，听人说，一个月只要一百元。"在另一封信里，她则十分详细地向他描述了自己买到的三张日本画，字里行间饱含对绘画艺术的兴味。1937 年在上海与萧军发生矛盾，萧红离家出走，就带着箱子住进了一家画院，也许是想起了高仰山说过的"爱是爱，爱很不容易，那么就不如爱艺术，比较不空虚"吧，她想重拾画笔，不过几天后萧军就找上门来把她领回去了。

萧红唯一留存下来的画作是一幅萧军素描，根据萧军后来回忆，那是 1937 年萧红从日本回到上海之后画的，萧红因为写不出文章，看到萧军仍能照常写作，很生气，就把他光着脊背戴一顶小压发帽的背影用炭条速写下来作为报复。那幅速写"线条简单、粗犷而有力，特征抓得也很鲜明"，萧军认为，萧红的"绘画的才能是很高的，可惜她没把它认真发挥出来"。②

---

① 丁言昭《萧红的朋友和同学——访陈涓和杨范同志》，载《东北现代文学史料》第二辑，1980 年。
② 萧军《萧红书简辑存注释录》第 35 页，第 36 页上附有萧红的这张画作，画作右上角有萧红题写的"写作时的背影"六个字。

16."娜拉"的路

　　1918 年，由陈独秀主编，李大钊、鲁迅、钱玄同、胡适、周作人、刘半农等人参与编辑的《新青年》杂志在第四卷第六期上推出"易卜生专号"，发表了几部翻译的易卜生剧本、剧本节选，和胡适、袁昌英等人的相关介绍论文。因作品的精神气质与当时中国追求自由和个性解放的时代气息相契合，挪威作家易卜生迅速得到了许多中国读者特别是青年的认同，他的作品中，罗家伦和胡适合译的名剧《傀儡家庭》（后翻译为《玩偶之家》）最受追捧，女主人公娜拉一时成为无数中国青年的偶像，甚至带动了一股摆脱家庭控制、离家出走的时代潮流。

　　然而，剧作可以在娜拉出走后戛然而止，现实的人生却不可以。洒脱地一走了之，缺乏谋生能力的青年尤其是女青年面临的不仅仅是自由和解放，还有难以承受的生存压力以及与现实迎面相撞的痛楚。1923 年 12 月 26 日鲁迅在北京女子高等师范学校作演讲，便直言从事理上推想起来，娜拉或者也实在只有两条路：不是堕落，就是回来①；1925 年鲁迅又创作了青年爱情题材的小说《伤逝》，反思自由和爱情背后的空虚。鲁迅并不反对青年追求自由和爱情，但作为新文化运动的领袖之一，他自觉有责任唤醒做梦的青年，提醒他们认清现实，不要做无谓无准备的牺牲。

　　萧红是读过易卜生和《伤逝》的，她在从德女中的同学徐微回忆当年中学生活，就曾提到有段时间女同学们沉迷于张资平、叶灵凤等人的爱情小说，高仰山老师便给她们推荐了鲁迅、茅盾、莎士比亚、歌德等人的名著，她们读了《娜拉》《伤逝》《春风沉醉的晚上》等作品。在那样的年龄和那样的环境中，可以想象，易卜生的《傀儡家庭》比鲁迅的《伤逝》更能煽动年轻女孩的心，她们也想要自由想要爱情，也想到了出走，但是出走后的生活怎么过，她们就很少想了，正如徐微后来回忆的，"吃饭问题如何解决？当时我们不知天高地

---

① 鲁迅《娜拉走后怎样》，《鲁迅全集》第一卷，人民文学出版社，2005 年，第 166 页。

厚，说'可以写稿子'"。①

萧红人生最大的转折点便是 1930 年的离家出走。如果她没有离家出走，文学史上也许就不会有《生死场》和《呼兰河传》了，但同样地，如果她没有离家出走，她的一生也许就不会如此短暂艰难。法国哲学家萨特说人的本质是由其选择所创造的，从这个意义上来说，从张迺莹到萧红，离家出走是一个关键性的选择。

据刘俊民回忆，毕业前从德女中的老师们很关心学生将来的去向，教英语的马梦熊老师问到萧红，萧红说自己要去北平读高中，马老师马上警告她："我可告诉你，你的性格与别人不一样，你可要特别注意！"②马老师的话，萧红当然不会放在心上，为了和表哥陆振舜在一起，她势必要到北平去的。

那么，萧红和陆振舜的交往是从什么时候开始的呢？从德女中门禁森严管理严格，甚至不允许学生与未婚夫以外的异性通信，萧红是怎么绕开校方和陆振舜发展恋情的呢？散文《一九二九年底愚昧》结尾萧红提到，"佩花大会"后她曾收到过同组一个歪鼻子小个男生来信，说她勇敢可钦佩，说这样的女子他从前没有见过，说要和她交朋友。陆振舜是否那个写信的男生不可知，但学生运动肯定是她不多的认识异性的机会之一，1929 年陆振舜也在哈尔滨读书，他和萧红可能就是从"佩花大会"开始交往的。次年暑假，也就是萧红初中毕业之后，陆振舜向家里提出了与妻子离婚的要求。③

对萧红出走的北平，骆宾基认为其动因并非情爱，主要是为了"逃避那个家庭主妇的囚犯式命运"，和"给那个顽固的父亲一个损伤"，而她之所以能如此勇敢，则因为背后有一个"豪气而充满蓬勃的生命力"的"李姓青年"。④骆宾基的分析或许有理，但他弄错了一个基本事实，萧红的恋人姓陆不姓李，他所说的"李姓青年"指的也许是当时就读于北京大学的李洁吾，陆振舜的中学同学。1930 年陆振舜到北平入读中国大学，那年暑假，他托从北平回哈尔滨的李洁吾向萧红介绍到北平上学的种种情况，于是，李洁吾在同学徐长鸿的家里第一次见到了萧红，按陆振舜的嘱托就前往北平读书一事

① 李丹、应守岩《萧红知友忆萧红——初访徐微同志》，原载《东北现代文学史料》第五辑，辽宁社会科学院文学所编，1982 年。
② 刘俊民口述、何宏整理《我的同学萧红》，载《萧红研究》第一辑，哈尔滨出版社，1993 年 9 月。
③ 丁言昭《萧红的朋友和同学——访陈涓和杨范同志》，原载《东北现代文学史料》第二辑，1980 年。
④ 骆宾基《萧红小传》，黑龙江人民出版社，1981 年。

向萧红作了详细解释。①

逃掉家里订下的婚约，到北平继续求学，促使萧红作出这个决定的，固然有骆宾基提及的那两个因素，但情爱的力量亦不容小觑，甚至可以说，陆振舜才是萧红逃婚的最大动力，多少是因为他，她才反感家里订下的婚事的，她和陆振舜商量好了要共同生活共同求学，陆振舜已经先行到了北平，所以她也必须去北平。②向李洁吾打听清楚情况之后，萧红假装同意出嫁，向家里骗了一笔钱，到哈尔滨中央大街的一家服装店做了件绿色皮大衣，就上了开往北平的火车。③她的出走顺利得出乎意料。

到了北平，萧红和陆振舜先是住西京畿道的一所公寓，然后搬到了二龙坑西巷七号一座只有八九间房屋的小院落里。这座小院的里院靠西有两间下台西厢房，房前有两棵枣树，北面有三间带廊子的北房，萧红和陆振舜就分住在北房的两头，他们还请了一位当地人耿妈料理饮食起居。一切如愿以偿，萧红初尝自由滋味，写给好友沈玉贤的信中满是得意与快乐："我现在女师大附中读书，我俩住在二龙坑的一个四合院里，生活比较舒适。这院里有一棵大枣树，现在正是枣儿成熟的季节，枣儿又甜又脆，可惜不能与你同尝。秋天到了！潇洒的秋风，好自玩味！"④

但是好梦易醒，现实尴尬。一次，李洁吾去二龙坑西巷看望萧红和陆振舜，一进门萧红就递给他一封信，要他回学校再拆看，李洁吾见陆振舜表情慌张，感到不对劲，就当场拆了信，原来萧红信中向他状告了陆振舜意图对她无礼。李洁吾义愤填膺，将陆振舜狠狠骂了一通，直骂得他呜呜咽咽地哭了起来⑤……小小波澜意外加深了萧红和李洁吾的友谊，在家庭断绝经济供给，萧红和陆振舜弹尽粮绝的情况下，李洁吾向同学借来二十块钱，给萧红去"东安市场"买棉毛衫裤，抵御越来越严酷的寒意。1933年萧红以玲玲为笔名发表的《中秋节》一文，就写到了那段时间她在北平的窘迫和李洁吾的仗义相助：

"到晚间，喷嚏打得越多，头痛，两天不到校，上了几天课，又是两天不

---

① 李洁吾《萧红在北京的时候》，原载《哈尔滨文艺》第六期，1981年。

② 何宏《关于萧红的未婚夫汪恩甲其人》一文中摘录了几段萧红从德女中的同宿舍同学刘俊民1981年2月8日写给沈玉贤的信，信中刘俊民明确说萧红是因为表哥陆振舜才不喜欢汪恩甲的，她几次跑到北平去躲避汪，都是陆振舜给买的火车票。载《萧红研究》第一辑，哈尔滨出版社，1993年。

③ 刘俊民口述、何宏整理《我的同学萧红》，载《萧红研究》第一辑，哈尔滨出版社，1993年9月。

④ 沈玉贤《回忆萧红》，载《哈尔滨日报》，1981年6月16日。

⑤ 同①。

到校。

"森森的天气紧逼着我，好象是秋风逼着落叶样。新历一月一日降雪了，我打着寒颤。

"开了门望一望雪天，呀，我的衣裳薄得透明了，结了冰般地。

"跑到床上，床也结了冰般地，我在床上等着董哥，等得太阳偏西，董偏不回来，向梗妈借了十个大铜板，于是吃起烧饼和油条。

"青野踏着白雪进城来，坐在椅间。他问：'绿叶怎么不起来呢？'

"梗妈说：'一天没起，没上学，可是董先生也出去一天了。'

"青野穿着学生服，他摇了摇头，又看了自己有洞的鞋底，走过来，他站在床边又问：'头痛不？'把手放在我的头上试热。

"说完话他走了，可是太阳快要落时，他又回转来。董和我都在猜想。他把两元钱放在梗妈手里，一会就是门外送煤的小车子哗铃的响，又一会小煤炉在地心红着。同时，青野的被子进了当铺，从那夜起，他的被子没有了，盖着褥子睡。这已经的事，在梦里关不住了。"

文中的"董哥"指陆振舜，"梗妈"即耿妈，当掉被子帮助朋友的"青野"是李洁吾，"绿叶"不用说便是萧红自己了。在李洁吾的帮助下，萧红和陆振舜挨到了学期末，寒假将近，陆家非但不同意陆振舜的离婚请求，还发来"最后通牒"，告诉他如果放寒假回东北就寄来路费，否则从此不再提供经济支援。断粮是当时的父母长辈对付叛逆子女的惯用手法，往往有效，陆振舜投降了，萧红责备他商人重利轻离别，却无可奈何。

"娜拉"的出走，不出鲁迅所料，以回来告终，从 1930 年 7 月到 1931 年 1 月，刚好半年。

17. 一场离婚官司

　　关于萧红的未婚夫汪恩甲，过去曾有一些颇为传奇但后来被考证为不实的说法，如骆宾基在《萧红小传》里说汪父曾是东省特区有名的统领，后做了支持伪满的汉奸，萧军为萧红编撰的年谱里说汪家在哈尔滨是大地主兼富商，汪恩甲本人则是个浪荡公子，而张抗则说汪恩甲是一位封建官吏的儿子，张廷举在萧红高小未毕业时就把她许配给了他[①]。至此，关于汪恩甲的家庭出身就有了至少三种不同的说法。至于订婚时间，骆宾基和萧军说是在 1930 年秋天也就是萧红初中毕业之后，张抗则认为是在萧红读高小期间，也就是 1926 年夏季之前，差别不可谓不大。因为萧军、骆宾基和张抗都与萧红关系特殊，也因为他们各执一词相互矛盾，萧红未婚夫的身份一度成谜，甚至连他的名字也出现了"汪恩甲""王恩甲""汪殿甲"等多个版本。

　　其实，汪恩甲既不是什么统领、汉奸的儿子，也没有大地主之家的出身，他甚至够不上"浪荡公子"的格，他只是个出生于普通家庭的普通年轻人，中学毕业后在一所小学里任教，经萧红的六叔、张廷举阿城的异母弟弟张廷献保媒，于 1928 年冬天与当时读初一的萧红定下婚约。这些信息，从萧红的初中同学刘俊民、徐微的回忆中均可得到印证。

　　刘俊民清楚地记得萧红与汪恩甲订婚是在读初一时，汪家在哈市顾乡屯，汪恩甲当时一边在其兄汪大澄任校长的滨江小学做教员，一边在法大读夜校，萧红一度和他来往密切，给他织过毛衣。萧红初二那年，汪父去世，她还以未过门媳妇的身份去他家吊过孝。[②]徐微的说法与刘俊民的完全一致，她说当时从德女中学生的未婚夫大都是工大、法大的学生，按那时的社会风气，这叫天造

---

① 张抗《萧红家庭情况及其出走前后》，原载《萧红研究》第一辑，哈尔滨出版社，1993年 9 月。
② 刘俊民口述、何宏整理《我的同学萧红》，载《萧红研究》第一辑，哈尔滨出版社，1993 年 9 月。

地设、门当户对的金玉良缘，萧红的未婚夫汪恩甲也是法大的学生。① 按照刘、徐二位的说法，萧红起初并未反对包办婚姻，也接受了汪恩甲为未婚夫，他们的婚约并不像骆宾基、萧军等人所渲染的是张廷举卖女求荣为个人升迁把女儿往火坑里推，两个年轻人是般配的，两个家庭也是门当户对的，萧红是认识了陆振舜，发现了汪恩甲的纨绔习性特别是吸大烟之后，才开始讨厌他的。

共同生活共同求学了半年之后，陆振舜在父母施加的经济压力下回了东北，萧红在北平衣食无继，除了回去她别无出路，但萧红没有回呼兰张家，而是由汪恩甲从北平接到哈尔滨，和他一起住进了位于道外区十六道街的东兴顺旅馆。萧红的这一决定，与她后来的反封建家庭反包办婚姻的进步女作家形象不符，因此萧军、骆宾基等人坚持她逃婚到北平后汪恩甲赶到并无耻狡猾地纠缠她②，她是被动受骗的。但姑且不论倔强的萧红是否那么容易受骗、被降伏，汪恩甲如果要追赶逃跑的未婚妻，难道不是更应在她出逃之初，而非她逃走已半年缺银短粮的时候吗？所以，更为合理的推测是，陆振舜回东北后，失望之极的萧红主动向汪恩甲发出了想要回头的信息，他对她有情，她肯重修旧好他求之不得，得到一点点信号他就会赶来迎接而且不会过多指责，回到他身边不需要太低声下气，对自尊心很强的萧红来说，这是一种相对来说比较能接受的妥协方式。何况，她和他本来就有婚约，在结婚并不一定要注册的那个时代，他们已经算是夫妻了。

但萧红没想到她逃婚、与陆振舜出走北平的行径，已经单方面违反了她和汪家的婚约，汪恩甲能接纳她，他的兄长、汪家家长汪大澄却不能容忍这样的"丑闻"，他决定退掉这门亲事，而汪恩甲的自主权，并不比陆振舜的多。刘俊民很清楚地记得，汪大澄对汪恩甲也采取了断绝经济供给的对策。在东兴顺旅馆和萧红同居了一段时间后，汪恩甲回顾乡屯家中要钱，被母亲、哥哥和妹妹扣住了，萧红等不到他，就赶到汪家，被汪家人骂出，汪恩甲挣扎着要逃出家门和萧红一起回市里，被家人硬拉了回去，萧红独自回到哈尔滨，找律师写了状子，上法院告汪大澄代弟休妻。开庭时，汪恩甲怕大哥受法律处分，便说是自己要离婚，否认哥哥代自己休妻，于是法庭判了他和萧红离婚。下庭后，汪恩甲跟萧红道歉，说这个离婚不算数，萧红很生气，跟着前来法庭旁听的父母回了家。③

① 李丹、应守岩《萧红知友忆萧红——初访徐微同志》，原载《东北现代文学史料》第五辑，辽宁社会科学院文学所编，1982年。
② 萧军《萧红书简辑存注释录》，黑龙江人民出版社，1981年。
③ 刘俊民口述、何宏整理《我的同学萧红》，载《萧红研究》第一辑，哈尔滨出版社，1993年9月；何宏《关于萧红的未婚夫汪恩甲其人》，载《萧红研究》第一辑，哈尔滨出版社，1993年9月。

萧红打过离婚官司，这个细节在很长一段时间里被学者们有意无意地忽略了。其实 1955 年张秀珂口述《回忆我的姐姐——萧红》提及他小时候对姐姐萧红的很多言行感到无法理解时，说到其中一项就是"如不同意同家庭订的汪姓人结婚，那就'离婚'好了，何必要打官司呢"[①]。可见，萧红千真万确和汪家打过官司。

　　很多作家和学者在探讨萧红感情经历时，偏爱使用"软弱""依赖"等字眼，萧红与汪恩甲的纠葛，也常被写成一出年轻女子遭到纨绔子弟诱骗并最终抛弃的悲剧。这些表述让人不禁生疑，那个自幼就叛逆、倔强、横冲直撞的萧红哪去了？那个为升学与父亲斗智斗勇并最终获胜的萧红哪去了？那个敢于到有钱人家里募捐、敢于在游行示威中主动请缨当宣传员的萧红又到哪去了？而所有这场离婚官司的来龙去脉恰恰说明，萧红绝非逆来顺受、软弱可欺的女子，至少到打离婚官司这个阶段，她都在试图主动掌控自己的婚姻和命运，虽然结果都在她的意料之外。

---

① 　张秀珂《回忆我的姐姐——萧红》，原载《黑龙江文史资料》第八辑，1983 年。

18. 再见北平

从 1931 年 1 月离开北平回哈尔滨，短短一个多月里萧红的人生如列车脱轨，节节溃败的局面，应该是她决定离家出走时完全没有料到的。官司败诉，她回到呼兰，被恼羞成怒的父母软禁。

新学期开学在即，陆振舜写信给李洁吾，请他寄五元钱给萧红作逃回北平的路费。李洁吾收到信，立刻兑换了五元"哈尔滨大洋"，贴在戴望舒的诗集《我的记忆》的封底夹层中给萧红寄了去，他并且在写给萧红的信中暗示："你在读这本书的时候，越往后就越要仔细地读，注意一些。"

到了 2 月底，他果真接到陆振舜电报，说萧红已经乘车回京。李洁吾赶到火车站，没接到萧红，再到二龙坑西巷，耿妈告诉他萧红已去了他宿舍，于是他又赶回宿舍，见到了穿着一件貂绒领、蓝绿华达呢面、猹子皮里的皮大衣的萧红，她还带了一小瓶白兰地酒和一盆马蹄莲花送给他。李洁吾对萧红是有好感的。如他自己所说，在哈尔滨第一次见面，萧红的洒脱爽朗就给他留下了不错的印象；萧红到了北平，他是友人中造访二龙坑西巷最频繁的一个，周日的聚会谈天他从不缺席，被戏称为"全勤生"；得知陆振舜对萧红无礼，他把陆振舜骂哭了；陆振舜遭家人经济封锁，和萧红在北平难以支撑时，李洁吾向同学借钱解了他们的燃眉之急；1931 年 1 月萧红回东北之后，李洁吾更是无时无刻不惦念着她，不知道她是否还能回北平，不知道她的命运将会如何。所以，收到陆振舜请他寄钱给萧红的信，他毫不犹豫地照办了；萧红回到北平的第二天开始生病了，接连发了一个星期高烧，李洁吾天天从学校步行到她居住的小院探望，陪她谈天，她不愿多说刚刚过去的寒假和再度从家里出逃的事，他便不问，连那本戴望舒诗集和贴在封底夹层的五元"哈尔滨大洋"她到底收到没有，他也不得而知。只是，陆振舜来信请他帮忙筹措萧红新学期的学费时，他也爱莫能助了。

或许正因为曾经被她的勇敢打动曾经参与过她的叛逆，李洁吾才无法理解和接受萧红后来放弃学业、与汪恩甲一起离开北平的行为。整整半个世纪后他还清楚地记得他在二龙坑西巷见到汪恩甲时的情形。那天傍晚，李洁吾和萧红正在屋内闲谈，耿妈进来说有人找萧红，萧红正准备出门去看，那人已闯到房门口来了，进屋就一屁股坐到椅子上，也不说话，萧红先是愕然，然后偷偷冲李洁吾吐了吐舌头做了个鬼脸，介绍说这是汪先生。李洁吾向汪恩甲点了点头，说自己和萧红的表兄是朋友，听说萧红回来了特来看看她。汪恩甲还是不发一言，过了一会儿，他从口袋里掏出一摞银元往桌子上一摆，漫不经心地摆弄起那些银元来，一枚枚银元从他的手中自上而下地跌落，发出叮叮当当清脆的金属声响，然后他又重新抓起这摞银元，用同样的姿势，让它们一枚枚地再次从手中跌落下来，好像在欣赏银元撞击的声音……屋内的空气似乎凝滞了不再流动了，萧红不知所措，李洁吾也很尴尬，僵持片刻之后李洁吾起身告辞，萧红没有送他。李洁吾当时还不知道汪先生就是萧红的未婚夫，但很反感他摆弄银元的举动。当天晚上，李洁吾不放心萧红，又去了二龙坑西巷，见临街的窗子没有灯光，室内也没有说话声，他没有敲门就走了。后来他又去了几次都是如此，最后一次他敲了门，耿妈告诉他萧红和汪先生出去了，还告诉他汪先生是萧红的未婚夫。李洁吾听了，就不再去二龙坑西巷了，只是写信给陆振舜催他尽快回来。3月末，萧红突然到北京大学找李洁吾，说是生活困难请他帮忙，李洁吾搜遍全身，才凑了不到一元钱给她，问到上学的事，萧红说目前都谈不到了，说完就拿着钱走了。过了几天，李洁吾再度进城看萧红，却从耿妈那里得知她已经和汪先生回东北了，耿妈要另寻工作，萧红没带走的东西她都装进了一个柳条箱，想交给李洁吾保管，李洁吾很愤怒，没有看也没有收留那些东西，就离开了二龙坑西巷。

六年后的1937年4月，萧红再次到北平，才与李洁吾重逢。六年中，萧红和李洁吾只通了一次信，那是"九一八"之后不久，李洁吾收到萧红从哈尔滨来的信，要他寄两册书给她，她想送给她中学时期的美术老师，两册书中包括一本日本人鹤见祐辅的《思想·山水·人物》。李洁吾不想让她失望，就按照她的要求把书寄到了哈尔滨二中的×××，从那以后他就没有再收到她的来信了。[1]按时间推算，那应该是萧红从福昌号屯老家逃出、流浪于哈尔滨街头时的事，她没有回信给李洁吾，可能是没有收到他寄的书，也可能是她饥寒交迫顾不上写信了。李洁吾不知道的是，1932年夏天萧红身怀六甲被困东兴顺旅馆期间，也曾投书向他求救，萧军第一次到旅馆探访她时，她还误以为他是受李洁吾之托来看望自己的[2]。

① 李洁吾《萧红在北京的时候》，原载《哈尔滨文艺》第六期，1981年。
② 萧军《萧红书简辑存注释录》，黑龙江人民出版社，1981年。

19. 梦醒了

　　无法理解萧红为何不告而别与汪恩甲离开北平的友人，不止李洁吾一个。高原是萧红在哈女中上学时通过徐微认识的朋友，1930 年秋他也到了北平，听说萧红在一所叫圣心的教会学校读书，便几次去找她，都没有找到。1931 年早春，在名叫张逢汗的同学的带领下，高原终于找到了萧红在二龙坑西巷四合院内的住所，当时他可能还不知道萧红近来的遭遇，但看出了她外表上明显的变化——脸色没从前红润健康了，脸上的小雀斑不见了，孩子似的稚气也没有了，尤为引人注意的，是萧红当时窘迫的处境，在北平寒气十足的早春气候里她只穿了一件浅蓝色土布短衫，显得十分单薄，她房间的陈设也很简陋，只有一张单人床一张小长桌和一只小凳，一册书都没有，完全不像个学生宿舍，房间墙壁上挂着一个男人头戴鸭舌帽的素描。萧红告诉高原画上的人是"密司特汪"，她就要和他结婚了，素描是她就着灯影画的。表情和声音都显得很平淡不含任何感情成分的萧红，令高原感觉说不出的忧郁和压抑，在那群风华正茂的少年同学心中，萧红抗拒包办婚姻离家出走的举动极富浪漫色彩，而轰轰烈烈出走后又灰溜溜回去，无论如何是件特别扫兴的事。那天临别，萧红将高原等人送到门口，门洞里一股春风吹来，将她单薄布衫的下摆吹拂起来，她连忙用双手捏住了布衫两侧的"开气"，顾不上与他们握手道别，只是表情木然地看着他们不住点头。高原不经意间抬眼朝北一望，发现一名男子正隔着玻璃窗瞅着自己，他想那应该就是"密司特汪"吧。过了三四天，高原又去了一次二龙坑西巷，想给穿不暖的萧红送点钱过去，没想到人去楼空，房东说萧红已经和"密司特汪"回东北去了。高原想不通萧红为什么急急忙忙就走了，为什么连个招呼都不打。①

　　其实，萧红匆忙返回东北的原因不难猜想。她二度出走，与家庭的裂痕进一步扩大加深，陆振舜迟迟不回北平，她的学费和生活费都没有着落，学业肯

---

① 高原《悲欢离合忆萧红》，原载《哈尔滨文艺》第十二期，1980 年。

定是谈不上了。这个时候汪恩甲追到北平来，萧红虽然气他在法庭上偏袒兄长承认休妻，但和他结婚毕竟是除了回家外唯一的生存之道，她仍有把握家庭的反对改变不了他和她结婚的心意。汪恩甲在李洁吾面前把玩过的那一摞银元花光之后，他们只能回东北了。

萧红选择不告而别，大约一方面是顾不上那些同学好友了，另一方面预料到了他们的失望，他们都知道她讨厌汪恩甲，都为她的勇敢喝过彩、出过力，他们不可能理解她的决定，如徐微 1931 年 10 月写信给高原，就说自己对萧红的事感到非常痛心："乃莹，或者说乃莹的事，对我是一把利斧！这伤痛，这鲜血，永远镂在心上，老高，我不能再说什么！还能说什么呢！"①萧红没有向他们解释什么，但鲁迅《娜拉走后怎样》一文里振聋发聩的那句"梦是好的；否则，钱是要紧的"，她肯定是有了切身、刻骨的体会，带着一颗要自由的心出走而不作实际的考虑，是走不远的。

鲁迅说人生苦痛是梦醒了无路可走，萧红的梦太短太仓促了，醒来后无路可走的苦痛又太漫长。

---

① 高原《悲欢离合忆萧红》，原载《哈尔滨文艺》第十二期，1980 年。

20. "女浪人"

　　1931 年 3 月底，萧红又回到了呼兰。既然决定和汪恩甲结婚了，萧红为什么独自回了她不想回的家呢？目前尚无文献资料给出确切答案，只能推测要么是两人都身无分文除了各回各家别无他法，要么是起了争执一气之下分道扬镳了。无论因为什么，这次"回来"，萧红做好向家庭主妇式命运缴械投降的心理准备了，她也预备为自己的叛逆付出代价了。她挣扎过，发现此路不通，有心回头，但回头并不意味着上岸。

　　其时萧红的父亲张廷举已调任巴彦县督学，长期不在家中，他知道梁亚兰无力约束萧红，而萧红逃婚出走以及被汪家休妻之事又已在呼兰传开，张家人在当地无颜立足，于是他就让梁亚兰带着萧红和其他几个孩子（张秀珂已随张廷举转学到巴彦）回了阿城福昌号屯老家。比起呼兰，作为张氏家族成员聚居地的阿城福昌号屯更加保守封闭，萧红的到来不啻自投罗网，给家族长辈提供了惩戒她之前忤逆行为的好机会。在作于 1934 年的散文《夏夜》中，萧红写到了自己在阿城老家的遭遇："我常常是这样，我依靠墙根哭，这样使她更会动气，她的眼睛像要从眼眶跑出来马上落到地面似的，把头转向我，银簪子闪着光：'你真给咱家出了名了，怕是祖先上也找不出这丫头。'"文中的"她"指的是萧红的亲祖母，她的话反映了家族长辈对萧红的普遍态度。

　　在阿城福昌号屯忍受了六七个月的沉闷之后，萧红再度逃走并永远离开了家庭，如散文《永久的憧憬和追求》里所说，"二十岁那年，我就逃出了父亲的家庭，直到现在还是过着流浪的生活。"这次出走的原因，学者铁峰上世纪六十年代走访了萧红的姑姑和七婶，得出的结论是目睹了伯父在歉收之年无情逼债行径的萧红为穷人仗义执言，遭到毒打，还被关进了黑仓房中。伯父还给她在巴彦的父亲张廷举拍急电促其速返，共议对萧红严加处置。那天晚上萧红在小婶和小姑的帮助下，藏在送白菜的车里逃到哈尔滨，从此走上了与封建家庭彻底决裂的道路。① 考虑到上世纪六十年代的时代语境，这种说法的真实性是可以存疑的。后来张抗写萧红离家出走的背景，就略去了阶级冲突的部分，只说在大伯父的威吓下她穿着一件蓝士林布大衫，空手坐上拉白菜的马车离开了福昌号屯。② 其实，就萧红来说，逃走是势所必然的，福昌号屯缓慢凝滞如死水的生活向她展示了妥协的严重后果，为了温饱她能暂时忍受，但不可能接受这样的生活就是她的全部未来，因此再次出走只是时间问题。

逃到哈尔滨之初，身无分文的萧红尚能寄居亲友家中③，时间一长就难免受到冷落和嫌弃了，她后来在散文《过夜》中回忆了当年自己被亲友拒之门外流落街头的经历：

"那夜寒风逼着我非常严厉，眼泪差不多和哭着一般流下，用手套抹着，揩着，在我敲打姨母家的门的时候，手套几乎是结了冰，在门扇上起着小小的粘结。我一面敲打一面叫着：

"'姨母！姨母……'她家的人完全睡下了，狗在院子里面叫了几声。我只好背转来走去。脚在下面感到有针在刺着似的痛楚。我是怎样的去羡慕那些临街的我所经过的楼房，对着每个窗子我起着愤恨。那里面一定是温暖和快乐，并且那里面一定设置着很好的眠床。一想到眠床，我就想到了我家乡那边的马房，挂在马房里面不也很安逸吗！甚至于我想到了狗睡觉的地方，那一定有茅草，坐在茅草上面可以使我的脚温暖。"

姨母家的门叫不开，萧红只好冒着严寒投奔另一位熟人，结果还是吃了闭门羹，"去按电铃，电铃不响了，但是门扇欠了一个缝，用手一触时，它自己开了。一点声音也没有，大概人们都睡了。我停在内间的玻璃门外，我招呼那熟人的名字，终没有回答！我还看到墙上那张没有框子的画片。分明房里在开着电灯。再招呼几声，仍是什么也没有……"萧红又饿又冷，在卖浆汁的布棚里稀里糊涂地被一个老妇人带回了家，第二天醒来才知道老妇人和跟她在一起的女孩是处于社会最底层的暗娼和雏妓，她们的屋子狭窄而阴暗，让萧红觉得自己简直是和老鼠住在一起。以套鞋和单衫为代价，她摆脱了她们，她的脚上只剩一双通孔的夏鞋了。

又陷入了衣食无继的困窘局面，不过这一次，萧红下定了再也不回去的决

① 王化钰《萧红家世及其青少年时代》，原载《黑龙江文史资料》第八辑，1983 年。
② 张抗《萧红家庭情况及其出走前后》，原载《萧红研究》第一辑，哈尔滨出版社，1993 年 9 月。
③ 就是这段时间她写信给在北平的李洁吾，请他寄鹤见祐辅的《思想·山水·人物》来，打算送给中学时期的美术老师高仰山，也许那时她也有求助于高仰山的打算。

心。初冬的清晨，她在街头上遇见了在哈尔滨东特区第一中学就读的堂弟张秀珺，他是萧红在阿城福昌号屯的二伯父张廷选的长子，萧红从福昌号屯逃跑的消息已在家族中传开，张秀珺担心这个"女浪人"堂姐，劝说她回家去。堂弟的关怀和同情让萧红的心"微温了一个时刻"，但她态度坚决，"那样的家我是不想回去的"，"我不愿意受和我站在两极端的父亲的豢养"，她这样告诉他。告别了堂弟，萧红和遇见他之前一样，迎着寒风无目的地走在街头。

投亲靠友不是长久之计，露宿街头更不可行，寒冬在逼近，"九一八"后东北时局恶化，流浪者也没有人身安全可言，萧红必须为自己找一个落脚之处了，"娜拉"拒绝"堕落"不愿"回来"，那么，可以让她走的就只有一条似堕落非堕落似回来非回来的路了——再次投靠汪恩甲。1931 年 11 月中，萧红和汪恩甲又住进了哈尔滨道外区正阳十六道街的东兴顺旅馆，靠赊账和借钱度日。

21. 青春，味如青杏

　　萧军后来说，1932 年 7 月 12 日他在东兴顺旅馆认识萧红后，曾特意到账房那里了解过她的具体情况，得到的信息包括她和她的丈夫汪 ×× 在旅馆住了半年有余，一切费用全靠赊账，还不时向旅馆借钱，欠下的款项超过六百元，一个月前汪某说回家去取钱，从此杳无音讯，旅馆只能将萧红作"人质"扣留，等她丈夫回来还钱。

　　照这种说法推算，汪恩甲离开旅馆应在 5、6 月间。1931 年 11 月萧红和汪恩甲一起住进旅馆，1932 年 5、6 月间汪恩甲独自离开旅馆，中间半年两人是怎么度过的谁也不知道，只有一些零星断片在字里行间留下，可供管窥：这期间萧红染上了鸦片瘾，裴馨园曾向友人感慨说被困在东兴顺旅馆的萧红披头散发肚皮又大，欠那么多债还要抽鸦片，后来萧红逃出旅馆住到他家，在他的要求下戒掉了鸦片[①]；据萧红小姨梁静芝后来回忆，1932 年春天萧红回过一次呼兰，她没回张家，反而去了她继母梁亚兰的娘家，梁静芝记得当时她衣着不整头发蓬乱，她到了之后没多久，一个相貌堂堂的小伙子就找上门来，两人吃完饭一起离开了；萧红的堂妹张秀珉记得，那年春天萧红也曾突然出现在她就读的东省特别区区立第二女子中学，也是衣衫破旧蓬头垢面整个人狼狈不堪，张秀珉和同校的姐姐张秀琴商量后，向学校申请留下了她，但不久萧红不辞而别。萧红两次离开旅馆找亲戚，是想借钱还是与汪恩甲争执负气出走不得而知，可以肯定的是她两次回到旅馆是因为鸦片瘾和身孕缚住了她。在旅馆，萧红躲过了严寒饥饿，躲过了兵荒马乱，可是天下没有免费的午餐，她付出的代价是不成比例的巨大。当萧军在霉气冲鼻的旅馆储藏室第一次见到萧红时，才二十岁出头的她头上已有了明显的白发，身形是看上去就要临产的臃肿，她穿着一件褪色的、一边"开气"裂到膝盖上了的单长衫，光脚拖着变形的女鞋，她潦倒、憔悴、被弃，旅馆老板还威胁说要卖她到妓院去。她心中的滋味，恐怕是那首

①　孙陵《我熟识的三十年代作家》，台北成文出版社，1980 年。

题为《偶然想起》的短诗也无法道尽的吧：

> 去年的五月，
> 　正是我在北平吃青杏的时节，
> 　　今年的五月，
> 　我生活的痛苦，
> 　　真是有如青杏般的滋味！

　　对汪恩甲和那半年的旅馆生涯，除了这首小诗，萧红没有只言片语提及，这是她的身世自叙中一段醒目的空白，所以汪恩甲究竟为什么要抛弃怀孕的萧红从此人间蒸发，一直没有定论，就连骆宾基后来为萧红作传，写到这一节也只能以一句"一九三二年的夏天，萧红终于被那个曾经由家庭包办婚姻的未婚夫欺骗了。她困守在哈尔滨的一个旅馆里，积欠累累"带过[①]。对汪恩甲"始乱终弃"的行径，有学者认为他是为报复萧红悔婚、与表哥陆振舜出走北平的行为而故意陷她于绝境的，但如果真是这样，离婚官司之后汪恩甲的目的其实已经达到，大可借机抽身，根本无须一而再再而三地追赶、挽回萧红。

　　通过对现有史料的整合，对汪恩甲的失踪，这里暂且作如下几种推测：一是不断的矛盾摩擦耗尽了汪恩甲对萧红的热情和耐心，他不负责任地抛下了怀孕的她；二是汪恩甲回家取钱，再次遭家人扣留，他离家已半年，汪家再次对他实施了软禁；三是如学者叶君所言，当时被日军占领的哈尔滨时局混乱，市民失踪、被杀的事件并不鲜见，汪恩甲也可能是不幸遇害了[②]。真相究竟如何，只能等待相关新史料出现来解开这个谜题了。值得注意的是，汪恩甲从未出现在萧红笔下，如此讳莫如深[③]，她对他，以及那段与他有关的年月，可能怀着比悔恨更复杂的情绪。

---

①　骆宾基《萧红小传》，黑龙江人民出版社，1981 年。

②　叶君《从异乡到异乡：萧红传》，中国社会科学出版社，2009 年。

③　骆宾基在《萧红小传修订版编后记》中说："萧红与作者在最后四十四天的相处中，却只字未提过汪某其人，也未忆及在北平女师大附中读书的那一段公寓生活。"

22. 爱人萧军

萧军原名刘鸿霖，又名刘吟飞、刘蔚天，笔名除萧军外，还有三郎、田军等。萧军出生于 1907 年 7 月 3 日，辽宁省义县沈家台镇下碾盘沟村人，他父亲刘清廉脾气暴戾激烈，那年旧历小年，萧军才七个月时，他母亲顾氏就不堪忍受他父亲的暴力对待自尽身亡了。刘清廉本是农民，因学得一手过硬本领成了远近闻名的细木玻璃匠人，他开过作坊办过商号当过骑兵，萧军八岁那年他的商号破产，从那时起他就带着萧军四处流徙。母亲早逝，跟在暴戾的父亲身边长大，又过早地领略了世态炎凉和人情冷暖，这一切造就了萧军桀骜、叛逆和坚毅的个性。1922 年萧军十五岁时，刘清廉按当地风俗为他娶了亲，他的妻子比他年长一岁，是个普通农家女，姓许。

出生成长于有尚武传统的家庭，加上本身个性桀骜不驯，萧军的人生注定不会循规蹈矩、风平浪静。1924 年尚在读中学的萧军就因斗殴被学校开除，1925 年他离家到吉林省吉林市南郊巴尔虎屯陆军 34 团骑兵营当骑兵，认识了罗炳然、方未艾，受他们的影响，他开始写作旧体诗，阅读新文学作品。1927 年在巴尔虎屯公园萧军偶遇诗人徐玉诺，初次见面的徐玉诺极力夸赞了鲁迅的《野草》，后来萧军写信给鲁迅，便"沾亲带故"地问鲁迅是否认识徐玉诺。1928 年萧军考进了张学良办的东北陆军讲武堂，就读期间他曾有感而发写下了一篇题为《懦》的散文，以"酡颜三郎"的名义发表在《盛京时报》副刊上。1930 年春，毕业在即的萧军又因打抱不平与长官动武，再次被开除学籍。离开东北讲武学堂后，萧军先后在辽宁省昌图县陆军 24 旅和沈阳宪兵教练处任下级军官，"九一八"后他和方未艾去了吉林舒兰县，准备策动驻守当地的东北陆军 66 团二营抗日，事败逃往哈尔滨，因经济困窘时局紊乱，他将妻子许氏和两个女儿遣回老家，自己一边靠写作挣稿费糊口，一边准备着加入抗日游击队。

在哈尔滨，萧军的才华得到了当时《国际协报》文艺副刊的主编裴馨园的赏识，裴馨园不仅发表了他的文章，还请他到报社去帮忙整理稿件，校对校样。认真坦率的萧军很得裴馨园信任，不久《国际协报》文艺副刊的选稿、编辑、跑印刷厂等事务就都转移到了他手中，同时兼任几份报纸编辑职务的裴馨园只需签个名，或者看看报纸的版面安排就行。

萧军常被裴馨园邀上门聊天，据裴馨园的妻子黄淑英回忆，在她的印象中，1932年的萧军中等身量，个子不高但很结实，五官轮廓分明，生活显然是不富裕的，脸上没什么表情，也从来不讲什么"客套"，每次到家里来不和人寒暄就直奔老裴书房，一谈好半天，谈完手里拿些什么稿件或书籍抬腿就走，第二次来了仍是如此。① 所以黄淑英对这个粗鲁的穷汉子没什么好感，只是因为裴馨园赏识他，加上他淳朴热忱、能吃苦耐劳的优点渐渐显露出来，裴家人才接纳了这个朋友。

这是萧军1932年7月之前二十五年人生的大致轨迹，他与萧红有相似的经历，如母亲早逝，如在强势的父亲治下长大，如他们都有过叛逆倔强的青春，都爱好文学，但是他们的个性又迥然相异，萧军强悍勇猛萧红敏感多思，这样两个人相遇相爱，注定难有静好的岁月安稳的现世。1932年7月12日，一个绝望的夏日黄昏，萧红打开她困居其中的旅馆贮藏室的门，昏暗的光线中只见一个模糊的人影站在门口，她不知道这个人将要扭转她生命的轨迹，更不知道遇见他究竟是她的幸还是不幸。

"您找谁？"

"张乃莹。"②

---

① 黄淑英口述、萧耘整理《二萧与裴馨园》，原载《东北现代文学史料》第四辑，1982年。
② 萧军《萧红书简辑存注释录》，黑龙江人民出版社，1981年。

23."说不出的风月"

"这时候，我似乎感到世界在变了，季节在变了，人在变了，当时我认为我的思想和感情也在变了……出现在我面前的是我认识过的女性中最美丽的人！也可能是世界上最美丽的人！她初步给与我那一切的形象和印象全不见了，全消泯了……在我面前的只剩有一颗晶明的、美丽的、可爱的、闪光的灵魂！……

"我马上暗暗决定和向自己宣了誓：

"我必须不惜一切牺牲和代价，——拯救她！拯救这颗美丽的灵魂！这是我的义务……"①

这是 1978 年年逾古稀的萧军对自己 1932 年 7 月 12 日在东兴顺旅馆看到萧红的诗句和图画而怦然心动的瞬间的追述。在写于 1936 年的《为了爱的缘故》一文中，萧军对他与萧红相识相恋的经过也作了相似的表述——他为她的才情所打动，决定并成功拯救了身处绝境中的她。但是，萧军的叙述"正确"得令人生疑：爱情可能这么正义凛然地发生吗？几乎所有将自身经历写进作品的作家都无法抗拒修补往事的诱惑，萧军也不例外，他和萧红相恋的过程，在他早期的纪实小说《烛心》和萧红的诗作《春曲》《幻觉》中，呈现的是另外一幅更生动也更可信的画面。

1932 年 7 月的一天，裴馨园收到了萧红从旅馆和绝望中发出的求助信，出于同情和欣赏②，也许还有一点好奇，他决定带领几位《国际协报》文艺副刊的编辑前往旅馆探视，长期流浪在社会底层、早已见惯悲喜的萧军没有去。"我明知我是没有半些力量能帮助你，我又何必那样沽名的假慈悲啊！所以在馨君他们邀我一同到你那里去时，我全推却了"，几个月后，已与萧红同居的萧军在《烛心》中这样剖白自己当时的心迹。裴馨园他们确实没有能力解救萧红，她欠下的款子对几个写稿为生的人来说过于巨大，但他们的出现，还是在萧红心

---

① 萧军《萧红书简辑存注释录》，黑龙江人民出版社，1981 年。
② 萧红曾给《国际协报》投稿，未被采用但给裴馨园留下了印象。

里点燃了希望的火焰，她别无他法了，只能紧紧抓住这根救命稻草。7 月 12 日中午她一连打了好几个电话到报馆，裴馨园不在，都是萧军代接的，萧军知道电话那头就是那个可怜的女人，但他一次都没有回应她。那天下午裴馨园听舒群等人说萧红精神状况不佳，就拿了几本书写了一封信，让萧军送到旅馆给她聊作安慰。那天黄昏，萧军敲响了萧红的房门。

萧红读信时，萧军在一边冷眼旁观着这个女人：她并不美丽，"一张近于圆形的苍白色的面幅嵌在头发的中间，有一双特大的闪亮眼睛"；她衣着寒酸，"整身只穿了一件原来是蓝色如今显得褪了色的单长衫，开气有一边已裂开到膝盖以上了，小腿和脚是光赤着的，拖了一双变了型的女鞋"；身形明显有孕，"看来不久就可能到了临产期了"；而且头上已有白发早生，"在灯光下闪闪发亮"。她没有任何吸引他的女性魅力，他交了信指指带来的几本书就准备走了，完全是因为她请求谈一谈，他才犹豫着留了下来。她很坦率、流畅、快速地诉说了自己的人生经历和眼下的处境，他静静听着，兴趣不大，顺手拿起几张散落在床上的信纸，看到了上面的图案式花纹、仿魏碑《郑文公》的"双钩字"，还有几节字迹工整的小诗：

那边清溪唱着，

这边树叶绿了，

姑娘啊！

春天到了。

得知这些全部出自她之手，他眼里的她马上变得不一样了，他还未曾如此近距离接触过这样的女子，年轻的她有经历有故事有才情有想法，而且在难中，等待着被拯救。她读过他在报纸上连载的短篇小说《孤雏》，她说："当我读着您的文章时，我想这位作者决不会和我的命运相像的，一定是西装革履地快乐地生活在什么地方！想不到您竟也是这般落拓啊！"[1] 她终于击穿了他的沉默，话题被一个个地提出来，童年、往事、家庭、友人，相似的离家经历共同的文学爱好，他们有太多可以共鸣之处。为一种陌生人之间赤诚相待毫不掩饰的冲动所驱使，相互倾诉让他们"似乎全变成了一具水晶石的雕体"，爱情的火花在暗室中频频迸发，两人交谈的深度甚至直抵对待爱情和生命的态度。大约是因为已不将她作普通女子看待，他老实不客气地承认自己"爱的哲学"就是"爱

---

① 萧军《萧红书简辑存注释录》，黑龙江人民出版社，1981 年。

便爱，不爱便丢开"，她忍不住追问要是丢不开呢，他说："丢不开……便任它丢不开！"

那个夜晚他几次起身欲走又几次坐下，他的低回不舍被她看在眼里，小诗《春曲》其四中她直陈自己当时的心绪，大胆而热烈：

> 只有爱的踟蹰美丽，
> 三郎，我并不是残忍，
>> 只喜欢看你立起来又坐下，
>> 坐下又立起，
>>> 这其间，
>>>> 正有说不出的风月。

他不得不走了，临行见她的饭食只是半碗用纸片盖着的高粱米饭，他忍不住心酸，将兜里仅剩的五角钱留给了她，自己步行十里回家。

那一晚，她是在甜蜜和痛苦的矛盾中度过的：

> 我爱诗人又怕害了诗人，
>> 因为诗人的心，
>>> 是那么美丽，
>>>> 水一般地，
>>>>> 花一般地，
>>>>>> 我只是舍不得摧残它，
>>>>>>> 但又怕别人摧残。
>>>>>>>> 那么我何妨爱他。

第二天，萧军再次来到旅馆，两人没有任何迟疑和犹豫地拥吻在一起，狂饮情爱的甜蜜。"不过是两夜十二个钟点，什么全有了。在他们那认为是爱之历程上不可缺的隆典——我们全有了。轻快而又敏捷，加倍的做过了，并且他们所不能做、不敢做、所不想做的，也全被我们做了"，纪实性的《烛心》坦诚地记录了两个焦渴的灵魂和两个年轻的身体在人海中偶然相遇，便迫不及待地融合在一起的故事。比起萧军后来的"拯救"说，更接近事实的真相应该是一个想要逃离绝境、除了自己别无所有的年轻女人，和一个血气方刚、落魄不羁的青年男子，他们需要彼此。

24."杯水主义"

　　对二萧的相恋作过与萧军"拯救说"截然不同表述的是孙陵，他说萧军当时用的笔名三郎是酡颜三郎的简称，萧军还有一位结拜大哥名号为青衣大郎，萧军一身粗犷气质而大郎文质彬彬，萧红本来属意大郎，直到有一次萧军突然当着大郎的面严词质问萧红究竟爱他们两个中的哪个，萧红瞠目结舌半天后哭了起来，萧军便抱住萧红狠狠亲了一个吻，草率勉强地宣告了他们新生活的开始。① 孙陵的"三角恋"之说初看十分戏剧，却并非凭空捏造，他所说的"青衣大郎"指的就是萧军的结拜大哥方未艾。

　　方未艾原名方靖远，又名方曦，辽宁台安县人，是萧军在吉林骑兵营结识的好友兼生死兄弟，1932 年初他和萧军两人一起到了哈尔滨，4 月他开始在《东三省商报》任副刊《原野》的编辑。和裴馨园一样，方未艾也收到过萧红的投稿，还有一张附在诗稿外的短笺，上面写着："编辑先生，我是被困在旅店里的一个流亡的学生。几乎是失掉了自由。我写了一首新诗，希望您能在您编的《原野》上给我登载出来，在这样大好的春天里，可以让人们听到我的心声。顺问撰安。"方未艾还从未见过这样奇异的来稿，因此对来信者起了好奇，但短笺和诗稿上均看不出对方是男是女，来信地址也只有"寄自旅社"四个字，他只好又看了一遍诗稿，感觉抒发的感情很真挚，有一定的感染力，就把它放在待发的稿件里了。不久，方未艾到《国际协报》副刊编辑室找萧军，碰到他和裴馨园正在读一封求援信，来信人自称是北京女子师范大学附中的女学生，"九一八"后家乡沦陷来到哈尔滨，欠下旅店费被扣作人质，因为曾反对包办婚姻离开家乡，得不到亲友的同情和帮助，只能发信向各方求援。信尾的署名，和方未艾之前收到的短笺一样，是张乃莹，再看信封，寄信地址是道外十六道街东兴顺旅社二楼十八号，离他办公的《东三省商报》报社不远。方未艾于是主张不妨去旅馆看一看，探探虚实。

　　7 月 13 日，也就是萧军认识萧红的次日，方未艾正在编辑室整理稿子，萧

---

① 孙陵《我熟识的三十年代作家》，台北成文出版社，1980 年。

军拿着一本鲁迅的《呐喊》和一本高尔基的《童年》满面春风地走进来，给方未艾讲了和萧红见面的情形，细述她的形象和思想情况。在恻隐和好奇之心的驱使下，方未艾跟着萧军一起去了萧红所在的旅馆。

两人走进十八号房间，里面空荡荡的没有人，房间的陈设很简陋，一张双人钢丝床，床幔一扇垂着一扇挂着，床上葱心绿的被子没有叠，绣着大红花的枕头边放着几本书，靠近床脚的地方有张茶几，茶几上放着一个不大的手提箱，房间朝南的玻璃窗下有张桌子，桌前和桌旁各一把木头椅。萧军把带来的书放在桌上，坐在桌旁的椅子上，又顺手拿起窗台上的一本书看了起来。方未艾看到，那书的封面上印着四个红字——"三代女性"。方未艾也在桌前椅子上落座，往窗外看，是一片高高矮矮的屋顶，连棵绿树都看不到，再低头一看，桌上除了一个暖水瓶一只玻璃杯和一把牙刷外，就只有几张哈尔滨市内的报纸。

方未艾和萧军没有多等，萧红就回来了，一副刚哭过的样子，得知旅馆经理又为难她，他们立刻下楼去了经理室，警告经理不要再打萧红的主意，还声称报社将会负责她的欠款。得到经理的保证后，他们回到房间，让萧红放心，萧红脸上立刻焕发出了神采，她满含深情地凝视萧军，又用感激的目光请方未艾落座。三人谈了一会儿天，又默坐了许久，方未艾有事在身，就先告辞回报社去了。

那以后，方未艾就常去旅馆看望萧红了，有时是和萧军一起，有时自己一个人。他本来以为萧红是一个娇滴滴病快快的林黛玉式的少女，接触多了才发现她的个性里兼具史湘云的天真无邪和王熙凤的泼辣，她有很高的艺术天分，说话有条有理活灵活现有时像寓言有时像散文有时又像一首抒情诗，讲到父亲没人性的行为时她又情绪激昂像在控诉和呐喊。她自称叛逆女性，说自己骂过土豪打过劣绅顶撞过校长嘲笑过舍监反对过包办婚姻抵押过家里的地契当学费，还给土匪通过风报过信。方未艾不信，她就气得乱蹦恨不得用拳头打他，或者批评他为人不可爱是假道学孔夫子口是心非谁爱上了谁倒霉……她还曾在方未艾面前比较过他和萧军，说萧军"直爽坦白，天真英勇"，而方未艾"斯文稳重，老成，但处事不痛快"。不过，和萧军闹了别扭的时候，她又说萧军固执、犟、孤芳自赏、目空一切，不及方未艾温柔、朴实、与人为乐。方未艾知道她的看法是随心情和感受转变的，也不见怪。他们最大的分歧在恋爱观上，当时萧红受《三代女性》的作者柯伦泰影响很深，而方未艾完全不能接受"杯水主义"，萧红因此总说他太封建。

"杯水主义"，十月革命后出现在苏俄的一种激进的性道德理论，主张摈弃传统女性道德观，追求性享受，像喝水一样简单平常地满足生理需求。柯伦泰小说中的主角便是践行这种性道德观的女革命家，她在激情燃烧时决不用女性道德的外衣包裹自己，决不拒绝生活的灿烂微笑，她拥抱她的欲望，和所爱的人双双外出几个星期，在爱的杯盏中痛饮至满足，然后毫无痛苦和遗憾地告别，回到自己的工作中。上世纪二十年代，随着各种良莠不分的苏联理论纷纷涌入并得到"左转"的知识分子和青年学生的追捧，后来被列宁批评为反社会的"杯水主义"理论也来到了中国，作为共产主义革命者和列宁政府中唯一女性官员的柯伦泰，也被向往革命的中国女青年捧上了偶像的宝座。自 1928 年起，柯伦泰的作品被陆续译介到国内，并得到了很多青年读者的拥护，她的《恋爱之路》三部曲① 还曾经被选为"两本现代青年男女的必读书"之一。因此，方未艾说 1932 年的萧红深受柯伦泰影响是可信的。何况，柯伦泰本人青年时期与家庭斗争并离家出走的叛逆经历和她的女权主义主张，确实容易让萧红产生共鸣而服膺于她的理论。身怀六甲的萧红认识萧军第二天就与他进行"爱之历程上不可缺的隆典"，明知他信奉"爱便爱，不爱便丢开"的恋爱哲学还迅速坠入爱河，这其中未尝没有时髦的"杯水主义"理论的作用。

对"杯水主义"的不同看法并没有影响萧红和方未艾的关系，但是，一天午后方未艾去旅馆看望萧红时，她的房里静悄悄的，方未艾见双人床的两扇床幔都放下了，床下有一双熟悉的男皮鞋，他一声不响地转身离开了。此后，"封建"的方未艾就很少去看萧红了，萧红多次打电话请他，还写了一首《致方曦》的五绝请茶房送去给他，诗中甚至有"高楼举目望，咫尺天涯隔。百唤无一应，谁知离恨多"的伤感之语，方未艾还是固执地选择和她保持距离。后来哈尔滨发大水，方未艾带着食物划一条小船去旅馆接萧红，她不肯走，只对他说："你去找三郎来接我吧。我等着他。"看到她那一脸倔强的表情，方未艾明白她的心意，便去寻找萧军了。再后来，萧红和萧军搬进了商市街二十五号，方未艾常去看望他们，只是仍然避免与萧红过分亲密。直到 1933 年 10 月方未艾被派往苏联学习，临行话别，他主动握了握萧红沾满泪痕的手，那手火一样炙热，他知道她又想起了他们最初相识时的一些往事，立即放开了手。② 从那一别，方未艾就再也没有见到过萧红了。

作为萧军一生的挚友和"三角恋"其中一角，方未艾对他与二萧之间往事的追忆比孙陵的更详细，从他的自述中不难看出，相识之初他与萧红之间确曾萌生过未及言明的情愫，但也仅止于此，萧红对他的好感，以及对"杯水主义"的信仰，很快就全部覆没在对萧军的爱意里了。

---

① 即《三代的爱》《赤恋》和《姊妹》。
② 方未艾《萧红在哈尔滨》，载《名人传记》2008 年第 1 期。

25."爱便爱，不爱便丢开"

晚年的萧军在追述与萧红那段情时这样解释过他的两性关系原则："如果我还爱着她，而对方不再爱我，或不需要我了，我一定请她爱她所要爱的去，需要她所需要的去，绝不加以纠缠或阻拦；如果我不爱她了，不需要她了，她就可以去爱她所要爱的去。……不管她此后把自己的身体和灵魂交给'天使'或'魔鬼'这完全是她自己的事情了……"①萧军看似公平自由、唯爱至上的爱情契约论，与"杯水主义"理论一样，视忠诚和责任为陈腐的道德束缚，而将易逝的激情和欲望当作衡量爱情的唯一标准，因此，它其实是一种爱情速食主义。何况，爱情和婚姻是两个人的事，一人制定规则另一人无条件遵循，这本身就是蛮横霸道的大男子主义作风的体现。而且，再铿锵的原则也只是口头正义，就事实来看，萧军对待女人的态度，用纪实性的《烛心》里他说的那句"爱便爱，不爱便丢开"来概括，似乎更为贴切。

萧军的原配妻子许氏被"丢开"了，1932年初在哈尔滨，萧军将她与两个女儿遣回老家，并宣布从此与她脱离夫妻关系，命她自行改嫁。许氏回到老家后等了萧军七年才改嫁，而萧军，不到半年就陷入了与萧红的狂恋。

二萧恋情的开始，无论是萧军的《烛心》还是萧红的组诗《春曲》都不避讳其肉欲色彩，萧红的《春曲》其三、其六笔致尤其香艳大胆：

> 你美好的处子诗人，
> 来坐在我的身边，
> 你的腰任意我怎样拥抱，
> 你的唇任意我怎样的吻，
> 你不敢来在我的身边吗？
> 诗人啊！

---

① 萧军《萧红书简辑存注释录》，黑龙江人民出版社，1981年。

迟早你是逃避不了女人！（《春曲》其三）

当他爱我的时候，
　我没有一点力量，
　连眼睛都张不开，
我问他这是为了什么？
他说：爱惯就好了，
　啊！可珍贵的初恋之心。（《春曲》其六）

激情如潮水涌来，灵肉契合的快乐如鲜花着锦烈火烹油，萧红曾意乱情迷地对萧军说："三郎，我不许你的唇再吮到凭谁的唇！"但仅仅几天之后，萧军就有了和她了断之心，《烛心》中有这样一段内心独白："我们就是这样结束了吧！结束了吧！这也是我意想中的事，畸娜，你不要以为是例外……""畸娜"就是萧红，因萧军多次强调《烛心》全为他与萧红之间往事的实录，所以可知相恋之初他确曾产生过分手的念头。情焰低落欲望退潮的原因，除了萧红的债务和肚子，就是新欲望对象的出现了。困居东兴顺旅馆期间，萧红还作过一首诗，是这样的开头：

昨夜梦里：
听说你对那个名字叫 Marlie 的女子，
也正有意。

是在一个妩媚的郊野里，
你一个人坐在草地上写诗。
猛一抬头，你看到了丛林那边，
女人的影子。

我不相信你是有意看她，
因为你的心，不是已经给了我吗？

虽然诗名《幻觉》，又声言是"梦里"得知消息，诗中因爱人变心而生的疼痛和凄楚之感却十分真实——"我的名字常常是写在你的诗册里。/我在你的诗册里翻转；/诗册在草地上翻转；/但你的心！/却在那个女子的柳眉樱唇间翻转”；还有爱而不得的绝望——“把你的孤寂埋在她的青春里。/我的青春！今后情愿老死！”据舒群晚年回忆，萧军另有所爱的事并非萧红臆想，Marlie确有其人，是一位经常举办文艺沙龙的李姓大家闺秀，她身边聚集了一大批左翼艺术家，塞克就曾疯狂追求过她。而萧军，当时大约也暗中迷恋上了她。[1]因此，萧军待萧红之心，远没有他后来写的那样无私高尚，相反，他爱得轻率、冲动，欲望满足后便有了丢开她的念头，尽管两人到1938年才正式分手，近六年的共同生活中萧军不止一次试图“丢开”萧红。

散文《公园》和《夏夜》中，萧红写过一位年轻女子“汪林”，她是萧红从德女中的校友，也是二萧住在商市街时房东家的三小姐，她家境优渥时髦漂亮，令萧红有相形见绌的自卑感和危机感。她和萧军走得很近，萧军也毫不避忌地每晚留在院子里陪她乘凉夜谈，萧红连他是什么时候回屋睡觉的都不知道。就这样过了很多天，萧军突然告诉萧红汪林向他示爱他拒绝了，一是因为有萧红二是因为他们彼此差距太大。不久汪林爱上别人，不再与萧军夜谈，这个小插曲便算过去了。从入住商市街起，二萧便开始以夫妻名义共同生活了，但就汪林事件来看，作为妻子的萧红对萧军的情感动向没有任何过问和约束的权利，她有的，只是被动的处境和深深的无奈。

而在另一篇散文《一个南方的姑娘》中，萧红又写了一位由上海到哈尔滨探亲的女中学生“程女士”。程女士因为对二萧的《跋涉》感兴趣，在朋友的介绍下，拜访了商市街二萧的住所。程女士素净漂亮，不擦粉也不卷头发，头上只扎了一条红绸带，显得别具风采，她穿的是一件有黄花的葡萄灰色的袍子，袍子不美却不损于她的美。听说程女士和汪林一样常常出入舞场，萧红就没有和她做朋友的兴趣了，但萧军不然，他和她一天比一天地熟起来了，她还给他写信，“虽然常见，但是要写信的”。程女士来家里吃面条，萧红一到厨房去，她和萧军就喳喳地说话，等萧红进屋，他们又转移话题。萧红留意到了她的变化，她的“愁”，并且知道“她不仅仅是‘愁’，因为愁并不兴奋，可是程女士有点兴奋”，但萧红只是旁观着，沉默着，在她看来，程女士和汪林一样，是主动的一方，后来程女士回南方，到二萧的住所辞行，有萧红在，她没能尽情地把她的“愁”诉说给萧军听，她终于带着“愁”

---

[1]　据萧军1945年3月11日日记，当天有一位十一年前在哈尔滨相识的故人赵洵来访他，讲到了“在上海，在维也纳舞厅见过李玛丽的故事，那是凄凉的‘林妹妹’”。可以证实舒群所言，李玛丽确有其人，萧军也确实在哈尔滨时就认识她了。见萧军《延安日记1940-1945》(下卷)，牛津大学出版社，2013年，第667页。

回南方去了。

萧红文中的南方姑娘，也就是"程女士"，本名陈涓，1944 年她以"一狷"为笔名发表了一篇万余字的长信，从头到尾细述了自己与二萧特别是萧军的交往过程，提供了更多有关这段哈尔滨往事的细节，其中很多也许是从始至终不为萧红所知的。据陈涓说，1934 年元旦后，她到商市街去向二萧辞行，萧红大约是买菜去了，萧军塞了一封信给她，回家后她拆开信封，看到里面有一朵枯萎的玫瑰，虽然萧军的信中没有一个字涉及这朵玫瑰，它的寓意已不言而明。陈涓觉得有必要再见一面，澄清萧军对她的误会，于是那天下午她带着自己在哈尔滨认识的爱人又去了商市街，结果大家还是不欢而散。当天晚上，友人为陈涓饯别，为即将到来的离别她一杯接一杯地饮着伏特加。萧军突然找上门来，默默地看着她，不说话也不打招呼。后来陈涓借口买酒走出家门，萧军跟上来，亲吻了她的脸，然后跑开了。第二天，陈涓就"离去了这可怀念的松花江"①。但是，她和二萧的故事并没有就此结束，1934 年秋二萧刚到上海，萧军就去陈涓家拜访，得到了当时身在沈阳的陈涓的通讯地址；1935 年春天，陈涓和她那位在哈尔滨认识的爱人在松花江畔举行婚礼，萧军以二萧的名义从上海发去了祝贺；1936 年春，已为人母的陈涓携孩子回上海探亲，与已经在上海文坛成名的二萧重逢，她被萧军那段时间频繁的上门拜访和热情表白弄得很窘②。萧红仍然没有过问和约束萧军婚外恋情的权利，她只能忍气吞声、眼蓄泪水，作诗宣泄痛苦：

> 带着颜色的情诗，
> 一只一只是写给她的，
> 象三年前他写给我的一样。
> 也许人人都是一样！
> 也许情诗再过三年他又写给另外一个姑娘！（《苦杯》其一）

> 已经不爱我了吧！
> 　　尚与我日日争吵，
> 　　我的心潮破碎了，
> 　　他分明知道，

---

① 一狷《萧红死后——致某作家》，《千叶》创刊号，1944 年 6 月。
② 同上。

> 他又在我浸着毒一般痛苦的心上
>
>   时时踢打。(《苦杯》其四)

萧军知道自己的背叛给萧红造成了多么深的伤害，但他没有悔恨和歉疚，他待她反而更粗暴了：

> 我幼时有个暴虐的父亲，
>
> 他和我的父亲一样了！
>
> 父亲是我的敌人，
>
> 而他不是，
>
> 我又怎样来对待他呢？
>
> 他说他是我同一战线上的伙伴。(《苦杯》其七)

> 近来时时想哭了，
>
> 但没有一个适当的地方：
>
> 坐在床上哭，怕是他看到；
>
> 跑到厨房里去哭，
>
> 怕是邻居看到；
>
> 在街头哭，
>
> 那些陌生的人更会哗笑。
>
> 人间对我都是无情了。(《苦杯》其十)

萧军最终没能得到陈涓的爱，他和萧红的感情却因此遭到了重创，萧红的身体和精神都垮了，这种情况下，他们决定暂时分开。萧红接受了黄源的提议，前往日本疗伤。

1937 年 1 月，旅居日本半年后萧红应萧军的强烈要求返回上海，等待她的，是萧军的又一次恋爱纠纷，如果说与陈涓的纠葛还算"发乎情止乎礼"的话，这次就是灵肉的双重背叛了。萧军后来也承认，萧红在日本期间，由于偶然的际遇，他和某人有过一段短时期的恋爱，但他和对方都很清楚彼此没有结合的可能，为了结束这段没有结果的恋爱，他们决定催促萧红尽快回来。[1]萧军所说的某人，指的就是黄源的夫人许粤华，萧红初到日本时曾得到过她的照应，不

---

[1]　萧军《萧红书简辑存注释录》，黑龙江人民出版社，1981 年。

久许粤华因家事提前回国，之后可能是因为与萧军共同参与料理鲁迅的丧事而产生了感情。萧红启程回上海之前就已经知道了萧军的情事，她写下了《沙粒》组诗，诗中感情依然苦痛陈郁，但情绪较《苦杯》节制，隐隐流露出诀别之意：

> 今后将不再流泪了，
> 不是我心中没有悲哀，
> 而是这狂妄的人间迷惘了我了。（《沙粒》其十一）

> 我的胸中积满了沙石，
> 因此我所想望着的：
> 只是旷野、高天和飞鸟。（《沙粒》其十三）

　　萧红回国后，萧军仍然没有表现出任何悔恨和歉意，许粤华做了人工流产手术，他忙于照顾她，根本无暇顾及萧红。[①]感情的裂痕进一步扩大，二萧无可挽回地走向了诀别。

　　闪电式结合，毋庸讳言，是萧军奔突的欲望和萧红逃离困境的渴望相互碰撞的结果，是草率和非理性的，但曾经推崇过"杯水主义"的萧红如她同时代许多知识分子一样，并没有将信仰的理论落实到行动层面，从入住商市街自觉承担起做妻子的责任开始，"杯水主义"就成过去时了。而萧军，却从来没有丢弃"爱便爱，不爱便丢开"的恋爱哲学，他们对彼此之间关系的期许，从一开始便有分歧，所有日后的苦果都已落地生根，萧红唯有自食而已。

---

① 季红真《呼兰河的女儿——萧红全传》，现代出版社，2011年5月，第339页。

26. "一切事情惟有蛮横"

1932 年 7 月，哈尔滨连续二十七天大降暴雨，松花江水位节节攀升。8 月 7 日，江堤开始决口，部分街道被淹，商铺停市，交通受阻。8 月 12 日，洪峰水位高达 119.72 米，道里、道外及周边区域洪水肆虐，街道上可以行船。当时有"东方小巴黎"美誉的哈尔滨市总计人口 38 万，23.8 万人受灾，两万多人丧生，这场有水文记录以来哈尔滨最大的一次洪灾，名副其实是一场天降浩劫，但它却无意间为萧红的命运打开了一个出口。在作于次年 4 月的《弃儿》一文中，萧红回忆了她逃出生天的过程。

"水就象远天一样，没有边际地漂漾着，一片片日光在水面上浮动着。大人、小孩和包裹青绿颜色。安静的不慌忙的小船朝向同一的方向走去，一个接着一个……"东兴顺旅馆处于道外区，洪水泛滥时，萧红站在旅馆窗前，目睹这末日场景。水位节节攀升，旅馆老板再次登门要债，萧红习以为常，仍旧推说明天会有办法。洪水越涨越高，性命要紧，当晚旅馆老板就和客人们提着箱子拉着小孩逃走了，萧红几乎是被独自留在那座死寂的楼房里了。"满楼的窗子散乱乱地开张和关闭，地板上的尘土地毯似的摊着。这里荒凉得就如兵已开走的营垒，什么全是散散乱乱得可怜"，她的恐惧和忧虑就如窗外的洪水一般四处满溢，唯一的指望就是新识的爱人能来救她。

萧红等来了舒群，舒群是《国际协报》的编辑，也是最早到东兴顺旅馆去探望她的人之一。晚年的舒群说哈尔滨闹大水那年他十八岁、萧红二十岁，他买了几个馒头包好，用绳系在头上，泅水去旅馆看她。旅馆二楼进了水，萧红搬到了三层，整个旅馆空了主人也跑了，很恐怖。萧红一个人像幽灵似的守在那里，浑身上下都被水浸透了的舒群边走边喊她的名字，才终于找到她，把馒头交给了饥饿的她。舒群回去后，把萧红的情况告诉了萧军，萧军听了很激动，马上找他借钱，说要雇木船去救萧红，但舒群要是有钱的话就不用泅水去旅馆，也不用把萧红留在那里了。①

萧红还等到了方未艾，但她不肯跟他走，执意要等萧军，方未艾只好去找萧军。

萧红没有等到萧军。萧军身无分文，当铺关门他连衣服也典当不出去，没法雇船去救她。萧红被一只路过的救济船救下了，船行在昔日的街道上，如行在狭窄的用楼房砌成河岸的小河中，小船在波浪中打转，萧红惊恐得尖叫一声，跳了起来。这是几个月来她第一次呼吸到自由的空气，但眼前所见耳边所听的一切是那么生疏可怖。按照萧军留下的地址，萧红找到了裴馨园的家，从裴夫人黄淑英的口中她得知萧军已经去旅馆接她了。当天晚上，在萧军的陪伴下，萧红来到了他常提起的公园，虽有蚊虫缠扰，但相互依偎着坐在亭子里的两人激动不已。

裴馨园收留了萧红，条件是她得戒掉鸦片。寄人篱下，萧红的日子并不比被困在旅馆里好过，一来裴馨园夫妇都是吸鸦片的，萧红要在两管烟枪旁戒烟；二来，在裴家，萧红和萧军一个睡里间一个睡外间，没有独处的机会和空间，这对还处于热恋期、胸中的激情像松花江水一样想找个决堤出口冲出去的他们来说也是煎熬。一天，早起的萧红来到外房萧军身边，推醒他，给他看自己腿上被蚊虫叮咬出的连排小包，萧军抚摸着她的腿，皱着眉头笑了笑，她误解了他的笑，以为他是"带着某种笑意向她煽动"，于是她的心狂跳起来，她忘了自己肚子里的小东西，挑逗地紧紧捏住了他的脚趾。这一幕被裴馨园的妻子和孩子撞见，裴夫人语带讥讽地问他们："你们两个用手捏住脚，这是东洋式还是西洋式的握手礼？"小女孩也跟着学舌："这是东洋式还是西洋式的呢？"二萧无言以对，感到既屈辱，又愤怒。

为避免与裴家人碰面，萧军成天带着萧红在街上溜达，裴夫人嫌两人衣衫褴褛走在街上丢裴家的脸，她直截了当地告诉萧红："在这街上我们认识许多朋友，谁都知道你们是住在我家的，假设你们若是不住在我家，好看与不好看，我都不管的。"萧红把这番话学给萧军，萧军更加愤怒了。

没过几天，就连曾经同情萧红赏识萧军的裴馨园也不耐烦，索性带着家人搬走了。裴家人带走了被褥，萧红在土炕上睡了两夜，肚子剧烈地疼痛起来，她在土炕上滚成个泥人了。裴馨园不肯借钱，萧军四处奔走，才筹到五角钱雇马车送她到医院，医生告诉他们距离预产期还有一个月，让他们回家，并准备好十五元住院费。马车刚把他们送回家，萧红又痛得惨叫起来，萧军无法了，

---

① 姜德明《听舒群谈萧红》，载王观泉编《怀念萧红》，黑龙江人民出版社，1981年。

没有钱，他也不打算借了，"他明白现代的一切事情惟有蛮横，用不到讲道理"，凭着这蛮横，他再次把萧红送到医院，而且在没有住院费的情况下强行让萧红住进了三等产妇室。不多时，萧红产下了一个女婴。

和当初付不起房费被旅馆扣留一样，生完孩子的萧红又因为交不上住院费被医院扣留了，萧军反而不愁，他下定了不交住院费的决心，蛮横到底，大不了去坐两个月的班房抵债，他只为借不到五角钱雇马车接萧红出院而烦恼。产后的萧红身体虚弱，加上忧思难眠，她发起了高烧，迷迷糊糊说着自己就要死了。医院对此视而不见，萧军去找医生，遭到推搪，他怒吼："我向你说，如果今天你医不好我的人，她要是从此死去……我会杀了你，杀了你全家，杀了你们的院长，你们院长的全家，杀了你们这医院所有的人……我现在等着你给我医——"他的蛮横再次生效，医生急忙跑来给萧红打针吃药，她终于恬静地睡去了。①

将萧红扣留了近三个星期之后，院方放弃了向她收住院费的打算，他们明确表示不要钱了，只要她腾出床位。于是，萧军带着萧红走出了医院，他仍然没有筹到雇马车所需的那五角钱。

也许是接二连三的困境让他们产生了患难与共的温情，也许是因为萧红身上两个沉重的负担——债务和孩子——都没了，出院后萧红和萧军顺理成章地生活在一起了。此后六年，她一直在他的羽翼下生存，被他挟制也受他保护，她痛恨他蛮横，又倚赖和崇拜他的蛮横，哪怕是分手了，再度身陷险境时，她还是相信只要给他拍个电报他就会来救自己②。

---

①　骆宾基《萧红小传》，黑龙江人民出版社，1981 年 11 月。
②　同上。

27. 弃儿

骆宾基说，萧红临终前曾告诉他她在哈尔滨生过一个女孩子，送了人，她还说："但愿她在世界上很健康地活着。大约这时候，她有八九岁了，长得很高了。"[1] 萧红口中的女孩子就是 1932 年 8 月底出生的那个婴儿，是她与汪恩甲同居东兴顺旅馆半年的"结果"。写于 1933 年 4 月的非虚构小说《弃儿》中，萧红实录了自己从旅馆脱困、住进医院到产下女婴送人的全过程。

大约是在 1932 年 8 月 25 日，裴馨园一家搬走两天后，萧红的肚子开始剧烈疼痛，那是肠子绞着像要被抽断了的痛法，萧红痛得不知人事，只想撕破肚子，把里面的"小物件"挤压出来……萧军出去了几个小时才借到五角钱雇马车送她去医院，结果肚子又不痛了。他们刚从医院回家，萧红又疼得呻吟起来，于是，萧军第二次把她送到了医院，那夜，她生下了一个女婴。分娩的极端痛苦，与死亡的无限接近，让萧红坚信生产就是对女人们的灾难，是对她们的刑罚，后来在《生死场》第六节"刑罚的日子"中，她便写到乡村妇女"受刑"的场景：五姑姑的姐姐怕男人打她，苦痛得脸色灰白却不敢号叫，她满身冷水，无言地挨了一整夜，生下一个死孩子；金枝就要临盆了，男人却诱她温存，痛苦紧追着快乐而来，金枝差点丧命，在王婆的帮助下总算生出了小金枝；王婆正在给麻面婆接生，孩子的圆头顶都看得见了，五姑姑走进来说李二婶子小产快死了，王婆丢下麻面婆走了，等另一个产婆赶到时，麻面婆的孩子已经在土炕上哭着了……新的生命无处不在，女性的磨难亦无处不在。

本就虚弱的萧红耗尽了体力，她昏昏沉沉地睡了两天，睡梦里都是摧毁整座城市的大水，到了第三天，涨奶的疼痛令她无法再入眠，醒来的她只是嚷着奶子痛，却没有向护士询问过孩子，更未提过给孩子喂奶，看护推着孩子向她走来时，她连忙摆手拒绝："不要！不……不要……我不要呀！"在入院之前，或许更早，在汪恩甲一去无踪时，萧红就拿定了主意不要这个孩子，但直到话

---

① 骆宾基《萧红小传》，黑龙江人民出版社，1981 年 11 月。

说出口，她才感到"母子之情就像一条不能折断的钢丝被她折断了"，她满身抖颤。她不能当作没有生过这个孩子，她梦到小孩给院长当丫环，被院长打死了，她听到小孩的咳嗽声，跳下床去想抱，但终究没有去。孩子生下六天了，萧红仍然没有见过她，奶水挤出来扔掉也不愿意喂她，她在隔壁整夜整夜地哭，看护们不明白这个做母亲的何以如此狠心。终于，来了一个三十多岁的女人，坐在萧红的床沿，絮絮叨叨地表达了领走孩子的意思，萧红流着泪，用被子蒙住头说："请抱去吧，不要再说别的话了。"那妇人扭捏着假意要走，说不能做母子两离的事。萧红马上掀开被子说："我舍得，小孩子没有用处，你把她抱去吧。"就这样，出生六天了没见过母亲一面更没吃过一口母乳的女婴，被陌生的妇人欢天喜地地抱走了，"包袱里的小被褥给孩子包好，经过穿道，经过产妇室的门前，经过产妇室的妈妈，小孩跟着生人走了，走下石阶了。"

不要这个孩子的原因，萧红通过《弃儿》中"芹"的内心动摇作了解释："真个自私的东西，成千成万的小孩在哭怎么就听不见呢？成千成万的小孩饿死了，怎么看不见呢？比小孩更有用的大人也饿死了，自己也快饿死了，这都看不见，真是个自私的东西！"从这段话中也可以看到柯伦泰在萧红作品中留下的痕迹，为了革命和"成千上万的小孩"而放弃自己的孩子，正是柯伦泰《三代的爱》中热尼娅的选择。但其时萧红并未参与任何革命工作，她放弃孩子更直接和实际的原因，是她根本养不活这个孩子，不仅如此，孩子还将成为她的绊脚石。

这个女婴并不是萧红唯一的孩子。据胡风的夫人梅志回忆，1938年初夏在武汉她发现自己怀孕了打算找医生堕胎，萧红跟她一道去做了检查，结果是也有了三个多月的身孕。孩子是萧军的，萧红刚跟他分手，跟端木蕻良在一起。萧红也想打胎，但和梅志一样拿不出一百四十多元的费用，只好离开医院。凑不出钱，萧红便让友人蒋锡金帮忙找个医生，蒋锡金帮不上这忙，而且孩子大了，打胎的风险也大，萧红只能放弃。

那年年底梅志逃难到重庆，生下了女儿晓风，萧红前往探望时，尚在月子中的梅志忍不住问她："你的孩子呢？一定很大了吧？"萧红告诉她孩子生下三天就死了，还说自己挺着大肚子从武汉逃难到重庆时在码头跌了一跤，当时她就想孩子呀你就跌出来吧我实在拖不起了，可肚子啥事也没有……刚生下女儿的梅志听到这话，不禁疑惑一个女作家怎么就养不起个孩子呢，何况她还有端木！

后来，梅志见到萧红的老友白朗，才知道萧红是在她那里生的孩子，白朗还告诉梅志，萧红生孩子生得很顺利，那孩子低额头四方脸，长得很像萧军。

孩子出生的第三天，白朗还到医院去看了他们，次日再去医院萧红就告诉她孩子死了，医生、护士和白朗都很吃惊，都说要追查原因，只有萧红反应冷淡，没多大悲伤，说死了就死了吧，这么小一个孩子要活下去也真不容易。[1]

关于萧红的第二个孩子，多年来流传着各种不同的说法。骆宾基的《萧红小传》说萧红在码头上跌的那一跤使她流产了；肖凤的《萧红传》称萧红产下了一个没有生命的死婴；而白朗的女儿金玉良在1999年给了另一种说法，她说当年萧红顺利生下了一个白白胖胖的男婴，白朗每天早晚都去医院送汤送水照顾他们母子，一天萧红对白朗说牙疼，要吃止痛片，白朗便给她送去了德国拜尔产的"加当片"，一种比阿斯匹林厉害得多的镇痛药，次日一早白朗照旧到医院，却从萧红口中得知孩子夜里抽风死了，白朗急着问昨晚还好好的怎么说死就死呢，说着就要找大夫理论，被萧红死活阻拦了下来。萧红还说自己一个人住在医院害怕，当天就急着出了院。[2]

金玉良的说法应该来自她母亲白朗，与梅志文章中所述完全吻合。白朗是萧红生前最好的朋友，事情真相如何，似已毋庸赘言。梅志早已从白朗口中知悉了止痛片一事，但在回忆萧红的文章中她并未提及[3]，只是忍不住表达了对狠心放弃孩子的萧红的不理解，她说通过这件事，她看出了萧红在"爱"的方面的一些弱点。

---

①　梅志《"爱"的悲剧——忆萧红》，载《花椒红了》，中国华侨出版社，1995年。
②　金玉良《一首诗稿的联想——略记罗烽、白朗与萧红的交往》，载《香港文学》第174期，1999年。
③　1993年梅志在接受《呼兰河的女儿——萧红全传》的作者季红真采访时肯定了男婴是镇痛药致死的说法，但季红真认为白朗有精神分裂病史，梅志后来也曾长期遭监禁，她们的说法有臆想成分，不可信。但白朗向梅志讲述萧红产子经过，应在她精神分裂之前，而多年的监禁经历并没有磨尽梅志的心智，她撰写的胡风传记足以证明这点。

28. "开始过日子"

1932 年中秋前后，产后的萧红随萧军回到了裴馨园家。裴家人认定未婚生女的萧红行为不检点，对她更加看不上眼。裴夫人听了些闲言碎语，就在萧军面前说萧红的闲话，并因此与萧军争吵起来，萧军本来就脾气火暴，寄人篱下看眼色已憋了一肚子恶气，两人吵伤了和气，第二天，萧军带着萧红离开了裴家。①

8 月大水过后的哈尔滨民房大片倒塌，普通旅馆生意紧张，萧军和萧红只好住进了价格相对昂贵的欧罗巴旅馆，每天房费两元，租铺盖须另付五角，手上仅有的五元钱是临从裴家出来时裴馨园送的，刚够撑上两天，他们不约而同、不假思索地选择了不租铺盖，高大的女茶房立刻收走了床单、软枕和桌上的桌布，原本洁白可爱的旅馆小房间被劫了一样，床上赤现着肿胀的草褥，破木桌上显露出了黑点和白圈，连大藤椅也好像跟着变了颜色。但他们总算有了单独相处的空间，而且晚饭也不用愁了——桌上有黑列巴和盐。就在那草褥上，两个人忘情地拥吻在一起。

为了每天的房费和生活费，萧军每天冒着大雪四处奔走，不是借钱就是找工作，但他和萧红还是连最最廉价的食物黑列巴加盐也吃不起。萧红常常坐在旅馆里，挨着冻受着饿，等着萧军带回一点钱，去买食物。等待的时刻里，她觉得自己就像一架完全停止了的机器，没有意义。

11 月中，生活的转机出现了，萧军找到了一份教小男孩国文和武术的家教工作，他主动跟雇主商量，不收学费，只要能有个住处就行，雇主把自己家的一间空房给了他。就这样，他们告别了欧罗巴旅馆，萧军夹着条箱，萧红端着脸盆，来到了商市街二十五号。

走过了很长的院子，萧军拉开尽头那间房的房门，对萧红说："进去吧！"那个半地下室就是他们的"家"，萧红失望极了，家里很荒凉，什么也没有，借

---

① 黄淑英口述、萧耘整理《二萧与裴馨园》，原载《东北现代文学史料》第四辑，1982 年。

来的铁床露着冰一样的铁条，炉中一颗火星也没有。萧军出去置办生活用品，萧红做完了简单的打扫，就在那陌生、冰冷的环境里环顾，她感到自己好像落下井的鸭子一般寂寞并且隔绝，只有肚痛、寒冷和饥饿伴着她……

萧军带回了草褥、锅碗瓢盆、白米和木桦（即劈开的木柴），有了他和这些东西，萧红开始觉得家里有烟火气了，饥饿不那么难忍了，肚痛也轻了。她站在火炉边，第一次像个小主妇一样做着晚餐了。油菜烧焦了，白米饭是半生的，说它是粥比粥硬一点，说它是饭又比饭又粘一点。但搬进了这个房间，做出了这样一顿半生半熟晚餐之后，萧红觉得她的人生迎来又一个重要转折点，青春结束了，同时结束的还有流浪、居无定所的日子，她成了一个家庭主妇，一个人的妻子，他们要开始过日子了。在痛苦和死亡的刀锋上走了一遭后，萧红回到了她离家出走时奋力逃脱的家庭主妇式的生活里，带着如蛆附骨的贫穷和一个她深爱的男人。站在这个转折点上，她内心的萧索多于欢欣。

搬到商市街的当晚，萧红见到了房东家的三小姐，她昔日的校友，这位摩登女郎还清楚地记得萧红，萧红对她却完全没印象，但她的少女风度还是刺痛了萧红的心，尽管才二十二岁，萧红觉得自己老了，比三十岁还老。

从 1932 年 11 月中旬到 1934 年 6 月中，二萧在商市街二十五号的半地下室里度过了一年加七个月，不算长，但对半生漂泊的萧红来说是一段相对安稳的日子，那里是她和萧军最初的家，是她开始文学创作的地方。离开后她写了一系列散文回忆在那里度过的日夜，结集成《商市街》出版。

29. 饿

　　鲁迅曾说人类一个很大的缺点就是常常要饥饿，要填饱肚子就必须有钱，所以钱是最要紧的，自由固然不是钱可以买到的，却常常因为钱而卖掉。[1]萧红自离家出走，十余年里人生有起有伏，但始终没钱。和萧军一起住在欧罗巴旅馆的那些天，可能是她一生中最穷的时候，饥饿成了她和萧军的家常便饭，散文集《商市街》中就有不少篇目写到了他们挨过的饿。

　　在《他去追求职业》一文中，萧红写到在旅馆等待外出求职的爱人回来时，饥饿将她的视觉和嗅觉磨砺得格外敏锐。在昏暗的旅馆过道上她看到送牛奶的人把白色的、发热的瓶子轻轻排在别人房间的门口，她受到了诱惑，好像已经嗅到"列巴圈"的麦香，好像那成串的肥胖的圆形点心已经挂在她的鼻头，几天没有吃饱的她对食物的渴望到达了顶峰，但她没有钱，"列巴圈"的存在对她来说简直是虐待。《饿》里萧红写她清晨醒来，整个旅馆还在沉睡中，"列巴圈"已经挂在别人房间的门上了，牛奶瓶也规规矩矩地等在别人的房门口，去拿去偷的想法一经出现在她脑海，便不可遏止壮大强烈，食物变得格外诱人，牛奶瓶的乳白色是真真切切的，"列巴圈"也比平日大了些。她两次打开房门想去偷，但道德感训诫着她，偷是可耻的，一旦她偷了，房里睡着的情人成了她的敌人，假若有母亲，母亲也成了敌人。

　　饥饿难熬，值得庆幸的是当时萧红和萧军还在热恋中，爱情多少给了他们一点补偿。黑面包蘸白盐一度是他们唯一的食物品种，但就是这么廉价的东西，也不能尽情饱。两个人分享一块黑面包，萧红跑下楼去打个水的工夫，面包便差不多只剩硬壳了，萧军为不小心吃多了责怪自己，一边频频说"饱了，饱了"，"你的病刚好，一定要吃饱"，一边不自觉地伸手又扭了一块面包皮。萧红见状，心疼地撕下一块面包皮送进他嘴里……（《提篮者》）萧军天性乐观强悍，饥饿击不倒他，他学着电影上的情景，将涂了白盐的黑面包送到萧红嘴边给她

---

[1]　鲁迅《娜拉走后怎样》，《鲁迅全集》第一卷，人民文学出版社，2005年11月，第168页。

咬一口，再送进自己嘴里，说："我们不是新婚吗？这不正是在度蜜月吗？"面包上盐太多，咸得他赶紧去喝水，他自嘲道："不行不行，再这样度蜜月，把人咸死了。"萧红被逗笑，也调侃起饥饿来："素食，有时候不食，好象传说上要成仙的人在这地方苦修苦炼。很有成绩，修炼得倒是不错了，脸也黄了，骨头也瘦了。我的眼睛越来越扩大，他的颊骨和木块一样突在腮边。这些工夫都做到，只是还没成仙。"（《黑"列巴"和白盐》）

偶尔，他们也能饱餐一顿，那是在萧军拿到家庭教师的报酬，或是他们借到较大一笔钱的时候。萧红第一次被带到专门招待洋车夫和工人的小饭馆时，就完全不习惯那种好些人随随便便挤在一张桌上吃饭的风格。虽然早已一穷二白，她还没有切身体验过底层生活。散文《破落之街》中她回忆了自己当时不无委屈的心理："苍蝇在那里好象是哑静了，我们同别的一些人一样，不讲卫生和体面，我觉得女人必须不应该和一些下流人同桌吃饭，然而我是吃了。"她必须丢掉自尊、教养和矜持，因为它们填不饱肚子，而且，她还谁都不能抱怨。点几个小菜，要半角钱的猪头肉，来一碗热气腾腾的肉丸子汤，再加一小壶酒和几个馒头，所费不到五角钱，两人却吃得很饱。饭后心情愉悦，路过街口卖零食的亭子，他们买了两块糖，一人一块，吮吸那甜甜的滋味，回到房间后比舌头，萧军吃的红色糖块，是红舌头，萧红是绿舌头。第二次去那家小饭馆时，萧红轻车熟路了，自己抢个位置先坐下，很大声地招呼点菜，辣椒白菜啦雪里蕻豆腐啦还有用鱼骨头炒一点酱借点鱼腥味的所谓酱鱼啦，放肆的一顿饱餐给了他们忘乎所以的满足感，那是并不持久的快乐，对萧红来说吉光片羽，弥足珍贵。

意味深长的是，二萧共处的六年中，感情最融洽最浓稠的时刻，正是那些吃了上顿没下顿的日子，爱情缓解了穷困的艰辛，而生存的艰难又掩盖爱情的瑕疵。据梅志后来回忆，1936 年 3 月在上海，二萧搬到北四川路鲁迅家附近之后，她曾听胡风提起在霞飞路遇到萧红一个人去俄国大菜馆吃两角钱一客的便宜饭，梅志完全想不通，已经成名的萧红稿费收入不少，何以要独自去吃便宜饭。[①]

---

① 梅志《"爱"的悲剧——忆萧红》，载《花椒红了》，中国华侨出版社，1995 年。

30. 有病呻吟

1942 年得知萧红去世的消息后丁玲写文章回忆和她的短暂交往，说香港沦陷后她曾收到端木蕻良来信，告知萧红已由玛丽皇后医院迁出，当时她便产生了一种不好的预感——"萧红绝不会长寿的"。[①] 这应该是萧红的朋友们心照不宣的共同担忧，因为他们言及对萧红的第一印象，往往不离苍白、羸弱、瘦削等字眼。[②] 十年漂泊生涯中，疾病像幽灵，时不时就缠上了萧红，而她由于贫穷、战乱和心理抵触等种种原因，除两次入院生孩子外，仅有三次求医经历。

萧红染上过鸦片瘾，被困旅馆时精神抑郁恐惧，孕期营养不良，这些都严重损坏了她的健康。8 月底孩子早产，产后她和萧军过的是饥寒交迫的日子，自然谈不上什么滋补和调养。种种因素累积，致使萧红迅速失去了青春和活力，疾病也趁机找上门来。许广平曾说，她知道萧红有一种宿疾，每个月有一次肚子痛，痛起来好几天不能起床，像生了一场大病一样。[③] 这个妇科病，是萧红第一次生孩子留下的后遗症，散文《患病》中她曾写过自己初次发病的过程：那是 1933 年年初，春天就要在头上和心上飞过的时候，萧红突然感到肚子疼了起来，疼得她不能吃早饭，且越来越无法忍耐。当时二萧搬到商市街已有几个月，但仍未脱贫，衣食都没有保障，就更别提去医院诊治的经费了。萧军跑去请了一个治喉病的医生来，医生问萧红是否患了盲肠炎，萧红痛得两眼发黑，哪里晓得什么盲肠炎不盲肠炎的，医生给她手臂上打了止痛针便离开了，止痛针不管用，萧红整整一个星期不能起床。后来偶然从朋友那里听说有一间专为贫民设的公共医院不收药费，萧红就去了。第一次进妇科诊室，她被里面的情形吓

---

① 丁玲《风雨中忆萧红》，原载《谷雨》第五期，1942 年延安出版。
② 据张琳发表在 1942 年 5 月重庆《新华日报》副刊《妇女之路》第 28 期上的《忆女作家萧红二三事》一文，1937 年在上海的萧红"脸色很黄，样子也很憔悴，我私信她有鸦片的恶好。后来才知道她并不吸鸦片，但对烟卷却有大瘾。不错的，那天晚上，我便看到她烟不离手，坐在她旁边的萧军倒吸得并不热心"。
③ 许广平《追忆萧红》，原载《文艺复兴》第一卷第六期，1946 年 7 月 11 日。

到了——"一个屏风后面，那里摆着一张很宽、很高、很短的台子，台子的两边还立了两支叉形的东西，叫我爬上这台子。当时我可有些害怕了，爬上去做什么呢？莫非要用刀割吗？"——幸好一位外国妇女率先爬上去做了检查，萧红才放了心，她爬上台子，医生在她肚子上按了按，问了几个问题，她不懂俄语，医生问什么她也听不懂，便马马虎虎回答几句，医生嘱她次日再来，把药给她，萧红却没有再去，因为出诊疗所时她问了一个重病的人，那人告诉她医院不给药吃说药贵让自己去买，萧红想反正自己也买不起药，诊所人又多，要等上几个钟头才能得到诊治，她没有那样的耐性，就决定不去拿药了。此后几年，萧红一直承受着严重痛经的折磨。1936年9月她从日本写信给萧军，就曾提到一次从早上十点持续到下午两点的剧烈肚痛，她痛得全身发抖，吃了四片洛定也不管用，当时萧红的经济状况已大有改善，但她仍然没有去求医，可能还是没有耐性吧。直到1937年回上海，在许广平介绍下吃了中药白凤丸，萧红的肚子才不痛了。

从萧红旅日写给萧军的信来看，1936年才二十五岁的她就已经全身是病了，在那短短半年里，除了严重痛经，她还曾连续发烧——"近几天整天发烧，也怕是肺病的（样）子，但自己晓得，决不是肺病。可是又为什么发烧呢？烧得骨节都酸了！本来刚到这里不久夜里就开（始）不舒服，口干、胃涨……近来才晓是又（有）热度的关系，明天也许跟华到她的朋友地方去，因为那个朋友是个女医学生，让她带我到医生的地方去检查一下，很便宜，两元钱即可"；长期呼吸困难——"二十多天感到困难的呼吸，只有昨夜是平静的"；胃痛——"胃还是坏，程度又好象深了一些，饮食我是非（常）注意，但还不好，总是一天要痛几回"；"今天上到第三堂的时候，我的胃就很痛，勉强支持过来了"；上火——"今天刑事来过，使我上了一点火，喉咙很痛，麻烦得很"；"这几天，火上得不小，嘴唇又全烧破了"；头痛——"前天又重头痛一次，这虽然不能怎样很重的打击了我（因为痛惯了的原故），但当时那种切实的痛苦无论如何也是真切的感到"……几乎每一封信里，萧红都要倾诉病痛的折磨，可以想象她的身体差到了什么程度，但她一次也没有入院就医（初到日本时她曾有在许粤华陪同下到女医学生那里去检查的计划，大约也没有去成，因为许粤华不久就匆匆回国了，此后萧红写给萧军的信里也没有再提身体检查的事），要么坚信自己是健康的，要么靠退烧药和止痛片度日，连她自己也不得不承认讳疾忌医——"算来头痛已经四五年了，这四五年中头痛乐（药）不知吃了多少。当痛楚一来到时，也想赶快把它医好吧，但一停止了痛楚，又总是不必了。因为头痛不至于死，现在是有钱了，连这样小病也不得了起来，不是连吃饭的钱也刚刚不成问题吗？"

萧红第二次入院看病是 1939 年跟端木蕻良住在重庆黄桷树镇时，常去看望她的复旦大学女生苑茵发现她脸色苍白时常干咳，身体也虚弱无力，就敦促并陪同她去了北碚江苏医学院检查。医生诊断的结果是贫血，建议萧红吃补品，萧红却偷偷告诉苑茵自己已染上了肺病。[1]梅志当时也住在黄桷树镇，她后来回忆说在镇上见到的萧红从背影看比以前瘦多了，两肩也耸得更高，抬着肩缩着脖，背还有点佝偻，完全不像一个不到三十岁的少妇。[2]但端木蕻良却说在重庆时他并未在萧红身上发现肺病症状，萧红本来身体就虚，加之喜欢抽烟喝酒，跟他结婚后戒了烟酒，身体较从前还恢复了一些。[3]无论如何，由苑茵敦促的那次入院检查，还是以不了了之告终。

萧红第三次也是最后一次入院治病，始于 1941 年春天。1940 年美国作家史沫特莱到香港养病，与早年在上海相识的萧红重逢，两人相处得甚是融洽。次年春天史沫特莱到玛丽皇后医院（以下简称玛丽医院）住了三个星期的院，就把身体虚弱、病痛缠身的萧红也介绍进去检查、诊治，用史沫特莱的话说，萧红"同现代中国大多数作家一样，生活穷困潦倒。这些作家挣得的钱只够维持苦力阶级的经济生活水平。萧红也和许多同道一样，得了肺病。我让她进玛丽皇后医院治病，直到香港沦陷以前给她提供经济补助"。[4]但事实上，萧红那次入院的直接原因并不是肺病，而是困扰她多年的头痛，经医生诊治，那是由宿疾——严重妇科病——引起的。1941 年 5 月史沫特莱返回美国，萧红也随即出院。7 月，萧红回玛丽医院治疗痔疮，做过身体检查后被确诊患上了肺结核。[5]

结核病俗称"痨病"，是由结核杆菌引起的传染病，结核杆菌可侵入人体的各种器官和组织如淋巴结、胸膜、腹膜、脑膜、肠、骨、关节、泌尿生殖系统和皮肤等，但以侵入肺脏为主，因而常引发肺结核。美国作家苏珊·桑塔格在《疾病的隐喻》一书中曾将结核病与癌症相比对，做过这样的表述：

"结核病在十九世纪所激发出来的和癌症在当今所激发出来的那些幻象，是对一个医学假定自己能够包治百病的时代里出现的一种被认为难以治愈、神秘莫测的疾病——即一种人们缺乏了解的疾病——的反应。这样一种疾病，名副其实地是神秘的。只要这种疾病的病因没有被弄清，只要医生的治疗终归无效，

---

① 苑茵《流亡中的复旦大学——兼忆萧红》，载《金婚》，长征出版社，1996 年。
② 梅志《"爱"的悲剧——忆萧红》，载《花椒红了》，中国华侨出版社，1995 年。
③ 端木蕻良《我与萧红》，载曹革成《我的婶婶萧红》，江苏文艺出版社，2010 年，第 205 页。
④ 史沫特莱《史沫特莱文集 1 中国的战歌》，新华出版社，1985 年，第 460 页。
⑤ 刘以鬯《周鲸文谈端木蕻良》，载《见虾集》，辽宁教育出版社，1997 年。

结核病就被认为是对生命的偷偷摸摸、毫不留情的盗窃。"

很长的一段时间里，结核病包括肺结核是恐怖的不治之症，患上就等于被宣判死刑。鲁迅的小说《药》里华老栓去买人血馒头，就是为了医治他儿子小栓的肺痨病，也就是肺结核，结果小栓吃了人血馒头还是死去；1936 年 10 月鲁迅因病去世，最主要的病因也是肺结核。

当时，医学界对肺结核的治疗方法是打空气针加静养。空气针一打，萧红全身的病灶都显露出来了，便秘、发喘、咳嗽、头痛一齐发作，她脸色变灰暗了，说话声音低哑了[1]，她感到前所未有的疲惫，连站都站不起来，不得不住进了专为肺结核病人静养而设的三等病室。但萧红还是没有静养的耐性，情况一有好转她就执意出院，致使病情反复[2]。加上珍珠港事件爆发，香港陷落，在炮火和恐惧中度日的萧红病情加速恶化，停战两周后又住进了位于跑马地的私立养和医院。为了尽早康复，她签字接受了一次毫无必要、雪上加霜的手术，术后萧红的生命力急速衰竭，在战后医疗物质的短缺中，于 1 月 22 日上午永远离开了人世。

---

① 骆宾基《萧红小传》，黑龙江人民出版社，1981 年，第 94 页。
② 端木蕻良《我与萧红》，载曹革成著《我的婶婶萧红》，江苏文艺出版社，2010 年，第205 页。

31. 女子装饰的心理

萧红被萧军带进了一个全新的世界，一个就在她身边、眼前但她尚未亲身体验过的穷人的世界。因为无产阶级革命理论的影响，因为萧军，萧红并不抗拒成为无产阶级的一员，她甚至感到骄傲，她迅速甩掉了与自己的新身份不符的习惯和观念，就像甩掉一个个累赘似的毫不惋惜：第一次被萧军带到招待洋车夫和工人的小饭馆吃饭，她还不习惯和几拨食客挤在一张桌子上，但她坐下来吃了，吃得饱饱的；萧军从当铺赎回两件自己的衣裳，把其中一件夹袍给萧红御寒，夹袍太大，萧红穿上都看不到自己的两只脚了，宽大的袖口挂在肩膀上像两个口袋吞没了她的手，连萧军都说穿上夹袍的她"像个大口袋"，萧红却觉得很合适，也很满足，对她来说衣服只要有遮挡和御寒两项功能便足够了，是否美观不在她考虑范围之内。

萧红一向不怎么在穿衣打扮上留心，她曾在文章中说自己的审美受儿时崇拜的伯父影响，因为伯父说女孩子要保持本来面目，穿衣服也最好是素色，所以她虽然家境不错，打扮却很朴素，从不涂脂抹粉，也不穿花色衣裳。据萧红的小学同学回忆，萧红转学到南关小学的第一天，穿的就是阴丹士林布的蓝上衣和黑布裙子，脚上是白袜子和黑布鞋[①]，与普通人家的女孩并无两样；而 1930 年夏天李洁吾第一次见到萧红时，她也是一身白褂青裙加白袜青布鞋的装束[②]；萧红 1931 年在北平读书期间的一张照片被保留了下来，照片上的萧红留着偏分短发穿着宽松男式西装一脸严肃地站在照相馆幕布前，显得很英气，也很符合她豪爽叛逆的性格。

和萧军在一起之后，萧红的着装风格由朴素变成了粗野——那其实已经不成其为风格了。1934 年在哈尔滨，萧红与萧军、山丁、罗烽合影留念，萧红穿的可能就是萧军那件过大的夹袍，她被裹得严严实实的，不细看认不出是

---

① 傅秀兰口述、何宏整理《女作家萧红少年时代二三事》，原载《东北现代文学史料》第二辑，1980 年。

② 李洁吾《萧红在北京的时候》，原载《哈尔滨文艺》第六期，1981 年。

位年轻女子。1934年夏天萧红和萧军在青岛认识了张梅林，据张梅林说，那个时期的萧红常常穿着布旗袍和西式裤子，脚上再踏双后跟磨掉了一半的破皮鞋，头发用一根随手撕下的天蓝色绸布条绑着，"粗野得可以"[1]。那年夏天，萧红在青岛樱花公园拍了一张照片，照片上的她眉目清秀，扎着两个辫子，看不出用的是不是天蓝色绸布条，但见她站在绿树斑影里，穿着浅色长旗袍，外罩一件长及膝盖的格子开襟布衫，微风撩起她的旗袍下摆，泄露了她脚上的男式皮鞋。

手头拮据并非萧红不事装饰的唯一原因。1934年末初到上海，二萧和张梅林一起逛大马路，在永安公司楼下看那些五彩缤纷的"环球百货"时，萧军曾指着一瓶昂贵的巴黎香水，眨着眼对萧红说："你买它三五瓶吧。"萧红不屑地答道："我一辈子也不会用那有臭味的水。"[2]在萧红看来，女人没有男人那样的行动自由，只能靠装扮自己取悦异性换取生存的权利。她反感女人的附属地位，因此也反感那些追逐时髦打扮艳丽的女子，反感一切被她们用来炫耀富贵、取悦男性的东西包括香水。她对穿着打扮的轻视态度里，便有对女性命运的反抗意味在内。

但萧红并不轻视女性之美。散文《新识》写了她在"牵牛房"重逢的一位旧同学，同学背靠着炉壁读剧本，"她波状的头发和充分作着圆形的肩，停在淡黄色的壁炉前，是一幅完成的少妇美丽的剪影"；又如《一个南方的姑娘》中的"程女士"，虽是情敌，萧红却不否认她的美，她"很素净，脸上不涂粉，头发没有卷起来，只是扎了一条红绸带，这更显得特别风味，又美又干净，葡萄灰色的袍子上面，有黄色的花，只是这件袍子我看不很美，但也无损于美"。萧红追求和认同的，便是这样一种自然干净的女性风度。不过，文坛成名之后她有了裁制新衣的财力，却没有搭配衣服的功力，连鲁迅也曾忍不住指点她："你的裙子配的颜色不对，并不是红上衣不好看，各种颜色都是好看的，红上衣要配红裙子，不然就是黑裙子，咖啡色的就不行了；这两种颜色放在一起很浑浊……你没看到外国人在街上走的吗？绝没有下边穿一件绿裙子，上边穿一件紫上衣，也没有穿一件红裙子而后穿一件白上衣的……"（《回忆鲁迅先生》）1936年7月赴日本之前，萧红还烫了一次头发，做了一身西装，可惜效果还是不尽如人意。梅志说那身西服是便宜料子，又是小店做的，萧红穿上非但没有美感，还失去了往日的平淡朴实，一头烫发也没有原来两条粗辫来得大方[3]；聂绀弩也记

---

① 张梅林《忆萧红》，载《梅林文集》，上海春明书店印行，1948年。
② 同上。
③ 梅志《"爱"的悲剧——忆萧红》，载《花椒红了》，中国华侨出版社，1995年。

得，那段时间萧红曾穿着一身崭新的蓝绸旗袍去拜访他，她搽着一脸的粉，头发蓬得像鸡窝，暮色中聂绀弩和夫人周颖怎么也认不出她来，过了半个钟头聂绀弩才"如有天启"地想到萧红，并"感到一种无名的悲哀"，因为"萧红，是我们的朋友，是朋友的爱侣，是一个最有希望的女作家，是《生死场》的作者，我们对于她的尊敬是无限的。今天，却看见她不过是一个女人，一个搽脂抹粉的、穿时兴的衣服的、烫什么式的头发的女人"，于是他马上跑上楼去，对萧红说："你的样子难看极了！"萧红听了他的话惘然离去，从此就再也不穿那衣服，也不烫头发了。①萧红赴日前与萧军、黄源的合影，可以佐证梅志和聂绀弩的叙述，照片上一脸勉强笑容的萧红穿着短袖格子旗袍，头发正是聂绀弩说的"鸡窝"样，乍看比她二十五岁的实际年龄成熟不少。一向反感、轻视时髦女性的萧红为什么会突然笨拙地追求起"时髦"来？据时间推算，只能是为了取悦萧军，挽回他为"程女士"而鼓动的心了。

萧红真正在服饰上有所心得，是跟端木蕻良在一起之后的事。端木跟萧军不同，他喜欢打扮自己，穿衣比较讲究，萧红多少受到了他的影响。1938年年底在重庆，萧红去探望梅志，就手执梅花，以一身"黑丝绒的十分合体的长旗袍"惊艳了她。萧红很高兴地告诉梅志，旗袍是她自己缝制的，衣料、金线和扣子都是从地摊上买来的，经她巧手改造，就变成了一件很上等的衣服。除了黑丝绒旗袍，梅志还见萧红穿过另一件毛蓝布旗袍，也是她自己缝的，她用白丝线在粗布料上绣了人字形花纹，使旗袍看上去雅致大方。梅志到这时才注意到萧红的美，并意识到她是爱美的，而且很有审美力。

其实，萧红一直有双善于缝纫的巧手。1934年12月17日，初到上海的二萧收到鲁迅邀请他们赴宴的信笺，兴奋不已的萧红就花七角五分钱从一家大拍卖的铺子里买回一块黑白纵横的方格绒布料，仿照从哈尔滨带来的俄国高加索式立领绣花大衬衫的款式，给萧军缝制了一件赴宴"礼服"，费时还不到一天，她的剪裁、针法和速度让萧军又惊讶又佩服。他们在上海拍的一张合影中，萧军就穿着那件黑白格子衬衣，颈上系着一条浅色围巾，昂然占据了整张照片四分之三的空间，萧红偎在他腋下，调皮地叼着个烟斗。1937年"八一三"之后，萧红的好友高原要离开上海，萧红帮忙整理他的行装时看到一条被老鼠咬破了的西装长裤，就立马拿过剪刀一剪，再用针线一缝，一会儿工夫就把一条已经作废的长裤改制成了一条很像样的短裤……②种种原因萧红一直没有用她灵巧的

① 聂绀弩《萧红一忆》，《聂绀弩全集》第四卷，武汉出版社，2003年，第391页。
② 高原《离合悲欢忆萧红》，载《哈尔滨文艺》1980年第12期。

手工和不俗的审美装扮自己，直到 1938 年之后，她的着装才变得合体、雅致，照片中的她前所未有地散发着女性的魅力。

但萧红一定想不到，那两件花费不多、自己手工缝制并惊艳了梅志的旗袍，在她死后竟成了她思想倒退的"罪证"。据孙陵说，1942 年重庆的萧红追悼会上，胡风曾公开批评萧红爱穿华丽服装。[①] 1946 年许广平撰文回忆萧红，也提及自己听说萧红旅居四川及香港时讲究衣饰之事。[②]

---

① 孙陵《萧军》，《我熟识的三十年代作家》，台北成文出版社，1980 年。
② 许广平《追忆萧红》，原载《文艺复兴》第一卷第六期，1946 年 7 月 11 日。

32. "几个欢乐的日子"

刚搬进商市街二十五号那段日子，为了两个人的温饱萧军每天忙得不可开交，萧红后来在散文《他的上唇挂霜了》中提到了那时候他一天到晚连轴转的行程，"早晨起来，就跑到南岗去，吃过饭，又要给他的小徒弟上国文课。一切忙完了，又跑出去借钱。晚饭后，又是教武术，又是去教中学课本"。白天萧军不在家，萧红只能对着家具默坐，"我虽生着嘴，也不言语；我虽生着腿，也不能走动；我虽生着手，而也没有什么做，和一个废人一般"。夜间疲惫的萧军"睡觉醒也醒不转来"，萧红"感到非常孤独了"，两个人的小家变得荒凉寂寞了。另一篇散文《广告员的梦想》则记述了一个新的工作机会：看到《国际协报》上电影院月薪四十元招聘广告员的消息，萧红按捺不住跃跃欲试的心情了，好不容易说服萧军陪同前往，结果连吃了两天闭门羹，萧军埋怨起萧红来，萧红又觉得他不应该同自己生气，"走路时，他在前面总比我快一些，他不愿意和我一起走的样子，好象我对事情没有眼光，使他讨厌的样子。冲突就这样越来越大，当时并不去怨恨那个'商行'，或是那个电影院，只是他生气我，我生气他，真正的目的却丢开了。两个人吵着架回来。"做不成广告员，晚上睡觉前萧军愤怒地发表起宏论来："你说，我们不是自私的爬虫是什么？只怕自己饿死，去画广告。画得好一点，不怕肉麻，多招来一些看情史的，使人们羡慕富丽，使人们一步一步地爬上去……就是这样，只怕自己饿死，毒害多少人不管，人是自私的东西，……若有人每月给二百元，不是什么都干了吗？我们就是不能够推动历史，也不能站在相反的方面努力败坏历史！"他越说越激动越大声，还更详细地剖析起自己来，萧红被他感动了。只是没过几天他们在街上闲荡碰到了一位在电影院画广告的朋友，朋友邀请他们去做副手，萧军又抢着跨进了电影院的门。

第一天去电影院画广告是萧红一个人去的，她在广告牌前站到了十点钟才回家，萧军去找过她两次没有找到，正在生气，两人吵了半夜。萧军买了酒来喝，萧红也抢着喝了一半，两人都哭了。萧军醉了在地板上打滚，指责萧红"一看到职业，途经也不管就跑了，有职业，爱人也不要了"。萧红喝醉了，只感到

"醉酒的心，象有火烧，象有开水在滚，就是哭也不知道有什么要哭，已经失去了理智"。第二天酒醒，两人又一起去画了一天广告，第三天，电影院另请了别人。

广告副手没有做成，二萧却不是完全没收获，在那位画广告的朋友金剑啸的引荐下，他们认识了几个常在"牵牛房"举办沙龙的朋友。对萧红来说，能走出寒冷昏暗的住所参加聚会已经很愉快了，何况聚在一起的又是一些热情洋溢、志趣相投的人，"牵牛房"给了她很多愉快的时光。后来她用《新识》《"牵牛房"》《十元钞票》《几个欢快的日子》等文章回顾了这段友情岁月，它们是散文集《商市街》中的一抹明亮之色。

"牵牛房"的主人、画家冯咏秋是个"脸色很白，多少有一点像政客的人"，与他同住的黄之明、袁淑奇① 夫妇是二房东。据袁时洁回忆，当日"牵牛房"的格局和布置是这样的：客厅正南面有两扇大窗户，窗户中间的大写字台上放着文房四宝和画具，客厅正中央是一张铺着深浅方格漆布的方桌，桌子四周有六七把椅子。因为房子正面门窗迎着出入大院的人们，为了方便聚会，"牵牛房"的主人们便在窗前撒了许多牵牛花种子，夏日一到，牵牛花藤蔓爬满门窗栅栏，各色花朵遍开，将房子装饰得格外漂亮，"牵牛房"因此得名。② 一所充满文艺气息的房子，加上热情好客的主人，自然会对当地的文艺青年产生吸引力，除了二萧，常出入"牵牛房"的还有罗烽白朗夫妇、金剑啸、舒群、唐达秋等人，他们职业不一兴趣各异，共同的是抵抗日本侵略的热望和对无产阶级革命理论的信仰，他们中有好几位是共产党员。二萧为参加剧团到了"牵牛房"，发现那里明亮温暖热闹，比家里舒适多了，加上又没有别的去处，剧团夭折后他们还是常常去闲坐。1932 年年末，二萧第四次去"牵牛房"时，主人向他们发出了一起过年的邀请，新识的友人也都欢迎他们去玩，并玩笑说"'牵牛房'又牵来两条牛"。萧红不解其意，因为还太生疏，"把人为什么称做牛"这句话她没有问出口，后来才知道这个沙龙的人都是"牛"，冯咏秋因热情好客乐善好施被戏称为"傻牛"，黄之明绰号"黄牛"，袁淑奇则是"母牛"……萧红和友人们还有隔阂感，觉得"不管怎么玩，怎么闹，总是各人有各人的立场"，如女仆拿着三角钱去买松子她就觉得非常可惜，几乎要战栗了，好像钱是她的一样，好像女仆把钱拿去丢掉一样，松子买来了她也吃，但别人是吃着玩，她是吃着充饥。新年那晚，萧红和萧军如约参加了"牵牛房"的跳舞狂欢，黄之明和"老

---

① 后改名为袁时洁。
② 袁时洁《牵牛房忆旧》，原载 1980 年 8 月 3 日《哈尔滨日报》。

桐"的化妆表演把所有人都逗笑了，女士们更是笑得流泪了，腰都直不起来了。跳完舞开始吃苹果、吃糖、吃茶，过度兴奋之后大家都觉得很疲乏，这时，被萧红称为"小蒙古"的袁淑奇给了她一封信，叮嘱她到家再看，萧红不知其意，就把信放到衣袋中了。当晚回到家，又饿又冷的萧红"在蜡烛旁忍着脚痛看那封信，信里边十元钞票露出来"。次日，二萧又去"牵牛房"晚餐，餐桌上"有鱼，有肉，有很好滋味的汤"，这样的饱餐，在他们是不多得的，他们吃得很好，又玩到了半夜才回家，但这次回家路上萧红走得很起劲，也不怕饿了，因为"在家有十元票子在等我"，她迎着寒风大步走在行人稀少的大街上，"我的勇气一直到'商市街'口还没消灭，脑中，心中，脊背上，腿上，似乎各处有一张十元票子，我被十元票子鼓励得肤浅得可笑了。"（《十元钞票》）

"牵牛房"的伙伴们用慷慨和善意打消了萧红心里的隔膜，那以后的一段日子，他们每晚都到"牵牛房"报到，和大家一起玩闹、取笑、争论，像自由自在的波希米亚人。这些友人和这些时光，于劫后余生的萧红，是必要和及时的补给，如白朗后来说的，"人（不管是青年或是老年）之需要友情的慰藉，正像一个孩子之需要母亲的温暖一样"[1]。过完了噩梦般的1932年，萧红的1933年因为这些伙伴们，有了一个温暖的开始。可惜，"牵牛房"的欢声笑语很快就被恐怖的氛围吞没了，伙伴们也随之风流云散。几年后，身在日本的萧红从萧军的书信中得知他已在上海与"小蒙古"袁淑奇重逢，便忍不住感叹道："两三年的工夫，就都兵荒马乱起来了，牵牛房的那些朋友们，都东流西散了。"

---

[1] 白朗《遥祭——纪念知友萧红》，原载《文艺月报》第十五期，1942年6月15日。

33. 创作元年

据萧军后来说，萧红正式开始写作的契机是 1932 年年底哈尔滨一家报社准备推"新年征文"特刊，他和几个朋友都鼓励萧红写了投稿，起初萧红很不自信，但因为负责征文的编辑是熟人，她投的稿子可以确定不会落选，她才写了短篇《王阿嫂的死》。小说刊出后得到了朋友们的赞扬，萧红从此便走上了写作之路。①

萧军笔下的"熟人"，指的是他的结拜兄长方未艾。1932 年冬天，裴馨园因为发表了讽刺市长的杂文不得不离开《国际协报》，陈稚虞接替他担任副刊《国际公园》的编辑，不久陈稚虞调到中东铁路，便向报社推荐了方未艾来接替自己。很多年后，方未艾还记得自己经手发表萧红的处女作《王阿嫂的死》②的往事：新年前，《国际协报》搞"新年征文"，萧军让萧红写一篇试试，几个朋友也从旁鼓励，萧红就动笔了。新年后方未艾从萧军手里拿到了萧红的稿子，题目是《王阿嫂的死》，署名悄吟，方未艾看了，觉得写得很真实，文笔流畅，感情充沛，就给发表了。就这样，萧红用"悄吟"这个笔名，开始了她的文学创作之旅。③

有一个良好的开端，萧红的创作热情如潮水高涨起来，她不再是帮萧军抄稿件的助手，而是他文学之路上的伙伴了。《王阿嫂的死》之外，萧红又于 4 月 18 日完成了《弃儿》，6 月 9 日写出了小说《看风筝》，8 月 1 日写完

---

① 萧军《萧红书简辑存注释录》，黑龙江人民出版社，1981 年。
② 关于萧红的处女作，学界有两种观点：一是根据萧军、方未艾所说，视《王阿嫂的死》为萧红正式文学创作的开始；二则认为《弃儿》才是萧红最早发表的文学作品，因为初版《跋涉》集中《王阿嫂的死》一文后附注"5 月 12 日"，而《弃儿》作于 1933 年 4 月 18 日，连载于同年 5 月 6 日至 17 日《大同报》副刊《大同俱乐部》，早于《王阿嫂的死》。本书取第一种观点，因为按照萧军和方未艾的说法，《王阿嫂的死》实际应作于 1932 年年底到 1933 年年初之间，发表于 1933 年年初，先于《弃儿》，文末"5 月 12 日"的日期可能是后来的修改日期，也可能是笔误。
③ 方未艾《萧红在哈尔滨》，载《名人传记》2008 年第 1 期。

了小说《小黑狗》，而《哑老人》和《夜风》都完成于 8 月 27 日，9 月萧红还写了一篇自叙性散文《广告副手》，12 月则完成了《烦扰的一日》和《破落之街》等作品……这些文章大多署名"悄吟"，发表在《大同报》副刊《夜哨》上了。

《夜哨》是由中共控制，中共地下党员、"牵牛房"同人金剑啸、罗烽等人支持，于 1933 年秋初在长春创刊的文艺周刊，创刊号上有一首题为《解放》的诗，可以看成是它的创刊辞："你们像是牢狱里的囚犯，／紧缠着笨重的铁链，／如今，一团烈火燃烧着，／铁链就要被毁断，／打开牢狱之门前进，／光明就在你眼前出现。／再也不能安分地期待，／期待只是受那种种的割宰，／如今，奴隶们只有一个路，／钢铁一般团结起来，／伟人一般看重自己，／把铁锁链毁断，／去欢迎那光明的出现。"从这首诗中不难看出《夜哨》的编辑理念。当时负责《夜哨》集稿工作的是萧军，他把收集到的稿子寄到长春，交给《大同报》副主编陈华选取发表。《夜哨》从 8 月 6 日创刊到 12 月 24 日停刊，一共出了二十一期，几乎每一期上都刊载了萧红的作品。这份意识形态倾向明显的周刊对它主要的撰稿人之一、刚刚开始文学创作的萧红的影响是巨大的，甚至可以说，它为她指定了创作的主题和方向。

有了固定的稿费收入，二萧无需再为温饱奔波了，萧军也不做家庭教师了，他们全身心地投入到了自己的文学事业中，1933 年 9 月他们在《国际协报》上登了一份出书广告：

"三郎、悄吟著之《跋涉》，计短篇小说十余篇，凡百余页。每页上，每字里，我们是可以看到人们'生的斗争'和'血的飞溅'给以我们怎样一条出路的线索。现在在印刷中，约九月底全书完成。"

10 月，在友人特别是舒群的经济资助下①，《跋涉》由哈尔滨"五日画报社"出版了。萧红后来在散文《册子》里，回顾了《跋涉》出版前后她内心的跌宕起伏：她在"永远不安定下来的洋烛的火光"下，怀着"不自禁的恐怖"抄写文稿；她迫不及待地跑到印刷厂去先睹为快，"特别高兴，折得很整齐的一帖一帖的都是要完成的册子，比儿时母亲为我制一件新衣裳更觉欢喜"。她站在排字工人旁边，"他手下按住的正是一个题目，很大的铅字，方的，带来无限的感情，那正是我的那篇《夜风》"；她很有远见地看到了这本小册子的意义，"这是我们创作的一个阶段，最前的一个阶段，册子就是划分这个阶段的东西"，自觉

---

① 萧军在初版《跋涉》的《书后》中说："这个集子能印出，我只有默记黑人弟和幼宾兄的助力。""黑人弟"即舒群，多年后说到这件事，他说自己没有那么多钱，是"党"帮助了他们。

不自觉中她已经将写作视为自己长远甚至终生的职业了；还有，最初的兴奋过后，紧接着到来的是失望和恐惧，"送到书店去的书，没有几天就被禁止发卖了"，从印刷厂拉回来的书成了累赘，只能销毁……

直到 1979 年，才有出版社根据萧军提供的母本整理并重新出版《跋涉》，书的目录页上有一行萧军的字："此书于一九四六年我再返哈尔滨时，偶于故书市中购得。珠分钗折，人间地下，一帧宛在，伤何如之。"

34. 作为起点的半部《跋涉》

《跋涉》最初名为《青杏》，这也许是萧红的主意，因为她的小诗《偶然想起》中有"去年的五月，/正是我在北平吃青杏的时节，/今年的五月，/我生活的痛苦，/真是有如青杏般的滋味"的句子，将自己和萧军的第一本创作合集命名为"青杏"，她可能是想说，这是他们辛勤浇灌的文学之树上所结的最初的果实，是不成熟的。由"青杏"改为"跋涉"，书名的色彩感和鲜活度降低，力道却加强了，意指两人在人生和文学路上艰难而坚决的前行，很适合这本带有无产阶级革命意识形态色彩的集子。

《跋涉》收入萧红和萧军的作品各六篇，萧红名下的分别是《王阿嫂的死》《广告副手》《小黑狗》《看风筝》《夜风》等短篇小说和自叙性散文，及短诗《春曲》。

《春曲》是1932年夏天萧红热恋萧军时写给他的一组情诗，她落笔大胆，直抒自己坠入爱河的欢欣、激动、热烈和痴缠，但总的来说新诗并非萧红的长项，诗歌在她作品中所占的比例也很小，但每逢胸中有浓烈的情感淤积，萧红便会用这种形式抒发。

《王阿嫂的死》《看风筝》和《夜风》都是农村题材的短篇小说，情节极尽凄惨。《王阿嫂的死》里的王阿嫂先是被张地主烧死了丈夫，然后又被他一脚踢在将要临盆的肚子上，她和她的新生儿一起死去，留下领养的小女孩环儿——她的生母也是被张地主的儿子强奸致死——成了无依无靠的孤儿;《看风筝》中死了女儿的孤独老人没能从工厂要到抚恤金，飘流到了更艰苦的乡间。偶然得到失踪三年的儿子刘成的消息后，他跌跌撞撞地赶去投奔，革命者刘成却在父亲赶到前落荒而逃，半年后他被捕了;《夜风》中的地主张老太太一家利用长工为他们守夜看守炮台，牧童长青因此受寒，他的妈妈也因生病无法给张老太太洗衣裳，被解雇的母子俩无路可走，加入革命队伍，包围了张地主家。

萧红这些最初的虚构作品缺点显而易见：结构松散，文字欠精练，人物脸谱化，生搬硬套阶级意识形态……但同样是在这些作品中，萧红写景和营造氛围的能力也显露了出来，以《王阿嫂的死》为例，开头那两段用景物描写来营造如烟似雾感伤氛围的手法便不俗：

"草叶和菜叶都蒙盖上灰白色的霜，山上黄了叶子的树，在等候太阳。太阳出来了，又走进朝霞去。野甸上的花花草草，在飘送着秋天零落凄迷的香气。

"雾气象云烟一样蒙蔽了野花、小河、草屋，蒙蔽了一切声息，蒙蔽了远近的山岗。"

这三篇小说里还有一个值得注意的细节是穷凶极恶的地主都姓张，这不能不令人想起萧红的家族和父亲，多少是因为对他们的仇恨，她笔下的地主才会只有一副恶魔的表情。而在王阿嫂的养女，那个无依无靠、名叫"小环"①的女孩身上，萧红很可能投射了对自己的怜惜，所以写到小环时她格外动情：

"小环虽是七岁，但是就和一个少女般的会忧愁，会思量。她听着秋虫吵叫的声音，只是用她的小嘴在学着大人叹气。这个孩子也许因为母亲死得太早的缘故？

……

"小环，这个小幽灵，坐在树根下睡了。林间的月光细碎地飘落在小环的脸上。她两手扣在膝盖间，头搭在手上，小辫在脖子上给风吹动着，她是个天然的小流浪者。"

集子中的另外两篇文章《广告副手》和《小黑狗》严格来说算自叙性散文，写的是二萧的商市街生活。《广告副手》中的"芹"为了生计跑去影院画广告，却招致爱人"蓓力"的误解和恼怒，两人爆发争吵，"蓓力"冻病，"芹"也丢掉了工作；《小黑狗》里"我"亲眼见证了十三只小狗从出生到被拿走的被拿走、死的死最后一只不剩的全过程。这两篇散文里同样灌装了对有产者的敌视：

"芹的影子就象钉在大牌子上似的，一动不动。她在失神地想呵：这就是工厂啊！方才走进来的那个长小胡的男人不也和工厂主一样吧？别人，在黑暗里涂抹的血，他们却拿到光明的地方去鉴赏，玩味！"

"太太和小姐们穿着镶边的袍子从他眼前走过，象一块肮脏的肉，或是一个里面裹着什么龌龊东西的花包袱，无手无足地在一串串地滚。"

萧红对无产阶级革命理论的粗浅认识和理解大多来自萧军，但朝夕相处的生活中，萧红又隐隐觉察到了萧军那套正义说辞背后冷酷无情的粗暴逻辑。《小

———

① 萧红原名张秀环。

黑狗》中的"我"想要收养一只小狗，遭到了"平森"的断然拒绝，"我"看着房后空地上腐烂了的小狗尸体感到难过，正担心他"又要象征着说什么"时，他已经开始说教了："一个小狗死在这没有阳光的地方，你觉得可怜么？年老的叫化子不能寻食，死在阴沟里，或是黑暗的街道上；女人，孩子，就是年轻人失了业的时候也是一样。"这两篇散文中的萧军，是一个以爱的名义肆意蛮横无理、用正义的言辞掩饰自己强势冷漠的大男子主义者，萧红只用了几个细节，就勾勒出了他复杂性格的轮廓。这种细碎又细腻的写法，后来被萧红沿用到了《商市街》和其他散文中。

35. 原名、笔名、诨名

萧红的原名张秀环是照宗谱起的,她的胞弟名为张秀珂,同父异母的弟弟叫张秀琢,都从一个"秀"字。萧红祖籍山东省东昌府莘县长兴社东十甲杨皮营村,祖先张岱在清朝乾隆年间迁移到东北,到萧红的祖父张维祯是第四代,从这一代起,张家子孙按"维廷秀福荫,麟凤玉芝华。道成文宪立,德树万世佳"这首诗来排辈分、起名字[①],所以萧红的祖父从维字,父亲张廷举从廷字,萧红则从秀字,起名张秀环,乳名叫荣华。为图吉利,萧红生母姜玉兰生的四个孩子,分别以荣华、富贵、连贵、连富为乳名,萧红成名之后,她的前辈亲人提到她,还是习惯性称她为"荣华"。

萧红六岁时,母亲姜玉兰带她去外祖父家,姜玉兰的妹妹姜玉环得知外甥女大名张秀环,和自己的一样有个"环"字,便提议给她改名。因为照当地风俗,不同辈份的亲属,名字是不能同字的。萧红的外祖父姜文选是私塾先生,又是当地有名的文人,他给萧红想了个新名字,张迺莹。这样一来,宗谱里规定的"秀"字也改掉了,联想到后来萧红离家出走,被除名宗谱,干脆连姓都不要了,改名张迺莹好像是她叛逃家族的开始。"迺"字同"乃",是"乃"的异体字,因此"张迺莹"常常被写作"张乃莹"。

萧红早期发表文章用得最多的笔名是"悄吟",从字面上看是悄悄吟唱、吟咏的意思。短篇小说处女作《王阿嫂的死》1933年初在《国际协报》上发表时,署名就是"悄吟",这年10月她与萧军出版合集《跋涉》,署名也是"悄吟"。后来二萧与鲁迅通信,鲁迅信中也常称萧红为"吟太太"。

在启用"萧红"这个笔名之前,除了"悄吟",萧红还用过两个笔名"玲玲"和"田娣"。1933年10月29日《夜哨》第11期上发表的散文《中秋节》,署名就是"玲玲";《夜哨》停刊后,萧红转而在白朗主编的《国际协报》"文艺"周

[①] 张抗《萧红家庭情况及其出走前后》,原载《萧红研究》第一辑,哈尔滨出版社,1993年9月。

刊上发表文章,1934年3月1日至5月3日的第5至13期,和1934年6月21日、28日的第20、21期上,她就用"田娣"的名义发表了《患难中》和《镀金的学说》两篇文章,这个笔名应该跟萧军有关,因为他的笔名之一是"田军"。

1935年12月《生死场》出版,"萧红"这个名字也随之问世,萧红用它发表和出版了她此后的大部分作品,但"悄吟"并没有消失,萧红还用它出版了《商市街》和《桥》两本集子,也发表了不少散文作品。同时使用两个笔名的主意来自鲁迅,1935年4月萧军的《八月的乡村》出版之前,"战斗"经验丰富的鲁迅就写信叮嘱他:"此后的笔名,须用两个,一个用于《八月》之类的,一个用于卖稿换钱的,否则,《八月》印出后,倘为叭儿狗所知,则别的稿子即使并没有什么,也会被他们抽去,不能发表。"[1]所以《生死场》出版时,萧红便效仿萧军,署上了从未用过的笔名"萧红",《商市街》《桥》中的文章相对安全,还是署名"悄吟"。萧军后来解释自己笔名的来历,说"萧"字来自京剧《打渔杀家》中他很喜爱的一个人物萧恩,"军"字则是为了纪念自己的军人出身,除此就没有其他含义了。萧军和萧红这两个笔名联系起来,是"小小红军"的意思,因为当时国民党在江西一带"剿共",所以偏要叫个"红军"给他们瞧瞧。[2]

除了学名、笔名和乳名之外,萧红还有几个"诨名",都是萧军的杰作。1936年萧红从日本写给萧军的信里,有三封落款"小鹅",晚年的萧军给这些信件作注释时,一一解释了这些"诨名"的由来:

"小麻雀——是形容她的腿肚细,跑不快,跑起来,两只脚尖内向。

"小海豹——是说她一犯困,一打哈欠,泪水就浮上了两只大眼睛,俨然象一只小海豹。

"小鹅——是形容她,一遇到什么惊愕或高兴的事,两只手就左右分张起来,活象一只受惊恐的小鹅,或者企鹅!……

"在起始我给她起这些外号,她要表示很生气,慢慢她就承认了,慢慢自己也就以此自居了,'小海豹'、'小鹅'就是一例。"[3]

1936年9月6日萧红从日本写给萧军的信中有一句"你总是用那样使我有点感动的称呼叫着我"。似乎,萧军对她还有另外的爱称,在1937年5月8日萧军从上海写给在北平的萧红的信中,他称她为"孩子",落款是"你的小狗熊",让萧红感动心软的,可能就是"孩子"这个称呼。后来萧军用情书攻势追求王德芬,也曾这样称呼过她。

---

① 萧军《鲁迅给萧军萧红信简注释录》,黑龙江人民出版社,1981年,第166页。
② 萧军《鲁迅给萧军萧红信简注释录》,黑龙江人民出版社,1981年。
③ 萧军《萧红书简辑存注释录》,黑龙江人民出版社,1981年。

36. 非走不可

　　1933 年 7 月，金剑啸、罗烽等人发起组织了一个半公开抗日剧团"星星剧团"，这是继半年前那个仅存在了三天就夭折的剧团之后，"牵牛房"同人的又一次演剧尝试。根据萧军作于 1936 年 9 月的散文《未完成的构图》描述，"星星剧团"的导演是金剑啸，演员有萧红、萧军、白朗、舒群、刘毓竹、徐志等人，他们一共排演过三个剧目：辛克莱的《小偷》中，萧军扮演小偷杰姆，白朗扮演律师太太，刘毓竹扮演律师；白薇的《娘姨》中，萧红扮演生病的老妇，舒群扮演一个家庭主妇的丈夫；张沫之的《一代不如一代》则由年轻的徐志担任主演。剧团纪律很严，成员在排练上投入了很多时间和精力，没想到辛苦排演了三个月，剧团却遭到演出场馆民众教育馆方面的刁难，被要求在"九一五"也就是日本正式承认"满洲国"的纪念日当天上演剧目以示庆祝，剧团成员愤慨拒绝，因此不得不另寻演出场地。罗烽四处奔走，找到了当时巴拉斯影院的犹太人经理，可惜对方一发现这是一个演进步剧的穷剧团就拒绝了合作。祸不单行的是，剧团的年轻成员徐志这个时候突然失踪，后来证实是被捕了。散文《白面孔》中，萧红就记下了当时剧团中因徐志失踪而弥漫着的人人自危的气氛，恐惧就像瘟疫一样在空气中传播，演出的事从此没人再提了，"星星剧团"存在了三个月，一个剧目都没有公演就销声匿迹了。徐志被捕一个星期后被放出，他的遭遇为这些革命青年敲响了人身安全的警钟，萧红尤其害怕，觉得"一个人，被弄了去，灌凉水，打橡皮鞭子，那已经不成个人了"。

　　徐志被捕和剧团结束的时候，也正是《跋涉》出版和被禁当口，二萧因《跋涉》被日本宪兵队抓捕的流言漫天飞舞，从印刷厂拖回来的新书成为了累赘，只能送进火炉烧掉；房东汪家收到了一封匿名信，说萧军要绑他学生汪玉祥的票，汪家人并不相信这样明显的诬告，但一连半个多月汪玉祥连二萧的窗下都不敢经过；高压气氛下，二萧开始烧一切可能成为罪状的东西，"弄了满地纸片，什么犯罪的东西也没有。但不敢自信，怕书页里边夹着骂'满洲国'的，或是骂什么的字迹，所以每册书都翻了一遍"，连高尔基的照片和吸墨纸也烧了，萧红"烧得很快，日本宪兵就要来捉人似的"；他们在商市街街口看到一个没有佩刀的日本宪兵，两人都认定那就是来抓自己的，想逃但不知往何处逃，便拐进了路边的面包店，"买了一块面包，我并不要买肠子，掌柜的就给切了肠子，因为我是聚精会神地在注意玻璃窗外的事情。那没有佩刀的日本人转着弯子慢慢走掉了"，两个人有一种劫后余生的庆幸感；走在大街上，萧军被一个陌生的瘦高个拍了一下肩膀，就一声不响地跟着人家走了，萧红吓得心跳都停顿了，后来才知道那是萧军的熟人，"多么可笑的熟人呀！太突然了！神经衰弱的人会吓出神经病来"，原来熟人也是来告诫危险的……

二萧终于下定决心，"非回国不可"了。除了让他们胆战心惊的恐怖气氛，促使他们逃离"满洲国"的，还有一种几乎是出自本能的对禁锢的反叛和对自由的向往。《跋涉》被禁，"星星剧团"解散，"每次到书店去，一本杂志也没有，至于别的书，那还是三年前摆在玻璃窗里退了色的旧书"，这片土地比过去更加封闭凝滞了，不容他们发出一星半点呐喊的声音，这对立志革命和写作的年轻人来说，是将没顶的死水。萧军把离开的打算告诉了友人黄之明，黄之明表示赞成："走了好！我看你早就该走。"金剑啸也想走，"走就五六月走，海上浪小"。他们开始畅想怎么个走法，路上怎么对付检查盘问，到了上海怎么办……那是1933年年末，又一个大雪纷飞的冬天，萧红在故乡度过的最后一个冬天。

37. 告别商市街

　　从决定离开哈尔滨那天起，萧红的胸中就有两种对立情绪此消彼长着，她时而兴奋时而伤感。1934 年春天她生了一场大病，然后黯然神伤地拍卖了她和萧军为数不多的家具，在这样的告别仪式中，兴奋被病痛和离愁别绪取代了，她连一只小锅都舍不得贱卖，想到就要与故乡分离，更是"睡觉也不能安定"了。

　　写于 1934 年 5 月 15 日的散文《最后的一个星期》中，萧红回顾了自己和萧军离开哈尔滨时的心情。能卖的东西都卖了，行李也卷起来了，住惯的屋子一下子变得空荡荡的了，连说话的声音也变得有些轰响了。为了安全，所有这些离开的准备都是悄悄进行的，连房东家的儿子、萧军的学生汪玉祥也不知道他们要走，只看到他们卖旧棉花、破皮褥子之类的东西，跑到窗前来偷偷观察过。没有向谁告别，吃过最后一顿早餐，萧红提起包袱，萧军推开门说"走吧"，就像搬入时他推开门说"进去吧"那样，他们离开了小屋，半年来萧红的脑海里无数次预演过离开的画面，到了那一刻她还是"腿发抖，心往下沉坠"，她知道这"是哭的时候了！应该流一流泪"，但只是没有回头地走出了大门，告别了商市街。那天是 1934 年 6 月 11 日，距离他们搬进那间小屋已经一年半有余。

　　当晚，罗烽、白朗、金剑啸等人为二萧设宴践行，次日萧红和萧军便离开了哈尔滨，取道大连前往青岛投奔舒群。早在这年年初，舒群就因与党组织失去联系匆忙离开了哈尔滨，他在给二萧的信中说："谁曾想风雪交杂中，为了生活的压迫，环境的趋使，不得已我便匆匆地偷偷地，在繁华的都市——哈尔滨逃了出来。别了，我们又一度的别了唉，'生离终是胜于死别的'，将来或者有再会的晚餐，在未来的时光等待着呢。"[①]舒群逃到青岛后，得到了地下党员倪鲁平的帮助，并很快和他的妹妹倪青华结成了夫妻。二萧要逃离"满洲国"，又没有去处，得知舒群在青岛成了家，便投奔他而去。

　　一路上还算顺利，只是在从大连到青岛的日本轮船"大连丸"上发生了一

---

①　黑人《流浪人的消息——给三郎悄吟》，载《大同报》，1933 年。黑人即舒群笔名。

个小插曲，萧军后来将它写进了散文《在大连丸上》中：上船不久，二萧还没来得及适应舱底的气味，就遭到了水警和特务的盘查。由于早有心理准备和应对措施，那些有意刁难的问题他们都回答得有条有理，但萧军还是在与一位胖警察的对视中顶撞到了他，胖警察上下反复打量了萧军之后说："就冲你的眼睛，也不像好人，好人没有这样的眼睛……跟我来……"情况一下子变得紧急起来，"身经百战"的萧军也不淡定了，"记得当时我已经什么全绝望了，只要他把我带到'水上警察署'，只要橡皮鞭子抽到我的身，只要那煤油或辣椒水一注入我的鼻孔……便什么全完了……"绝望之后，他反而镇定下来勇敢起来了，他装作听从胖警察的指挥，很爽快地径直走到了他前面，就要走出舱门时胖警察改变了主意，把他带到另一边。那里萧红已经接受完讯问，正扒在舷板的圆窗上，一副欣赏海景的样子。胖警察开始翻查他们的行李，仔细得像典当业的店员，不仅检视了行李里的每件衬衣、袜子，还对着阳光把一页页雪白的信纸看了又看，检查完发现没有任何异常，他嘟囔着"我总看他不像好人"走了，这时萧军正故作轻松地吃着苹果。船起锚了，危机解除，萧红和萧军你望望我我望望你，谁也没有说什么，看着无边无际的海，他们的内心像潮水一样汹涌翻滚着。当天夜里，只剩他们两个在甲板上时，激愤难耐的萧军告诉萧红如果那些警察和特务再来找麻烦，他就要把他们丢进海里去喂鱼。萧红听了吓得脸都白了。好在水警和特务没有再出现，他们回到船舱，很快睡去。

第二天，他们在船上望见远处青青的山角，知道此行的目的地就在眼前了，两人激动得叫了起来。那天是 1934 年 6 月 15 日，旧历五月初四，萧红生日的前一天，在即将年满二十三岁时，萧红终于离开了已沦为异国的故乡东北，回到了祖国。青岛的码头上站立着前来迎接他们的好友舒群和他的新婚妻子倪青华，"再会的晚餐"已不必久待，当时萧红的心情，应该是兴奋又取代了感伤吧。

38. 可爱的青岛可爱的海

张梅林是二萧在青岛、上海时往来最密切的友人之一，1942 年春天他在重庆得知萧红去世，写了《忆萧红》一文回忆与二萧多年的友谊。1934 年夏天张梅林受友人邀请前往青岛，参与《青岛晨报》的编辑工作，结识了当时在《青岛晨报》当副刊编辑的萧军，以及萧红和舒群，那时二萧刚从东北逃出来，因为都有以文学为事业的野心，而且都在下死劲写着，他们成为了彼此投契的好友。张梅林记得那时他住在报馆，二萧另外租房子住，三人常常一起去市场买菜，然后萧红就用有柄的平底小锅烙油饼，做俄式大菜汤，让张梅林和萧军都吃得很满足。①

二萧租的房子，是观象一路一号一所石砌二层小楼的底层，二萧和舒群夫妇各租了一间，比邻而居。据萧军回忆，那个地段很好，在江苏路和浙江路的分界线上，左右两面都可以看到海，一面是青岛著名的"大港"，一面是"湛山湾""炮台山"和海滨浴场，风景怡人②，比哈尔滨商市街的那间半地下室舒适多了。萧军由舒群介绍，化名刘均，谋到了《青岛晨报》的编辑职位，收入比在哈尔滨时稳定，足够他和萧红较为舒心地生活。

舒群说，那时他们常结伴徜徉于葱郁的大学山、栈桥、海滨公园、中山公园和水族馆，欢快地唱着"太阳起来又落山"的歌；温暖的午后则常常泡在海滨浴场的蓝色海水里，"大惊小怪地四处游泅着"。萧军喜欢游泳，1933 年夏天在哈尔滨时他们就常常去松花江游泳。萧红其实不会游，散文《夏夜》中她说自己凫水的姿势是"把头昂在水外，我也移动着，看起来在凫，其实手却抓着江底的泥沙，鳄鱼一样，四条腿一起爬着凫"。时隔一年，到了青岛，她的泳技没有丝毫提高，但换了花样，张梅林记得她的法子是"在水淹到胸部的浅滩里，一手捏着鼻子，闭起眼睛，沉到水底下去，努力爬蹬了一阵"，然后抬起头来，

---

① 张梅林《忆萧红》，载《梅林文集》，上海春明书店印行，1948 年。
② 萧军《萧红书简辑存注释录》，黑龙江人民出版社，1981 年。

哈嗽着大声问他："是不是我已经泅得很远了？"张梅林如实回答她："一点儿也没有移动。"并且指点她要像萧军那样"球一样滚动在水面上"。萧红看了看游得正欢的萧军，摇头道："他那种样子也不行，毫无游泳法则，只任蛮劲，拖泥带水地瞎冲一阵而已……我还有我自己的游法。"说完又捏着鼻子沉到水底下去了。

安定舒适的生活，轻松愉快的心情，给了二萧投入创作的余裕，他们都在写长篇，每天按时工作按时休息，生活有规律，工作也很有成效。萧军写的是在哈尔滨就已开始的《八月的乡村》，萧红写的是《麦场》，这篇小说的前两章在离开哈尔滨前已经写成并发表过了①，她写得快，抄得也快，1934 年 9 月 9 日《麦场》完稿时，《八月的乡村》尚未完成。

那年秋天，二萧还有一个可喜的收获，他们收到了鲁迅的回信。鲁迅是左翼文坛的精神领袖，能和他对上话，对立志创作却苦无门路的二萧来说，就是看到了黑暗中的一线光影。乐极生悲的是，给鲁迅的第二封信寄出后，萧军突然得到了当时荒岛书店和《青岛晨报》的负责人、地下党员孙乐文的通知，青岛、济南等地的地下党组织遭到破坏，报社即将结业，人员也要转移，他交代萧军办理结束业务，并建议他随时准备离开青岛。在此之前，舒群夫妇也已被捕，中秋节那天舒群曾邀请萧军去他岳母家中过节，萧军因有事在身没去，否则可能已经和倪家人一起被"一网打尽"了。恐怖气氛好像紧随他们到了青岛，二萧逃离了"满洲国"，但又好像张梅林所说的"一点儿也没有移动"。他们必须再次上路了，这次，他们决定循着那道光前进。对拍卖家具萧红已颇有心得，她和张梅林一起，把报馆的两三副木板床和木凳用一架独轮车载上拉去卖了，她还告诉他，"就是门窗能拆下也是好卖的"。②孙乐文给他们留了四十元钱，萧军买了两张离开青岛的船票，1934 年 11 月 1 日，他、萧红还有张梅林一起乘船前往上海。据萧军说，那次他们搭乘的，是他和萧红从大连到青岛时乘的那艘"大连丸"，而在张梅林的印象中，他们坐的是一艘名为"共同丸"的日本船。他们都清楚记得的是，那一路，他们是和货物住在一起的。

离开一年多以后，萧军回过一次青岛，他是独自回去的。萧红去了日本，

---

① 学者孙木函在发表在 1981 年《新文学史料》第一期上的《关于萧红〈生死场〉的写作》一文中说，翻阅 1934 年的《国际协报》的副刊《国际公园》时发现，从这年的 4 月 22 日起到 5 月 5 日，萧红陆续以《麦场》《麦场之二》为题发表小说，内容就是后来《生死场》的开头两节《麦场》和《园圃》。所以《生死场》的写作实际上也是离开哈尔滨前就开始的。

② 张梅林《忆萧红》，载《梅林文集》，上海春明书店印行，1948 年。

1936年8月17日她从日本写信到青岛给萧军，说："旧地重游是很有趣的，并且有那样可爱的海！你现在一定洗海澡去了好几次了？但怕你没有脱衣裳的房子。"而这封信之前的一封信里，她还对萧军大发宏愿说："我也不用羡慕你，明年阿拉自己也到青岛去享清福。我把你遭到日本岛上来——"可惜，自1934年秋天匆匆一别，萧红再也没能重返那座给她留下了美好记忆的城市，可能，她泅得太远了。

39. 鲁迅回信了

1934 年 10 月中下旬的一天，萧红和萧军收到了鲁迅的第一封回信。

忆及给鲁迅写信的初衷，晚年的萧军说那是在萧红的《麦场》和他的《八月的乡村》基本完成了之后，"我们不确切知道我们的小说所取的题材，要表现的主题积极性与当前革命文学运动的主流是否合拍？因为我们知道鲁迅先生是当时领导上海革命文学运动的主帅，所以就写信给他，请求指导"[1]。不过，在舒群的记忆中，事情并没有这么顺当，写信给鲁迅之前，萧军就已经和他结伴去上海找过鲁迅了，他们想要拜师交友，寻找进入文艺界的途径，但上海情况复杂，他们没能找到可靠的关系，钱也不够用，两人白跑一趟失望而归。之后，舒群又独自去了上海一次，还是无功而返。[2]1978 年萧军为重版《生死场》所作的前言，也曾说萧红在青岛写作《麦场》期间他确实去过上海，回来以后发现萧红居然已经把《麦场》写完了，那天是 1934 年 9 月 9 日。[3] 由此可见，萧军确曾特意去上海找过打入文坛的门路，失败后才退而选择了写信这种方式。至于怎样才能让信件抵达鲁迅手中，萧军记得他是听从了当时荒岛书店负责人孙乐文的建议，把信寄到了上海的内山书店，因为孙乐文曾在那里看到过鲁迅。抱着试一试的心理，二萧把信寄到了内山书店，为避免麻烦，他们在自己的通讯地址那一栏也填了荒岛书店。结果这一次，不但他们的信顺利到了鲁迅手里，鲁迅的回信也很快来了，1934 年 10 月 9 日的鲁迅日记中记着："得萧军信，即复。"

二萧给鲁迅的信具体是怎么写的不可知，但根据鲁迅的回信推断，萧军应该说到了徐玉诺提到过《野草》。1927 年深秋，还在吉林的陆军骑兵营里做骑兵的萧军，曾在公园邂逅时为中学教员的徐玉诺。当时萧军手上刚买了两本新书《晨曦之前》和《野草》，徐玉诺对萧军称赞了鲁迅刚刚出版的散

---

[1] 萧军《鲁迅给萧军萧红信简注释录》，黑龙江人民出版社，1981 年。
[2] 肖凤《萧红传》，百花文艺出版社，1980 年，第 58 页。
[3] 萧军《〈生死场〉重版前记》，原载萧红著《生死场》，黑龙江人民出版社，1980 年。

文诗集《野草》，那时萧军还没有读过鲁迅的作品。第一次写信给鲁迅，也许是为了"攀"上关系，萧军于是提到了这唯一一个他认识、鲁迅也可能认识的人，鲁迅回信中答复他说："徐玉诺的名字我很熟，但好像没有见过他，因为他是做诗的，我却不留心诗，所以未必会见面。"鲁迅还说自己的《野草》"技术并不算坏，但心情太颓唐了，因为那是我碰了许多钉子之后写出来的。我希望你脱离这种颓唐心情的影响"。早在1922年鲁迅为《呐喊》作序时就坦承过自己为免文章太过寂寞和消极不恤用曲笔，因为不想将寂寞和消极的情绪"传染给也如我那年青时候似的正做着好梦的青年"，所以体现了鲁迅生命哲学的《野草》，鲁迅并不提倡萧军萧红这样"正做着好梦"的青年去阅读。

至于二萧提出的问题——自己的作品是否与"当前革命文学运动的主流"合拍，以及文坛需要什么样的作品——鲁迅的回答也很干脆："不必问现在要什么，只要问自己能做什么。现在需要的是斗争的文学，如果作者是一个斗争者，那么，无论他写什么，写出来的东西一定是斗争的。就是写咖啡馆跳舞场罢，少爷们和革命者的作品，也决不会一样。"对创作来说，比贴合时代需要更重要的是贴合自身经历，唯其如此才能产生打动人心的作品，再进而影响社会。萧红后期的作品比早期的更成熟、更具文学价值，一个根本的原因就是放弃了对文坛主流的追逐，转而书写自己的切身经历。但是当年二萧还是一对文学新人，对创作没有什么经验和体会，他们急于立足文坛，又满脑子革命理论，自然消化不了鲁迅的箴言，他们不可能不留意和追逐文坛潮流。

最后，和当时很多写信给鲁迅的青年一样，二萧应该还问到是否可以请他看看他们的稿子并提出批评意见，鲁迅回答："我可以看一看的，但恐怕没工夫和本领来批评。"

鲁迅的回信不长，二萧却视若珍宝，他们读了又读，拿去和朋友们一起读了又读，独自一人时无论是白天还是晚上，是在海滨还是山头，还是将它读了又读。萧军马上照鲁迅给的地址寄去了萧红的《麦场》和两人的合集《跋涉》，为了加深鲁迅对他们的印象，他还随信附了一张自己和萧红离开哈尔滨前照的相片，相片上的他穿着一件俄国高加索式绣花亚麻布衬衫，腰间束一条暗绿色带穗子的带子，萧红梳着两条短辫子，辫子上扎了两朵淡紫色的蝴蝶结，身上穿的是一件半袖的蓝白色斜条纹绒布旗袍……都是当时哈尔滨青年的流行装束。信件寄出之后，如前所述，萧军和萧红就收到了孙乐文要他们即刻准备离开青岛的通知。萧军一面忙于报社结业的事宜一面为转移作准备，他又给鲁迅去了一封信，说自己和萧红即将离开青岛前往上海，请鲁迅千万不要再来信了。①

　　1934 年 11 月 2 日，二萧搭乘的轮船抵达上海，他们为投奔鲁迅来到这十里洋场，现在终于和他在同一片天空下了。二萧安顿下来之后马上给鲁迅去信，提出了见面的要求，这一次鲁迅拒绝了。

---

① 萧军《鲁迅给萧军萧红信简注释录》，黑龙江人民出版社，1981 年。

40. 见到鲁迅

　　1934 年 11 月 30 日星期五下午两点，内山书店，萧红和萧军终于见到了鲁迅。那个月月初，几乎是一到上海，二萧就给鲁迅寄了一封请求会面的信，11 月 3 日鲁迅收到信并作了回复，他的话让二萧的心情跌到了谷底，鲁迅说："见面的事，我以为可以从缓，因为布置约会的种种事，颇为麻烦，待到有必要时再说罢。"

　　对兴冲冲跑到上海来投奔鲁迅、迫不及待要见他一面的二萧来说，鲁迅的拒绝简直是一盆当头冷水，浇了他们一个透心凉，他们觉得这一趟上海又白跑了，于是便灰心丧气怨天尤人起来："我们是两只土拨鼠似的来到了上海！认识谁呢？谁是我们的朋友？连天看起来也是生疏的！我本来要用我们余下的十八元五角钱作路费开始再去当兵，在上海卖文章的梦，早就不做了，只是想把我们写下的两部稿子留给他，随他怎么处置。不过在临行之先，我们是要见一见我们精神上所信赖的人，谁又知在这里连见一个面也还是这样艰难！"① 不过，在上海生活了一段时间之后，他们发觉原先对上海政治情况的了解太过抽象了，"事实上的险恶与复杂，是在想象以外的"，他们这才明白鲁迅最初的拒绝并非"搭架子"或"故意推脱"，而是确实有着现实的顾虑。鲁迅久居上海，是文化界和社会名人，又长期被通缉，与生人打交道不能不小心谨慎。而当时他对二萧的了解实在有限，除了三两封信、一本集子和《麦场》的手稿，就只有那张萧军特意寄去的合影了。萧军后来听说，在和他们见面之前，鲁迅曾使人从侧面对他们进行过"了解"，看是否有政治背景或党派关系，对此，晚年的萧军在注释鲁迅的信件时表示："这是可能的。这说明鲁迅先生在基本上是相信青年，相信群众……的，但是也不能不冷静地做一番客观调查，无根据的'相信'是危险的。"② 而且，二萧想要接近鲁迅，除了对精神导师的崇拜，也有借助他的地

　① 萧军《让他自己……》，刊于《作家》第 2 卷第 2 期，1936 年 11 月，第 346 页。
　② 萧军《鲁迅给萧军萧红信简注释录》，黑龙江人民出版社，1981 年。

位和影响力打入文坛的意图。这样的文学青年和这样的来信，鲁迅见得并不少，而在他的经验里也不缺乏被青年误解、戏弄乃至背弃的往事，鲁迅晚年对于青年尤其革命青年是失望和抱有戒心的，但正如许广平所说，鲁迅"有分明的是非，一面固爱才若渴，一面也嫉恶如仇；一般人总以常情度事理，然鲁迅所以为鲁迅，岂常情所能概论。鲁迅对于青年，尽有半途分手，或为敌人，或加构陷，但也有始终不二者。而鲁迅有似长江大河，或留或逝，无所容于中，仍以至诚至正之忱，继续接待一切新来者。或有劝其稍节精力，鲁迅说：'我不能为一个人做了贼，就疑心一切的人'"。再加上，鲁迅很清楚上海文坛的情况，没有前辈提携的青年，哪怕再勤奋再有天才，也很难立足。[1] 所以当时鲁迅对二萧的态度，是亲切却不亲密，愿意帮助他们，但要先观望观望。

好在二萧没有放弃希望，他们继续给鲁迅写信，多半是萧军执笔，鲁迅也继续给他们回信，也多半是回萧军，最后，反而是萧红打消了鲁迅的疑虑。因鲁迅在一封写给萧军的信的末尾附了句"吟女士均此不另"，萧红调皮地问鲁迅为什么要称她为女士，鲁迅幽默地回答她说："悄女士在提出抗议，但叫我怎么写呢？悄婶子，悄姊姊，悄妹妹，悄侄女……都并不好，所以我想，还是夫人太太，或女士先生罢。"对于萧红孩子气的发问，鲁迅又说："稚气的话，说说并不要紧，稚气能找到真朋友，但也能上人家的当，受害。上海实在不是好地方，固然不必把人家都看成虎狼，但也切不可一下子就推心置腹。"萧红无意流露的稚气和天真，帮她和萧军"找到真朋友"了，那次对话后，鲁迅对他们的态度发生了明显转变，不仅所有问题来者不拒，连家庭情况也和盘托出了："我的女人在这里，还有一个孩子。我有一本《两地书》，是我们两个人的通信，不知道见过没有？要是没有，我当送给一本。"乍到上海的二萧思乡心切，看到霞飞路上很多俄国人走来走去，便试着用在哈尔滨学到的半吊子俄国话和他们搭腔。鲁迅得知此事，担心他们的单纯和率真招致危险，特意写信叮嘱："现在我要赶紧通知你的，是霞飞路的那些俄国男女，几乎全是白俄，你万不可以跟他们说俄国话，否则怕他们会疑心你是留学生，招出麻烦来。他们之中，以告密为生的人们很不少。"就是在这封信里，鲁迅主动重提了此前被搁置的见面计划："许多事情，一言难尽，我想我们还是在月底谈一谈好，那时我的病该可以好了，说话总能比写信讲得清楚些。"这封信写于11月20日，距鲁迅第一次给他们回信不过四十来天。而就在半个多月之前，鲁迅还拒绝了他们的见面请求。

---

[1] 鲁迅曾在写于1928年4月4日的《文艺与革命》一文中说："现在要做一个什么家，总非自己或熟人兼做批评不可，没有一伙，是不行的，至少，在现在的上海滩上。"见《鲁迅全集》第四卷，人民文学出版社，2005年，第83页。

二萧是幸运的。收到这封信之后，他们便每天掰着手指头计算到月底的日子，时间过得太慢，难于忍耐，他们简直想"用鞭子把地球抽打两下，使它跑得再快一些"。

难挨的等待中，尴尬的状况发生了：孙乐文给的那四十元路费离开青岛时买船票用了二十几元，到上海租亭子间付了九元，剩下的钱买了面粉、小炭炉、木炭、砂锅和碗筷油盐后所剩无几，撑了半个多月，二萧就弹尽粮绝了，写信到哈尔滨向朋友求救是远水解不了近渴的，他们只好向唯一认识的人——鲁迅先生——告借。鲁迅收到信，安排了11月30日午后两点在内山书店和他们碰面，怕他们人生地不熟，还特意告诉他们"坐第一路电车可到。就是坐到终点（靶子场）下车，往回走，三四十步就到了"。

那个阴沉的下午，萧红和萧军如约到了内山书店，鲁迅比他们先到，正坐在柜台里边套间的桌子前翻阅信件和书刊，书店的老板陪在一旁说话。看到他们，鲁迅走过去，问萧军："您是刘先生吗？"萧军点头，低声答"是"。鲁迅说："我们就走罢——"说完又进了内室，很快包起了桌上的信件书物，挟在腋下，走出了书店。

萧军和萧红默默跟在他的身后，此时他们才得以近距离打量心中敬慕已久的偶像，"他没戴帽子，也没围围巾，只穿了一件黑色的瘦瘦的短长袍，窄裤管藏青色的西服裤子，一双黑色的橡胶底的网球鞋"，而他的面貌是"两条浓而平直的眉毛，一双眼睑微微显得浮肿的大眼，没有修剃的胡须，双颧突出，两颊深陷，脸色是一片苍青而近于枯黄和灰败，更突出的是先生那一双特大的鼻孔，可能是由于常常深夜不眠，或者吸烟过多竟变成了黑色"！如果不是已知这枯瘦的老人就是鲁迅，他们会认为他是个吸鸦片的人。

鲁迅把两个年轻人领到熟悉的咖啡馆坐下，还没开腔，萧红就迫不及待地问："怎么，许先生不来吗？"鲁迅用他们似懂非懂的浙江口音普通话回答："他们就来的。"说话间海婴就跑过来了，接着进来的是面带微笑的许广平。鲁迅为他们做了简单介绍，许广平跟两个年轻人握手，萧红一边握手一边微笑，激动得泪水充盈了眼眶。海婴跟咖啡馆的侍者和外国老板到一边玩去了，剩下四个大人随意地交谈起来，萧红和萧军讲了他们从哈尔滨出逃到青岛又从青岛逃到上海的经过，说了哈尔滨被占领后的种种情形，鲁迅则给两个东北青年介绍了上海的文坛以及"左联"内部的情况。时间在谈话中飞快地过去了。

临别，鲁迅放了一个信封在桌上，说："这是你们所需要的……"二萧知道里面装的是他们要借的二十元钱，不由心酸惭愧，但他们又不得不坦率告诉鲁迅他们连坐车回去的零钱也没有了，鲁迅又从衣袋里掏出大小银角和铜板来，放到桌上。萧军把《八月的乡村》的手抄稿交到许广平手中。

二萧在鲁迅一家三口的陪同下去坐电车，萧红和许广平紧紧地握着手，恋恋不舍地说着话，二萧上了车，鲁迅还站在那里望着他们，许广平挥着手里的帕子，海婴也跟着挥舞着小手。萧军后来回忆说，当时的情形就像是"永别"。

这次见面后的通信中，二萧如实向鲁迅汇报了他们的真实感受——对鲁迅身体状况的意外和开口借钱的羞愧。鲁迅回信安慰他们说："我知道我们见面之后，是会使你们悲哀的，我想，你们单看我的文章，不会料到我已这么衰老。但这是自然的法则，无可如何。"又说，"来信上说到用我这里拿去的钱时，觉得刺痛，这是不必要的。我固然不收一个俄国的卢布，日本的金圆，但因出版界上的资格关系，稿费总比青年作家来得容易，里面并没有青年作家的稿费那样的汗水的——用用毫不要紧。而且这些小事，万不可放在心上，否则，人就容易神经衰弱，陷入忧郁了。"①

---

① 萧军《鲁迅给萧军萧红信简注释录》，黑龙江人民出版社，1981年。

41. 第一次参加鲁迅的宴会

11 月底第一次见面之后，鲁迅和二萧之间通信的热情并未消减。12 月 6 日、16 日鲁迅都给他们复了长信。17 日又给他们寄了封短笺，通知说要在 19 日下午六时请他们和另外几个可以随便谈天的朋友一起吃饭。

根据鲁迅那几天的日记，17 日他"病后大瘦，义齿已与齿龈不合，因赴高桥医师寓，请其修正之……下午寄谷非夫妇、绀弩夫妇、萧军夫妇及阿芷信"。"谷非夫妇"指胡风及其夫人梅志，"绀弩夫妇"是聂绀弩和周颖，"阿芷"则指的是叶紫，胡风、聂绀弩和叶紫都是上海的青年作家，也是"左联"中鲁迅比较信任的人，不过当时胡风已因被疑为内奸脱离"左联"了。18 日，鲁迅日记中有"往梁园豫菜馆定菜"的记载，梁园是当时上海滩颇负盛名的豫菜餐馆，位于广西路中段的一座两层旧式灰砖楼里，鲁迅曾多次在那里宴客，也曾请梁园的厨师"来寓治馔"，与友人同食。19 日，鲁迅日记记："晚在梁园邀客饭，谷非夫妇未至，到者萧军夫妇、耳耶夫妇、阿紫、仲方及广平、海婴。"[1] "耳耶"还是聂绀弩，"仲方"指茅盾。由鲁迅这三天的日记来看，那是一次较为郑重的宴请，并非普通饭局，而对二萧来说，那也是一次激动人心的经历，四十五年后萧军还能记起席间所有细节。

因为没有手表摸不准具体时间，二萧找到梁园时大概已经迟到了，正在二楼张望的许广平一见萧红就特别亲昵，把她揽到别的房间说话去了，萧军进了包房，发现鲁迅和另外几个不认识的人也早到了。许广平、萧红和海婴说了十几分钟的话回来，服务员来问客人是否到齐是否再等，许广平征询鲁迅的意见，鲁迅爽利地决定："不必了。大概他们没有收到信，——我们吃罢。""他们"指胡风梅志夫妇，鲁迅这次请客，就是要给他们刚出生的儿子做满月，再借机介绍二萧认识几个作家朋友。胡风夫妇缺席的原因，据胡风后来说是他小姨子没

---

[1] 《鲁迅全集》第 16 卷，人民文学出版社，2005 年，第 491 页。

有及时将鲁迅的信送到他们手里。①

各人落座，许广平又去包房门外查看了一番，鲁迅才开始向两位新来的年轻人介绍在座的友人，他先是指着自己身边戴眼镜的人说："这是我们一道开店的老板……"萧军当时全然不知房里坐的是些什么人，但既然鲁迅不提"老板"的名字，也不说明所开何店，他也就茫茫然地听着，没有发问。随后鲁迅又简单介绍了聂先生和夫人以及一位叶姓的青年给二萧认识，最后，他指指二萧，对众人说："这两位是刘先生，张女士，他们是新从东北来的。"

虽然一肚子疑惑，那顿饭萧军还是吃得又多又饱，手头拮据，他和萧红很久没吃过那样的美味了，席间其他人的谈话，他们听来都是莫名其妙的"隐语"和"术语"，连海婴的上海话他们也听不懂。五岁的海婴和萧红很投缘，两人很快就混熟了。萧红还送了两只核桃和一对枣木小棒槌给他，小棒槌是她和萧军途经大连时一个名叫王福临的朋友送的，核桃则是她祖父留下的。后来许广平写文章回忆萧红，特意提到那两只核桃——"那是不知经过多少年代用手滚弄的了，醉红色的，光滑滑的在闪动，好像是两只眼睛在招呼着每一个人，而自己却用色和光介绍了它在世的年代"②。以祖父的遗物相赠，可想而知萧红对与鲁迅一家的友谊的重视程度。

宴会持续了两个多小时，散席前叶姓青年走到二萧身边，和他们交换了住址，其他人没有这么做。其时萧军对上海的白色恐怖情况有了一定的了解，也就不以为意了。回家路上，萧红满怀幸福和愉快地挽着萧军的胳膊，告诉他许广平已经跟她交代过了，"老板"是茅盾，瘦高个是聂绀弩，叶姓青年是叶紫，缺席的是胡风夫妇。茅盾是著名作家，"左联"主要领导人，担任过"左联"执行书记，还和鲁迅一起创办了《译文》杂志，因此鲁迅才说他是"一道开店的老板"；聂绀弩是"左联"理论研究委员会的主要成员，也是《中华日报》副刊《动向》的主编；叶紫是青年作家，"左联"成员，也是《动向》的编辑；胡风是一位文学批评家，曾担任过"左联"的宣传部长、行政书记……萧军听了萧红的话，觉得自己完全领会了鲁迅安排他们和这些人同桌吃饭的用意："鲁迅先生当时这次请客的真实目的和意义是很分明的：在名义上是为了庆祝 H 夫妻儿子的满月，实质上却是为了我们这对青年人，从遥远的东北故乡来到上海，人地生疏，会有孤独寂寞之感，特为我们介绍了几位在上海的左翼作家朋友，使我们有所来往，对我们各方面有所帮助；同时大概也耽心我这个性鲁莽的人，

①　胡风《悼萧红》，载《艺谭》，1982 年 4 月。
②　许广平《追忆萧红》，原载《文艺复兴》第一卷第六期，1946 年 7 月 11 日。

不明白当时上海的政治、社会环境……的危险和恶劣，直冲蛮闯可能会招致出'祸事'来，所以特地指派了叶紫做我们的'向导'和'监护人'。"①

　　无论鲁迅初衷是否如萧军所想，那顿饭确实对他和萧红意义非凡，当日在座和缺席的人都或多或少影响和见证了他们日后的创作和生活：鲁迅一家不用说；叶紫很快成了二萧的好友，他们都是"奴隶丛书"的作者；聂绀弩起初和二萧往来不多，后来却成了他们分手的见证人和终生的挚友；胡风曾是他们的兄长，他帮助、指导过他们，但也背弃过萧红；与胡风疏远后，萧红曾向茅盾靠拢……这些都是后话。

①　萧军《鲁迅给萧军萧红信简注释录》，黑龙江人民出版社，1981年。

42.住在上海

和巴黎的阁楼一样，亭子间也曾给许许多多到上海这座"冒险家乐园"来寻梦的贫穷艺术青年们提供过安身之地。

二萧和张梅林抵达上海的第二天，就分别从客栈搬到了亭子间。张梅林借住在他的同学杨君位于法租界环龙路的一间长二丈多宽约丈余的亭子间里，那里逼仄气闷，令他感到自己就像一只被从广垠的旷野赶进了牢笼的野狼，他简直一天都住不下去；[①] 二萧在拉都路北段路东一所二层楼后面租到了一间月租九元的亭子间，具体位置据萧军后来回忆是在隔了拉都路，与"敦和里"斜斜相对的地方。他还记得当年"敦和里"是文学社和译文社社址所在地，"敦和里"大门的北边有一家卖油条和花生的小杂货店，他和萧红常去那里买油条和三个铜板一包的糖、咸花生，有一次他们发现包着油条的两张纸竟是鲁迅翻译班台莱夫童话《表》的手稿。[②]

二萧的亭子间也不大，张梅林却很是羡慕，因为近似郊外的贫民区，临窗有菜园和蓬寮，空气清新之余，探头向窗外一看，还有一方绿色菜地映进眼帘，比他那间黑得像灶房空气又发霉的所谓"花园别墅"更适宜于写作。二萧听了张梅林的牢骚，邀请他搬来同住，但想到"三个人会整天开座谈会"影响写作，张梅林还是拒绝了。为庆祝从青岛乔迁到上海，他们买了一斤牛肉熬青菜汤，再配上萧红拿手的烙饼大吃了一顿，张梅林说萧红烙的饼"完全无懈可击，天知道，有多么香"！[③]

在九元一月的亭子间住了两个月，二萧搬到了拉都路南端福显坊二十二号一间有阳光的前楼。这次搬家，据萧军说是因为他初到上海做了一次"阿木林"：叶紫带萧军到江湾一个学生宿舍去，介绍他和青年木刻家黄新波认识。临走前，大大咧咧的萧军不但把自己的地址留给了黄新波，还邀请另外几个青年有空去

---

① 张梅林《忆萧红》，载《梅林文集》，上海春明书店印行，1948 年 1 月。
② 萧军《鲁迅给萧军萧红信简注释录》，黑龙江人民出版社，1981 年。
③ 同①。

家里玩，叶紫见状，在他的踝骨上猛踢了一脚。出门后，叶紫告诉萧军随意透露住址是非常危险的，因为青年人易变，并不是全都可靠的，他建议萧军这个"阿木林"（上海话笨蛋的意思）回去立刻搬家。萧军听从他的建议马上搬了家，虽然二房东为挽留他和萧红主动落了两元钱的房价，为安全计他们还是辞谢了。

福显坊二十二号的房子，租金是每月十一元，有阳光，风景也更好，从南面的窗口望去也是一片广阔的菜地，虽是隆冬季节，但楼房的墙根下和菜地上全是一片绿油油、嫩青青的颜色，两个"东北佬"觉得十分新奇，因为在他们家乡，一到这个季节，四处不是白茫茫就是灰苍苍的一片。1935 年 1 月 2 日二萧写信给鲁迅汇报了搬迁事宜，鲁迅回信说："知道已经搬了房子，好极好极，但搬来搬去，不出拉都路，正如我总在北四川路兜圈子一样。有大草地可看，在上海要算新年幸福，我生在乡下，住了北京，看惯广大的土地了，初到上海，真如被装进鸽子笼一样，两三年才习惯。"

萧军后来说，在福显坊的这间前楼里，萧红曾提出和他分床睡。过去因为穷、房间小，他们总挤在一张小床铺上，对彼此的休息都有干扰，尤其是对容易失眠的萧红，所以搬家后萧红提出两人分床睡，萧军也不反对，他们从木刻家黄新波那里借来一张小铁床安置在房间西南角给萧红睡，萧军的床则安置在房间东北角。分床第一晚萧军蒙蒙眬眬将要入睡时被一阵抽泣声惊醒，他扭开灯奔到萧红床边，发现她脸上满是泪水，追问之下才承认不习惯、睡不着，"电灯一闭，觉得我们离得太遥远了"。①

在福显坊住了三个月，二萧又搬到了拉都路中段三五一号的一处大门里，那是一条较高级的弄堂，门口有铁栅门，一列三幢三层的西式楼房里，二萧住在第二幢。由于鲁迅的推介，他们已经开始发表作品挣稿费了，但还远远没有富裕到可以住高级住宅的程度，这次搬家是因为一位北方来的友人租下了这幢楼房，出于好意把第三层让给两位贫穷的青年作家居住。

自从与鲁迅一家相识，萧红就多次邀请过他们到家里来做客，鲁迅与许广平也有意造访，因种种原因一直没能成行，如 1935 年 3 月 17 日鲁迅就特意写信向萧红解释："前天，孩子的脚给沸水烫伤了，因为虽有人，而不去照管他。伤了半只脚，看来要有半个月才会好。等他能走路，我们再来看您罢。"4 月 12 日的信里又对未能履行承诺表示了抱歉："我们常想来看你们，孩子的脚也好了，但结果总是我打发了许多琐事之后，就没有力气，一天一天

---

① 萧军《萧红书简辑存注释录》，黑龙江人民出版社，1981 年。

的拖，到后来，又不过是写信。"5月2日，一家三口终于成行，当天的鲁迅日记里便有"上午同广平携海婴往拉都路访萧军及悄吟，在盛福午饭"的记载。而萧军也记得，那天的午饭是鲁迅和许广平请他们在法租界一家西餐馆里吃的。①

6月，二萧又搬出拉都路，到了法租界萨坡赛路190号萧军的朋友唐豪律师的家居住。胡风的夫人梅志记得她第一次见到二萧就是在那里，"房子在法租界属于中等以上的英国式建筑，后门临街，正间宽大，他们好像住二楼"。那次是二萧邀请胡风夫妇晚餐，同席的客人不少，都是北方人，包括刚从东北到上海暂时与二萧同住的罗烽白朗夫妇，大家围在一张长桌旁包饺子，萧红负责擀皮儿，其他人负责包馅。梅志已经听胡风提过二萧多次了，因此一见面就很亲近，当天的晚饭她吃得很兴奋，连时间都忘了。过了一两个月，胡风又带梅志去萨坡赛路190号登门造访，他们看到萧红扎着花围裙在收拾房间擦地板，萧军则不见踪影，问了才知道他一早就去法国公园用功了。不久萧军回来，"用一种带夸耀又带谴责的口吻"说萧红不用功不肯多读点书，还说自己一早晨就读了大半本，萧红闻言冷冷答道："喝，人家一早去公园用功，我们可得擦地板，还好意思说呢！"萧军理亏，用一阵哈哈大笑驱散了她话里的火药味。②二萧的这个住所，鲁迅一家也去过，那是在1935年10月27日，当天鲁迅日记里写着"午后同广平携海婴访萧军夫妇，未遇，遂至融光大戏院观《漫游兽国记》，次至新雅夜饭"，鲁迅一家登门时二萧刚巧参加世界语五十周年纪念大会去了，回来得知，万分懊悔，忙写信致歉，29日鲁迅回信说："那一天，是我的豫料失败了，我以为一两点钟，你们大约总不会到公园那些地方去的，却想不到有世界语会。"不久，二萧收到了鲁迅邀请他们到大陆新村做客的信件，相识一年后，鲁迅对他们打开了家门。

1936年3月，二萧干脆搬到了北四川路底的"永乐坊"，那里距鲁迅大陆新村的寓所非常近，步行只要几分钟。萧军后来说那次搬家"一个是我们不想再分散先生的精力，免得总要他给我们回信，有些琐事顺便和先生谈一下就随时可以解决了；第二个原因是我们的内心想法，由于我们觉得自己全年轻力壮——特别是我，很想在先生的生活上、工作上……能有所尽力，帮助他家一下"③。这确是他们选择在北四川路安家的主要原因，不过萧军没有提到的是，那个"南方的姑娘"陈涓1936年初春从哈尔滨回上海来探亲，住在她兄长同样位于萨坡

① 萧军《鲁迅给萧军萧红信简注释录》，黑龙江人民出版社，1981年。
② 梅志《"爱"的悲剧——忆萧红》，载《花椒红了》，中国华侨出版社，1995年。
③ 同①。

赛路的家里，与二萧住的萨坡赛路 190 号距离很近，萧军常常去她家邀请她出去吃东西，这深深伤害了萧红的感情，她和萧军在那个时候搬离法租界，应该也有陈涓这个原因。

二萧在"永乐坊"同样没有长住，这年 7 月萧红启程去日本，不久萧军也离开上海去青岛，这个"家"就散了。

43. 老作家请客

二萧与鲁迅的通信，绝大部分由萧军执笔，内容也大多是他提的有关时事、文坛方面的问题，鲁迅的回信多是针对他的问题给予答复。偶尔，萧红会在信中或末尾附上一两句稚气的家常话，发一点无关宏旨的疑问，鲁迅也亲切回复，而且，口吻往往比回答萧军时更轻松随意。萧红知道先生偏爱自己，所以和鲁迅交流起来比萧军要大胆，鲁迅也乐于满足她孩子气的要求。如 1935 年 2 月 9 日鲁迅给二萧的信里就有这样的话："请客大约尚无把握，因为要请，就要吃得好，否则，不如不请，这是我和悄吟太太主张不同的地方。但是，什么时候来请罢。"后来，萧军解释了鲁迅说这番话的缘由：叶紫嘴馋了，又没钱上馆子，就和萧红商量说想要老头子请吃饭，萧红自告奋勇给鲁迅写了要求请客的信，还说要是怕费钱呢，吃差一点也没关系。鲁迅虽然没有接受"可以吃差一点"的提议，但同意了请客，"什么时候来请罢"，差不多一个月后的 3 月 5 日，他兑现了这个承诺，当天鲁迅日记载："晴。上午得萧军信并稿三篇。晚约阿芷、萧军、悄吟往桥香夜饭，适河清来访，至内山书店又值聚仁来送《芒种》，遂皆同去，并广平携海婴。"阿芷就是嘴馋的叶紫，河清是黄源，聚仁指曹聚仁，这个客鲁迅不仅请了，并且如他说的吃得好，当初不肯在要求请客的信上签名的萧军，吃得比萧红和叶紫加起来的还多。①

散文名篇《回忆鲁迅先生》中，萧红也写到了一次鲁迅请客的情形，当时鲁迅的身体已经很差了，"到饭馆里去请客，来的时候兴致很好，还记得那次吃了一只烤鸭子，整个的鸭子用大钢叉子叉上来时，大家看这鸭子烤的又油又亮的，鲁迅先生也笑了"。可见还是吃得很好，吃完饭，鲁迅的精神差多了，他"坐在躺椅上，阖着眼睛，很庄严地在沉默着，让拿在手上的纸烟的烟丝，袅袅地上升着"，他不是酒喝多了，是身体不好需要休息了。根据鲁迅写给二萧的信，1936 年 1 月鲁迅曾请他们吃过一次饭，14 日鲁迅发短笺说想在旧历年内邀

---

① 萧军《鲁迅给萧军萧红信简注释录》，黑龙江人民出版社，1981 年。

些人吃一回饭，等布置妥帖了就通知他们，19日的鲁迅日记记着"晚同广平携海婴往梁园夜饭，并邀萧军等，共十一人"。萧红文中写的，可能就是那一次，那年1月23日是农历除夕，身体欠佳的鲁迅在旧历年内邀请在沪的青年聚餐，也许是想抚慰他们的寂寞和思乡之情吧。

请吃饭之外，鲁迅还请二萧看过电影。鲁迅住在上海的十年间笔耕不休，许广平也整日忙于日常琐事，两人连一起到公园走走的机会也不多，唯一的休闲活动就是看电影，所以鲁迅的日记中常常有和许广平一起看电影的记录，如鲁迅身体欠佳的1936年1月，他和许广平就一同观影三次，2月则观影六次，其中11日和12日更是连续两晚和许广平前往大光明戏院看电影。二萧搬到法租界后与鲁迅一家更加亲密，一起看电影也是自然而然的事了。散文《回忆鲁迅先生》里，萧红就写到一夜和鲁迅一家同去看电影，"施高塔路的汽车房里只有一辆车，鲁迅先生一定不坐，一定让我们坐。""许先生，周建人夫人……海婴，周建人先生的三位女公子"上车走了，鲁迅和几位男士在后面等着。而萧军的记忆里也有和鲁迅一家同看电影的经历，那天在鲁迅家吃过晚饭，鲁迅和许广平提议一起去看电影，萧军想到上一次一起看电影是许广平买的票，就叮嘱萧红走在前头，抢先去把票买了，请一次客，许广平看出他们的意图，疾步跟上了萧红。萧军见了，就对鲁迅说老作家请十次客青年作家也应该请一次客了，鲁迅先生回答那等老作家把十次客请完了青年作家再来请罢。结果还是许广平抢先买了票，老作家请了客。

在那个年头，仰慕鲁迅、想要接近鲁迅的青年何止万千，但论从晚年鲁迅那里得到的帮助和关怀，谁也比不上二萧。胡风的夫人梅志觉得萧红"二十岁出头，挟着一本《生死场》原稿来到上海，就得到鲁迅先生和许多朋友们的赞扬和爱护"是无与伦比的幸运，因此她对萧红临终前写的那句"半生尽遭白眼冷遇"很不以为然，批之为"有点夸大的感伤"。[1]

---

① 梅志《"爱"的悲剧——忆萧红》，载《花椒红了》，中国华侨出版社，1995年。

44. 文坛登龙

从 1934 年底 1935 年初开始，鲁迅给二萧的书信里就多了一些帮他们发表文章、收取稿费的内容，如 1935 年 1 月 21 日的信里他就说："两篇稿子早收到，写得很好，白字错字也很少，我今天开始出外走走，想绍介到《文学》去，还有一篇，就拿到良友公司去试试罢。"1 月 29 日的信中则补充："所谓'还有一篇'，是指萧兄的一篇，但后来方法变换了，先都交给《文学》，看他们要那一篇，然后再将退回的向别处设法。但至今尚无回信。吟太太的小说送检查处后，亦尚无回信，我看这是和原稿的不容易看相关的，因为用复写纸写，看起来较为费力，他们便搁下了。"信中"吟太太的小说"，指的就是萧红的《麦场》。

三十年代的上海文坛情况复杂，左右壁垒森严，左翼文学杂志尤其看重投稿人的政治立场，编辑一般不擅用新人的稿子，加上大杂志收到的投稿多，一般稿子也很难入编辑法眼，因此，"介绍制"算是文坛的"潜规则"。据张梅林说，二萧初到上海时写作很勤力，但作品完全没有出路。[1]有了鲁迅的推介，情况立刻就不同了，鲁迅一出手，就将他们的作品推荐到《文学》去了。萧军后来也说当时的文学青年如果能将作品发表到《文学》之类大杂志上，就会被称为"登龙门"，因为这不仅很不容易，而且一旦成功便能迅速成名，再到别的刊物投稿就"畅通无阻"了，当时还有人专门出版了一本名为《文坛登龙术》的书。[2]

除了为二萧联系发表和出版作品，他们的朋友金人的译稿，鲁迅也一并代理了，1935 年 4 月 4 日写给二萧的信中他就建议金人出版译文集，"这种滑稽短篇，只可以偶然投稿一两回，倘接续的投，却不大相宜。我看不如索性选译他四五十篇，十万字左右，出一本单行本。这种作品，大约审查时不会有问题，书店也乐于出版的，译文社恐怕就肯接受"。而他从未见过金人[3]。

---

① 张梅林《忆萧红》，载《梅林文集》，上海春明书店印行，1948 年。
② 萧军《鲁迅给萧军萧红信简注释录》，黑龙江人民出版社，1981 年。
③ 金人后来成为了著名的翻译家，他翻译的苏联作家肖洛霍夫的《静静的顿河》至今深受读者喜爱。

除了代为投稿，鲁迅还代他们收稿费单。最初二萧发表的作品，都是由鲁迅寄出的，稿费单也直接寄到了鲁迅手里，因此鲁迅给他们的信中，渐渐就有了"太白社寄来稿费单一张，印已代盖，请填上空白之处并签名，前去一取为要""文学社寄来稿费单一张，今仍代印寄上"等语。逐渐增多的稿费单，是二萧一举跃入了文坛"龙门"的最好证明。

《八月的乡村》和《生死场》先后出版，鲁迅又运用自己的影响力四处推荐，分赠友人。如1935年8月17日他就写信告诉萧军《八月的乡村》他已经分了五本到外国去了，可能会被翻译。果然，苏联翻译了这本小说，先是放在《国际文学》上连载，然后出了单行本。《八月的乡村》和《生死场》遭当局封禁，发行困难，却得到了"左联"的大力支持。胡风回忆说那时他曾冒着被巡捕抓住的危险，十本二十本地从鲁迅那里拿了书，交给"左联"工人文艺小组代为推销，直接送到工人的手里。[1]这两本书能够出版发行，鲁迅背后的支持和运作是一个非常重要的原因。1936年3月15日，张春桥化名"狄克"在《大晚报·火炬》上发表批评萧军和《八月的乡村》的文章《我们要执行自我批判》，说"田军不该早早地从东北回来"，《八月的乡村》"里面有些还不够真实"。又是鲁迅写了《三月的租界》进行反击，他在文章中说："假如'有人'说，高尔基不该早早不做码头脚夫，否则，他的作品当更好；吉须不该早早逃亡外国，如果坐在希忒拉的集中营里，他将来的报告文学当更有希望。倘使有谁去争论，那么，这人一定是低能儿。然而在三月的租界上，却还有说几句话的必要，因为我们还不到十分'丰富了自己'，免于来做低能儿的幸福的时期。"[2]当时，"左联"内部正为"两个口号"论战不休，二萧虽不是"左联"正式成员，作为鲁迅的门生，他们却从未发表支持鲁迅的文章，被张春桥点名批评后也没有任何反应，这实在很不符合萧军的个性，所以很可能是鲁迅授意资历尚浅的他们专心创作，不必卷入混战。而后来发生的事也证明，当时如果没有鲁迅罩着，以萧军的冲动蛮横，是极有可能酿出祸端的，鲁迅去世后张春桥和马蜂等人再次写文章攻击萧军，萧军就是用拳头回应的。

---

① 胡风《悼萧红》，载《艺谭》，1982年4月。
② 鲁迅《三月的租界》，《鲁迅全集》第六卷，人民文学出版社，2005年，第533页。

45. 好事多磨

1934 年秋天完稿、抄好的《麦场》，二萧还在青岛时就寄给了鲁迅。这年 12 月 20 日，也就是第一次参加鲁迅宴会的次日，他们从鲁迅那里得到了关于这部书稿的好消息："吟太太的稿子，生活书店愿意出版，送给官僚检查去了，倘通过，就可发排。"三个多月后，稿子仍如石沉大海杳无音讯，二萧特别是萧红很着急，忍不住问鲁迅是否可以催一催，1935 年 3 月 1 日鲁迅回信说："那篇在检查的稿子，催怕不行。官们对于文学社的感情坏，这是故意留难的。在那里面的都是坏种或低能儿，他们除任意摧残外，一无所能，其实文章也看不懂。"果然，又过了三个月之后，《麦场》惨遭"摧残"未能获得官方出版许可的消息传来了。鲁迅后来为《生死场》作序，就愤然提到了稿子被枪毙的过程："听说文学社曾经愿意给她付印，稿子呈到中央宣传部书报检查委员会那里去，搁了半年，结果是不许可。人常常会事后才聪明，回想起来，这正是当然的事：对于生的坚强和死的挣扎，恐怕也是大背'训政'之道的。"①

跟《麦场》的坎坷遭遇相比，《八月的乡村》的出版就顺利和迅速得多了，《八月的乡村》的手稿是 1934 年 11 月 30 日二萧第一次和鲁迅见面时交到许广平手上的，因为题材涉及抗日，萧军自忖肯定通不过官方审查，便想自费出版，作为叶紫《丰收》之后"奴隶丛书"的第二部作品推出。从 1935 年 4 月 4 日鲁迅寄给二萧的信中可知 3 月 31 日鲁迅就看完全稿并为它写了序言，到胡风第一次见到二萧时，《八月的乡村》已经付印了，而萧红未能获许出版的中篇小说则由鲁迅介绍到了《文学》，其时还没有收到回音。②

1935 年 7 月《八月的乡村》一经出版就获得了不俗的口碑，7 月 27 日鲁迅给萧军的信里说"胡有信来，对于那本小说，非常满意"，而且鲁迅还不遗余力地向文坛推荐这位来自东北的青年作家的新作，萧军一时意气风发，他的其他

---

① 鲁迅《〈生死场〉序》，载萧红著《生死场》，黑龙江人民出版社，1980 年。
② 胡风《胡风回忆录》，人民文学出版社，1993 年，第 49 页。

作品也得到了《文学》之类的大型杂志的认同和采用。相比之下，萧红的文名就黯淡多了，《麦场》没拿到出版许可不说，又被《文学》以"稍弱"的理由退稿，鲁迅把稿子交给胡风，请他拿到《妇女生活》去看能否发表，"倘登不出，就只好搁起来了"。

二萧文学事业的发展态势如此迥异，难怪胡风和梅志去萨坡赛路拜访时萧军会以一种既夸耀又谴责的口吻说在家擦地板的萧红不用功，不像自己一上午就能看大半本书了。其实，这年夏天之前萧红便完成了一系列回忆她和萧军在哈尔滨商市街的生活经历的散文，只是《麦场》出版遇挫，她受到打击，情绪低落，很少联系鲁迅帮忙发表这些短文了，连鲁迅也感觉到了异样，在给萧军的信里问萧红是不是不写东西了。9月，巴金主持的文化生活出版社计划出一套十二册的创作集，收入巴金、沈从文、周文（又名何谷天）等人的作品，出版社通过鲁迅询问萧军是否加入，"约五万字，可否编好给他们出版，自然是已经发表过的短篇"。就这样，萧军又得到了出版他第一本短篇小说集《羊》的机会。而萧红《麦场》再度发表受挫，被《妇女生活》退了回来。

萧红是倔强的，她向来不接受摆布，也不服输，接二连三的打击之后，她仍然不想自己的作品就这样被"搁起来"，既然《八月的乡村》可以自费出版，她的小说为什么不可以？既然鲁迅给《八月的乡村》写了序，为什么不能给她的作品作序？鲁迅也拿她没办法，1935年10月20日回信说："那篇稿子，我并没有看完，因为复写纸写的，看起来不容易。但如要我做序，只要排印的末校寄给我看就好，我也许还可以顺便改正几个错字。"鲁迅看完校稿，还果真找出了几个错字，11月15日的信里便说："校稿除改正了几个错字之外，又改正了一点格式，例如每行的第一格，就是一个圈或一个点，很不好看，现在都已改正。"鲁迅序文中的那句"叙事和写景，胜于人物的描写"，萧红以为是表扬，写信致谢，鲁迅毫不客气地告诉她那个句子"并不是好话，也可以解作描写人物并不怎么好。因为做序文，也要顾及销路，所以只得说的弯曲一点"，这是他对《生死场》和萧红的创作一针见血的批评。不过，当萧红提出要用鲁迅的亲笔签名制版时，鲁迅虽觉得有些孩子气，还是答应了，"悄吟太太既然热心于此，就写了附上"，并开玩笑说萧红"这位太太，到上海以后，好像体格高了一点，两条辫子也长了一点，然而孩子气不改，真是无可奈何"。

胡风也应邀为萧红写了一篇《读后记》，赞誉作品——"我们看到了女性的纤细的感觉也看到了非女性的雄迈的胸境"——的同时，也指出了情节散漫、人物平面、句法的锤炼不够等切实的短处，与鲁迅的批评基本一致。胡风还帮忙从书里的小标题中取出"生死场"三个字，定为书名。①

　　辗转年余，《生死场》终于在 1935 年 12 月出版面世，萧红的等待和坚持得到了回报，自费出版的《生死场》得到了读者的喜爱和评论界的好评，一举成名的萧红再也不用担心被退稿了。许广平说《生死场》是萧红带给上海人的初次见面礼物，其实，《生死场》也是这个东北女青年新生的标志，在初版《生死场》封面上，"萧红"这个名字首次亮相，从此以后她是张迺莹，是悄吟，更是萧红。

---

①　1978 年萧军为黑龙江文学出版社重版的《生死场》写"重版前记"，曾说"这小说的名称也确是费了一番心思在思索、研究……了一番，最后还是由我代她确定下来，定名为《生死场》"，但根据 1984 年胡风在"庆祝萧军同志文学创作活动五十年"大会上发表的书面发言，《生死场》的书名是二萧请胡风定的。目前学界一般采用胡风的说法。

46. 生逢其时的《生死场》

1935 年 12 月,《生死场》作为"奴隶丛书"的第三本,以上海容光书局的名义自费出版。爱好美术的作者萧红自己动手为新书设计了封面:一条墨色斜线将紫红色的封面一分为二,"生死场"三个字用双钩钩出,衬以不规则墨色背景,从上自下排在斜线分出的封面右上部,稍小的"萧红著"三个字则在封面居中的位置,"萧"和"生死场"一样在斜线以上的墨色背景中,"红"和"著"二字则在斜线以下,墨笔写成。这个设计线条简洁色彩鲜明,曾被认为隐含深意,如丁言昭就认为那块不规则的墨色背景是东三省版图,而将封面一分为二的斜线则代表东北被日寇从祖国的土地上割裂了出去。萧军后来解释说,萧红在设计、制作封面时,想到过要利用封面纸的颜色,做成半黑半红的效果,算是分别代表"生"和"死",但她用墨笔把双钩的书名钩出,正要把二分之一封面完全涂成黑色时,萧军觉得那样太呆板,不全涂,做成"未完成"的样子更好,萧红听从了他的主张,就随意涂出了那个不规则的墨色背景,其实既不代表东北的土地,也非城门楼子,如果说它真的像什么,也只是巧合而已。[1]

和小说的初版封面被解读出额外的隐喻一样,《生死场》一经面世,或者说尚未面世,就被当成了东北人民的抗战之声而广泛传播不断再版。它响应了国内越来越高的抗日呼声,同时又鼓舞了抗战情绪的高涨。作为萧红唯一一部对社会产生巨大影响的作品,它的畅销和萧红的成名都与时代氛围密不可分,如 1939 年就有连环画家绘制《生死场》连环画出版,《自序》中作者说因为联系不上萧红,出版这本书没有通知她,但相信她一定会支持自己,因为"在整个民族生死存亡的关头,能够把这本原著更扩大宣传开来,至少可以增加宣传抗战的一份力量"[2]。《生死场》曾被视为宣传抗战的有力工具,直至今日,我们谈论《生死场》,仍然不能将它和抗战割裂开来。

---

① 丁言昭《〈生死场〉版本考》,原载《文艺百家》第一期,1979 年。
② 同上。

但鼓舞抗战并非这部八万字小说的全部意义，写日军侵略东北和人民反抗的篇幅不足三分之一，小说前三分之二的部分作者都在描绘"九一八"前十年一个东北小村庄的春夏秋冬和生死繁衍，二里半、麻面婆、王婆、赵三、福发、成业、金枝、李二婶子、李青山、月英，这些有名无名、挣扎在土地上的人们如胡风所说，是"蚁子似地生活着，糊糊涂涂地生殖，乱七八糟地死亡，用自己的血汗自己的生命肥沃了大地，种出食粮，养出畜类，勤勤苦苦地蠕动在自然的暴君和两只脚的暴君底威力下面"[1]。这些人的故事，就好像是把《王阿嫂的死》《看风筝》《夜风》等萧红早期短篇小说的情节一一打碎，然后捏合在一起了，里面有妇女在泥坑里痛苦地生产，有婴孩被随意地摔死埋掉，有孤儿无助地游荡，女子悲惨地死去，地主任意地欺凌农民，而反抗无声地流产……农民的愚昧麻木，和中国大地上的黑暗，自五四新文化运动以来曾无数次地遭到批判，而萧红在反复书写悲剧的过程中，提炼出了生与死的哲学主题：

"死人死了！活人计算着怎样活下去。冬天女人们预备夏季的衣裳；男人们计虑着怎样开始明年的耕种。"

"在乡村，人和动物一起忙着生，忙着死……"

"坟场是死的城廓，没有花香，没有虫鸣，即使有花，即使有虫，那都是唱奏着别离歌，陪伴着说不尽的死者永久的寂寞。"

这与后来《呼兰河传》中呼兰河人对"生、老、病、死，都没有什么表示。生了就任其自然的长去；长大就长大，长不大也就算了"的生命哲学完全一致。对生和死的诗意表达才是《生死场》的主题，也是其独特价值所在。《生死场》第十章起，时间翻到十年后，中华民国的东三省成了"满州国"，"日本鬼子"凌虐村民比从前的地主更甚，那些蚁一样的生灵被逼到走投无路的境地，不得不起来反抗了。其中二里半的经历最具代表性，他本是全村最落后的农民，妻儿被杀后他终于放弃了最珍视的财产——一头老羊，步履蹒跚地跟上了反抗的队伍。萧红没有从正面写日本的侵略行径和农民的大规模反抗，但这种碎片化的细节更生动，也更深地打动了当时抗日情绪高涨、不愿做亡国奴的读者，《生死场》被认为真实地反映了那个动荡年代中东北人民的苦难以及他们被迫觉醒的过程，文学评论家甚至称赞它是所有爱国作家应该极力效仿的典范之作。但也有批评家认为《生死场》的文本是断裂的，认为小说的主题从萧红熟悉的农民生活转向她明显陌生或一知半解的侵略与反侵略斗争，是受了萧军这位前抗

---

[1]　胡风《〈生死场〉读后记》，载萧红著《生死场》，黑龙江人民出版社，1980年。

日义勇军战士的影响。^① 这样的猜测并非毫无根据，萧军自己也说萧红写作《生死场》时常是她写一些他看一些，然后他提出意见，她再修改，他是"她的第一个读者，第一个商量者，第一个批评者和提意见者"^②。而从萧军写给鲁迅的第一封信可知，他当时的文学理念就是小说的题材要能满足现实斗争的需要，要与革命文学的主流合拍，而那个时代最需要的，无疑是能反映东北被侵略后的状况以及能鼓舞反抗情绪的文学作品，萧红是很可能接受他的意见在创作中途转向她并不熟悉的主题的。但是，《生死场》如果没有后面三分之一的内容，出版后也不可能在短时间内产生那么大的社会影响。

《生死场》的写作、出版和畅销都与那个时代密不可分，和《八月的乡村》一样，它是一部具有巨大现实价值的文学作品，但它的文学价值，却更多地蕴藏在超越时代的那个部分里。《生死场》远非一部技术圆熟结构精巧的虚构作品，但字里行间亦不乏作者灵性的闪光。早在它出版之初，慧眼如炬的鲁迅就预言过，在写作前途上萧红比萧军更有希望。^③

---

① 葛浩文《萧红传》，复旦大学出版社，2011年，第37页。
② 萧军《〈生死场〉重版前记》，原载萧红著《生死场》，黑龙江人民出版社，1980年。
③ 许广平《追忆萧红》，原载《文艺复兴》第一卷第六期，1946年7月11日。

47. 做客大陆新村

1935 年 11 月 5 日，二萧从青岛来到上海整一年的时候，鲁迅向他们发出了上门做客的邀请，他写信给二萧说："我想在礼拜三（十一月六日）下午五点钟，在书店等候，您们俩先去逛公园之后，然后到店里来，同到我的寓里吃夜饭。"11 月 6 日，二萧应邀去了鲁迅位于大陆新村九号的寓所，当天的鲁迅日记里记着"晚邀刘军及悄吟夜饭"。后来，萧红在散文名篇《回忆鲁迅先生》里，也回忆了这次登门拜访："那夜，就和鲁迅先生和许先生一道坐在长桌旁边喝茶的。当夜谈了许多关于伪满洲国的事情，从饭后谈起，一直谈到九点钟十点钟而后到十一点钟。时时想退出来，让鲁迅先生好早点休息，因为我看出来鲁迅先生身体不大好，又加上听许先生说过，鲁迅先生伤风了一个多月，刚好了的。"但病后初愈的鲁迅那天晚上谈兴很浓，许广平也极力挽留，二萧到了快十二点才起身离开，鲁迅和许广平冒雨送他们到铁门外，鲁迅指着隔壁那家的"茶"字大招牌，告诉他们下次来记得在"茶"的隔壁就是了。

十天后，鲁迅再次致信二萧，代海婴发出邀请："你们俩他是欢迎的，他欢迎客人，也喜欢留吃饭。有空望随便来玩，不过速成的小菜，会比那一天的粗拙一点。""那一天"指的是 11 月 6 日，当晚鲁迅正式邀饭，二萧第一次登门拜访，许广平是做了精心准备的，后来二萧去鲁迅家吃饭的次数多了，菜式也就随意一些了。

查阅鲁迅日记可知，第一次上门做客之后的两个月里，二萧共去大陆新村鲁迅寓所拜访了三次。到了 1936 年，搬家到北四川路之前，仅两个月，他们就要么单独要么一起拜访了鲁迅六次，虽不及胡风和黄源的各七次，也算在鲁迅家里走动最频繁的客人了。而那时从二萧居住的法租界萨坡赛路到鲁迅寓所，用萧红的话说"搭电车也要差不多一个钟头的工夫，所以那时候来的次数比较少"。搬家之后，再上门就相当便利了，3 月鲁迅日记中有记载的二萧单独或一起拜访的次数激增到了十次，3 月之后，鲁迅日记里提到二萧来访的次数减少，再往后则完全没有了。不是二萧不再上门，而是走动太勤，已如家常便饭，因此就不再写进日记里了。据萧红在《回忆鲁迅先生》里写的，那时她和萧军是"每夜饭后必到大陆新村来了，刮风的天，下雨的天，几乎没有间断的时候"。

在鲁迅生命的最后几个月里，常在他家出入的还有胡风夫妇、黄源、鲁迅三弟周建人及其家人，而热情爽朗的二萧尤其是萧红的加入可以说给这个家庭带来了新鲜活力。萧红在《回忆鲁迅先生》里写过她和萧军住在萨坡赛路时曾经从法租界"带了外国酸菜和用绞肉机绞成的牛肉"到鲁迅家去包饺子，那天气氛热闹，大家都吃得很好，萧红包饺子的技巧给许广平留下了很深的印象。①二萧搬家到北四川路之后，这类活动更多了，萧红在鲁迅家做过韭菜合子，做过荷叶饼，只要是她提议要做的，鲁迅没有不赞成的，萧红做出来了，鲁迅还很捧场地举着筷子问许广平自己能不能再多吃几个，而萧红烙的饼，曾被张梅林赞许为"无懈可击"的饼，鲁迅也很喜欢吃，1936 年 4 月 3 日的鲁迅日记里就有"萧军、悄吟来，制葱油饼为夜餐"的记录。

这样亲密无间的接触，让萧红有了更深入细致地观察和了解鲁迅的机会。鲁迅去世后，萧红写作的《回忆鲁迅先生》是所有回忆和纪念文章中最生动隽永的一篇，固然是因为萧红有敏锐的观察力和细腻的笔法，同时也因为她与鲁迅格外投契，在精神气质上又很相近，所以，她只用素描般的几笔，就勾勒出了鲁迅在"横眉冷对"之外日常亲切的一面：

"鲁迅先生的笑声是明朗的，是从心里的欢喜。若有人说了什么可笑的话，鲁迅先生笑的连烟卷都拿不住了，常常是笑的咳嗽起来。"

"鲁迅先生走路很轻捷，尤其使人记得清楚的，是他刚抓起帽子来往头上一扣，同时左腿就伸出去了，仿佛不顾一切地走去……"

二萧没有想到，他们的热情渐渐变成了鲁迅一家的负担。他们住得近，常常不请自来，还留下吃饭，打乱了鲁迅一家惯常的生活节奏，鲁迅和许广平每天不得不花额外的时间和精力招呼他们。而萧红因萧军的婚外恋情陷入不能自拔的痛苦之后，更是每天都跑到鲁迅家里，一坐就是几个钟头。鲁迅在病中，繁忙的许广平不得不放下手里的活儿，陪她长谈，因此苦不堪言。

1936 年 7 月，不堪身体和精神病痛的萧红决定到日本去休养一段时间，7 月 15 日晚许广平下厨做了一桌好菜为她践行，鲁迅强撑病体参加践行宴，向她传授坐船的经验："每到码头，就有验病的上来，不要怕，中国人就专会吓唬中国人，茶房就会说：验病的来啦！来啦！……"那是萧红最后一

---

① 许广平《追忆萧红》，原载《文艺复兴》第一卷第六期，1946 年 7 月 11 日。

次和鲁迅一起吃饭，也是她最后一次到大陆新村鲁迅家做客。7 月 17 日，萧红登上了远行的轮船，为了不给病中的鲁迅添麻烦，她和萧军约好了不给鲁迅写信。三个月后的 10 月 19 日凌晨，天将发白时，鲁迅在寓中与世长辞，而就在他逝世前两周写给茅盾的信里，提到萧红，他还说："萧红一去之后，并未给我一信，通知地址；近闻已将回沪，然亦不知其详，所以来意不能转达也。"①

---

① 《鲁迅书信集》下卷，人民文学出版社，1976 年，第 1013 页。

48. 许广平的心结

1946 年许广平在《文艺复兴》第一卷第六期上发表了《追忆萧红》一文，这是她继 1945 年 11 月 28 日在上海《大公报·文艺》上发表《忆萧红》后，再一次撰文纪念去世的萧红。在这两篇文章里，许广平写了些他们一家与二萧交往过程中不为人知的细节。

那是二萧搬家到北四川路以后的事，他们和鲁迅一家已变得十分熟稔亲近，当时鲁迅身体极差，时常生病，萧红因为萧军的婚外情，满肚子忧郁无法纾解排遣，就整日待在鲁迅家里。为了减轻鲁迅陪客的辛劳，许广平只得自己陪着她在客厅谈话，因此无法兼顾对鲁迅的照料。一天，"也是陪了萧红先生大半天之后走到楼上，那时是夏天，鲁迅先生告诉我刚睡醒，他是下半天有时会睡一下中觉的，这天全部窗子都没有关，风相当的大，而我在楼下又来不及知道他睡了而从旁照料，因此受凉，发热，害了一场病"[1]。据鲁迅日记来看，5 月 18 日有"夜发热三十八度二分"的记录，从这一日起直到 7 月 23 日两个多月的时间里，热度时高时低缠绵不去，几乎每天须藤先生都要上门为鲁迅诊治并打针，包括许广平治馔为将去日本的萧红践行的 7 月 15 日，鲁迅日记里也写着："晚九时热三十八度五分。"如果许广平文章中写的那一天就是 5 月 18 日的话，那么许广平在萧红去世几年后仍对此事耿耿于怀的心情就可以理解了，因为这不是一场小病，从那一病起鲁迅变得更虚弱，不久后就离开了人世。许广平对萧红的不满在《追忆萧红》里全部倾泻了出来："我们一直没敢把病由说出来，现在萧红先生人也死了，没什么关系，作为追忆而顺便提到，倒没什么要紧的了。只不过是从这里看到一个人生活的失调，直接马上会影响到周围朋友的生活也失了步骤，社会上的人就是如此关连着的。"

不满的情绪并非鲁迅生病、去世后才产生的，《忆萧红》一文里许广平也提到当初二萧搬到北四川路住下，萧军的意思是想给鲁迅一家帮帮忙，结果正

---

[1] 许广平《追忆萧红》，原载《文艺复兴》第一卷第六期，1946 年 7 月 11 日。

如萧军自己所说，他根本没有帮上什么忙，因为经常上门的不是他，而是萧红，许广平"因此不得不用最大的努力留出时间在楼下客厅陪萧红女士长谈"，由于分身乏术应付吃力，当时许广平就向胡风的夫人梅志诉过苦。1984 年梅志写《"爱"的悲剧——忆萧红》一文，就回忆起多年前去鲁迅家做客，一进门许广平就告诉她："萧红又在前厅……她天天来一坐就是半天，我哪来时间陪她，只好叫海婴去陪她，我知道，她也苦恼得很……她痛苦，她寂寞，没地方去就跑这儿来，我能向她表示不高兴、不欢迎吗？唉！真没办法。"许广平在鲁迅去世十年、萧红去世四年多之后著文回忆这件事，可见是她一直欲吐未吐的心结，而萧红之所以选择在 7 月中旬鲁迅病体未愈的情况下远走日本，而且坚持不给鲁迅写信，很可能也是因为意识到了自己给鲁迅和许广平平添的麻烦。

许广平是少数几个萧红愿意倾吐心声的女性朋友之一，她是广州番禺人，比萧红年长一轮有余，但她与萧红是有共同语言的。广州高第街的许家有"近代广州第一家族"之称，十分显赫，先后出过晚清的闽浙总督许应骙、辛亥革命元老许崇灏、民国粤军总司令许崇智、著名教育家许崇清和红军将领许卓等多位有影响力的历史名人，诗句"许门多豪杰，星光照长夜"中的"许门"指的就是许广平出身的广州高第街许家，所以许广平和萧红的家庭背景有相似之处，都是封建家族中出生和长大的女子，虽然家族的大小不可同日而语；许广平还在襁褓之中父亲就为她定了娃娃亲，但成年后的许广平性格刚强，无论如何也不肯接受这门亲事，最后许家赔给男方一笔钱，解除了婚约，在个性的倔强上，许广平与萧红也颇为相似；许广平在与鲁迅结合之前，曾先后就读于第一直隶女子师范学校和国立北京女子高等师范学校，编辑过《醒世周刊》，就妇女解放问题发表过文章。从她和鲁迅的书信集《两地书》不难看出，许广平有文学才情，对时事亦有不俗的见解，如果不是为了给鲁迅创造一个可以全身心投入工作的家庭环境，如果不是被繁重的家务占据了全部时间，许广平也是很有可能成为一名女作家的，就如后来的萧红一样。所以，许广平和萧红相识之初是彼此投契的，对萧红的遭遇许广平也是同情的，她们有心成为知己，但各自的性格总的来说迥然不同，许广平不能理解萧红仅因情伤就镇日愁风惨雨的行为，也不能理解萧红何以不能独处非要人陪同。和很多朋友一样，许广平更加无法理解萧红后来选择端木蕻良以及远走香港，就像鲁迅去世后萧红不知道许广平巨大的悲恸需要独自平复而盲目地建议萧军等人去陪着她，不要让她静下来，结果反而徒增了许广平的烦恼一样。

还有两件与萧红有关的事也是许广平无法释怀的。一是她曾经把白凤丸介绍给有妇科病的萧红服用，虽然对萧红的痛经很有帮助，意想不到的是

　　"八一三"之后萧红撤退到内地，写信给许广平，似埋怨似称谢地说服了药丸不但身体好起来而且有孕了。战争时期生小孩是很大的负担，许广平后来听说萧红真的生了一个孩子，不久夭折，她疑心自己的介绍是不是害了萧红，是否生产的后遗症导致了萧红的早逝，"我无从向她请求饶恕，我只是怀着一块病瘩似的放在自己心上，作为精神的谴责，然而果真如此简单就算了吗？"另一件则是萧红去世后许广平收到端木蕻良来信，请她托内山完造设法保护萧红在香港的墓地，但是许广平考虑到时值抗战，内山完造是日本人，萧红是东北作家，又是抗日分子，"内山先生不会不清楚的。请他'保护'，也许非其权力所及。或者能设法了，也于他不便。在我这方面，也不甘于为此乞求他援助，我把这句话吞没了……"从这两段话可知，许广平责人严，责己更严，她对萧红的友情中，掺杂了欣赏、同情、敬佩、埋怨、自责等种种因素，五味杂陈正如人生。

49.旅居东京

1936 年 7 月 17 日，萧红登上了前往日本的轮船。据萧军说，选择日本作为萧红的疗养地，有多方面的考量：首先是日本距上海不算太远，日常消费比上海贵不了多少；然后是日本环境安静，休养之余可以专心读书、写作；还可以学学日文，日本出版业发达，学会了日文，就能多读一些世界文学作品了；黄源的夫人许粤华到日本学习日文，还不到一年，就能翻译短文章了；加上许粤华在那边，萧红去了也有人照顾……经过反复研究商量，二萧做出了暂时分开的决定——萧红去日本、萧军去青岛，一年之后再回上海会合。[①]

萧红跟萧军在一起整四年了，尽管他不断伤害她的感情，长期生活下来她还是对他产生了深深的依赖，连跟他分床睡都习惯不了，更何况独自远行，去往未知的异国他乡，萧红心里很是不安，上船后写信给萧军说："海上的颜色已经变成黑蓝了，我站在船尾，我望着海，我想，这若是我一个人怎敢渡过这样的大海！"多年后萧军注释这封信时也说他俩自从 1932 年同居以来，还是第一次分开得这么遥远和漫长，双方心情都很沉重。

萧红的东京住处位于麹町区富士见町 2 丁目[②]，新居出乎意料地好，她写信告诉萧军说她的房间跟画里的一样，假若他来了看到这样的席子一定会先在上面打一个滚的。但想到萧军并不在这里，失落感油然而生，"一张桌是（和）一个椅子都是借的，屋子里面也很规整，只是感到寂寞了一点，总有点好象少了一点什么！"写于 8 月 9 日的散文《孤独的生活》中，萧红实录了自己初到日本一整天的活动，因为太过安静，她反而无法静下心来写作，一次又一次地去找那唯一认识的朋友，又一次次地失望而归，"假若，再有别的朋友或熟人，就是冒着雨，我也要去找他们，但实际是没有的。只好照着原路又走回来了"。那一

---

① 萧军《萧红书简辑存注释录》，黑龙江人民出版社，1981 年。
② 萧红在日本的通讯地址是"东京麹町区富士见町 2 丁目 9—5 中村方"，但据日本学者平石淑子的实地走访结果来看，这个地址可能不完全正确，见平石淑子《有关萧红在东京的事迹调查》，载《北方文学》第一期，1984 年。

天被她的寂寞拉得格外长。

因为是怀着对萧军的怨恨远走的，起初萧红还强撑着不肯服软，但当她满怀与弟弟重逢的希望却得知张秀珂已经回了东北时，她崩溃了，"现在我很难过，很想哭"，"这里的天气也算很热，并且讲一句话的人也没有，看的书也没有，报也没有，心情非常坏，想到街上去走走，路又不认识，话也不会讲"，"这里太生疏了，满街响着木屐的声音，我一点也听不惯这声音。这样一天一天的我不晓得怎样过下去，真是好象充军西伯利亚一样"。她想逃回去了。

萧红原本就非常怕寂寞，加上初到异国的不适应和希望落空后的失望，她的情绪一下子跌到了谷底，人也变脆弱了。萧红敏感和脆弱的那一面，向来蛮横强悍的萧军是无法理解的，如他后来所说，同样一种打击和生活上的折磨，对他来说近乎无所谓的，却会在萧红那里留下深深的、难以平复的伤痕，他因此有些轻视她的孱弱和伤感，而骨子里的骄傲和倔强让萧红忍受不了他的轻视，她想向他证明自己，因此便要逼迫自己坚强起来，逼迫自己放弃了逃回他身边的念头，她曾在信里半开玩笑半试探地问他："你再来信说你这样好那样好，我可说不定也去，我的稿费也可以够了。你怕不怕？我是和（你）开玩笑，也许是假玩笑。"试探的结果应该是不尽如人意的，无从得知萧军到底是怎么回答的，但晚年的萧军在注释萧红的信件时曾说，他独自在青岛度过的那两个月是他一生中最轻松最无忧无虑的日子，所以，萧红在东京被寂寞折磨得坐立不安时，在青岛享受着重回单身的自由和快乐的萧军是不愿意被人打扰的，他不想要萧红回来。萧红除了挺住别无他法。雪上加霜的是，萧红到东京不久，许粤华就因故匆匆回国，萧红更加孤单了，但写给萧军的信里，她只是说"他妈的，再就没有熟人了"，不再提回去的事，还说等到精神和身体稍好自己就要开始工作了。

萧红在东京要对抗的，除了寂寞，还有病痛。萧红身体的虚弱已有历史，许广平初次见面就注意到她不仅脸色苍白且有"花白的头发"，后来又"时常听见她诉说头痛"。到了1936年萧军闹婚外恋，"烦闷，失望，哀愁笼罩了她整个的生命力"[1]。及至临行前，连胡风的夫人梅志也注意到了萧红"形容憔悴，脸都像拉长了，颜色也苍白得发青"[2]。因此萧红初到日本时，病痛没有少找她的麻烦，独在异乡无人可以倚靠和倾诉，她把痛苦全都倾倒在给萧军的信里了："近几天整天发烧，也怕是肺病的（样）子，但自己晓得，决不是肺病。可是

① 许广平《追忆萧红》，原载《文艺复兴》第一卷第六期，1946年7月11日。
② 梅志《"爱"的悲剧——忆萧红》，载《花椒红了》，中国华侨出版社，1995年。

又为什么发烧呢？烧得骨节都酸了！本来刚到这里不久夜里就开（始）不舒服，口干、胃涨"；"这样剧烈的肚痛，三年前有过，可是今天又来了这么一次，从早十点痛到两点。虽然是四个钟头，全身就发抖了。洛定片，不好用，吃了四片毫没有用"；"胃还是坏，程度又好象深了一些，饮食我是非（常）注意，但还不好，总是一天要痛几回"。诉苦的信她持续写了两个多月，之后也许是时间这剂灵药开始起作用，萧红的心情渐渐平复，身体状况也趋于平稳，10月鲁迅去世的消息传来，才暂时打破了她的平静，29日写给萧军的信里她说"这几天，火上得不小，嘴唇又全烧破了。其实一个人的死是必然的，但知道那道理是道理，情感上就总不行"。

鲁迅是1936年10月19日清晨去世的，次日萧红写信问萧军："报上说是L来这里了……？"L就是指鲁迅，当天日本的报纸报道了鲁迅去世的消息，萧红看不懂日文，误以为是鲁迅到了日本。到了21日，她的信里又有了"前些日子我还买了一本画册打算送给L。但现在这画只得留着自己来看了"这样的句子，似已得到噩耗。她24日写给萧军的信，后来以《海外的悲悼》为题发表。信中说21日她模糊猜到了报纸上的内容，流着泪拿了报纸去问唯一的熟人，熟人告诉她是她看错了，她才安心回去。23号晚看到中国报纸上的遗照，这才确定鲁迅去世了。萧红动身到日本时曾与萧军约定都不给鲁迅写信，他们没料到鲁迅会那么突然去世，尤其是萧军，从青岛回上海后他还曾拜访鲁迅，鲁迅10月14日的日记里有"萧军来并赠《江上》及《商市场（街）》"的记载。

除了寂寞、病痛和鲁迅的逝世，旅居日本的短短几个月里，萧红还遭遇了警察搜查、地震和火灾等一系列状况。9月12日萧红写信告诉萧军："今晨刑事来过，使我上了一点火，喉咙很痛，麻烦得很，因此我不知住到什么时候就要走的。情感方面很不痛快，又非到我的房间不可，说东说西的。早晨本来我没有起来，房东说要谈就在下面谈吧，但不肯，非到我的房间不可，不知以后还来不来？若再来，我就要走。"当时的日本是有名的"警察之国"，便衣警察和特务无所不在，萧红是外国人，自然逃不过他们的搜查，而这情形又很难不让她回想起在哈尔滨和青岛时的恐怖经历，孤立无援的她情绪因此影响波动很大，又动了回国的念头，从14号的信可知，经过两天的调整她也未能平复心绪："心情又闹坏了，睡觉也不好起来，想来想去。他妈的，再来麻烦，我可就不受了。"直到差不多一个月后，她才打消了回国的念头。

居留日本的时间长了，萧红渐渐习惯一个人的生活。9月14日开始她每天下午到东亚补习学校上四个钟头的课，生活充实了，情绪也稳定了，应对突发事件萧红变得淡定多了。11月19日寄给萧军的信里她提到遭遇了一次不小的地震："地震，真是骇人，小的没有什么，上次震得可不小，两三分钟，房子格格地响着，表在墙上摇着。天还未明，我开了灯，也被震灭了，我梦里梦中（懵）的穿着短衣裳跑下楼去，房东也起来了，他们好象要逃的样子，隔壁的老太婆叫唤着我，开着门，人却没有应声，等她看到我是在楼下，大家大笑了一场。"日本是地震多发国家，在日本长住遇到地震是不可避免的，萧红之前可能就遭遇过小地震，所以并不惊慌，还能"大笑了一场"，她已颇为适应独在异乡为异客的生活了。到1937年1月4日写信给萧军报告隔壁的火灾，萧红的语气就更淡然了："新年都没有什么乐事可告，只是邻居着了一场大火。我却没有受惊，因在沈女士处过夜。"萧红完全适应了独立生活，给萧军的信里也几次强调自己不打算马上回国，但她终究还是在这封信发出不久后，在萧军的催促下启程回国了。

居留日本的半年里，萧红的思想和情感发生了很大变化，她回国前所写的组诗《沙粒》（34首）里，虽不乏诉说孤寂与伤痛的句子，却比以往的诗作多了一些刚性成分的反思：

世界那么广大，
而我却把自己天地布置得这样狭小！（《沙粒》其四）

海洋之大，天地之广，
却恨各自的胸中狭小，
我将去了？（《沙粒》其二十三）

这是寂寞馈赠给她的礼物——勇敢。后来她离开萧军，与他分道扬镳的勇气，就是在旅居东京的那段时间里滋长起来的。

50.《商市街》：一次回眸

　　1935 年是萧红十年漂泊生涯中相对安稳的一年，令人心惊肉跳的恐怖气氛已成往事，食不果腹三餐不继也是昨日梦魇了，疾病和战争尚未追过来，在鲁迅引介下她和萧军结识了一批文化界友人，萧军频繁地将稿子寄给鲁迅介绍发表，忙于在文坛出头的他暂时也顾不上多情，除了《生死场》迟迟不能出版，那一年萧红的生活算得上顺心，但整整一年她统共只发表了四篇作品：短篇小说《小六》和《三个无聊的人》分别刊发在《太白》第 1 卷 12 期和第 2 卷 10 期上，散文《饿》发表在《文学》第 4 卷第 6 号上，还有一篇《祖父死了的时候》发表在 1935 年 7 月 28 日《大同报》副刊《大同俱乐部》上。跟萧军的意气风发比起来，萧红实在太沉寂了。

　　1935 年 1 月 29 日鲁迅写信给萧军，大约是此前萧军向他报告了萧红的不事创作，或者是萧红主动坦白了自己的懒怠请他鞭策。鲁迅信中说："我不想用鞭子去打吟太太，文章是打不出来的，从前的塾师，学生背不出书就打手心，但愈打愈背不出，我以为还是不要催促好。如果胖得象蝈蝈了，那就会有蝈蝈样的文章。"鲁迅不催促，萧红反而寄了稿子去，鲁迅看后回复说："小说稿已看过了，都做得好的——不是客气话——充满着热情，和只玩些技巧的所谓'作家'的作品大两样。今天已将悄吟太太的那一篇寄给《太白》。"那便是短篇小说《小六》。鲁迅的肯定和发表的顺利鼓舞了萧红，3 月中她少有地自己动笔给鲁迅写信，并再次寄上了稿子，17 日鲁迅收到信即回复："来信并稿两篇，已收到。"那两篇稿子就有发表在《文学》上的散文《饿》。之后很长一段时间萧红没有再寄稿子给鲁迅，以致鲁迅在 9 月 19 日写给萧军的信里特意问起："久未得悄吟太太的消息，她久不写什么了吧？"其实，这年 5 月 15 日之前，萧红就已经写完了一系列回忆她和萧军在哈尔滨尤其是商市街共同生活的散文，3 月中旬寄出的《饿》就是其中一篇。

　　四十一篇自叙性散文以编年形式，串起了从入住欧罗巴旅馆到搬进商市街二十五号再到逃离哈尔滨的那一年半里两个相依为命的人尤其是萧红的遭遇和感受，那其实是一段很困顿的日子，贫穷是生活的主旋律，两个人始终在温饱线上挣扎，但萧红特有一种能平衡情绪调节氛围的写法，如写了饥寒交迫身无分文之后就写终于借到了钱两人去油腻腻的小饭馆里吃热气腾腾的猪头肉和肉丸汤；写了自己孤独寂寞如置身空旷的广场之后又写在新识的友人家里跳舞狂欢到深夜；同一篇散文里刚写完吃糖后的红舌头绿舌头，接着就是"郎华"躺在床上对她深情地回忆和讲述从前的恋人；沉浸在印书的喜悦中时，流言和恐惧不期而至；决定离开哈尔滨后离别的伤感又被突如其来的病痛打断……微末的生活细节和微妙的情绪涌动让她笔下的那些日子显得生机盎然，既不沉闷也不单调。

萧红用一贯简洁优美的文笔将一些短暂的瞬间点染得闪闪发亮，如《家庭教师》中写第一次和"郎华"去小饭馆吃饭：

"后来我又看见火炉上煮着一个大锅，我想要知道这锅里到底盛的是什么，然而当时我不敢，不好意思站起来满屋摆荡。

"'你去看看吧。'

"'那没有什么好吃的。'郎华一面去看，一面说。

"正相反，锅虽然满挂着油腻，里面却是肉丸子。掌柜连忙说：'来一碗吧？'

"我们没有立刻回答。掌柜又连忙说：'味道很好哩。'

"我们怕的倒不是味道好不好，既然是肉的，一定要多花钱吧！我们面前摆了五六个小碟子，觉得菜已经够了。他看看我，我看看他。

"'这么多菜，还是不要肉丸子吧。'我说。

"'肉丸还带汤。'我看他说这话，是愿意了，那么吃吧。一决心，肉丸子就端上来。"

两百余字里，肉丸四溢的香气，对饥肠辘辘的人的诱惑，想吃又囊中羞涩的矛盾心理，最后决定要吃的充分理由——"肉丸还带汤"，萧红写来流畅自然又趣味十足。再如《当铺》一文中，"我"当掉新做的棉袍后走在回家的路上：

"带着一元票子和一张当票，我快快地走，走起路来感到很爽快，默认自己是很有钱的人。菜市、米店我都去过，臂上抱了很多东西，感到非常愿意抱这些东西，手冻得很痛，觉得这是应该，对于手一点也不感到可惜，本来手就应该给我服务，好象冻掉了也不可惜。走在一家包子铺前，又买了十个包子，看一看自己带着这些东西，很骄傲，心血时时激动，至于手冻得怎样痛，一点也不可惜。路旁遇见一个老叫化子，又停下来给他一个大铜板，我想我有饭吃，他也是应该吃啊！然而没有多给，只给一个大铜板，那些我自己还要用呢！又摸一摸当票也没有丢，这才重新走，手痛得什么心思也没有了，快到家吧！快到家吧。"

这是一段意识流的描写，当掉棉袍解决了饥饿问题，一面感到欢欣和充实，想将快乐传递出去，一面又因失去了棉袍，冻得手很痛，一遍遍地确认当票没有丢。

学者赵园论述萧红作品的"散文美"，曾说她的语言结构不是模仿生活而是模仿情绪，是依据作者本人极为深潜极为内在的情绪流来组织的，因此常有看似随意的省略，有其明显的有意的不规范性，读者只有在这种语言结构的整体功能中，在那种语言组织与一种诗意情绪的对应关系中，在那种语言组织负载的情绪中体验到它的美。[1] 赵园谈论的是萧红小说，这一特征用来概括《商市街》的语言特点也是精准的，萧红过于专注情绪的流动而省略了许多必要的事实衔接，以致很多篇章单看便是情绪的碎片，但将它们连缀成为整体，无组织无结构的写法中又自有其"形散神聚"的魅力。如赵园所说，散文才能于萧红，是犹如禀赋一样的东西，她是天生的散文作者。

萧红写完这一系列回忆散文后不久，便接连收到《麦场》不能出版和发表的消息，她可能是被这一连串的挫败打击到了，加上后来又忙于自费出版的事宜，新写的散文也就搁置起来了，直到《生死场》上市，萧红才将其中部分篇章拿出来，在报纸杂志上发表。1936 年 8 月，这一系列共四十一篇散文结集为《商市街》，作为巴金主编《文学丛刊》第 2 集第 12 册，由上海文学生活出版社初版，作者署名悄吟。《商市街》一上市就受到了读者的热烈欢迎，不到一个月就再版。11 月 19 日，远在日本的萧红从萧军的信得知《商市街》畅销并再版的消息，回信说"《商市街》被人家喜欢，也很感谢"。

《商市街》没有《生死场》强大的社会影响力，却为萧红奠定了散文家的地位，美国学者葛浩文将它与《生死场》《马伯乐》和《呼兰河传》一起列为萧红四部最重要的作品，可惜多年来它无论是在批评界还是图书市场都未能得到与其价值相符的重视。

---

① 赵园《论萧红小说兼及中国现代小说的散文特征》，《论小说十家》，浙江文艺出版社，1987 年，第 228 页。

51. 东北作家群

　　1935 年至 1936 年间，一群从东北沦陷区流亡出来的文学青年陆续抵沪，先后发表和出版文学作品，呼吁抗日，抒发思乡爱国之情，将东北广袤无垠的黑土地上人民的苦难挣扎与草原、牲畜、河流一同呈现。他们的共同特点是年轻、富于激情，作品深沉有力，他们的作品后来都被纳入了文学史上"左联"文学的范畴，尽管其中有些人并未正式加入"左联"，他们是萧红、萧军、端木蕻良、罗烽、白朗、舒群、骆宾基、李辉英等，被统称为"东北作家群"。

　　1934 年 6 月 18 日，二萧离开哈尔滨六天后，罗烽被人出卖，遭日本驻哈尔滨领事馆逮捕，因为没有物证落到日本人手里，加上铁路上的同事们捐款营救，1935 年 4 月罗烽重获自由，7 月他和白朗辗转到了上海，寄住在二萧位于法租界萨坡赛路的家中。那时《八月的乡村》刚刚出版，萧军在文学界名声正在鹊起中，和哈尔滨时期落魄潦倒的他已不可同日而语，但他和萧红还是很穷，能够提供给昔日好友的方便就只是邀他们同住。时值盛夏，四个人挤住在一个房间的滋味可以想见。罗烽夫妇要求萧军引荐他们与鲁迅见面，萧军写信给鲁迅，遭到拒绝，鲁迅的答复是："你的朋友南来了，非常之好，不过我们等几天再见罢，因为现在天气热，而且我也真的忙一点。现在真不象在做人，好象是机器。"鲁迅的忙是实情，也是委婉的表达。自从胡风被疑为内奸并脱离"左联"后，鲁迅与"左联"及其成员的关系就越来越僵，他和二萧见面前就曾侧面打听过他们，确定两人都没有政治背景和党派关系才同意见面的，对素不相识而且又是党员的罗烽，鲁迅拒绝与之见面，是可想而知的事。

　　罗烽夫妇与二萧同住了两个月，直到萧军提出四个人住在一起于写作不便，才于 9 月中旬搬到了美华里的亭子间。一个夏天的共处，萧红给白朗留下了"面色是苍白的，病态的，精神也不似以往那样愉快，仿佛有一株忧郁之苗在她的心上发芽了"的印象，萧红并没有向她倾诉过烦恼，但每天耳闻目睹二萧的生活，白朗知道她忧郁的根源是"真挚的爱人的热情没有得到真挚的答报，相反的，正常常遭到无情的挫伤。她的温柔和忍让没有换来体贴和恩爱，在强暴者面前只显得无能和懦弱"①。

舒群1934年秋天在青岛被捕入狱，次年春天获释后，带着在狱中写的小说《没有祖国的孩子》，也到了上海，他把小说稿子交给萧军，托他转交鲁迅，萧军没有答应，舒群很失望，后来他搬到美华里的亭子间与罗烽、白朗同住了一段日子。

1935年年底，罗烽通过周扬，与党组织接上关系并加入了"左联"，1936年他和白朗分别发表了《呼兰河畔》《伊瓦鲁河畔》等作品，开始在文坛崭露头角。因为萧军未能将他引荐给鲁迅，也因为在"两个口号"的论争中站到了不同的队伍里，罗烽与萧军一度断交，直到1937年才和解。而舒群也通过女作家白薇将小说稿子带到了周扬的手里，《没有祖国的孩子》在1936年5月的《文学》杂志上发表，9月出版单行本，舒群成了继二萧之后又一位在上海文坛成名的东北作家。

1935年至1936年间，东北作家的强力崛起和东北题材作品的涌现成为了左翼文坛的一个醒目事件，1936年9月上海书店乘势出版《东北作家近集》，收录了罗烽、白朗、舒群、穆木天、塞克、宇飞、李辉英、黑丁等人的作品共八部，给了东北作家群一次集体亮相的机会。这些作家加上二萧，和1936年8月在《文学》杂志上发表成名作《鹭鹭湖的忧郁》的端木蕻良，以及1939年底出版《边陲线上》的骆宾基，便构成了现代文学史上"东北作家群"的基本阵容。这个作家群体中的很多人，或者已经进入了萧红的人生，或者即将扮演重要角色。

---

① 白朗《遥祭——纪念知友萧红》，原载《文艺月报》第十五期，1942年6月15日。

52. 端木蕻良

端木蕻良是东北作家群中二萧之外又一位代表作家。他原名曹汉文、曹京平，笔名曹坪、叶之林（琳）、黄叶、罗旋、端木蕻良等，辽宁昌图县人。1912年9月25日出生。和萧红一样，端木蕻良出生于一个大地主家庭，他父亲曹仲元是一个思想新潮、一心想做武官但始终不得志的地主子弟，因为不为端木祖父所喜，分家时只分到了小部分产业。他脾气暴躁，好食恋色，端木的母亲就是他从佃户家中强抢过来的。端木是他母亲为曹家生下的四子一女中的第四个儿子，妹妹夭折后他成了最小的孩子，因此自幼多得母亲溺爱。

1923年端木十一岁时，被父亲送到天津求学，他没能考入名校南开中学，便进了教会办的汇文中学，谁知才读了两个学期，直奉战争爆发，父亲曹仲元的交易所受冲击倒闭，端木交不起汇文中学的学费，辍学回了昌图。短暂的城市生活为端木蕻良打开了视野，他接触过一个有声光化电、自由思想和西方文化的新世界后，再也无法适应昌图落后的学校教育，因此从1924年回到昌图至1928年重返天津的四年里，他基本没怎么上过学，都是在家自学。1926年，曹仲元染疾去世，曹家势不可挡地败落了下来，如端木蕻良自己所言，"在第二个秋天第三个秋天整个儿的跌了进去，只剩下早已干枯的土地来维持这'不在地主'的暮景"[①]。

1928年，端木蕻良随二哥曹汉奇再次来到天津，这次他如愿考进南开中学，并直接上了初三。他把名字从曹汉文改为曹京平，在自由开放的南开，他成为了一名活跃分子，先后担任好几份学生刊物的编辑、主编，撰写政论性质的文章。还在"九一八"之后，1931年的秋天，和同学一起组织了一个抗日救国学生团体，并因此被南开中学开除。辍学后的端木蕻良，因参与筹备抗日示威活动于1932年春天被捕入狱，坐了几天牢出来后，他跑到赤城加入了国民党将领孙殿英领导的"学生军"。端木蕻良后来在文章中回忆这段短暂的从军经历时说自己当时"马骑得不好，枪打得不灵，不过随着风沙到处跑。从东栅子跑到西

---

① 端木蕻良《科尔沁前史》，载《科尔沁旗草原》，江苏文艺出版社，2010年。

窝子，从独石口跑到龙关，生活全在马上"①。几个月后，孙殿英的部队调防西北，端木蕻良见部队向西而不是向东北抗日前线转移，便离开部队，回到了北平他母亲定居的皇城根小瓦房胡同。

1932年秋天，端木考进了清华大学历史系，并加入了"北方左联"。他后来承认，那个时期他政治热情高涨，对政治的兴趣比对文学大，他觉得文学没什么用处，对社会起不了决定作用。②1933年6月，端木蕻良开始担任"北方左联"《科学新闻》周刊的编辑。8月3日，"北方左联"在北平艺术学院开会，筹备欢迎国际反战代表团到京，谁知被捕叛变的组织部长引着特务冒充代表，抓捕了与会的十九位代表。端木当天缺席会议，又得到了北大二斋门房老工友的提醒，当晚便没有回宿舍，借宿在友人处。次日他逃往天津，从此再没有回过清华大学。此事扭转了端木蕻良的人生轨迹，他失去了学业，胸中的政治热情也被彻底浇灭了。据他后来回忆，在天津二哥家他死了似的躺在床上，心如死灰，不知道生活该怎样继续下去，性格也变得乖戾、反常、阴郁和突兀，"精神的每一个角落里都充满了烦躁和厌恶"，③直到收到鲁迅来信。在校期间端木蕻良曾将他参与编辑的《科学新闻》周刊寄给鲁迅，匆匆逃出清华大学的那晚，他恰巧得知自己的信箱里有一封鲁迅的回信，他不敢回清华取信，于是化名叶之琳又给鲁迅去了一封信。8月25日鲁迅日记里便有"得叶之琳信，夜复"的记载，拯救端木的便是这封回信。端木蕻良后来说读了鲁迅的回信后，他便提笔开始了《科尔沁旗草原》的创作。其实那只是一封极普通的回函，完全因为它来自鲁迅，才有了鼓舞的力量。

端木和鲁迅的通信没能像后来二萧与鲁迅的通信那样持续下去，端木也曾计划把《科尔沁旗草原》的书稿寄给鲁迅，但最终还是听从友人建议寄给了在北平燕园教书的郑振铎，郑振铎对这部小说颇为赞赏，许诺将尽快设法使之出版，但因种种原因，《科尔沁旗草原》一直延宕至1939年才付印。1935年端木蕻良还创作了一部长篇小说《集体的咆哮》，这部书稿的命运比《科尔沁旗草原》更加悲惨，它不幸被遗失，从未面世。

1935年参加了"一二九"运动之后，端木蕻良再次逃离北平，经南京前往上海。1936年2月端木再次写信给鲁迅并请求见面，遭到拒绝，④7月，又给鲁

①　端木蕻良《记孙殿英》，载《七月》第5集第1期，1937年10月16日。
②　端木蕻良《我的创作经验》，载《万象》月刊，1944年第4卷6期。
③　同上。
④　见李兴武《端木蕻良年谱》，载《东北现代文学史料》第七辑，1982年12月。端木曾加入"北方左联"的背景可能是鲁迅拒绝与他见面的原因。

迅写了三封署名"曹坪"的信，其中两封附带稿子。8 月，经郑振铎推荐，短篇小说《鹭鹭湖的忧郁》在《文学》上刊出，这篇小说平静中蕴含悲愤，诗意而又残酷，是端木的成名之作。从这篇小说开始他正式启用"端木蕻良"为笔名，并渐渐引起了文坛的注意。10 月，短篇小说《爷爷为什么不吃高粱米粥》经鲁迅之手发表在《作家》上。发表这篇文章的始末，1980 年端木蕻良接受美国学者、《萧红传》的作者葛浩文的访问时还记得非常清楚：完成长篇小说《大地的海》之后，他把稿子寄给了《作家》。① 由于对文坛情况完全不了解，寄去的稿子他既没有写孟十还② 收，也没有写转交鲁迅，他以为稿子肯定会呈递到他们手上的，但他还是多留了一个心眼，厚厚的稿子中的有一页是倒着放的，后来稿子被退回，倒着的那一页仍然倒着，他就知道编辑根本没有看过他的稿子，他觉得编辑很不负责任，就气愤地写信向鲁迅告状，鲁迅告诉他"再有稿拿来给我，但是给我，他们也不一定就肯登。你就寄给我吧"。端木于是把《爷爷为什么不吃高粱米粥》寄给了鲁迅，没想到鲁迅转头还是给了《作家》，这篇小说因此也就发表在 10 月的《作家》杂志上了。端木蕻良认为这就是鲁迅的作风，是打了孟十还一个嘴巴。后来有一天，端木正在他居住的花园村亭子间写作，听到前头有人找姓曹的，想到自己在上海没有朋友，他就估摸着是孟十还等人因鲁迅的关系来找他，想要拉拢他，他不想见到退他稿子的人，就从后门跑掉了。端木后来对此举后悔不已，他认为孟十还若见到他，肯定会拉他到鲁迅那里去和好，那样他就能见到鲁迅了。③ 他没想到鲁迅那么快去世，而就在去世的前几天，鲁迅日记里还记着"得端木蕻良信，下午复，并还稿一篇"④。

同样是在与葛浩文的谈话中，端木蕻良还透露了一个发生在 1936 年、与萧红有关的小细节：到上海之后端木其实是有机会结识已经在文坛成名的东北作家萧红萧军等人的，但考虑到自己正在创作长篇小说，不宜分心，所以他没有和文艺界的人过多往来。只一天他在自己经常散步的法国公园里看见四个人，据他推想应该是当时所谓的文化人，因此留下了印象。后来在武汉与二萧等人朝夕相处，他回想起在法国公园看到的那一幕，觉得当时那个穿红衣服、给他留下"身体非常坏、瘦弱"的印象的女人就是萧红，他向萧红求证，那四个人果然就是萧红、萧军、黄源和孟十还。

---

① 据端木蕻良《鲁迅先生和青年》一文，他原想带着稿子去见鲁迅的，又担心此举狂妄，便寄给《作家》杂志，请代为转交。
② 孟十还为当时《作家》杂志主编。
③ 端木蕻良《我与萧红》，载曹革成著《我的婶婶萧红》，江苏文艺出版社，2010 年。
④ 《鲁迅全集》第十六卷，人民文学出版社，2005 年，第 626 页。

法国公园那次擦肩过去了一年多，端木蕻良才第一次正式与萧红萧军见面。那是"七七事变"后，胡风筹办刊物，邀请了十来个文学界人士参与商讨，其中便有二萧和端木蕻良。端木觉得第一次和萧红见面，彼此的看法就很接近。萧红对他，大约也有相见恨晚之感，后来熟了，她就抱怨胡风说："唉，胡风，你也太不对了，你认识端木，为什么不跟我们说你认识端木呢？"①

　　"八一三"之后，文艺界人士纷纷逃离上海撤往了武汉，留在上海编辑《七月》的胡风邀请端木同住。端木搬过去的当晚，胡风拿了一双破旧的拖鞋给他穿，还告诉他这双拖鞋是瞿秋白住在鲁迅家时买的，他走了便留给鲁迅，鲁迅又继续穿，所以才这么破旧。端木听了，便向胡风要求保存这双拖鞋作为纪念。1940 年初，萧红和端木整理行李准备前往香港，在端木的小箱子里萧红找到了那双破旧的拖鞋，她惊讶地告诉端木她也穿过它。有一次她去鲁迅家遇大雨全身被淋透，许广平给她找了一些衣服，又给了她一双拖鞋，她穿起来觉得大得不得了，几乎连路都走不起来，许广平就笑着给她讲了拖鞋的来历。萧红去世后端木一直珍藏着那双拖鞋，1948 年他再去香港前，将它交给二哥曹汉奇保管，"文革"中曹汉奇被下放农村，拖鞋遗失。② 这是端木蕻良 1981 年在《鲁迅先生和萧红二三事》一文中回忆的惆怅往事，那年是萧红诞辰七十周年。

①　端木蕻良《我与萧红》，载曹革成著《我的婶婶萧红》，江苏文艺出版社，2010 年。
②　端木蕻良《鲁迅先生和萧红二三事》，载《新文学史料》，1981 年 3 期。

53. "混搭"的《桥》

　　1936 年 11 月，萧红的另一部集子《桥》，作为巴金主编的《文学丛刊》第 3 集第 12 册，由上海文化生活出版社出版了，此时距《商市街》面世仅三个月。不到一年就出了三本书，萧红无疑是当时最受瞩目的女作家。但客观地说，《桥》中收录的十三篇作品题材杂乱无章，质量良莠不齐，创作时间横跨 1933 年底至 1936 年初，既有自叙身世的散文，也有纯属虚构的短篇小说。无论从哪方面来说，这都是一部拼凑起来的集子，很难对其作整体概括和评价。

　　拿篇目上占全书三分之二比重的散文来说，作于 1933 年 12 月的《烦扰的一日》和《破落之街》，前者写的是邻居给孩子请老妈子，结果请来一个长期遭男人虐待、才二十四岁就半老的婆娘的故事，后者写的是自己和恋人穷困潦倒，到"苍蝇满集"的饭馆去和最底层的人民一起同桌吃饭的经历。这两篇文章带有浓厚的阶级意识形态色彩，是萧红《夜哨》时期的作品；《夏夜》《蹲在洋车上》《过夜》和《初冬》都属于自叙身世的散文，而且都与"离家出走"这个主题相关，是这部集子九篇散文中文学性相对较高的几篇。《蹲在洋车上》写的是童年时离家出走，被好心的洋车夫送回，结果洋车夫反而遭祖父殴打的往事，依稀有后来《呼兰河传》的影子；《夏夜》写被困在福昌号屯时认识的乡下姑娘菱姑对自由和外面世界的向往；《过夜》和《初冬》则都是对流落于哈尔滨街头时的遭遇的回忆；剩下的几篇散文都是别人的故事，《离去》和《三个无聊的人》支离破碎不知所云，《访问》写一个苏俄革命后流落到中国的旧俄将军的女儿，《索非亚的愁苦》则写的是作者在哈尔滨时的俄语女老师索非亚、一个"穷党"的故事，这两篇散文由对话串成，调子阴沉，叙述凌乱，也很难算佳作。

　　《桥》中的短篇小说篇目不多，但跟散文不同的是都算得上萧红的近作力作，尤其是作于 1936 年初的《桥》和《手》。

　　《桥》中的黄良子舍下不到一岁的儿子小良子到富人家去做保姆，她的家和主人家只隔一条水沟，水沟上是一座年久失修的桥，因为这座不能通行的桥，黄良子无法兼顾她的小主人和亲生儿子，她只能常常把小主人的小车推到沟边，和对面的丈夫孩子相对而立，或者把从主人家偷的食物抛到沟那边去；两年后水沟上建起了新桥，小良子可以每天几次地从桥东跑到妈妈身边来了，"桥头上孩子的哭声，不复出现。在妈妈的膝头上，变成了欢笑和歌声"，但是小良子总是被小主人欺负，有一天他终于打破了小主人的嘴，黄良子因此失去了她保姆的工作；六个月后，黄良子又回到主人那里重新上工，小良子过桥找妈妈，掉下水沟淹死了。《桥》的情节令人不能不想起另一位为鲁迅所欣赏、逝世于1931年的左翼作家柔石的代表作《为奴隶的母亲》，柔石在小说中同样塑造了一个被典当给地主家的母亲秋宝娘的悲剧形象，但柔石的小说无论是在叙事手法还是人物刻画上都较《桥》更为成熟。萧红在《桥》中有意识地运用了象征手法，水沟、桥、主人家墙头的狗尾草都被她赋予了明显的象征意义，但总体来说这篇小说情节简单缺乏真实性，人物形象单薄片面，虽然被萧红寄予了厚望却算不上精彩。

《手》中的王亚明出生于染匠之家，好不容易挣得了上学的机会，一双与众不同的黑手却让朴实的她成了学校里的"怪物"，她被老师、同学甚至校役当成下等人，受尽嘲笑、排挤和羞辱。而且，不管她多么勤勉好学，功课对她来说就是太难了，最后她连参加考试的资格都没得到，就被校长开除出校了。《手》是萧红短篇小说甚至全部小说创作中的一个特例，此前和此后，她都没有写过情节如此完整结构如此整饬的小说，王亚明这个人物，也比她此前塑造的任何一个人物都清晰、轮廓分明，《手》是萧红所有小说中"最小说"的一篇，和《桥》一样，它也是1936年萧红继《生死场》之后，努力提高和丰富自己创作技巧的成果。《手》无疑是一部成功之作，也是整部集子里最好的一部作品，但吹毛求疵地说，它正因太过工整，于萧红反而是削足适履，削掉了她特有的流动的生机和灵气。萧红用《手》证明了自己并非不能写评论家口中的优秀小说，但正如她后来所说，"有一种小说学，小说有一定的写法，一定要具备某几种东西，一定写得像巴尔扎克或契诃甫的作品那样。我不相信这一套，有各式各样的作者，有各式各样的小说"①，此后她也没有再写过像《手》这样规范的小说。

《桥》出版后也很受读者欢迎，但对此时的萧红来说，出书已经不是什么值得欣喜激动的事了。身在东京的她得知出版消息，在1936年11月24日写给萧军的信里只淡淡地说："《桥》也出版了？那么《绿叶的故事》② 也出版了吧？关于这两本书我的兴味都不高。"

---

① 聂绀弩《序〈萧红选集〉——回忆我和萧红的一次谈话》，《聂绀弩全集》第9卷，武汉出版社，2004年，第73页。
② 《绿叶的故事》为萧军的散文集。

54. 萧红与"鲁迅帮"

1937 年 1 月 13 日，"轶父丸"轮船抵达上海汇山码头，萧红结束为期半年的日本之旅，提前回到了上海。在法租界吕班路 256 弄一家由俄国人经营的家庭公寓安顿下来之后，萧红在萧军的陪同下，去了万国公墓鲁迅墓地。半年前为她设宴践行的先生变成了眼前冰冷的墓碑，鲁迅的逝世对萧红来说，到那一刻才成为现实。从墓地回来，萧红写了《拜墓诗》，发表在 1937 年 4 月 23 日《大公报》的《文艺》副刊上：

跟着别人的脚迹，
我走进了墓地，
又跟着别人的脚迹，
来到了你的墓边。

那天是个半阴的天气，
你死后我第一次来拜访你。

我就在你的墓边竖了一株小小的花草，
但，并不是用以招吊你的亡灵，
只是说一声：久违。

我们踏着墓畔的小草，
听着附近的石匠钻刻着墓石，
或是碑文的声音。
那一刻，胸中的肺叶跳跃起来，
我哭着你，
不是哭你，

而是哭着正义。

　你的死，总觉得是带走了正义。
　虽然正义并不能被人带走。

　我们走出墓门，
　那送着我们的仍是铁钻击打着石头的声音，
　我不敢去问那石匠，
　将来他为着你将刻成怎样的碑文？

　　这首诗浅近直白，具有萧红白话诗一贯的风格，其中尤其值得注意的是"你的死，总觉得是带走了正义。/虽然正义并不能被人带走"一句，很容易让人联想起《祖父死了的时候》中的那句"我想世间死了祖父，就没有再同情我的人了，世间死了祖父，剩下的尽是些凶残的人了"。一诗一文写作时间相隔一年多，悼念鲁迅时萧红发出了与怀念祖父时相似的悲音，可见她早已将鲁迅视为可以信赖和倚靠的亲人。而1937年初回到上海的她，个人处境之艰难正与当年祖父去世后的境况相当。

　　据鹿地亘说，鲁迅去世后，从前围绕在他身边的文人胡风、萧军等人组成了上海文坛上的一个小团体，是为"鲁迅帮"，萧军还狂妄地宣称"只有我们才懂文学"①。从日本归来的萧红自然没有团体核心萧军那么受重视，当她遭到萧军背叛和粗暴对待时，昔日的友人几乎全都选择了站在萧军一边，选择了对她的痛苦视而不见，这使萧红产生一种申诉无门、遭到孤立的感觉，因而对着鲁迅的墓碑，她发出了"你的死，总觉得是带走了正义"的悲泣。② 这是继1936年11月发表在《中流》上的《海外的悲悼》之后，萧红发表的第二篇关于鲁迅的文字。

　　1937年10月，鲁迅周年祭，萧红差不多同时在武汉的三家刊物上各发表了一篇纪念文章。发表在10月16日《七月》第1集第1期上的《在东京》③一文中，萧红详细回忆了自己在东京得知鲁迅去世消息的过程，以及鲁迅的死

---

① 鹿地亘《萧军与萧红》，载日本《中国现代文学选集月报》，1961年。
② 据舒群回忆，鲁迅生前对萧军伤害萧红的行为很不满，曾禁止萧军上门。见姜德明《听舒群谈萧红》。但萧红从日本回国后，遭到萧军的粗暴对待时，朋友圈中没有人为她说话。见梅志、靳以等人的回忆文章。
③ 后来收入《萧红散文》时，改题为《鲁迅先生记（二）》。

在那些在日本的中国人身上所激起的"不调配的反应"。《万年青》^①发表在 10 月 18 日《战斗旬刊》第 1 卷第 4 期上，回忆的是她第一次去鲁迅家见客厅黑色长桌上灰蓝色花瓶里插的植物，便好奇地询问它们的名字，又问怎么屋里不生火炉它也没有冻死，鲁迅告诉她"这花，叫'万年青'，永久这样"。鲁迅去世后，那几棵万年青被插到了许广平住处的一个玻璃瓶里，灰蓝色花瓶也被移到鲁迅墓边去了，想到"从开炮以后，只有许先生绕道去过一次，别人就没有去过。当然那墓草是长得很高了，而且荒了，还说什么花瓶，恐怕鲁迅先生的瓷半身像也要被荒了的草埋没到他的胸口"，因为不能去剪齐墓上的荒草而只能写纪念鲁迅的文章，萧红发愿"我们是越去越远了，但无论多么远，那荒草是总要记在心上的"。10 月 20 日的《大公报》副刊《战线》上刊载的萧红写于 10 月 17 日的散文《逝者已矣！》较少被提及，文中萧红说"自从上海的战事发生以来，自己变成了焦躁和没有忍耐，而且这焦躁的脾气时时想要发作，明知道这不应该，但情感的界限，不知什么在鼓动着它，以致于使自己有些理解又不理解"，于是回忆起自己带着焦躁的情绪向鲁迅倾诉创作上的挫败感时，鲁迅安慰她"慢慢作，不怕不好，要用心，性急不成"的往事。又想起鲁迅常说的"能作什么，就作什么。能作一点，就作一点，总比不作强"，因此感叹如果鲁迅还活着，"在我们流亡的人们的心上该起着多少温暖"！

鲁迅去世后，萧红一直想为他做点事，1939 年 3 月 14 日她写信给许广平，提到自己曾计划在 1938 年 10 月鲁迅逝世两周年的时候出版一本名为《鲁迅》的刊物，对这本刊物她有极其理想化的构想——"要名实合一，要外表也漂亮，因为导师喜欢好的装修（漂亮书），因为导师的名字不敢侮辱，要选极好极好的作品，做编辑的要铁面无私，要宁缺毋滥；所以不出月刊，不出定期刊，有钱有稿就出一本，不管春夏秋冬，不管三月五月，整理好就出一本，本头要厚，出一本就是一本。载一长篇，三两篇短篇，散文一篇，诗有好的要一篇，没有好的不要。关于周先生，要每期都有关于他的文章。研究，传记……"但在兵荒马乱的战争时期出一本这样的刊物谈何容易，要"想法收集稿子，想法弄出版关系，即最后还想自己弄钱"，这三点都难以做到，萧红出版刊物的宏愿只能止步于构想阶段。

在那封信里，萧红还告诉许广平，他们不称鲁迅为周先生或鲁迅先生，而称导师，"你或者还没有机会听到，这声音到处响着，好像街上的车轮，好像檐前的滴水"。但这些奉鲁迅为"导师"的人似乎忘了，早在 1925 年 5 月 11 日鲁

---

① 收入《萧红散文》时改题为《鲁迅先生记（一）》。

迅就写过一篇批"导师"的文章，他说"要前进的青年们大抵想寻求一个导师。然而我敢说：他们将永远寻不到。寻不到倒是运气；自知的谢不敏，自许的果真识路么？凡自以为识路者，总过了'而立'之年，灰色可掬了，老态可掬了，圆稳而已，自己却误以为识路。假如真识路，自己就早进向他的目标，何至于还在做导师"①。倘若鲁迅活着，对这顶"导师"的帽子大概也会"谢不敏"吧！但这个称呼却证实了鹿地亘所说的"鲁迅帮"的存在，"导师"的称呼早在鲁迅去世后不久就在团体内部叫开了。1937 年《七月》同人到武汉后，经常在蒋锡金位于小金龙巷的家中开会，那时蒋锡金就对他们这种叫法感到非常别扭，因此从未参加他们的集会。② 由此可见，"鲁迅帮"虽非严格意义上的文学组织和团体，其排外性还是很明显的。1938 年 4 月与萧军分手后，萧红与《七月》同人在文学理念上的分歧也越来越大时，她在昔日朋友圈也即"鲁迅帮"中遭到的孤立和排斥较从前更甚，她之急于为鲁迅做点事，筹办《鲁迅》杂志，除了对鲁迅的感恩和纪念，可能也是一种向昔日的伙伴们靠拢和寻求认同的方式。

1939 年 9 月 22 日，《回忆鲁迅先生》在重庆完成，次年 7 月由重庆妇女生活出版社出版，办《鲁迅》杂志的梦想未能实现，这本书当可稍稍弥补萧红的遗憾。1940 年，身在香港的萧红受香港文协的邀请为鲁迅六十岁诞辰创作四幕哑剧《民族魂——鲁迅》，由于人力和时间的限制，萧红的剧本未能在 8 月 3 日的纪念晚会上上演，只刊载在同年 10 月 21 日至 31 日《大公报》的《文艺》及《学生界》版中。那时的萧红正因年初离开重庆飞抵香港的行为遭受着昔日友人的误解甚至构陷，发表《民族魂——鲁迅》时她特意在"附录"中说自己创作剧本时"取的处理的态度，是用鲁迅先生的冷静、沉定，来和他周遭世界的鬼祟跳嚣作个对比"。至此，她与"鲁迅帮"成员们已渐行渐远。

没有鲁迅的支持和肯定，萧红尽管写出了更成熟也更有艺术生命力的作品，却再也没有像《生死场》初版时那样受到文学界和友人们一致的赞扬。对她而言，世间死了鲁迅，剩下的又何尝不尽是些凶残的人呢？

---

① 鲁迅《导师》，《鲁迅全集》第三卷，人民文学出版社，2005 年 11 月，第 58 页。
② 蒋锡金《乱离杂记》，载《萧军萧红外传》，北方妇女儿童出版社，1986 年。

55. "她可少不了我的帮助"

　　文坛成名后，同样来自东北且又是夫妇的二萧，不可避免地要被评论家和读者拿来比较文学才华。如许广平就觉得以手法的生动来说《生死场》比《八月的乡村》更成熟些，她还说鲁迅生前也认为萧红在写作上比萧军更有前途；[①]胡风当面评价过二萧的写作才能，他曾对萧军说："她在创作才能上可比你高，她写的人物是从生活里提炼出来的，活生生的，不管是悲是喜都能使我们产生共鸣，好像我们都很熟悉似的。而你可能写得比她深刻，但常常是没有她的动人。你是以用功和刻苦，达到艺术的高度，而她可是凭个人感受和天才在创作……"向来骄傲自大的萧军，听了只好笑着回答："我也是重视她的创作才能的，但她可少不了我的帮助……"这时，一旁的萧红不以为然地撇了撇嘴。[②]就连胡风的夫人梅志也说二萧以各自的风格特色在上海滩站稳了脚跟，但萧红的那些散文式的短作品，作品中栩栩如生的小人物和浓郁的地方色彩，更加令人感动，更容易引起读者的同情，进而对作家本人产生喜爱。[③]

　　一直处于男强女弱格局中的二萧可能都没有料想过他们会有被拿来相互比较的一天，更不可能料到竟然是萧红和她的作品得到的赞誉更多，萧军口头上说重视萧红的创作才能，心里肯定是不服气的。据胡风回忆，《八月的乡村》和《生死场》出版后卖得很好，二萧成了名作家，发表文章不成问题不说，还有杂志拉拢他们捧场，他们的生活变好了，生计不用愁了，也产生了高傲情绪，尤其是二萧夫妻之间，给人的感觉是反而没有共患难时那么融洽那么相爱了。[④]

　　散文集《商市街》不仅为萧红赢得了读者的喜爱，不到一个月就再版，也为她赢得了散文家的美誉；三个月后出版的短篇小说、散文合集《桥》也取得了不错的市场反应，到 1940 年初便印行了三版。《生死场》出版后，萧红迎来

①　许广平《追忆萧红》，原载《文艺复兴》第一卷第六期，1946 年 7 月 11 日。
②　胡风《悼萧红》，载《艺潭》，1982 年 4 月。
③　梅志《"爱"的悲剧——忆萧红》，载《花椒红了》，中国华侨出版社，1995 年。
④　同②。

了文学名声异军突起的一年，很多人包括她自己和萧军都没有预料到她会这么受欢迎，尽管当时萧军的知名度并不逊于她。

身份和境遇的突变催生了微妙的心理变化。《商市街》出版后不久，身在青岛的萧军写作短篇小说《为了爱的缘故》，用第一人称讲述了一个憧憬抗日武装斗争的知识青年偶然遇见一个处于危险境地的有文学才能的女子，而他必须要和她结合才能拯救她，经过恋爱还是斗争的矛盾煎熬，他最终放弃斗争，选择了留在爱人身边。萧军一直坚称这篇小说"算不得文艺作品"，全为他和萧红过往经历的"实录"，因此它也一直被当成二萧相识相恋、萧军英雄救美的史料性文本，如许广平就说过"萧红先生遭遇困厄最惨痛的时候，这时意外地遇到刘军先生，也是一位豪爽侠情的青年，可以想象得出，这就是他们新生活的开始"①，虽大体符合实情，但对萧军之豪侠的夸张，便是这一文本的变体。但当事人萧红并不认同萧军的叙述，11月6日身在东京的萧红读过这篇小说后写信给萧军，先是曲折地发出了微词："你真是还记得很清楚，我把那些小节都模糊了去。"言外之意似是萧军的细节描述与她的记忆并不吻合，信的结尾她又忍不住表达了对自己在小说中形象的不满："在那《爱……》的文章里面，芹简直和幽灵差不多了，读了使自己感到了颤栗，因为自己也不认识自己了。"非但如此，萧红还语带嘲讽、不无心酸地说："我想我们吵嘴之类，也都是因为了那样的根源——就是为一个人的打算，还是为多数人打算。从此我可就不愿再那样妨害你了。你有你的自由了。"二萧1936年在上海分别前最大的矛盾是萧军的婚外恋情，而非"为一个人打算，还是为多数人打算"也即恋爱还是革命的矛盾。萧红这句话，既有对萧军自夸豪侠、篡改他们经历的不满，也有对自己被塑造成幽灵一般的弱者、被拯救对象的愤慨。这封信可以说是萧红在两人关系上态度转变的分水岭，也是他们走向最终分离的起点。而萧军创作《为了爱的缘故》或多或少也是为了证明他向胡风说的那句"她可少不了我的帮助"。萧军的大男子主义和萧红对男权的敏感、反感，是二萧之间产生不可弥合裂痕的深层原因。

骆宾基的《萧红小传》里还写到了一个细节，可能来自萧红临终前的口述。那是在萧红从日本回到上海之后，一天夜里她躺在床上，听到萧军和友人在外间愉快闲谈，萧军对友人说："她的散文有什么好呢？"友人也随声附和："结构却也不坚实！"那种轻鄙的口吻让萧红心寒，想到自己每天家庭主妇一样地操劳，萧军却什么都不用干，到了吃饭的时间就在饭桌前一坐，有时还悠然地喝

---

① 许广平《追忆萧红》，原载《文艺复兴》第一卷第六期，1946年7月11日。

两杯酒，现在竟然和朋友一起在背后鄙薄她，于是她走到他们的面前，萧军愕然问她："你没有睡着呀！""没有。"萧红冷冷回答。当晚她就悄悄收拾行李，出走到了一家画院，直到三天后被萧军找到并强行带回了家。①可见，萧红的文学才能得到文坛的肯定，也赢得了读者的喜爱，却没有得到萧军的认同和尊重。萧军后来不止一次地强调，从事文学创作并非自己心甘情愿的职业，当作家也不是他终生的目的，言下之意是自己志不在此，拿萧红的创作成就和他的比没有意义。哪怕不得不承认萧红在文学事业上"是个胜利者"，他也要加上一句"在个人生活意志上，她是个软弱者、失败者、悲剧者"②，而且申明和她的结合是"历史的错误"，自己"并不喜欢她那样多愁善感，心高气傲，孤芳自赏，力薄体弱……的人"，"爱的是史湘云或尤三姐那样的人，不爱林黛玉、妙玉或薛宝钗"。骄傲自大的萧军无法忍受一个才能在自己之上的妻子，而同样骄傲的萧红也不能接受他长期有意的轻视。晚年的萧军在注释萧红书信时也承认，她最反感的就是他有意无意地攻击女人的弱点和缺点，每当这时，她总要把他当作男权思想的代表加以无情的反攻。③

---

①　骆宾基《萧红小传》，黑龙江人民出版社，1981 年，第 68 页。
②　萧军《萧红书简辑存注释录》，黑龙江人民出版社，1981 年，第 159 页。
③　萧军《萧红书简辑存注释录》，黑龙江人民出版社，1981 年，第 67 页。

56. 家暴之谜

1937 年 1 月萧红回到上海，她和萧军之间的裂痕没有像预期的那样随时间流逝而弥合，反而更大更深了。据孙陵回忆，萧红返回上海的当晚，黄源设宴为她洗尘，桌上有红焖肘子和花雕酒，气氛也很欢快。萧军劝萧红少吃酒，萧红没听，吃了几大杯，还唱了一首从苏联电影上学来的歌。[①] 因为萧军和许粤华的恋情，萧红和黄源也被拖进了尴尬里，当晚的洗尘宴上，处于四角关系里的三个人很可能并无重逢之喜，只是强颜欢笑着。萧军出于道义，结束了与许粤华的恋情，如他自己所言，"这种'结束'也并不能说彼此没有痛苦"，更何况许粤华还做了人工流产手术，打掉了他的孩子；而对萧红来说，萧军的背叛是继他写作《为了爱的缘故》之后给她的又一次深深伤害，半年的独居生活和文学事业的成功给了她离开萧军、独立生活的勇气和信心，她对萧军的依赖和言听计从明显减少了，朋友们经常看到他们针锋相对，私底下更是形同陌路。梅志记得那时她和胡风抱两岁的儿子去一位编辑家里，碰上二萧也在，萧红很喜欢胡风梅志的小孩，大家都很高兴：

"萧红这时可向萧军发命令了：

"'去，你这叔叔，去给小家伙买个小玩意。'

"编辑先生也说：'是呀，叔叔可不是好当的。'

"编辑太太没开口说话，显出不相干的样儿。

"萧军还是去了，不一会儿就上楼来了。

"他到弄口俄式面包店买了几个面包圈，用绳子穿着提了上来，口里大叫着：

"'列巴，列巴圈，好不好？'还将它在我儿子面前晃着。我儿子可能被这声音吓着了，就一个劲儿扑向我怀里。

"我说：'你看，叔叔给你买面包来了。'

"萧红表示出很不满意：

---

① 孙陵《悼念萧红》，载《文学报》，1942 年第 1 号。

"'嘿，叫你买玩意儿，给买几个列巴圈。'

　　"'怎么？列巴圈不好？'

　　"我一看萧军眼睛瞪着，赶快说：

　　"'这就顶好，又能吃又能玩嘛。'

　　"萧红的心理我是理解的，她想给孩子买一件真正的玩具，这也可说是她母性加女性的表现，谁知萧军没把它当回事，还故意显露出不听她摆布的样儿，我看得出萧红很难过。真的买件能保留下来的玩具，可能我们会保留到现在呢！"①

　　二萧的关系在1937年春天进入了前所未有的极寒期，除了萧红离家出走到画院、萧军故意当众给萧红难堪之类的摩擦，萧红还遭到了萧军的暴力对待。萧军打萧红，不是到了1937年才有的事。孙陵就曾在文章中说二萧感情很坏，萧军时常用拳头打萧红，有时把她的面孔都打青了；②1935年夏天和二萧同住过两个月的白朗，后来回忆萧红时就说自己不喜欢她太能忍让的"美德"，因为她的温柔和忍让并没有换来体贴和恩爱，反而"在强暴者面前只显得无能和懦弱"。白朗没有明说萧红遭到了家庭暴力，但"强暴者"三个字已是对萧军的严厉指责。直言萧红被萧军打过的，还有作家靳以：

　　"从前那个叫做S的人，是不断地给她身体上的折磨，像那些没有知识的人一样，要捶打妻子的。

　　"有一次我记得，大家都看到萧红眼睛的青肿，她就掩饰地说：

　　"'我自己不加小心，昨天跌伤了！'

　　"'什么跌伤的，别不要脸了！'这时坐在她一旁的S就得意地说：'昨天我喝了酒，借点酒气我就打她一拳，就把她的眼睛打青了！'

　　"他说着还挥着他那紧握的拳头做势，我们都不说话，觉得这耻辱该由我们男子分担的。幸好他并没有说出：'女人原要打的，不打怎么可以呀'的话来，只是她的眼睛里立刻就蕴满盈盈的泪水了。"③

　　靳以文中"叫做S的人"就是萧军。但萧军从未正式承认自己打过萧红，他说尽管自己是个性情暴烈的人，对于任何侵犯他尊严的人和事常常是寸步不让，动不动就要以死相拼，但对弱者却能够容忍，甚至忍耐到流出眼泪，用咬啮自己的方式平息怒火，有时不经意地伤害了她或他们，事后他会痛苦，会憎恨自己。萧军承认曾在无意中伤害萧红的身体，如有一次在霞飞路过马

---

　　① 梅志《"爱"的悲剧——忆萧红》，载《花椒红了》，中国华侨出版社，1995年。

　　② 孙陵《萧红的错误婚姻》，载《浮世小品》，台北正中书局，1961年。

　　③ 靳以《悼萧红与满红》，载《靳以短篇散文小说集》，平明出版社，1953年。

路，他担心萧红被车撞就紧紧握住她的手臂，结果竟在她的手臂上捏出了五条黑指印；还有一次争吵中萧红扑过来要抓他，他一闪，萧红扑空了趴在床上，萧军趁机在她的大腿上狠狠拍了两巴掌，他说这是自己对她最大的一次人身虐待，也是一件使他终生感到遗憾的事，但他仍然坚持那两巴掌绝不是家庭暴力，因为他们"常常把每次争执，事后做为笑料来谈论，彼此自我讽刺着"。至于靳以文中所说的萧红眼上的那块青肿，萧军的解释则是自己在梦中和人争斗，打出了一拳，那一拳落在萧红脸上把她变成了"乌眼青"，萧军忿忿不平地指责那些说他殴打萧红的人是在造谣，是别有用心，最好管住自己的舌头。①

萧军的辩护言之凿凿，看似非常可信，但靳以的文章并非萧军酒后殴打并当众羞辱萧红的孤证，连萧军的好友梅志也曾提及这件令她印象深刻的往事。据她说，当时有一位日本进步作家到上海游历，想见见许广平和她身边的朋友，于是胡风梅志等人都聚到了一间小咖啡室里，二萧的出现引起了大家的关注，因为萧红的左眼明显带着很大一块青紫，大家不约而同地走到她身边悄声询问，萧红却只是淡淡地回答："没什么，自己不好，碰到了硬东西上。"说完又补充了一句，"是黑夜看不见，没关系……"送走了日本友人，大伙在街上溜马路时，太太们又提起萧红眼上的瘀伤，叮嘱她多加小心。这时，走在一旁的萧军忍不住了，"他表现男子汉丈夫一人做事一人当的气派"，大声宣布："干吗要替我隐瞒，是我打的……"萧红听了，仍淡淡地说："别听他的，不是他故意打的，他喝醉了酒，我在劝他，他一举手把我一推，就打到眼睛上了。"她还小声告诉梅志"他喝多了酒要发病的"，萧军丝毫不顾她的辩解和颜面，继续说："不要为我辩护，……我喝我的酒，……"朋友们见状不好多说什么，便各自散了。②

至此，萧红眼眶上那块青紫的来历，有了三种不同的说法。如果说靳以出于对萧红的同情，篡改了事实的话，一直与萧军交好的梅志会捏造谣言诬陷他吗？

聂绀弩亦是萧军终生的好友。据他回忆，萧红生前也曾向他倾诉身为萧军的妻子的痛苦："我不知道你们男人为什么那么大的脾气，为什么要拿自己的妻子做出气包，为什么要对自己的妻子不忠实。"③在聂绀弩的文章中，萧红并没有直说萧军打自己，但她常常做他的出气包是肯定的。

---

① 萧军《萧红书简辑存注释录》，黑龙江人民出版社，1981年，第103-104页。
② 梅志《"爱"的悲剧——忆萧红》，载《花椒红了》，中国华侨出版社，1995年。
③ 聂绀弩《在西安》，载重庆《新华日报》，1946年1月22日。

萧红本人作于 1936 年的组诗《苦杯》第七首写道："我幼时有一个暴虐的父亲，/他和我的父亲一样了！/父亲是我的敌人，/而他不是，/我又怎样来对待他呢？/他说他是我同一战线上的伙伴。"这首语含嘲讽和绝望的小诗传递出一个信息，1936 年萧红前往日本前也曾遭到萧军暴虐的对待，青紫的眼眶只是冰山浮出水面的一角。暴虐的行为和隐性的冷暴力一直存在于二萧近六年的婚姻里，这是萧军否认不了的。

57. "我的心就象被浸在毒汁里那么黑暗"

1937 年 4 月萧红又到了北平，仍然是来去匆匆，前后只待了不到一个月，那期间她给萧军写了七封信，萧军回了四封，信件全部保留下来了，是解析当时二萧情感状况最好的史料。[①]萧红为什么会离开上海独自去往北平，萧军后来的解释是萧红很怀念那里，想再去住一住，他也同意陪她去住，尽管他对北平的第一印象并不好。于是，那年 4 月，萧红作为"先遣部队"先到了北平。

重返故地一开始并没有纾解萧红的愁闷，在给萧军的第一封信里她就说："北平的尘土几乎是把我的眼睛迷住，使我真是懊丧，那种破落的滋味立刻浮上心头。"只是意外地在旧友李镜之的带领下找到李洁吾的住处时，她才兴奋起来，那是自 1931 年 3 月之后萧红第一次与李洁吾重逢，她一放下大衣，就急步走向李洁吾给了他一个拥抱。六年过去，李洁吾孩子都满周岁了，妻子是寡母为他相中的，出于"孝"他才同意结婚成家。萧红热情的拥抱正好落在了李洁吾妻子的眼里，所以李洁吾为妻子和萧红作介绍时，李的妻子态度很冷淡，眼神里有怀疑和防备，李洁吾疑心敏感的萧红可能会感到有伤自尊，[②]不过从萧红写给萧军的信来看，她并未留意李洁吾妻子的敌意，反而庆幸孤身来到北平的自己终于有了熟人。第二天，萧红从昂贵的旅馆搬到了李洁吾家暂住，她把分别以来的经历一五一十告诉了李洁吾夫妇，李洁吾问到萧军的为人，她坦白回答："他为人是很好的，我也很尊敬他，很爱他。只是他当过兵，脾气太暴躁，有时真受不了。"同时，敏感的萧红注意到了老友的婚姻并不和谐，她写信给萧军说："坐在家里和他们闲谈了两天，知道他们夫妇彼此各有痛苦。我真奇怪，谁家都是这样，这真是发疯的社会。可笑的是我竟成了老大哥一样给他们说着道理。"过了几天，她就搬出李洁吾家住进了北辰宫公寓，还是常去李家拜访，但不愿多坐，因为那是个"沉闷的家庭"。

---

① 本小节所有二萧往来信件均引自萧军《萧红书简辑存注释录》，黑龙江人民出版社，1981 年。
② 李洁吾《萧红在北京的时候》，原载《哈尔滨文艺》第六期，1981 年。

在北平萧红过着如在异国日本一样寂寞单调的生活，因为久久收不到萧军的回信，她感到十分空虚，5月3日给萧军的信中还说"我一定应该工作的，工作起来，就一切充实了"。到了5月4日，恶劣的情绪便再也不受控制了："我的心就象被浸在毒汁里那么黑暗，浸得久了，或者我的心会被淹死的，我知道这是不对，我时时在批判着自己，但这是情感，我批判不了，我知道炎暑是并不长久的，过了炎暑大概就可以来了秋凉。但明明是知道，明明又作不到。正在口渴的那一刹，觉得口渴那个真理，就是世界上顶高的真理。"萧军晚年注释这些书信时说，他知道萧红并不真正欣赏自己"这个'厉害'而'很有魄力'的人物"，他也不喜欢萧红那样多愁善感、心高气傲、孤芳自赏、力薄体弱的人，两人的结合是"历史的错误"。但萧军似乎忘了，1936年8月萧红从东京写给他的信里就说过："灵魂太细微的人同时也一定渺小，所以我并不崇敬我自己。我崇敬粗大的、宽宏的。"萧红深知萧军不喜欢那个柔弱敏感的自己，和他在一起久了，她甚至把他的喜恶变成了自己的，他轻视她的多愁善感、力薄体弱，她便把自己看得很低很渺小，她否定自己批判自己，试着用逃避、工作等各种方式约束伤感的泛滥，努力变成一个具有"粗大的、宽宏的"灵魂的人，但长期的自抑反而使痛苦淤积在胸间得不到疏通，她几近精神崩溃：

"这几天我又恢复了夜里骇怕的毛病，并且在梦中常常生起死的那个观念。

"痛苦的人生啊！服毒的人生啊！

"我常常怀疑自己或者我怕是忍耐不住了吧？我的神经或者比丝线还细了吧？

"我是多么替自己避免着这种想头，但还有比正在经验着的还更真切的吗？我现在就正在经验着。

"我哭，我也是不能哭。不允许我哭，失掉了哭的自由了。我不知为什么把自己弄得这样，连精神都给自己上了枷锁了。

"这回的心情还不比去日本的心情，什么能救了我呀！上帝，什么能救了我呀！我一定要用那只曾经把我建设起来的手把自己来打碎吗？"

绝望中萧军仍然是她唯一可倾诉的对象，尽管她的痛苦大都因他而生。而萧军，也的确尽他所能给了鼓励，他接连写了两封很长的回信，第一封里他向萧红传授了几个"治理自己的方法"，如早起就对自己说我要健康我要快乐我要安宁我要生活我要工作下去等，又如静静地躺在大床上看窗外的天和黄杨树，看那只要有一点风就闪颤不定的叶子们，以此寻觅内心的安宁。他还以一个文学创作者的身份告诉萧红，哪怕处于极坏的情绪中，也应该珍惜这种情绪，因为从中可以观察人类心理变化的过程，这对于从事艺术的人是很宝贵的经验，他说："我希望你也要在这时机好好分析它，承受它，获得它的给与，或是把它们逐日逐时地记录下来。这是有用的。"他提醒萧红可以计划她的长篇了。第二封信，是收到萧红那封宣泄情绪的信之后回的，说教意味就更明显了，他说自己用了多种方法试着减轻痛苦，已经成功了，希望萧红不要束手无策，不要无力，要寻找，忍耐地寻找力量的源泉，做一个能充分操纵、解决和把握自己的人。

不能说萧军的话不是发自肺腑出于好意，但和萧红的沉湎于自己的感受无法自拔一样，他亦囿于自己的理性和逻辑，无法设身处地地体会和同情她的痛苦，更不用说给予有效的安慰。他们虽然通着长信，声嘶力竭地向对方剖白自己，想要修补和挽回多年的感情，却像游弋在两个相邻鱼缸里的鱼，无法游进对方的情感体验和思维方式里。萧军的建议于萧红不仅是隔靴搔痒，没有她真正需要的歉疚和忏悔，他信中所描述的自己的生活也远比她在北平枯寂的日子充实丰富，他冷静超脱、高高在上的姿态让萧红忍不住讥刺他："我的长篇并没有计画，但此时我并不过于自责'为了恋爱，而忘掉了人民，女人的性格啊！自私啊！'从前，我也这样想，可是现在我不了，因为我看见男子为了并不值得爱的女子，不但忘了人民，而且忘了性命。"5 月 15 日，写给萧军的最后一封信里，她只淡淡地说了一句"我很赞成，你说的是道理，我应该去照做"。萧军也知道这是反话，是讽刺他的"唱高调"。

北平之行没有达到预期的效果，萧军也迟迟没有照他们商定的计划去北平与萧红会合。为了不让萧红一个人飘飘荡荡游魂似的留在那里，5 月 12 日他写信给她，谎称自己睡眠不好恐怕旧病又要复发，请她见信后立刻返沪，到 6 月底再一同去青岛。收信后，萧红启程回了上海。

58.《牛车上》，寂寞的结晶

1937 年 5 月，萧红又有一本短篇小说散文合集《牛车上》面世了。《牛车上》署名萧红，和之前的《商市街》《桥》一样，也是作为巴金主编的《文学丛刊》其中一册，由上海文化生活出版社出版的。集子收录的是萧红旅居日本期间创作的五篇作品，结集出版前均已在文学刊物上发表过。

散文《孤独的生活》作于 1936 年 8 月 9 日，萧红抵达东京不久，其时她的处境，用她自己的话说，就是"讲一句话的人也没有，看的书也没有，报也没有，心情非常坏，想到街上去走走，路又不认识，话也不会讲"，她被寂寞紧紧包裹住了。在这篇实录自己一天的散文中，萧红用各种声响——蚊虫的叫声、木屐的声音，蝉叫，邻人拍手的声音，听不懂的日本话，雷声雨声——来装点那凝滞的、停顿的安静，而孤独的她则被困在安静的中心。

《红的果园》讲的是果园后面的中学里男教师看着红色的果子追忆着曾经的恋情，爱人离开他抗日去了，他被果园的景致和看园人的话打动，似乎也生出了追随爱人而去的念头。萧红又用回了短篇小说《手》之前的叙事手法，故事情节从对果园景致和男教师心理的大段描写中斑斑驳驳地透出，如阳光穿过树叶落在地上的光斑，模糊晃动，充满暗示性。

《王四的故事》的主题是萧红已经写过多次的主仆关系，最早在《夜风》，然后在《马房之夜》《王四的故事》《家族以外的人》，最后在《呼兰河传》里，萧红都写过生活在地主家里又被排除在家族以外的底层仆人，这与她出身于地主家庭，曾与他们朝夕相处的经历是分不开的。[1]王四是一个在主人家干了超过十年、把自己看成和主人家的人差不多了的老厨子，从感觉到主人没把他当自

---

[1] 据端木蕻良说，萧红很喜欢屠格涅夫的短篇小说《木木》，那也是一篇讲主仆关系的小说。木木是强壮而温顺的聋哑奴仆格拉西姆收养的小狗，格拉西姆的命运总是被女主人随意地拨弄，对木木的爱终于促使他在木木被女主人狠心地命令处死后逃离了主人，回到了眷恋的故土。格拉西姆的形象被认为是俄国人民的象征，萧红笔下王四、有二伯等奴仆的命运与格拉西姆有相似之处。

已人的那刻起，王四就开始为离开这个家做起了打算。一场突如其来的洪水中他救了主人家的孩子和财产，他受到了"尊敬"，"王四好像又感觉自己是变成和主人家的人一样了"。正当他走在水里卖命为主人抢救财物时，高岗上却传来了他们的嘲笑声。这仍然是一篇以流动的意识串联起来的短篇故事，情节的清晰略胜于《红的果园》。

《牛车上》中的五云嫂向同坐在牛车上的"我"和赶车人讲述了丈夫当逃兵然后被抓住枪决的往事以及她遭遇的痛苦和劫难。这本是一个凄厉悲惨的故事，由五云嫂用拉家常的口吻讲述起来却如顺流而下的溪水，生动而自然，如讲到得知丈夫将死时五云嫂来到一条河边，将儿子放下，意欲跳河寻死那一刹那的心理变化：

"我拍着那个小胸脯，我好象说：'秃儿，睡吧。'我还摸摸那圆圆的耳朵，那孩子的耳朵，真是，长得肥满，和他爹的一模一样，一看到那孩子的耳朵，就看到他爹了。

"她为了赞美而笑了笑。

"我又拍着那小胸脯，我又说：'睡吧！秃儿。'我想起了，我还有几吊钱，也放在孩子的胸脯里吧！正在伸，伸手去放……放的时节……孩子睁开眼睛了……又加上一只风船转过河湾来，船上的孩子喊妈的声音我一听到，我就从沙滩上面……把秃子抱……抱在……怀里了……"

这篇小说跟萧红后来的《后花园》《小城三月》和《呼兰河传》一样采用了童稚视角，"我"眼中所见三月末的乡野景致和耳中所听的五云嫂讲述的悲惨往事在文本中交替呈现，既冲淡平衡了故事的悲剧性，又为结尾增添了一抹苍凉的灰色，是萧红短篇小说为数不多的成功之作。

《家族以外的人》是集子中最长也最清新动人的篇章，主人公有二伯的遭遇和《王四的故事》中的王四不无相似之处，但萧红没有急于控诉地主家庭的凉薄，没有极力写阶级冲突，反而很有耐心地一个个回忆与有二伯相关的片段，写"我"和有二伯同病相怜的交谊。童稚视角和口吻再次为文本增添了妙趣，如她写"我"溜到一间装旧东西的屋子的棚顶翻找东西时，偶然发现有二伯也来这里偷东西：

"我看着有二伯打开了就是我上来的时候登着的那个箱子。我看着他开了很多时候，他用牙齿咬着他手里的那块小东西……他歪着头，咬得咯啦啦的发响，咬了之后放在手里扭着它，而后又把它触到箱子上去试一试。而最后一次那箱子的铜锁发着弹响的时候，我才知道扭着的是一断铁丝，他把帽子脱下来，把那块盘卷的小东西就压在帽顶里面。

"他把箱子翻了好几次：红色的椅垫子，蓝色粗布的绣花围裙……女人的绣花鞋子……还有一团滚乱的花色的线，在箱子底上还躺着一只湛黄的铜酒壶。

"后来他伸出那布满了筋络的两臂，震撼着那箱子。

"我想他可不是把这箱子搬开！搬开我可怎么下去？

"他抱起好几次，又放下好几回，我几乎要招呼住他。"

萧红将有二伯的一系列动作写得细致入微，令人读来不禁屏息凝神，而接下来当有二伯出去了回来惊愕地发现"我"站在墙角时，场面和对话又让人忍不住哑然失笑：

"有二伯又走来了，他先提起门旁的椅垫子，而后又来拿箱盖上的铜酒壶，等他把铜酒壶压在肚子上面，他才看到墙角站着的是我。

"他立刻就笑了，我还从来没有看到过他笑得这样过分，把牙齿完全露在外面，嘴唇象是缺少了一个边。

"'你不说么？'他的头顶站着无数很大的汗珠。

"'说什么……'

"'不说，好孩子……'他拍着我的头顶。

"'那么，你让我把这个琉璃罐拿出去？'

"'拿吧！'"

衰老的有二伯没能避免和王四一样的命运，他被其他下人捉弄嘲笑，遭主人嫌弃殴打，他想要离开，但"别处也没有家"，就连曾经和他同谋的"我"也不愿听他絮叨身世，"有二伯从此也就不见了"。

从萧红在日本时写给萧军的信可知，《家族以外的人》不仅完成得非常迅速，写作这篇小说也让萧红得到了很大的满足感。1936年8月27日她写信告诉萧军："现在要开始一个三万字的短篇了。给《作家》十月号。"8月31日的信中她汇报了自己的创作进度："不得了了！已经打破记录，今已超出了十页稿纸。我感到了大欢喜。"9月2日的信中又说："稿子到了四十页，现在只得停下，若不然，今天就是五十页，现在也许因为一心一意的缘故，创作得很快，有趣味。"9月4日说："五十一页就算完了。自己觉得写得不错，所以很高兴。"这篇给予了她极大创作快感的三万字短篇，就是发表在10月15日《作家》第2卷第1、2号上的《家族以外的人》。因为写作《牛车上》这部集子中的作品，身在东京的萧红将自己从寂寞和情伤中拔脱了出来。

59. 兵临城下

　　中华民国史可以说就是一部布满弹孔弥漫硝烟的战争史，整个国家无望地沉沦在周而复始的内战外战中，没有一片土地是安详宁静的。而萧红几乎整个人生，都被圈进了这段历史里，她无法避免与战争正面相逢。

　　1931 年"九一八"之后半年，东北三省便全部沦陷，1932 年 2 月 5 日日军占领哈尔滨时，萧红正和汪恩甲同居于东兴顺旅馆，旅馆庇护了她，她没有亲眼见到战争的面目，后来在《生死场》中写到日军的侵略行径，便只能以道听途说的方式侧面呈现。

　　1937 年 7 月，萧红从北平回到上海一个多月后，"七七事变"爆发。29 日，北平沦陷。蔓延的战火使男人们生出了打回东北老家去的希望，也撩拨起了萧红对家乡的思念，但除此之外，战争是遥远的，并未改变他们在上海的生活节奏。8 月 1 日萧红的日记中还有"为着闲情逸致，在走廊上我抄着一些几年来写下来的一些诗一类的短句。而且抄着，而且读着，觉得很可笑，不相信这就是自己写下来的了"之类的句子。①

　　"八一三"前夜，平静被打破了，萧红和萧军位于上海吕班路 256 弄的家中突然迎来了日本友人池田幸子和她的小猫仔。从北四川路赶来的池田激动地告诉他们日本和中国要打仗了，就在五个钟头之后的凌晨四点。当晚，池田幸子就留在了二萧的住所，她和萧红睡在内室的大床上，萧军睡在外室的小床上，萧红辗转难眠，快到四点时依稀听到两声枪响，以为那就是开战了。第二天中午吃完饭，三个人坐在地板的凉席上乘凉，池田幸子的丈夫鹿地亘匆匆赶来，告诉他们真正开战是在当日上午，鹿地谈开战时的表情"非常快活，笑着，全身在轻松里边打着转"。萧红觉得他"像洗过羽毛的雀子似的振奋，因为他的眼光和嘴唇都像讲着与他不相干的，同时非常感到兴味的人一样"，这是 1938

---

① 萧红《八月之日记一（上）》，作于 1937 年 8 月 1 日，载《大公报》副刊《战线》，1937 年 10 月 28 日。

年 2 月萧红在临汾写作的散文《记鹿地夫妇》中回忆的 1937 年 8 月 13 日当天的情形。她在文章中说当天吃晚饭时听到炮弹声响，四人极力保持平静。鹿地亘认为日本将会战败，"他把这战争并不看得怎样可怕，他说日本军阀早一天破坏早一天好"。但是，据胡风 1937 年 8 月 13 日的日记，他当日下午在二萧的住处见到过鹿地夫妇，鹿地还在稿纸上画图向他说明了中日军队对峙的形势，并力主战争不会发生，因为不相信中国政府有抗战的决心。①萧红和胡风对鹿地亘"八一三"当日言论的记载如此迥异，很有可能是因为萧红写作《记鹿地夫妇》一文时，鹿地亘已被打造为著名日籍反战人士，不相信中国政府有抗战决心之类的话，显然不宜实录。而事实上，"七七"事变后国民党政府已下定抗战决心，蒋介石在 7 月 17 日的演讲中称"我们希望和平而不求苟安，准备应战而绝不求战"，7 月 30 日则宣布"现在我们唯有领导全国民众，举国一致，斗争到底"，8 月 11 日他命令首批以德国武器装备的三个精锐师占领了除租界以外大上海界域以内的全部阵地，"八一三"次日国民党政府就发表了《自卫抗战声明书》，宣告"中国决不放弃领土之任何部分，遇有侵略，惟有实行天赋之自卫权以应之"，从此拉开了长达三个月的淞沪会战的序幕，直至那年 11 月 12 日上海沦陷。那场战役艰苦惨烈，代价高昂，约有三十万中国官兵伤亡，成千上万的平民遭到屠杀，上海除租界以外的大部分地区被损毁。

8 月 14 日发生的历史上著名的"笕桥空战"，是中国空军与意图轰炸杭州笕桥机场的日军战机展开的激烈交战，中国空军在三十分钟内击落了日机三架，击伤一架，取得了抗击日军空中袭击第一战的胜利。当时居住在法租界的萧红，用《天空的点缀》一文记录下了她的见闻和感想："我看见了，那飞机的翅子好像不是和平常的飞机的翅子一样——它们有大的也有小的——好像还带着轮子，飞得很慢，只在云彩的缝际出现了一下，云彩又赶上来把它遮没了。不，那不是一只，那是两只，以后又来了几只。它们都是银白色的，并且又都叫着呜呜的声音，它们每个都在叫着吗？"她对战局全无概念，空中的飞机是日本的还是中国的她也无法分辨，只是听邻居说这是去轰炸虹桥机场的，就胡思乱想"是日本打胜了吧！所以安闲地去炸中国的后方"，但很快又否定了这个念头，"中国，一定是中国占着一点胜利，日本遭了一些挫伤。假若是日本占着优势，他一定要冲过了中国的阵地而追上去，哪里有工夫用飞机来这边扩大战线呢？"个人在庞大无情的战争中渺小脆弱茫然无知如蝼蚁，窗外飞机一架接一架地飞过，萧红不知道它们飞向哪里，是否投下了炸弹，"我看不见，而且我也听不

---

① 梅志《胡风传》，宁夏人民出版社，2007 年。

见，因为东北方面和西北方面炮弹都在开裂着。甚至于那炮弹真正从哪方面出发，因着回音的关系，我也说不定了"，更不知道战争会将她驱赶到哪里，她只是本能地反感，"看着这些东西，实在的我的胸口有些疼痛"。

相比之下，萧军对开战的感受就截然不同了，尤其"笕桥空战"的胜利给予了他以及和他一样来自东北的青年们收复故乡的希望。萧红在 8 月 23 日的散文《失眠之夜》中写她与萧军去拜访朋友，听到的都是同样的心声——打回满洲去。萧军还买来一张《东北富源图》挂在墙上，幻想战争胜利后，和萧红一人骑一头驴回家，先到姑姑家再到姐姐家，还要去沈家台赶集，吃那多年没有吃过的羊肉炖片粉……他没有留意到萧红的黯然，对她来说，在那块土地成为日本的之前，家就等于没有了。

到了 9 月，战争形势逐渐明朗，日军掌握了战场的主动权，中方非但收复东北无望，眼看上海也保不住了。友人四散，参军的参军回乡的回乡转移的转移，二萧也决定转移到武汉去。大约是 9 月 28 日，他们由梵皇渡车站出发，经苏嘉路转沪宁路，到南京后坐船前往汉口。[①] 11 月 11 日，上海失守。

次年 2 月底，萧红、萧军、聂绀弩、端木蕻良等人风尘仆仆地从武汉赶到临汾投奔民族革命大学还不到二十天，日军就逼近临汾，学校不得不撤离。二萧在去留问题上产生了无法调解的分歧，萧军坚决要留在临汾打游击，嘱萧红随丁玲的西北战地服务团转移，两人不欢而散，近六年的婚姻在隆隆炮声中匆忙解体。2 月 28 日，临汾失守。

1938 年 4 月下旬，萧红和端木蕻良从西安返回武汉，一个多月后，日军分五路夹击武汉，八年抗战中一次大规模战役——武汉会战打响。逃难的人潮向重庆、昆明等地涌去，8 月初端木蕻良持仅有的一张船票先行入蜀，萧红留在频遭日机轰炸的武汉等待下一张船票，9 月她买到去往重庆的船票，大腹便便地独自上路。10 月 25 日武汉会战结束，武汉三镇全部沦陷。

陪都重庆也不是个适宜久留的地方，日军攻陷武汉后，又开始了对重庆的战略轰炸。1939 年 5 月，山城的浓雾散去，3 日和 4 日两天，日机从武汉起飞，连番轰炸重庆市区，萧红第一次直面战争的惨烈，作于 6 月 19 日的散文《放火者》中她详细描述了当时重庆街头的惨况：

"五三的中午日本飞机二十六架飞到重庆的上空，在人口最稠密的街道上投下燃烧弹和炸弹，那一天就有三条街起了带着硫磺气的火焰。

"五四的那天，日本飞机又带了多量的炸弹，投到他们上次没有完全毁掉的

---

① 　这也是萧红的长篇讽刺小说《马伯乐》中马伯乐携妻带儿逃难的路线。

街上和上次没可能毁掉的街道上。

"大火的十天以后，那些断墙之下，瓦砾堆中仍冒着烟。人们走在街上用手帕掩着鼻子或者挂着口罩，因为有一种奇怪的气味满街散布着。那怪味并不十分浓厚，但随时都觉得吸得到。似乎每人都用过于细微的嗅觉存心嗅到那说不出的气味似的，就在十天以后发掘的人们，还在深厚的灰烬里寻出尸体来。"

废墟中挖出的无辜受难者的尸体令人触目惊心，萧红几乎能感同身受他们临死的痛苦和恐惧：

"大瓦砾场一个接着一个，前边是一群人在拉着断墙，这使人一看上去就要低了头。无论你心胸怎样宽大，但你的心不能不跳，因为那摆在你面前的是荒凉的，是横遭不测的，千百个母亲和小孩子是吼叫着的，哭号着的，他们嫩弱的生命在火里边挣扎着，生命和火在斗争。但最后生命给谋杀了。那曾经狂喊过的母亲的嘴，曾经乱舞过的父亲的胳膊，曾经发疯对着火的祖母的眼睛，曾经依偎在妈妈怀里吃乳的婴儿，这些最后都被火给杀死了。孩子和母亲，祖父和孙儿，猫和狗，都同他们凉台上的花盆一道倒在火里了。这倒下来的全家，他们没有一个是战斗员。"

5月12日，日军再次来袭，萧红和几个老头一起躲在公园石阶铁狮子附近，她看到"大批的飞机在头上飞过了，那里三架三架地集着小堆，这些小堆在空中横排着，飞得不算顶高，一共四十几架。高射炮一串一串的发着，红色和黄色的火球象一条长绳似的扯在公园的上空"。公园没有被击中，两个小时后，萧红和老头们离开了铁狮子。但25号日军第三次来袭时，公园终于被炸，铁狮子被炸得粉碎，"弹花飞溅时，那是混合着人的肢体，人的血，人的脑浆"的。那年12月，萧红居住的北碚也成了日机骚扰和轰炸的目标，她承受不起跑警报和担惊受怕的折磨，于是和端木蕻良商量离开重庆，1940年1月，他们到了香港。

在香港，萧红过了一小段抗战以来稀有的安稳日子，但在全民抗战的时刻离开重庆，也给了她不小的心理和舆论压力。她数次写信给友人表示想回内地，始终没有走成。1941年4月，史沫特莱告诉她日本人必将进攻香港和南洋，萧红想到新加坡去，[1]也没有走成。1941年底，香港时间12月8日，日军偷袭珍珠港，同时空袭港九，九龙上空警报声大作，卧病的萧红知道自己逃不了了，她拉住前来探望的柳亚子的手说："我怕……我就要死。"[2]当晚，端木蕻良和骆宾基、于毅夫一起，用一张床单做成简易担架，从九龙渡海将萧红抬到了香港，

①　茅盾《〈呼兰河传〉序》，载《文艺生活》，1946年12月第10期。
②　骆宾基《萧红小传》，黑龙江人民出版社，1981年，第97页。

安置在思豪酒店五层的套房内。12 月 18 日晚日军和驻港英军隔海炮战，一颗炮弹落在思豪酒店六楼，次日一早萧红又被端木他们抬着匆忙离开。此后日军登陆香港，萧红被抬在担架上到处转移，最后住进了斯丹利街时代书店的书库。1941 年 12 月 25 日，圣诞节的下午，港督宣布投降，香港沦陷。这是继 1932 年初哈尔滨沦陷后，萧红再一次见证一座城市在战争中的倾覆，炮火和恐惧中她的病情不断恶化，辗转数家医院后，于 1942 年 1 月 22 日上午去世。

如无数战争中无辜送命的人一样，萧红流离半个中国，终究没能逃过那个时代的宿命，她生前的友人周鲸文曾说："萧红一生反抗日本侵略，写出了《生死场》。最终，还是日本的侵略断送这位热情似火、嫉恶如仇作家的生命。"①

---

① 周鲸文《忆萧红》，载香港《时代批评》32 卷 12 期，1975 年 12 月。

60. 鹿地夫妇

　　鹿地亘本名濑口贡，早年毕业于日本东京帝国大学，是后来成为作家和革命家的冯乃超的同期同学。鹿地亘曾因思想左倾而被捕入狱，获释后辗转到了中国，通过内山完造认识鲁迅，并在鲁迅那里得到了一份工作——鲁迅挑选一些中国作家的著作给他翻译，替他校正，再交给内山介绍到日本改造社出版。[①]因此鹿地亘和他在中国认识的妻子池田幸子，跟鲁迅身边的胡风、二萧等人也熟识了。鲁迅去世后，鹿地亘加紧投入到了对《大鲁迅全集》的翻译，为方便请教许广平，1937 年春天他和池田幸子从北四川路搬到了法租界。鲁迅去世后许广平怕触景伤情，从大陆新村九号搬到了法租界的霞飞坊。[②]"七七事变"后中日关系日渐紧张，鹿地夫妇在满是中国人的法租界非常显眼，因此又搬回了北四川路。

　　"八一三"前夜，池田幸子带着她的小猫仔从北四川路跑到二萧的公寓，带来了中日即将开战的消息。第二天中午鹿地亘也匆匆赶到，证实上午发生了两军交火。但鹿地夫妇不能在二萧所住的公寓久留，因为"邻居都知道他们是日本人，还有一个白俄在法国捕房当巡捕。街上打间谍，日本警察到他们从前住过的地方找过他们。在两国夹攻之下，他们开始被陷进去"，这是萧红在《记鹿地夫妇》一文中交代的当时鹿地夫妇的处境，危急之中是许广平收留了他们，他们躲在她的三层楼住宅里。8 月 15 日二萧去看他们时"他们住在三层楼上，尤其是鹿地很开心，俨俨乎和主人一样。两张大写字台靠着窗子，写字台这边坐着一个，那边坐着一个，嘴上都叼着香烟，白金龙香烟四五罐，堆成个小塔型在桌子头上。他请我吃烟的时候，我看到他已经开始工作"。鹿地亘的平静淡定，让萧红很是叹服，觉得中国人很少能做到像他那样克制。谁知几天后她再去许广平家却得知鹿地夫妇失踪了，他们前一天下午一起出门后就再也没回

---

① 许广平《追忆萧红》，原载《文艺复兴》第一卷第六期，1946 年 7 月 11 日。
② 许广平霞飞坊的住所是萧军帮忙找的，萧红从日本回国之前他也住在那一块。

来，走前只说不要等他们吃饭，之后数日都没有音讯，萧红只能猜测他们也许是被日本警察抓住送回国去了，也许是躲到更安全的地方去了。

鹿地夫妇确实躲到别人家去了，一个月后那家人怕被当成汉奸把他们赶了出来，他们又回到许广平家，但许广平是做救亡工作的，她的家很容易引起日本探子的注意，走投无路之际鹿地亘想到一个月前上海战事开始时池田在一个德国医生那里治病，医生太太曾说要是他们住在别处不方便可以搬到她家去暂住。他们需要一个人送信给那个德国医生，萧红便担起这个责任，她去了一趟，带回了"随时可来"的答复。当晚，萧红留在许广平家陪鹿地夫妇吃晚饭，就坐在地板的席子上吃的，蒙着黑纱布的台灯也放在地上，萧红端起碗，却咽不下饭，她看着鹿地和池田，不明白他们为什么能在这样危险的关头保持镇定。她比他们更紧张更害怕，但她还是决定陪他们去德国医生那里，因为报纸上说过法租界和英租界交界的地方常有小汽车被验查，她担心他们两个一开口就暴露日本人的身份。萧红的侠义之举，后来被许广平称许为在生死关头"置之度外的为朋友奔走，超乎利害之外的正义感弥漫着她的心头"①。但他们冒险到了德国医生家里，才知道所谓的"随时可来"是欢迎他们去看病的意思，不是说要给他们提供住处。幸好德国医生也是个好人，穿上雨衣就帮他们找房子去了。半个钟头后，他们被带进了一家人员混杂的旅馆，明知危险，也只能将就住下了。此后数日鹿地夫妇一直蛰居在那家旅馆房间里，"简直和小鼠似的，地板或什么东西有时格格地作响，至于讲话的声音，外边绝对听不到"。向中国政府申请的证明书迟迟没有消息，"他们的生命，就象系在一根线上那么脆弱"，但鹿地仍然喜欢讲笑话，对萧红的冒险探访，他们也非常感激。一天下午，萧红又去旅馆看望他们，池田不在，鹿地写了一张纸条递给萧红，上面写着："今天下午有巡捕在门外偷听了，一下午英国巡捕（即印度巡捕）、中国巡捕，从一点钟起停到五点钟才走。"而尤其使萧红感动的是纸条上那句文法不通的"今天我决心被捕"。当晚，萧红将他们的日记、文章和诗全部打包带走了，即使他们被日本人抓回国，也没有什么东西能证明他们帮助中国。临走和鹿地握手，萧红鼓励他不要怕，"至于怕不怕，下一秒钟谁都没有把握。但我是说了，就象说给站在狼洞里边的孩子一样"。不久萧红和萧军离开上海去了武汉。鹿地亘并没有被捕，上海沦陷后他与池田幸子在国际友人的帮助下逃去了香港。

1938 年 1 月底 2 月初，鹿地亘的反战文章《现实的正义》由夏衍翻译后发表在广州的《救亡日报》和武汉的《新华日报》上，引起了很大的社会反响。

---

① 许广平《追忆萧红》，原载《文艺复兴》第一卷第六期，1946 年 7 月 11 日。

之后，胡风、楼适夷、陈畸、宋云彬等人接连发表关于鹿地亘的文章，鹿地亘摇身一变成了著名的日籍反战人士，国民党政府军事委员会政治部也正式聘请他和池田幸子担任政治部设计委员会委员，享受与少将相当的待遇，每人每月有 250 元薪水，配两名警卫及女佣。萧红的《记鹿地夫妇》一文，就写于这个时期，同年 5 月 1 日在《文艺阵地》第 1 卷第 2 期上发表。

1938 年春天，身在西安的萧红和端木收到池田幸子来信，信中她说自己在武汉成了明星，工作任务就是同被俘虏的日本人谈话、照相和录像，还说自己朋友太少感到非常寂寞，让萧红赶快回武汉。萧红和端木回到武汉当天就在胡风的安排下见到了鹿地夫妇，他们住在一所大房子里，池田热情地邀请萧红同住，萧红同意了，但晚上窗外有人一叫，她又跳窗逃走了。①不久萧红和端木结婚，池田送了萧红一块她初到上海做舞女时孙科送的衣料作为结婚礼物。②

1938 年底，身怀六甲的池田幸子从武汉撤到重庆，住在米花街小胡同。其时鹿地亘在外地做反战宣传，池田听说萧红也在重庆，就邀她同住，当时和她同住的还有绿川英子。据绿川英子后来说，萧红住在米花街小胡同期间常为临盆期近不便外出的池田煮拿手的牛肉，并像亲姐妹一般地关心她，陪她闲聊。③

次年 3 月，池田生下女儿晓子后，萧红还是常去她家串门，但已不再受欢迎。鹿地夫妇将新生的女儿视如珍宝，不愿生活受到任何干扰。萧红太相信过去的关系和友谊了，常常带着端木上门。池田生气了，发牢骚了，她脸红耳赤地对梅志他们抱怨："真没办法，你的饭做好了他们来了，不够吃的，阿妈不高兴。他们要住下了，就在阿妈住的大厅里打地铺，阿妈更不高兴，就要不干了，那不行的，我没有阿妈不行。"梅志说，已经双双成为政府官员的鹿地夫妇言下之意是用人不能没有，朋友可以不要。④萧红不是不懂察言观色的人，从那以后，梅志就再也没有见过她和端木去鹿地夫妇家了。

① 梅志《"爱"的悲剧——忆萧红了》，载《花椒红了》，中国华侨出版社，1995 年。
② 端木蕻良《我与萧红》，载曹革成《我的婶婶萧红》，江苏文艺出版社，2010 年，第 202 页。
③ 绿川英子《忆萧红》，原载《新华日报》，1942 年 11 月 19 日。
④ 同①。

61. 武昌小金龙巷

在长篇讽刺小说《马伯乐》中马伯乐带着太太和孩子们水上颠簸数日，终于望见了江汉关前的大钟楼，汉口到了：

"一会工夫，船就停在了那大钟楼前边的江心上。这并不是到了码头，而是等候着检疫处的人员上来验病的。

"检疫处的人来了，坐着小白汽艇，干净得好象条大银鱼似的。那船上的检疫官也全身穿着白衣裳，戴着白帽子，嘴上还挂着白色的口罩。

"那小汽船开得非常之快，哇啦哇啦的，把江水搅起来一溜白浪。这小汽船跑到离江心三丈多远的地方，就停下来。那检疫官向着江心大喊着：

"'船上有病人没有？'

"船老板在甲板上喊着：

"'没有。'

"于是检疫官一摆手！

"'开吧！'

"于是载着马伯乐的这汽船，同时还载着两三个患赤痢的，一个患虎列拉的，就开到码头上去了。

"船到了码头，不一会工夫，船就抢着下空了。"

小说中逼真的逃难场景很可能就是二萧从上海逃亡武汉一路亲眼见到的实情，后来蒋锡金回忆与二萧的相识、交往过程，就证实了《马伯乐》中有关江汉关检疫船的情节是真切的，[1]因为他就是在那艘检疫船上第一次见到二萧的。

蒋锡金原名蒋镛，是江苏宜兴人，生于 1915 年，1934 年毕业于上海正风文学院。抗战爆发后他一边在财政厅任职，一边和冯乃超、孔罗荪办《战斗旬刊》。因为冯和孔每天都要去民政厅和邮局上班，而蒋锡金相对自由，所以校对

---

① 蒋锡金《乱离杂记》，载《萧军萧红外传》，北方妇女儿童出版社，1986 年。

和跑印刷所发稿这些刊物杂事都由他负责。当时他住在武昌，办事在汉口，有时办公到深夜轮渡停运回不去了，就借住在江汉关的检疫船"华佗号"上。检疫官于浣非笔名"宇飞"，是黑龙江宾县人，曾在哈尔滨与孔罗荪、陈纪滢等人办过文学社团"蓓蕾社"，在《国际协报》编过《蓓蕾》周刊，后来东北作家纷纷涌现于左翼文坛，其中也有他。而 1937 年 10 月的于浣非，则兼任着武汉海关医官和《大光报》经理两个职位。

一天上午，蒋锡金在"华佗号"上醒来，准备登岸去送稿，却发现检疫船已经离岸起航了，于浣非告诉他有船进港要去检疫，放那些新来的难民登岸。然后，于浣非在那艘不足千吨的黑色小船上，惊喜地发现了萧红和萧军。当时萧红"坐在她的行李上，双手支膝，捧着头，在她的双足之间是一摊呕吐出来的秽物"，萧军正双手叉腰站在她旁边。于浣非请蒋锡金帮忙招呼他们上"华佗号"，自己上船去对萧红的呕吐物进行采样。片刻，于浣非回来，"华佗号"向江汉关驶去，他和二萧说了一堆互相问询和阔别的话，蒋锡金急于登岸送稿，都没有听，船将拢岸的时候，缆绳还没系定他就跳上趸船匆匆走了。

蒋锡金再次到"华佗号"借宿时，于浣非和他商量，说那天难民船上遇到的夫妇是他的老朋友，男的叫萧军女的叫萧红，他们想在武汉找个住处，希望他可以安置一下。蒋锡金还没读过《八月的乡村》和《生死场》，只在上海的一些刊物上读过这对作家夫妇的其他作品，但他觉得应该帮助他们。当时四面八方的难民从水陆空各个渠道拥进武汉，造成武汉房荒，房子非常难找。于是蒋锡金告诉于浣非他愿意把他在武昌的两间房中的卧室让出来给二萧住，他自己住到书房里去，而且不必他们付房钱。就这样，二萧搬进了蒋锡金位于武昌水陆前街小金龙巷 21 号的住所，和他做了室友兼好友。蒋锡金大部分时候都不在家，书房和卧室各有一张书桌，二萧一人一张正好写作；萧红看蒋锡金每天都吃不好饭，就邀请他与他们同吃，给萧军洗衣服的时候也会顺带着把他的一起洗了。三个人相处得很是融洽。

没几天，先于二萧抵汉的胡风应友人金宗武之邀，搬到武昌小朝街 41 号一座带花园的二层小洋房居住，那里距二萧居住的小金龙巷 21 号不远，胡风因此常常上门，《七月》同人也常到蒋锡金家开会。蒋锡金不喜欢胡风，觉得他写文章装腔作势，待人又婆婆妈妈，所以《七月》同人开会时他都借口有事离开了。

三人同住的日子没过多久，蒋锡金家就又来了一个年轻人，半个世纪后蒋锡金还记得他当时那身醒目的装扮——"留着很长的鬓角，脑后的长发几乎盖住脖子，颜容憔悴，举止羞涩，模样很像现在所谓的'八十年代青年'；不过，那身西装是当时的流行式样，填了很高的肩，几乎两肩都平了，所以我们开玩笑，叫他'一字平肩王'"。蒋锡金还给那个年轻人取了个好像是西班牙文的名字，叫 Domohoro，平时为了省便，就叫他 Domo。①

---

① 蒋锡金《乱离杂记》，载《萧军萧红外传》，北方妇女儿童出版社，1986 年。

62. "三个人老在一起"

端木蕻良说，他和萧红第一次正式见面，是"八一三"之后。上海的文艺杂志相继停刊，胡风召集他和萧红、萧军、艾青、曹白等人相聚，商议创办战时文艺刊物《抗战文艺》。当时，萧红心直口快地否定了胡风提议的刊名，她说："这个名字太一般了，现在正'七七事变'，为什么不叫'七月'呢？用'七月'做抗战文艺活动的开始多好啊！"端木蕻良很赞同萧红的意见，初次见面就觉得自己的看法和她的很接近。之后，为讨论《七月》出刊事宜，二萧和端木又在胡风家见过几次，彼此很快就熟识了，萧红还抱怨胡风没有早点把端木介绍给她和萧军认识。①

胡风认识端木，是在 1936 年冬天。端木曾将长篇小说《大地的海》的书稿寄给鲁迅，鲁迅又转交给胡风，让他看看有没有发表或出版的价值，结果胡风还没来得及看，鲁迅就去世了。端木写信给胡风打听书稿的下落，胡风"忍住悲哀的重压替他看了，提了意见，并且见面认识了"②。但直到 1937 年 8 月筹办《七月》，胡风才把他介绍给他的两位东北老乡。萧红对胡风的抱怨可能是有口无心，端木听了，却觉得胡风这个人不坦率，向艾青拉稿也好向他拉稿也好，都是单独见面单线联系，不让他们发生横向关系。③

9 月，避难的人潮拥向武汉，胡风也有意将《七月》迁移到武汉。25 日出完《七月》周刊第三期后，他与端木蕻良一起启程离沪。胡风带着侄儿先到了南京，然后在南京上船，于 10 月 1 日抵达汉口。而端木由于碰坏了腿加上风湿病发作，去了浙江上虞他三哥那里养病。胡风和端木出发两三天后，二萧也离开了上海。

端木到上虞不久就收到萧军来信，信是用文言文写的，附了一首旧体诗，内容很热情，催他赶紧到武汉和大家一起办刊物。胡风也来信催促，端木坐不

① 端木蕻良《我与萧红》，载曹革成著《我的婶婶萧红》，江苏文艺出版社，2010 年。
② 胡风《胡风回忆录》，人民文学出版社，1993 年，第 71 页。
③ 同①。

住了，腿伤稍有好转就去了武汉。端木不愿独住，想搬到蒋锡金那里，二萧便帮他征求蒋锡金的同意，蒋锡金想反正自己很少在家何不方便他们《七月》同人活动呢，就同意了。他向邻居借来一张竹床和一张小圆桌，把端木安置在了他睡觉的书房里。三人同住变成了四人同住，每天萧军买菜萧红做饭，蒋锡金吃了早饭就出门，剩下的三人各自写作，集体生活过得又和睦又热闹。他们有时唱歌跳舞，引得邻居孩子趴着窗户往里看，有时开玩笑抬杠，有时讨论中外古典名著和文艺问题，有时讨论时事分析战局……一次谈到要是武汉失守了该怎么办，就有人提议组成一个流亡宣传队，虽然只有四个人，但都多才多艺，能唱能跳能演能写能画，流浪到哪儿都能拿出一手；还有人提议开饭馆，萧军干重活萧红上灶蒋锡金和端木跑堂，招牌菜是"萧红汤"——用白菜、土豆、番茄（或胡萝卜）、青椒、厚片牛肉加上奶油和胡椒面煮成的汤，上海叫"罗宋汤"哈尔滨叫"索波汤"，是萧红的拿手菜，简单易做营养丰富，内地人爱吃但不懂得做，不愁卖不出去。

　　蒋锡金还记得，有一次饭后闲聊抬杠，萧军故意问大家什么样的文学作品最伟大，其余的人正议论纷纷，他突发怪论说长篇小说最伟大中篇小说次之短篇小说又次之，剧本要演出来看，是个最不足道的，不算它。然后又联系在座的人，说自己写长篇小说，最伟大；端木的长篇小说被日本飞机炸掉了，要写出来再看；萧红也要写长篇，但没有那个气魄；至于写诗的蒋锡金，他跷起小指头说："你是这个！"蒋锡金知道萧军是在逗他，没有理睬，萧红却认了真，跟他激烈地争吵起来，摆了很多理由，说了不少挖苦的话，端木也绕着弯儿说萧红是有气魄的只是气魄还没有充分显现出来而已……正吵得不可开交，胡风来了，问明缘由，便建议他们把自己的观点写成文章发表在下一期的《七月》上，让读者也参与到讨论中来。三天后胡风来取稿，除了萧军谁都没有写，胡风坐在蒋锡金的床上翻阅萧军的稿子，边翻边点头赞赏，大家都感到非常惊讶，当胡风念出稿子中段落——"衡量一个文学作品可以从三个方面，一是反映现实生活的广度，二是认识生活的深度，三是表现生活的精度"——的时候，萧红气坏了，一下子就涕泗滂沱地向着萧军大哭起来："你好啊，真不要脸，把我们驳你的话都写成你的意见了！"边哭还边握拳狠捶萧军的背，而萧军则满不在乎地大笑着。①

　　对萧军的挑衅，萧红为什么不能像蒋锡金那样一笑置之？萧军后来注释萧红信件时写的一段话应该是最好的解释，萧军说萧红最反感他有意无意地攻击

―――――――――

① 蒋锡金《乱离杂记》，载《萧军萧红外传》，北方妇女儿童出版社，1986年。

女人的弱点，每当他说了那样的话，萧红便视他为男权思想的代表而加以猛烈反击，有时甚至因此生气流泪。萧军故意说萧红没有写长篇小说的气魄，难免会让萧红联想到他又在轻视女性，因此便认了真。萧军的玩笑，在萧红是"谑近于虐"了。

二萧之间男强女弱的格局，本就因为萧红更胜一筹的文学才华而发生了改变，端木的加入，又为两人的关系增添了新的变数。梅志记得，萧军和端木曾争论不休，一个自比托尔斯泰，一个以巴尔扎克自诩，一个说你描写的自然景色哪像托尔斯泰，一个就反唇相讥说你的人物一点也没有巴尔扎克味儿，直到萧红站出来说："你们两位大师，可以休息休息了，大师还是要吃饭的，我们到哪儿去呀？回家？还是过江去？"两人才住口。三个人在一起吵吵闹闹玩玩，萧红变得比从前活泼了，每次她和萧军争吵，端木就以义士姿态出头来卫护她。① 而端木自己也说，当时他就觉得萧红的见解、情感和自己比较接近，和萧军就越来越远，好像语言也不相通了。②《萧红小传》的作者骆宾基认为，端木对萧红的尊重，对她的作品的大胆赞美，正迎合了她当时的需要，因为还从来没有人如此直接坦率地对她表示过独特的友谊，在她的朋友圈子里也还没有人像他一样视她为独立的人而非萧军的妻子，他的存在，使二萧间产生了"一种感情移动的潜流"③。

---

① 梅志《"爱"的悲剧——忆萧红》，载《花椒红了》，中国华侨出版社，1995年。
② 端木蕻良《我与萧红》，载曹革成著《我的婶婶萧红》，江苏文艺出版社，2010年。
③ 骆宾基《萧红小传》，黑龙江人民出版社，1981年，第73页。

63.鸽子姑娘

　　女漫画家梁白波是 1937 年冬天武昌小金龙巷 21 号蒋锡金家中的第五位住客。梁白波祖籍广东，上海出生，二十年代末从上海新华艺专毕业，曾为"左联五烈士"之一的诗人殷夫（白莽）的诗集《孩儿塔》画插图，后因白色恐怖逃往菲律宾，教美术为生，1935 年返回上海，在《立报》连载长篇漫画《蜜蜂小姐》，成为当时全国唯一的女漫画家。梁白波有很高的艺术天分，也和那个年代大多数文艺青年一样，思想上激进革命，个人生活上追求自由和解放。早年她也曾挣脱包办婚姻离家出走，1935 年回上海后，与同为漫画家的叶浅予坠入爱河并公开同居，叶浅予当时已有妻儿，梁白波为此承受了很大的压力。

　　抗战爆发后，梁白波和叶浅予加入了张乐平[①]带领的抗日救亡漫画宣传队。那年冬天宣传队撤往武汉，梁白波先行抵达，偶然认识了蒋锡金，两人深入交谈后发现彼此竟是老相识——1926 年至 1927 年间蒋锡金的父亲任教暨南大学时，蒋家租住在上海一位梁姓广东富商的家中，梁白波便是那位富商的女儿，她比蒋锡金年长一两岁，所以一起玩耍的时候蒋锡金总叫她姐姐，后来蒋家搬走，蒋锡金和梁白波就失去了联络。梁白波到武昌小金龙巷找蒋锡金，认识了二萧和端木。梁白波很欣赏墙上的一幅风景画，得知那是萧红从前的作品，两人的谈话变得投契起来。正在写作的萧军也停下笔来，殷勤地加入了闲聊。后来蒋锡金才知道，二萧之所以对梁白波分外热情，是因为她是他们在哈尔滨的故友金剑啸的"鸽子姑娘"。原来，金剑啸在上海学画时曾与梁白波相识相恋，回到东北他仍然念念不忘梁白波，时常在友人面前提起，还写过一些诗歌抒发对她的思念。1936 年 8 月 15 日，年仅二十六岁的金剑啸被处死，萧红得到噩耗曾写下了诗歌《一粒土泥》怀念故友。金剑啸去世一年多之后，她和萧军竟在武汉遇见曾让他魂牵梦萦的"鸽子姑娘"，他们怎会不欣喜呢！

　　闲聊中梁白波忸怩地表示想要搬过来与他们同住，二萧当然欢迎，蒋锡金

---

① 著名漫画家,《三毛流浪记》作者。

却为难了：只有两间房，二萧住一间，他和端木住一间，她来了怎么住？萧红爽快地说："那好办，端木住到我们那间去，她住在你这间。"蒋锡金不同意，文艺界嘴巴杂，他怕男女同室惹来闲话。梁白波央求他去看看她的住处，并说他看了一定会同意的。蒋锡金去她的住处一看，果然没法住人，空荡荡的房子中间只有一张双人床，床上两个枕头和两条被子，靠窗的地方有一张桌子和一把椅子，墙角的两条长凳上搁着行李和箱子，房子的墙壁已经倾斜，屋顶也漏水，砖地是湿的，长了霉苔。更重要的是，那破破烂烂的地方属于叶浅予的友人，友人晚上不回来睡，梁白波可以睡他那张双人床，但每天清早她都得提前起来把床让给他。蒋锡金不再犹豫，当即帮梁白波整理好行李，从汉口搬到了武昌。当天，端木把书房的竹床让给梁白波，他自己转移到卧室，与二萧挤在大床上。

萧红为什么会安排端木与她和萧军同室同床而眠，而不是她和梁白波住卧室萧军端木和蒋锡金住书房呢？钟耀群说这也许是为了给蒋锡金和梁白波制造机会。[1]梁白波虽和叶浅予有同居关系但她从不承认他是自己的丈夫，这在当时并不稀奇，如蒋锡金所说，"五四"后很多新女性，包括他认识的好几位，为了保持自己独立的人格，可以与男子同居，但不会以对方的妻子自居。[2]萧红很可能是洞悉了梁白波对蒋锡金的心意才把端木调离书房让他们独处的。乱离岁月中男女混居是平常事，二萧和端木又都是东北人，睡惯大通铺，同床共寝对他们来说没什么大不了的。

梁白波住进来之后，和萧红一起把房间重新布置了一遍，她从箱子里抽出一块格子花纹（她说自己特别喜欢格子，拿出很多穿着格子衣服的照片给他们看，蒋锡金这才领会到，她其实不是"鸽子姑娘"，而是"格子姑娘"）的绸子，蒙在那张小圆桌上做台布，又拿出一个瓷瓶和一个陶钵，分别用来插花和存放烟头，看到蒋锡金的抽屉里有纸和色彩，她还张罗着要给他们每人画一张速写，先画端木，端木头发长，画出来有点像女人，萧军就不肯给她做模特了……集体生活因为梁白波的到来变得更热闹，简直有点喜气洋洋了，可惜没过多久南京陷落，叶浅予就到武汉来找梁白波了，蒋锡金帮他找了房子，梁白波搬出去和他住了，剩下四位又恢复了原来的格局。

梁白波搬出小金龙巷后，曾屡次找蒋锡金谈心，说想离开叶浅予，和他一起去延安。因为组织交代的任务在身，蒋锡金始终没有回应她。不久，他就听

---

① 钟耀群《端木与萧红》，中国文联出版公司，1997年，第11页。
② 蒋锡金《乱离杂记》，载《萧军萧红外传》，北方妇女儿童出版社，1986年。

说梁白波失踪，直到四十年后的 1978 年，他才从朋友口中得知，1938 年 5 月梁白波与国民党空军军官陈恩杰结合并从此绝迹文艺圈，后来在台湾她又与陈恩杰离婚，晚年因精神分裂症自杀于台南海边的一间小屋。

梁白波后来曾在写给《城南旧事》作者林海音的信中这样评价自己："我现在像一块又湿又烂的抹布，随随便便摔在那儿，对女人来说，一失足成千古恨——我呀！我是在北平游山玩水那阵失了足的，我一看到你，就等于翻开自己的历史……"①

---

① 黄苗子《一生矛盾的梁白波》，载《蜜蜂小姐》，山东画报出版社，1998 年。

64. 半日的羁囚

　　1937 年 12 月 9 日，武汉青年宣传队在江汉关前的广场上举行"一二九"运动两周年群众纪念集会和游行，一位刘姓东北青年遭特务枪伤，特务被愤怒的游行群众围堵抓住，但马上就被宪兵队提走了。蒋锡金事前也接到了参加集会的通知，但因为冯乃超曾指示他过渡到文化界，不要再参与武汉青年宣传队的活动，所以当天他到会场打了个照面就离开了，没有参加会后游行。过江的轮渡上蒋锡金遇见了很多刚参加完集会游行的青年，他们围上来询问他的意见，他才知道民权路发生了枪击事件，他当然义愤填膺，认为群众不该把抓住的特务交给宪兵，他还号召青年们回学校发动同学去医院慰问受伤者。可能就是在那个时候，他被特务盯上了。

　　次日，蒋锡金请同事张鹤暄上街吃饭，刚走到中正路，就有两个不认识的人从背后拍他的肩膀，说罗隆基请他去冠生园吃饭。其时蒋锡金已经得到罗隆基被扣押的消息了，知道事情不对头，但四个特务前后押着他，他不能不跟着走。蒋锡金被押进了军人监狱的后院反省院，特务拿出一张纸条，让他写个便条，说好去知会罗隆基他已经到了。为防止特务利用他的签名做文章，蒋锡金在"蒋锡金到"四个字前后各加了一个圆圈。特务去了武昌小金龙巷 21 号，把蒋锡金的纸条交给萧军，说罗隆基请二萧去冠生园吃饭，蒋锡金已经到了，就等他们了。萧军看了蒋锡金的签名，知道其中有诈，便回答说这不是请帖，如果有逮捕证就拿出来有枪也拿出来，不然就滚蛋。萧军和两个特务扭打起来，一边的端木蕻良不敢出声，两个正在访问萧红的女学生吓哭了，被惊动的邻居报了警，警察来后以"互殴"的罪名将他们全部押了起来，加上赶来报信的张鹤暄，一行六人全部带到了派出所。

　　在突如其来的状况中，端木临出门还挟了一条毛毯，又从书架上抽了一部《新旧约全书》，好像准备去长期坐牢了。结果当晚，他们未经审问就全部被释放了，包括蒋锡金。蒋锡金被释，是因为冯乃超指示张鹤暄找到了当时湖北省财政厅长、著名财政史家贾士毅。贾士毅和蒋锡金是老乡，贾家和蒋家还是世交，蒋锡金就是贾士毅安插在财政厅的。当时蒋介石正在武汉，贾士毅得到消息，就去了他位于省政府左侧的官邸直接要人。据蒋锡金回忆，贾士毅代他答应了蒋介石三个条件——停掉在武汉办的刊物，不再写文章和离开武汉——他才得以安然无恙走出军人监狱，尽管那三个条件他后来一个也没做到。①

二萧和端木等人的脱险，根据钟耀群和梅志所说，是艾青像往常一样去小金龙巷串门时得知他们被捕，于是立刻通知了胡风，胡风去行营处找了曹振武处长，对方答应调查交涉，然后胡风又通过他的朋友兼房东金宗武找了一位省党部特派员，因为这些人出来说话，萧红他们六个也很快被放出来了。

12月10日当晚，蒋锡金家中灯火通明，惊魂初定的人们聚在一起谈论刚刚过去的灾祸，萧军得意洋洋地教训蒋锡金道："你这样顺从地跟着他们走就不对，你就该跟他们打，打不过也要打，一打就成了殴斗，归警察系统受理，顶多关进拘留所，能找到；像你那样就是政治绑票，你'失踪'之后谁也不知道下落，杀死了也没法查证。"蒋锡金心里很清楚，事情没有这么简单，即使进了拘留所，特务想要把人弄到手也很容易，而且短期拘留的记录不一定能查到，他们能得救是时势使然，也是朋友们营救有力的结果。萧军还要登报控诉国民党迫害文人，被萧红和胡风力阻了下来。②几天后，萧红亲手刻了一枚印章送给胡风，感谢他的及时救助，梅志后来回忆说，以前她只知道萧红能写能画，那之后才知道她还会刻图章。③

牢狱之灾很快过去，小金龙巷的集体生活并没有受到太大影响，只是萧军开始瞧不起"胆小鬼"端木了。不过没几天，南京就陷落了，武汉由后方变成前线，很多人撤去重庆了，孔罗荪的夫人周玉屏和冯乃超的夫人李声韵都走了，蒋锡金或多或少是为了兑现对蒋介石的承诺，便和冯乃超离开武昌，搬到汉口三教街孔罗荪家里去住了，冯乃超把他位于紫阳湖畔的寓所让给了二萧，小金龙巷21号蒋锡金的家里便只剩端木蕻良一个人了。

① 蒋锡金《乱离杂记》，载《萧军萧红外传》，北方妇女儿童出版社，1986年。
② 同上。
③ 梅志《"爱"的悲剧——忆萧红》，载《花椒红了》，中国华侨出版社，1995年。

65. "恨不相逢未嫁时"

中日开战后，二萧的情感危机和萧红的心理危机似乎自行解除了。根据近年发现的萧红1937年8月1日、2日的日记，她和萧军的关系在战火迅速蔓延的时候反而回复到了一种平静的状态：

"这几天来，好像更有了闲情逸致，每每平日所不大念及的，而现在也要念及，所以和军一谈便到深夜。

"而每谈过之后，就总有些空寞之感，就好像喝过酒之后，那种空寞。

"虽然有时仍旧听着炮声，且或看到了战地的火光，但我们的闲谈，仍旧是闲谈。"①

"他读旧诗，本来有个奇怪的韵调，起初，这是我所不喜欢的，可是这两年来，我就学着他，并且我自己听来已经和他一腔一调。我常常是这样，比方我最反对他正在唱着歌的时候，我真想把耳朵塞了起来，有时因为禁止而禁止不住他，竟要真的生气，但是又一想，自己从什么地方得来的这种权力呢？于是只好随他唱，这歌一经唱得久了！我也就和他一齐唱了，并且不知不觉之间自己也常常一方面烧着饭，一方面哼着。"②

"宁静了，近几天来，差不多每个黄昏以后，都是这样宁静的，炮声，飞机声，就连左近的难民收容所，也没有声音了！那末吵叫着的只有我自己，和那右边草场上的虫子。

"我不会唱，但我喜欢唱，我唱的一点也不合曲调，而且往往是跟着军混着唱，他唱：'儿的父去投军无有音信。'我也就跟着：'儿的父去投军无有音信。'他唱杨延辉思老母思得泪洒胸膛，我也就跟着溜了一趟，而且，我也无所不会溜的。溜得实在也惹人讨厌，而且，又是一唱就溜。他也常常给我上了一点小当，比方正唱到半路，他忽然停下了，于是那正在高叫着的我自己，使我感到

① 萧红《八月之日记一（上）》，载1937年10月28日《大公报》副刊《战线》第三十六号。
② 萧红《八月之日记一（下）》，载1937年10月29日《大公报》副刊《战线》第三十七号。

非常受惊。常常这样做，也就惯了，只是当场两个人大笑一场，就算完事，下次还是照样的溜。"①

　　散淡的文字里仍有落寞之感渗出，但那个"心就象被浸在毒汁里那么黑暗"的萧红确实不见了。逃难到武汉后，所有感情伤痕看上去都平复了，梅志那年12月见到她，也为她明显的变化而惊异，萧红不仅身体变结实了，脸色也红润起来，"好像'七七事变'的炮声一响倒把她的噩梦打醒了，她又像过去初到上海时一样，睁着两只大眼睛到处张望，发现人们对她不仅是善意的，而且是尊重的，于是她昂起头，眼睛也发亮了，精神飒爽且带着自信和豪迈"②。张梅林也有相似的感觉，他见到的萧红比以前白净和丰满，和他见面，还用一种西洋女性握手礼跟他握手，侧着头，微笑着，伸出软垂的手，而以前她握手都是用力地、大老粗地伸出右手的，后来两人谈起她的西洋女性握手礼，萧红大笑着告诉他那是故意装出来的。③战争让二萧又回到了居无定所的流离状态，也许正是这种去而复返的不安定感唤醒了他们早年同甘共苦的记忆，萧军的背叛给两人关系造成的创伤看起来已止血结痂，表面上开始复原了。

　　与萧红身体和情绪的好转相伴随的，是她对女性身份和命运思考的深入，作于1938年1月8日的《〈大地的女儿〉与〈动乱时代〉》一文，是关于这两本现在看来并不出色的小说的书话式散记，其中的女性观最能反映萧红遭遇情变后的心理变化。这两本由外国女作家创作的长篇小说尤其是史沫特莱④的《大地的女儿》极大地触动了萧红的内心，她在文中感叹："女子连一点点东西都不能白得，哪管就不是自己所要的也得牺牲好话或眼泪。男子们要这眼泪一点用处也没有，但他们是要的。而流泪是痛苦的，因为泪腺的刺激，眼珠发涨，眼睑发酸发辣，可是非牺牲不可。"后来在西安，她对聂绀弩也说过类似的话："多么讨厌呵，女性有着过多的自我牺牲精神。这不是勇敢，倒是懦弱，是在长期的无助的牺牲状态中养成的自甘牺牲的惰性。"⑤萧红所说的"牺牲"，是男女关系中女性自觉或无意、甘愿或无奈的过多付出。萧红在以往的作品尤其是《生死场》里，就对女性身份、地位和命运发过不平之鸣，她看到了女性的弱势，她知道是一切陈规陋习和封建思想塑造了"女人"，但受了感情的重创后，她才意识到自己在婚姻中的弱势不仅仅是萧军的强力和他的大男子主义造成的，也

①　萧红《八月之日记二》，载1937年11月3日《大公报》副刊《战线》第四十一号。
②　梅志《"爱"的悲剧——忆萧红》，载《花椒红了》，中国华侨出版社，1995年。
③　张梅林《忆萧红》，载《梅林文集》，上海春明书店，1948年。
④　萧红文中的"史沫特烈"。
⑤　聂绀弩《在西安》，载重庆《新华日报》，1946年1月22日。

是她在生活上、感情上对他过度依赖的结果，所以"有着过多的自我牺牲精神"的女性不仅是男权社会的受害者，某种程度上也是其同谋。萧红厌倦自己的弱势地位，也厌倦"过多的自我牺牲精神"，和萧军在一起，对她来说成了新的桎梏，而她是要自由的。

张梅林说，二萧住在小金龙巷时他们常一起去蛇山散步，或站在黄鹤楼附近看长江落日。一天下午，去抱冰堂的路上，萧红去买花生米，萧军没有陪她，先走了，萧红买好花生米一看萧军没有等她，立即转身往家里走，萧军和张梅林赶过去解释，她才回来。① 骆宾基后来对张梅林文中写到的这个小插曲作了更直白的阐释，他认为萧红当时之所以赌气使性子，是因为她已决定不再容忍萧军的"冷淡"，因为她"已经有了另外的凭藉"，那个凭藉就是端木蕻良。②

而且，萧红还在对抗战文学的理解上与其他几位《七月》同人产生了分歧，但就像她的创作才华得不到萧军的真心认可一样，她的理论也没有受到友人们的重视，除了端木蕻良。端木晚年曾对葛浩文说，比起萧军，萧红跟他更为投契，他们的文艺观很接近，在有关《七月》的问题上意见也经常一致，这点从《七月》座谈会的记录就能看出来。萧红从端木那里得到的肯定和认同，是她从未在其他朋友那里得到过的。端木说，时间久了，萧红对他的态度就发生了微妙的变化，有时她会当着他念出"君知妾有夫，赠我（妾）双明珠，感君明珠双泪垂，恨不相逢未嫁时"的诗句来。端木有些奇怪，但觉得自己既没有"常惜玉"，也没有赠她"双明珠"，这种诗谁都可以念，所以也没有太放在心上。还有一次，萧红拿了一张画给他看，内容是一个贵妇人在罗马废墟上会见她情人；另一次萧红则告诉他鲁迅常看一幅小画，画上是一个女人在大风中披散头发向前走……这些微末的细节端木未及深想，萧军就按捺不住了，他也对端木念起诗来，他念的是"乞巧不承受，君子防未然，瓜前不纳履，李下不整冠"，意思很明显了。但端木想萧红比自己大，自己又没结婚，她亲近和照顾自己可能纯粹是出于一种当姐姐的感情，很自然，谈不上什么叔嫂无亲授。萧军却经常把"人不忽患，情义是蛋"之类的话挂在嘴边了，端木觉得这样庸俗不堪的句子出自一个作家之口实在奇怪，他跟萧军渐渐地就说不到一块儿去，关系也疏远了。

二萧搬到紫阳湖畔后，一晚萧红回小金龙巷看端木，和他一起出去吃了饭，回家时路过一座桥，两人便站在桥上看月亮，那里是水陆码头，月光下水波泛

---

① 张梅林《忆萧红》，载《梅林文集》，上海春明书店，1948 年。
② 骆宾基《萧红小传》，黑龙江人民出版社，1981 年，第 73 页。

着光亮，萧红跟端木说："我作两句诗给你听。"端木说好，萧红便吟了两句："桥头载明月，同观桥下水。"端木此前从未听说萧红也作旧体诗，偶一为之，还蛮有诗意，他想她是不是故意留下两句让自己来续呢？但他没有接着作，再作就画蛇添足了。①

---

① 端木蕻良《我与萧红》，载曹革成著《我的婶婶萧红》，江苏文艺出版社，2010 年。

66. 萧红与《七月》

从 1937 年初由东京返回上海到 1938 年底蛰居重庆歌乐山之间的两年，是萧红十年创作生涯中一个相对低迷的时期，她只断续写作了几篇散文和短篇小说，大部分发表在战时文艺期刊《七月》上。

1937 年"八一三"之后，上海的文学刊物相继停刊，茅盾自筹资金，代表《文学》邀《中流》《作家》和《译文》，合办了《烽火》①周刊。胡风本来就不认同茅盾的文艺观和办刊理念，又因与冯雪峰龃龉遭到"封锁"②，就想自立门户，也办个刊物，1936 年初他和聂绀弩、萧军等人曾在鲁迅的支持下办过《海燕》月刊，虽然只出了两期就被国民党封禁，但那两期卖得还不错，再办一份新刊，他少不了要拉二萧、聂绀弩、艾青、端木蕻良等人来加盟。筹备会上胡风提议用"抗战文艺"作刊名，萧红不喜欢，说太一般了，提议用"七月"，端木蕻良附议，③于是刊名就定了《七月》，9 月 11 号在上海创刊发行。

《七月》创刊之初，胡风并没有长期做下去的打算，9 月 15 日写给梅志的信中，他说《七月》第一期的销量很好，所以他想在上海多留几天弄出头绪来再交给别人继续下去，他自己预备到武汉办一份旬刊，友人熊子民已经办好了登记手续，广告也登出了，10 月 1 号即可出版第一期。④ 胡风信中没有说要把《七月》交给谁继续办下去，但可以肯定的是他当时没有将《七月》移刊武汉的打算，离开上海前他请熊子民到武汉市国民党市政府登记的刊物名为《战火文艺》，⑤ 和他之前提议的《抗战文艺》只有一字之差。从 9 月 11 日创

① 《烽火》原名《呐喊》，取自鲁迅 1923 年出版的小说集《呐喊》，但这个具有浓重启蒙色彩的词汇与抗战时期的民族情感显得格格不入，出到第三期，便改名为《烽火》。
② 1937 年 8 月 24 日 /28 日胡风从上海写给在蕲春的梅志的信中说："三花脸先生愈逼愈紧，想封锁得我没有发表文章的地方，但他却不能做到。我已开始向他反攻了。""三花脸先生"指冯雪峰。见吴永平著《〈胡风家书〉疏证》，中国社会科学出版社，2012 年，第 27 页。
③ 端木蕻良《我与萧红》，载曹革成著《我的婶婶萧红》，江苏文艺出版社，2010 年。
④ 吴永平《〈胡风家书〉疏证》，中国社会科学出版社，2012 年，第 30 页。
⑤ 胡风《胡风回忆录》，人民文学出版社，1993 年，第 83 页。

刊到 25 日胡风离开上海,《七月》周刊出了三期之后停刊了,胡风没有找到可以代替他的人。抵达武汉之后胡风得知《战火文艺》的登记被国民党市党部驳回,上海的《七月》周刊既已停刊了,他就用"七月"做刊名重新办理登记,同时筹备出版。10 月 16 日,《七月》半月刊在武汉创刊,首期为"鲁迅先生逝世周年纪念特辑",胡风在代致辞《愿和读者一同成长》中阐述了他的编辑理念:

"在神圣的火线后面,文艺作家不应只是空洞地狂喊,也不应作淡漠的细描,他得用坚实的爱憎真切地反映出跃动着的生活形象。在这反映里提高民众的情绪和认识,趋向民族解放的总的路线。文艺作家的这工作,一方面将被壮烈的抗战行动所推动所激励,一方面将被在抗战热情里面跃动着成长着的万千读者所需要,所监视。"①

胡风明确表示反对"空洞地狂喊"反对文学口号化,但同时他也反对"淡漠的细描",反对一切与抗争无关的"为艺术而艺术"的作家和作品。在后面这一点上,他与他反对的冯雪峰、茅盾是一致的。抗战爆发后,民族主义热情高涨的左翼作家们都将反映抗战生活、宣传抗战精神看成是文学唯一正确的主题和使命,而且视一切与抗战无关的作品和言论为落后的、有害的。胡风作为左翼作家一员,虽然对口号化的抗战文学不满,虽然与冯雪峰、茅盾不睦,办《七月》也多少是为了与他们分庭抗礼,在文学为抗战服务这一点上,他和他们还是一致的。

《七月》是同人刊物,稿件主要来源于二萧、端木、聂绀弩、艾青等同人,胡风要办好它,就需要这些人多写稿多投稿,但事实是他们的创作成绩远不能达到他的要求,尤其是二萧和端木,离开上海前胡风就对他们心生不满了,在从南京到武汉的船上他写信给梅志说:"萧军夫妇今天到南京,即趁船来武汉,端木过些时大概也可来。看情形,武汉也许会热闹起来,只不过应付这些反王们得花不少精力。"②"反王"是湖北方言,意为"刺头",也就是说,胡风觉得他们三个很不听话。到了武汉之后,"反王们"依然不按他的要求写稿交稿,《七月》因此总是稿荒,胡风焦虑不已,后来他在文章中说二萧在全民抗日热情高涨的时候,"一下子还无法投入进去似的,未能写出反映这一斗争的令人满意的作品"③。梅志后来也说那时只见二萧和端木整天吵吵闹闹玩玩,尽情享受着抗战后方的自由,没听说他们准备写什么作品。④

---

① 胡风《胡风回忆录》,人民文学出版社,1993 年,第 84 页。
② 吴永平《〈胡风家书〉疏证》,中国社会科学出版社,2012 年,第 33 页。
③ 胡风《悼萧红》,载《艺谭》,1982 年 4 月。
④ 梅志《"爱"的悲剧——忆萧红》,载《花椒红了》,中国华侨出版社,1995 年。

1938 年 1 月 16 日下午,《七月》召开 "抗战以来的文艺活动动态和展望"座谈会,艾青、丘东平、聂绀弩、田间、胡风、冯乃超、萧红、端木蕻良、楼适夷和王淑明参加,萧军因病缺席。会上萧红发言不多,但在作家与战时生活的关系问题上表达了自己的见解。当艾青将文学在大众化过程中变得口号化、概念化、没有真情和力量的原因归结为作家脱离了生活时,萧红马上表示不同意,她说作家并不一定要上前线去与日本兵交火才算没有脱离生活,就算日常的跑警报,也是战时生活的一部分。而抗战文学之所以缺乏真情和力量,并不是因为作家没有上前线,而是他们没有抓住战时生活。艾青又说打进实际生活对创作绝对没有害处,萧红同意,但强调酝酿作品需要思索的时间,她举了雷马克的例子,"打了仗,回到了家乡以后,朋友没有了,职业没有了,寂寞孤独了起来,于是回忆从前的生活,《西线无战事》也就写成了。"

　　萧红的观点并没有得到其他作家的认同,聂绀弩还是在问到底怎样才能走进实际生活,胡风回答聂绀弩说:"萧红说得很清楚,现在大家都是在抗战里面生活着。譬如你,你觉得要走进更紧张的生活里面去,实际上这一种感觉,这一种心境,就是抗战中生活中的感觉心境了。你写不出作品来,像萧红所说的,是因为你抓不住,如果抓得住,我想可写的东西多得很。不过,我以为问题应该更推进一步:恐怕你根本没有想到去抓,所以只好飘来飘去。"萧红补充举例说:"比如我们房东的姨娘,听到警报响就骇得打抖,担心她的儿子,这不就是战时的生活吗?"但与会的众人还是坚持真正的打进生活是上前线、加入战斗,王淑明说不打进生活情绪不高涨,萧红反驳道,"高涨了压不下去,所以宁静不下来"才是写不出好作品的真正原因。①

　　萧红知道文坛和《七月》需要的是写前线写战斗的作品,上不了前线写不了战斗,她的作家身份和作品就会失去合法性,所以她极力强调日常生活也是抗战的一部分,她写日常生活一样可以反映抗战。萧红是站在左翼作家阵线内,认同文学为抗战服务的,但她不知道就在座谈会的前一天,彭柏山写信给胡风点名批评了《七月》第 5 期上端木蕻良的《文学的宽度、深度和强度》一文,指出比写"伟大的作品"更重要的是"号召广大的作家和读者,积极地参加实际的斗争",而《七月》同人"至少在刊物上表现出来的,还缺乏这样一条明确的战斗的路线"。②16 日的座谈会上中共长江局文委成员冯乃超更是直言《七月》同人"有逃避抗战,关起门来写作的欲望"。正是因为外界的批评和敦促,《七

----

① 《抗战以来的文艺活动动态和展望——座谈会记录》,载《七月》第七期。
② 朱微明《彭柏山书简》,载《新文学史料》,1984 年第 4 期。

月》同人才有了深入前线打进生活的紧迫感，萧红一向对政治不感兴趣也不敏感，她不知道自己的发言其实部分证实了那些批评的声音，危险地滑向"异端"了。

座谈会后不久，阎锡山在山西临汾创办的民族革命大学派人来武汉招聘师资，二萧、端木、聂绀弩、艾青、田间等人经长江局文委动员，同意前往任教，只有胡风不愿放弃《七月》，选择留在武汉。尽管胡风后来说对于二萧的离开，他"十分希望并祝愿他们能获得双丰收，为革命文艺和抗日战争贡献出力量"①，其实，他对他们完全不重视《七月》一走了之的行为感到非常失望。众人出发前，《七月》的发行人熊子民拿出六百多元，说是《七月》六期来的结余，给大家分了，艾青因为有孩子多得了一点，其余每人得了六十元，大家都很意外很高兴，说《七月》应该维持下去，"似乎这时才感到这刊物的重要了"②。

1938年1月27日，蒋锡金、孔罗荪、胡风等人在汉口大智门车站以西濒临汉水的一个小车站送别友人。当时天已墨黑，本来只运载货物不上客的小车站灯光暗淡，月台上密密麻麻挤满了人，有即将出发上战场的，也有送行的，一排一排一圈一圈的，看不清彼此的脸面，只听到雄壮的歌声此起彼落，人们用歌声送远行的人进入大西北浩荡的风沙，送他们先走上战场。列车长龙似的傍着月台，都是装载货物的铁篷车，进出口在车厢中间，车厢里没有座位，地板上铺着几堆稻草，是乘客睡卧的地方。③萧红虽然不认同上前线才算深入生活，有机会去西北去前线她还是很兴奋，她披着毛领呢大衣，意气风发地走着，直到发现给他们坐的是一辆货车才担心起来。④

当日，月台上的胡风很是失意，《七月》是他寄予了厚望倾注了心血的事业，在给梅志的信中他曾表白自己对《七月》的感情比对《木屑文丛》《海燕》和《工作与学习丛刊》⑤的更深，编辑它的时候时而愤激时而流泪时而苦恼，有时一篇文章的取舍就要费去他几个小时的思量……⑥七个同人走了六个，胡风势单力薄了。更严峻的是，熊子民也遵照潘汉年的指示退出，不做《七月》的发行人了，长江局依然劝胡风放弃刊物去临汾做救亡工作，胡风心力交瘁，写

①　胡风《悼萧红》，载《艺谭》，1982年4月。
②　梅志《胡风传》，宁夏人民出版社，2007年。
③　蒋锡金《乱离杂记》，载《萧军萧红外传》，北方妇女儿童出版社，1986年。
④　梅志《"爱"的悲剧——忆萧红》，载《花椒红了》，中国华侨出版社，1995年。
⑤　《木屑文丛》《海燕》和《工作与学习丛刊》都是胡风编辑或参与编辑的刊物。
⑥　1937年10月28日胡风致梅志，吴永平著《〈胡风家书〉疏证》，中国社会科学出版社，2012年，第41页。

给梅志的信中说自己像一个泄了气的皮球。好在此前《七月》的出版和发行事宜已经转交给了上海杂志公司，胡风又设法找了一位书店职员做挂名发行人，《七月》才得以继续存在下去。也算因祸得福吧，从第七期起胡风每月可拿三十元编辑费，还可以给《七月》的作者们发稿费了。

萧红离开武汉两个多月，又和端木蕻良一起回来，参加了 4 月 29 日下午胡风召集的题为"现时文艺活动与《七月》"的文艺座谈会。西北之行没有"拨正"萧红的文学观，座谈会上她不仅重申了作家不必上前线的言论，还大胆表达了抗战不应也不会影响作家创作初衷的观点：

"关于奚如对于作家在抗战中的理解，我有意见的。他说抗战一发生，因为没有阶级存在了。他的意思或是说阶级的意识不鲜明了。写惯了阶级题材的作家们，对于这刚一开头的战争不能把握，所以在这期间没有好的作品产出来，也都成了一种逃难的形势。作家不是属于某个阶级的，作家是属于人类的。现在或是过去，作家们写作的出发点是对着人类的愚昧！那么，为什么在抗战之前写了很多文章的人而现在不写呢？我的解释是：一个题材必须要跟作者的情感熟习起来，或者跟作者起着一种思恋的情绪。但这多少是需要一点时间才能够把握住的。"①

作家不属于某个阶级而属于人类，写作的出发点是对着人类的愚昧，这些话让人不由得联想起鲁迅曾说自己的小说取材自"病态社会的不幸的人们中，意思是在揭出病苦，引起疗救的注意"②。也就是说，在奉行文学为抗战服务的左翼文坛，萧红大声宣告了自己为改良人生而创作的启蒙主义文学观。比起前一次发言，她又向"异端"倾斜了一点。这一次，胡风没有反驳也没有提醒萧红。

1938 年 7 月中旬，《七月》与上海杂志公司合约期满，续约时上海杂志公司提出了继续代理发行但不再支付编辑费用的条件，胡风无法接受，双方的合作中止。之后胡风设法接触了海燕书店的俞鸿模、《大公报》的张季鸾和黎明书店的冯和法等人，为《七月》寻找出路，未遂，出了十八期的《七月》只好停刊，直到一年后的 1939 年 7 月才在重庆复刊，改为月刊发行，在经常无法按期出刊的状况下勉力维持到了 1941 年 9 月彻底停刊。

《七月》停刊那年，因为胡风的刻意疏远，他和萧红的关系日渐冷淡。重庆复刊后，《七月》上就没有发表过萧红的作品了。从 1937 年 10 月到 1941 年 9 月，

① 《现时文艺活动与〈七月〉——座谈会记录》，载《七月》第十五期。
② 鲁迅《我怎么做起小说来》，《鲁迅全集》第四卷，人民文学出版社，2005 年，第526 页。

《七月》存活了四年，共出三十二期三十册（其中第 27、28 期合刊，第 31、32 期合刊），萧红在上面发表的文章除了两次座谈会发言记录，就只有七篇散文《失眠之夜》《天空的点缀》《在东京》《火线外二章》《无题》《一条铁路的完成》《一九二九年的愚昧》，一篇书评《〈大地的女儿〉与〈动乱时代〉》，和一部她与塞克、端木蕻良、聂绀弩等人共同创作的剧本《突击》了。

67. "北方是悲哀的"

一天

那个科尔沁草原上的诗人

对我说：

"北方是悲哀的。"

这是诗人艾青1938年2月4日创作的诗歌《北方》的开头四句小引，"那个科尔沁草原上的诗人"指的是端木蕻良。《北方》这首诗，是艾青和萧红、萧军、端木、聂绀弩、田间等人从武汉去往临汾民族革命大学的途中，路过潼关时写的。对于那次西北之行，年轻的作家们满怀热情的同时也心里没底，萧红还没出发就开始担心那地方不好了，不然怎么让教授坐货车。萧军也对武汉依依不舍，说是去临汾如果弄得不好，将来做事就困难了。[1]

火车行驶在西北冬天的土地上，满眼都是暗淡和灰黄，没有一丝绿意。路过潼关，端木蕻良触景伤情说了一句"北方是悲哀的"，触动了艾青的诗兴，他写下了著名的诗歌《北方》。"北方是悲哀的／而万里的黄河／汹涌着混浊的波涛／给广大的北方／倾泻着灾难与不幸；而年代的风霜／刻划着／广大的北方的／贫穷与饥饿啊"，这是当时整个中国的写照，也是火车上众人心情的写照。诗歌的调子悲哀却不颓丧，尤其是最后的十二行诗，"我爱这悲哀的国土，／它的广大而瘦瘠的土地／带给我们以淳朴的言语／与宽阔的姿态，／我相信这言语与姿态／坚强地生活在大地上／永远不会灭亡；我爱这悲哀的国土，／古老的国土——这国土／养育了为我所爱的／世界上最艰苦／与最古老的种族"[2]，诗歌调子深沉而又激昂，蕴含着朴素坚定的爱国情怀，而这，正是火车上奔赴临汾的师生们心中的共同动力。

① 梅志《胡风传》，宁夏人民出版社，2007年。
② 艾青《北方》，载《艾青全集》第一卷，花山文艺出版社，1991年，第172-176页。

2月6日，二萧一行人终于抵达目的地。① 他们出发前和一路上的隐忧在临汾变成了现实：匆匆成立的民族革命大学根本没有做好接纳从四面八方慕名而来的学生的准备，学校连一座校舍都没有，五千多名学生们分住在临汾百姓家里，小小的临汾城整个变成了一所大学，从武汉赶来执教的作家们也被分插到了老乡家里；而且，"民大"应抗战而生，办学方针是"七分政治，三分军事"，教学内容也相应地以军事和政治为主，作家们没有用武之地，更别提教授待遇了，他们只得到了一个文艺指导员的身份。

萧红的失望比其他人更多一层，到临汾后听说弟弟张秀珂在不远的洪洞前线，她托人带了一封信给他，盼着和他相见，但张秀珂始终没有出现。据他后来回忆，五台、广阳战后，他所在的部队绕到汾阳、孝义整军，就在"民大"附近，但他全然不知萧红也在临汾，难得的见面机会就这样失之交臂，姐弟二人自1937年"七七事变"后上海一别，就再也没有见过面了。② "民大"实行军事化管理，每天早晨军号声响起一队队战士跑步操练、此起彼伏地唱《救国军歌》的景象，令萧红不由联想到从军的弟弟，1941年她在香港写《"九一八"致弟弟书》，便回忆了在临汾见到的那一幕："我看到不少和你那样年轻的孩子们，他们快乐而活泼，他们跑着跑着，当工作的时候嘴里唱着歌。这一群快乐的小战士，胜利一定属于你们的，你们也拿枪，你们也担水，中国有你们，中国是不会亡的。"

只是，萧红等人刚到临汾没几天，日军就逼了过来，大战不可避免，"民大"师生准备向西南方的乡宁撤离。当时女作家丁玲和她率领的"西北战地服务团"恰好也在临汾，他们接到了先到运城待命再取道风陵渡前往西安的命令。武汉来的作家们一致决定跟他们一起向"民大"分校所在地的运城转移，唯独萧军执意要留在临汾跟学生们一起打游击，为此萧红和他发生了激烈的争吵，但她的道理、愤怒、泪水和祈求都无法令萧军回心转意，他们在匆匆忙忙中分了手。"北方是悲哀的"，端木蕻良无意中脱口而出的这句话，可能更适合萧红离开临汾时的心境。

① 1938年2月7日萧军从临汾写信给胡风，说："在路上足足行了八天八夜，于六日才算到了临汾。"晓风、萧耘辑注《萧军胡风通信选》，载《新文学史料》，2004年第2期。
② 张秀珂《回忆我的姐姐——萧红》，载《黑龙江文史资料》第八辑，1983年。

68. "她不是妻子，尤其不是我的"

二萧临汾之别的前因后果，萧军当年 11 月出版的报告文学作品《侧面》^①中有详细的追述。在临汾的那十几天里，二萧一直住在老乡家过着集体生活，晚上睡的也是通铺，离别前夜他们才有了一次单独交谈的机会，那是跟他们同睡一个炕的女作家丁玲特意避开留给他们的。两人并排躺在炕上，也许是因为曾经说过要给萧军自由从此不再妨害他之类的话，萧红知道自己不能以妻子和爱人的身份强求他改变留在临汾的决定，便试图对他晓之以理："你总是这样不听别人的劝告，该固执的你固执，不该固执的你也固执……这简直是'英雄主义'，'逞强主义'……你去打游击吗？那不会比一个真正的游击队员更价值大一些，万一……牺牲了，以你的年龄，你的生活经验，文学上的才能……这损失，并不仅是你自己的呢。我也并不仅是为了'爱人'的关系才这样劝阻你，以致引起你的憎恶与卑视……这是想到了我们的文学事业。"但萧军有他自己的想法："人总是一样的。生命的价值也是一样的。战线上死了的人不一定全是愚蠢的……为了争取解放共同奴隶的命运，谁是应该等待着发展他们的'天才'，谁又该去死呢？"他说的也并非空洞的大道理，抗战爆发后响应号召奔赴战场的热血青年不计其数，萧红的弟弟张秀珂便是其中之一。文坛中毅然投笔从戎的青年作家也不少，萧军出生于尚武之家，又有过一段军旅生涯，全民抗战的时刻大好男儿没有拿枪冲上前线，对他来说是很不光彩的。后来萧红在长篇小说《马伯乐》中写马伯乐逃难到南京，在旅馆偶然听到宪兵和隔壁客人的对话，那个只闻其声不见其人的隔壁客人，便是萧军的投影：

"在他还未出去的时候，宪兵在隔壁盘问客人的声音他又听到了。宪兵问：

"'你哪里人？'

"'辽宁人。'

"'多大岁数？'

---

① 1939 年萧军在《侧面》的基础上加写第二、三篇，更名为《从临汾到延安》再版。

"'三十岁。'

"'从哪里来？'

"'从上海来。'

"'到哪里去？'

"'到汉口。'

"'现在什么职业？'

"'书局里的编辑。'

"'哪个书局，有文件吗？'

"马伯乐听着说'有'，而后就听着一阵翻着箱子响。

"过后，那宪兵又问：

"'从前你是做什么的？'

"那人说，从前他在辽宁讲武堂读书，'九一八'之后才来到上海的。

"那宪兵一听又说了：

"'你既是个军人，为什么不投军入伍去呢？现在我国抗战起来了，前方正需要人才。你既是个军人，你为什么不投军去呢？'

"那被盘问的人说：

"'早就改行了，从武人做文人了。'

"那宪兵说：

"'你既是个军人，你就该投军，就应该上前方去，而不应该到后方来。现在我们中华民族已经到了最危险的关头。'"

萧军是否真的遭到过"你既是个军人，为什么不投军入伍"的盘诘不可知，但他一向以军人自居，对从事文学创作总有些不甘心，如在临汾车站他就对丁玲说过："我这人，好象总带点过多的罗曼感情，总觉得拿起枪似乎更要直接些。说老实话——这近乎有点自私——就是对于自己更舒服些。拿笔的工作实在太使人沉闷了啊！"[1] 因此，无论是为了军人的职责还是为了一偿夙愿，萧军都不能不上一次前线。更何况，抗战半年来他和萧红的文学事业便停滞不前了，用胡风的话说就是他们"未能写出反映这一斗争的令人满意的作品"，他们感到自己的创作跟不上战争时代的步伐了。而萧军又是相信文学必须紧跟时代步伐服务时代需求的。其实也不止萧军，那个时候作家们都热切希望写出真实反映战争的作品来鼓舞民族斗志，报告文学尤其是写前线写战场的报告文学因此受到了前所未有的欢迎和重视，但报告文学对真实性、及时性的要求远远高于其他

---

① 萧军《从临汾到延安》，山西人民出版社，1983年，第15页。

文学体裁，作家要创作前线题材的报告文学就必须上前线，因此作家们纷纷拥上前线寻找创作素材。萧军坚决留在临汾，又下定了去五台打游击的决心，多少也是想借此打破自己在创作上的僵局。这一点，1938年年底出版的报告文学《侧面》可以算一个证明。

既然决心已定，萧军便如当年计划去打游击时将妻子许氏和两个女儿从哈尔滨遣回老家并声明从此与许氏脱离夫妻关系一样，对他和萧红的婚姻也作了相似的安排："我们还是各自走自己要走的路吧，万一我死不了——我想我不会死的——我们再见，那时候也还是乐意在一起就在一起，不然就永远地分开……"萧红和许氏一样，没有反对的余地。

同炕的丁玲回房，知道二萧在争吵，就玩笑着问："你们论争完了吗？嗳呀呀……我真听腻了这些呢！"萧军郑重地回答："这不是开玩笑呢！我们常常这样为了意见不一致，大家弄得两不欢喜，所以还是各自走自己的路倒好一点……"丁玲睡着了。黑暗中萧军试着去摸萧红的脸，她闭着眼睛，眼周湿润，他的手指触到了她饱满的眼睑，她惊慌地把脸扭开了，颤抖干涩地说："睡……罢！"

次日，萧红、端木蕻良、聂绀弩、艾青、田间，还有丁玲及她的"西战团"都登上了去运城的火车。萧红满眼泪水，突然紧紧抓住了来送行的萧军的手，说："我不要去运城了啊！我要同你进城去……死活在一起罢！在一起罢……若不，你也就一同走……留你一个人在这里我不放心，我懂得你的脾气……"萧军极力安抚她，骗她说"民大"已决定成立一个艺术系了，他们这几个人中不能不留一个下来，也许很快他就会去运城跟他们会合了，再不然，就到延安去会合……[①] 当时同行诸人包括端木蕻良都以为萧红是为与萧军的暂时离别而不舍，只有聂绀弩知道不是，他知道萧军已有意与萧红分手。火车启动前，萧军在月台上和聂绀弩单独谈过话，他说临汾肯定是守不住了，"民大"乱七八糟的也不值得留恋，他叮嘱他们不要在运城逗留，直接跟丁玲到西安去。而他自己，已决定了要到五台去打游击。他嘱托聂绀弩照顾萧红，说她在处世方面什么也不懂很容易吃亏上当。至于他和萧红的将来，他说："她单纯、淳厚、倔强、有才能，我爱她。但她不是妻子，尤其不是我的！"聂绀弩闻言很惊讶，萧军解释说："别大惊小怪！我说过，我爱她；就是说我可以迁就。不过这是痛苦的，她也会痛苦，但是如果她不先说和我分手，我们还永远是夫妇，我决不先抛弃她！"[②]

---

① 萧军《从临汾到延安》，山西人民出版社，1983年，第1—6页。
② 聂绀弩《在西安》，载重庆《新华日报》1946年1月22日。

后来，萧军证实当日在临汾车站确实说过这番话，并对其中"她不是妻子，尤其不是我的"一句作了进一步解释：

"做为一个六年文学上的伙伴和战友，我怀念她；做为一个有才能、有成绩、有影响……的作家，不幸短命而死，我惋惜她；如果从'妻子'意义来衡量，她离开我，我并没什么'遗憾'之情！

"鲁迅先生曾说过，女人只有母性、女性，而没有'妻性'。所谓'妻性'完全是后天，社会制度造成的（大意如此）。

"萧红就是个没有'妻性'的人，我也从来没向她要求过这一'妻性'。

"她是反对她的家庭为她所订的'亲事'，因而逃向了北京。可是她的未婚夫——是她所卑视的、憎恶的人——竟也赶到了北京。她终于在他无耻的、狡猾的纠缠下，而使自己降伏了，而且有了身孕，竟被做为'人质'，……几乎被陷进可怕的、可耻的、黑色的……无底深渊中！

"可以这样说，在客观上她的一生是被她所卑视的、所憎恶……的社会制度；所卑视的、所憎恶的'人'……而毁灭了！"[1]

鲁迅确曾说过关于"妻性"的话，原话是"女人的天性中有母性，有女儿性；无妻性。妻性是逼成的，只是母性和女儿性的混合"[2]，也就是说，鲁迅认为"妻性"即守贞洁、三从四德等品性是封建礼教规训出来，并非与生俱来。萧军崇拜鲁迅，不可能不知道鲁迅对"妻性"是取否定态度的，但他骨子里是一个大男子主义者，他的妻子就得有"妻性"，萧红遇到他之前早已失贞，所以哪怕两人以夫妻的名义共同生活了近六年，萧红也不是妻子，不是他萧军的妻子。

对于与萧红的彻底决裂，萧军后来说既然在临汾分别时双方已经有了"约定"，而萧红又有了别人，率先提出了和他"永远诀别"，那责任就完全在萧红，"这是既合乎'约定'的原则；也合乎事实发展的逻辑，我当然不会再有什么废话可说"[3]。

① 萧军《萧红书简辑存注释录》，黑龙江人民出版社，1981年，第158-159页。
② 鲁迅《小杂感》，《鲁迅全集》第三卷，人民文学出版社，2005年，第555页。
③ 萧军《萧红书简辑存注释录》，黑龙江人民出版社，1981年，第158页。

69. 不够知己

　　丁玲年长萧红七岁，是中国现代文学史上第二代女性作家，萧红的文坛前辈。丁玲二十世纪二十年代末步入文坛，1928 年发表《莎菲女士的日记》，以细密大胆的心理描写勾勒了一个颓废病态同时又执拗、爱幻想的女青年莎菲的内心世界，这个人物身上集中了追求个性解放、憧憬自由爱情和反叛封建礼教等种种后"五四"青年的人格理想，同时她又彷徨无助苦无出路，游走在沉湎声色的危险边缘，是个复杂矛盾、极具时代性的文学形象。丁玲因"莎菲"名噪文坛，她的抱负却不仅仅在文学上，1930 年她加入"左联"，成为鲁迅旗下干将，1931 年她出任"左联"机关刊物《北斗》主编，1932 年加入中国共产党，她是女作家，同时也是女革命家。革命家的身份，决定了丁玲的个人生活不会平坦安稳，1931 年 2 月丁玲生下儿子才三个月，丈夫胡也频被杀，1933 年 5 月丁玲和第二任丈夫冯达遭国民党特务绑架拘禁，丁玲在被拘期间生下女儿，直到 1936 年 9 月她才重获自由，前往陕北。

　　丁玲曾是"左联"最有影响力的女作家，但销声匿迹三年，很多人都以为她的创作生涯结束了，如 1936 年 5 月鲁迅接受美国记者埃德加·斯诺的访问，被问到最优秀的左翼作家有哪些时，就在茅盾、叶紫、柔石、郭沫若等人之后提到丁玲，鲁迅说丁玲已经完了，萧红才是当时中国最有前途的女作家，很可能成为丁玲的后继者，而且接替丁玲的时间将会比丁玲接替冰心的时间早得多。[①]

　　作为中国现代文学史上的第三代女作家和鲁迅眼中丁玲的后继者，1938 年 2 月的萧红让初次见面的丁玲想起了很久以前的自己，"很久生活在军旅之中，习惯于粗犷的我，骤睹着她的苍白的脸，紧紧闭着的嘴唇，敏捷的动作和神经质的笑声，使我觉得很特别，而唤起许多回忆"。短期相处下来，丁玲又觉得无法理解萧红作为一个作家怎么会那样少于世故，"大概女人都容易保有纯洁和

---

①　斯诺整理、安危译《鲁迅同斯诺谈话整理稿》，载《新文学史料》1987 年 3 期，第 7 页。

幻想，或者也就同时显得有些稚嫩和软弱的缘故吧"①。在遭遇坎坷但始终坚毅刚强的丁玲看来，萧红实在是太单纯太孱弱了。这一点，萧军与她的看法完全一致，萧军在《侧面》中写到临汾分别时，不自觉地将丁玲和萧红的外表进行了比较，丁玲"大衣扣得很整齐，皮带也束扎得妥当，一个准备受检阅的小兵似的，直直地站在车厢地上，两只手插在大衣袋里，愉快地大笑，有时说话完了，就在车厢的过道中踱来踱去。对比起来，红的脸却是显得那样出奇的阴暗和惨白，无感觉似的嘴微微的张开着，看得出那是在勉强挺立着身子，直直地坐在座位上，用着身上那件过小的皮外衣，一次又一次地束裹着自己的身子，象是抵御着这夜间的寒凉。眼睛没有光彩也毫无动转地对着自己面前那火焰跳得很不安详的蜡烛——烛汁在焰心的周围很快地溶解和滴流着"②。在生机勃勃干劲十足的丁玲的衬托下，萧红显得更加苍白虚弱了，所以火车开动前，萧军找丁玲单独谈话，托她代为照顾萧红："她的身体不好！而处理一切人事又不及你熟练有把握……。并且你们是有个团体的……对于什么全要容易些……她到运城可以不必停留，就随你们到西安，她如果乐意，而后你设法把她送上去延安的车……不然就暂时住在你们团体里罢，总之不要使她一个人孤单单地乱跑……"③

就这样，萧红离开临汾，跟随丁玲和她的"西战团"在运城短暂逗留，于3月初从风陵渡过黄河，去了西安。去西安的火车上，丁玲提议作家们共同创作一个宣传抗日的话剧剧本给"西战团"排演，到西安后上演。于是，由塞克主笔、萧红端木蕻良参与意见的三幕剧《突击》诞生了，3月中旬"西战团"排演的《突击》在西安公演，轰动一时。

到了西安，萧红与丁玲交流接触的机会多了，两人熟识起来，但她们始终没能成为知心的好友，萧红和聂绀弩之间那样倾心的交谈，从来没有发生在这两个理应更容易产生共鸣的女作家之间。萧红去世后，丁玲念及这点，还不无遗憾地说："我们在西安住完了一个春天，我们也痛饮过，我们也同度过风雨之夕。我们也互相倾诉，然而现在想来，我们谈得是如何的少呵！我们似乎从没有一次谈到过自己，尤其是我。然而我却以为也从没有一句话之中是失去了自己的，因为我们实在都太真实太爱在朋友的面前赤裸自己的精神，因此我们又实在觉得是很亲近的。但我仍会觉得我们是谈得太少的，因为，像这样的能无防嫌，无拘束，不须要警惕着谈话的对手是太少了呵！"这篇写于1942年春天

① 丁玲《风雨中忆萧红》，载《谷雨》第五期，1942年延安。
② 萧军《从临汾到延安》，山西人民出版社，1983年，第18页。
③ 同上，第13页。

的文章名为"忆萧红",真正写萧红的篇幅少之又少,丁玲更多地,是借回忆萧红的酒杯,在浇自己被整风的块垒。

居留于运城和西安的那一个多月是萧红人生中的另一个重要转折点。据当时身在延安的高原回忆,他曾收到萧红的信,说自己不久也要到延安,届时可以和他面谈。但萧红最终还是没有去延安,日本学者秋山洋子在《丁玲与中国女性文学》一书中提及池田幸子曾透露萧红回武汉被问到为什么不去延安时,答案竟是她再也受不了同丁玲在一起。而丁玲也在文章中说,尽管看出了萧红对抗战以来的奔波流离感到疲倦,"不知在什么地方能安排生活",也想到了"她或许比较我适于幽美平静,延安虽不够作为一个写作的百年长计之处,然在抗战中,的确可以使一个人少顾虑于日常琐碎,而策划于较远大的。并且这里一种朝气,或者会使她能更健康些",但她最终还是没有力邀萧红去延安。她们相交太浅,经历和个性的差异过大,又因为萧军生出了嫌隙,所以没能建立起交心的友谊。这一点,从两人西安一别后再没有通过信也可略知一二,倒是端木蕻良写过信给丁玲,那是 1941 年年底,香港沦陷之前,端木信中告诉丁玲萧红已从玛丽医院出院,丁玲读信时产生了一种预感——"萧红绝不会长寿的",她将这不祥的预感告诉白朗时,"把眼睛扫遍了中国我所认识的或知道的女性朋友,而感到一种无言的寂寞,能够耐苦的,不依赖于别的力量,有才智有气节而从事于写作的女友,是如此寥寥呵"[1]。可惜,这惺惺之惜来得太迟。

① 丁玲《风雨中忆萧红》,载《谷雨》第五期,1942 年延安。

70."也许到延安去"

　　高原是萧红的旧友，早年在哈尔滨读中学时同学徐淑娟介绍认识的哈尔滨法政大学的学生。1930 年萧红离家出走到北平，高原曾于 1931 年初在同学的带领下到二龙坑西巷去看望。那年 3 月底萧红不告而别从北平返回东北，两人失去联络。1937 年 1 月高原从日本横滨搭乘邮轮"秩父丸"回国，在轮船上偶然而意外地与萧红重逢，这才知道接连出版了《生死场》《商市街》和《桥》的东北女作家就是昔日的友人张乃莹。回到上海后，萧红和高原时有往来，"八一三"之后高原要离开上海，萧红还曾去他的住处帮忙整理行装，并帮他把一条被老鼠咬破的西装长裤改成了一条像样的短裤。①

　　高原离开上海后，为与萧红保持联系，每逢地址变动他都会即时写信通知。1938 年 2 月 24 日，萧红从潼关发了一封回信到延安给高原，信中说：

　　原兄：

　　　　……

　　　　一月二十六日你发的这信，那正是我们准备离开汉口到临汾来的时候，二十七日我和军还有别的一些朋友从汉口出发，走了十天，来到临汾，这信，当然不能在汉口读到。差一点这信没有丢失，转到临汾的民大本校，而后本院，而后一个没有署名的人把您的信给我寄来了。以后不要再用乃莹那个名字了，你要知道那个名字并不出名。在学校几乎是丢了，一个同学，打开信读了一遍才知是我的，于是他写信来，把这信转给我。我现在又来到了运城，因为现在我是在民大教书了。运城是民大第三分校。这回我一个人来的。从这里也许到延安去，没有工作，是去那里看看。二月底从运城出发，大概三月五日左右到延安。假若你去时，那是好的，若不去时，比你不来信还难过。

　　──────────

① 高原《离合悲欢忆萧红》，载《哈尔滨文艺》1980 年第 12 期。

好像我和秀珂在东京所闹的故事同样。若能见到就以谈天替代看书了，若不能见到，我这里是连刊物的毛也没有的。因为乱跑，什么也没有了。看到这信，请你敢（赶）快来一个回信。假若月底我不出发就能读到了。若出发也有人替我收信。

祝好！

萧红
二月二十四日

现在我已经来到潼关，一星期内可以见到。

从信中可知，当时萧红确有去延安的行程计划，一方面她和萧军约好了在那里会合，另一方面，"七七事变"后很多追求进步的作家都从上海、北平等大都市迁移到延安和各抗日民主根据地，萧红想要"去那里看看"，多少也有顺应"文章下乡，文章入伍"潮流的意思。

高原接信后兴奋地等待萧红到来，但时间一天天地过去，萧红一直没有来。高原不知道，萧红本来是要跟丁玲和她的"西战团"一起到延安的，但"西战团"接到了不必返回延安、直接去西安开展抗日宣传工作的命令，萧红便不得不跟着去了西安。

到西安后，萧红的情绪和心理发生了变化，她渐渐从与萧军分离的痛苦中抽离了出来，对他们的感情现状也有了较为冷静理智的认识。她曾对聂绀弩倾诉与萧军的过往种种，包括遭到萧军的虐待和背叛等，她说："我爱萧军，今天还爱，他是个优秀的小说家，在思想上是个同志，又一同在患难中挣扎过来的！可是做他的妻子却太痛苦了！我不知道你们男子为什么那么大的脾气，为什么要拿自己的妻子做出气包，为什么要对妻子不忠实！忍受屈辱，已经太久了……"这些话，与萧军在临汾车站与聂绀弩说的"我说过，我爱她；就是说我可以迁就。不过这是痛苦的，她也会痛苦"一般无二，聂绀弩听了才知道，临汾一别不单萧军蓄有离意，萧红也一样，两人已经诀别过了。①

在西安期间萧红本来是有机会去延安与萧军会合的，《突击》公演期间丁玲突然被召回延安，聂绀弩同往，萧红和端木因为车子问题没有去成。半个月后，丁玲和聂绀弩从延安返回，萧军也跟来了，因战事吃紧交通中断他在前往五台

---

① 聂绀弩《在西安》，载重庆《新华日报》1946 年 1 月 22 日。

的途中滞留延安，正好遇上丁玲和聂绀弩，便与他们一道来了西安。而就在丁玲他们离开的那半个月里，萧红做出了和端木蕻良在一起的决定，萧军的到来也没能让她改变心意。

二萧的分手，在萧军的回忆中是平凡而了当的，"并没有任何废话和纠纷的确定下来了"①；在端木蕻良的回忆中却是纠结而麻烦的，他说心有不忿的萧军常常拎着一根粗棒子跟在他和萧红的身后。②无论实情如何，萧红和端木在一起之后，想离萧军远远的这一点是可以肯定的。既然萧军说他要去延安，③他们就决定不去延安了，恰好池田写信邀萧红回武汉，萧红和端木就回武汉去了。

除了要避开萧军，萧红选择回武汉而不去延安，还有另一个不容忽视的原因：在西安七贤庄八路军办事处住了一个多月后，萧红虽未到延安，对延安高度政治化的氛围却已经有了切身体会，她知道自己是不会喜欢也无法适应那里的生活的。回武汉后，和梅志聊到西安的情形，聊到丁玲，萧红对丁玲"解放的思想和生活"，"表示了吃惊和不习惯"④。

---

① 萧军《萧红书简辑存注释录》，黑龙江人民出版社，1981年，第157页。
② 端木蕻良《我与萧红》，曹革成《我的婶婶萧红》，江苏文艺出版社，2010年，第201页。
③ 实际上萧军也没有去延安，去了兰州。
④ 梅志《"爱"的悲剧——忆萧红》，载《花椒红了》，中国华侨出版社，1995年。

71. "飞吧，萧红"

对 1938 年春天萧红、萧军和端木蕻良之间情感纠葛了解最多的，除了几位当事人，应该就是他们共同的好友聂绀弩了。

聂绀弩原名聂国棪，是湖北京山人，他少时家贫，高小毕业便失学，但他读书不辍，因为在《大汉报》上发表诗词，十七岁那年得到时任国民党总部代理党务部长孙铁人的赏识，并在孙的资助下离开家乡，进私立上海高等英文学校学习。聂绀弩十九岁加入国民党，被介绍到同乡何成濬的司令部秘书处任录事，次年又前往吉隆坡投奔鲍慧僧[①]，由他介绍在一所华侨小学当了三个月国文教员，之后又到仰光办过《觉民日报》和《缅甸晨报》。1924 年聂绀弩回国，考进黄埔军校，认识了当时军校的政治部主任周恩来。1925 年，聂绀弩从黄埔军校毕业，并以第三名的成绩考取了莫斯科中山大学，在莫斯科学习了近一年半之后，又因"四一二"政变被遣送回国。留学莫斯科期间，聂绀弩开始了文学创作，回国后他便陆续在大小报刊上发表诗文。1931 年"九一八"事变，聂绀弩组织"南京文艺青年反日会"印发反日传单，他在请愿集会上散布抗日言论，又在报刊上发表反对蒋介石呼吁抗日的文章，终于遭到当局传讯，他弃职潜逃，从此脱离国民党。1931 年年底，聂绀弩经上海赴日本东京，由在早稻田大学留学的妻子周颖介绍认识了胡风，还加入"左联"，组织"新兴文化研究会"，出版宣传抗日的油印刊物《文化斗争》[②]。1933 年 4 月，刊物被封，聂绀弩被日本刑厅逮捕，在"早稻田留置场"关押了三个月，6 月，他与胡风、周颖等人遭日本当局驱逐出境，于 6 月 15 日回到上海。在上海，聂绀弩与"左联"接上关系，成为了小说研究委员会成员，1934 年因编辑《中华日报》的文学副刊《动向》，他结识了鲁迅、茅盾、丁玲等著名左翼作家，并多次与鲁迅通信、面谈。那年年底，通过鲁迅，他又认识了两位抵沪不久的东北文学青年——萧红和萧军。

---

① 即中共一大代表包惠僧。
② 出版两期后改名《文化之光》。

1934年12月19日，鲁迅在梁园豫菜馆宴客将二萧介绍给左翼文坛时，聂绀弩周颖夫妇便列席其间。据萧军回忆，当天他见到的周颖是"一位约年近三十岁，方圆脸盘，脸色近于黑的女士"，坐在她右边的聂绀弩则"脸形瘦削，面色苍白，具有一双总在讥讽什么似的在笑的小眼睛"，他"短发蓬蓬，穿了一件深蓝色旧罩袍。个子虽近乎细长，但却显得有些驼背"。初次见面，聂绀弩给萧军留下了举止倨傲的印象，萧军记得当时聂绀弩"伸出一条长胳膊把一只盛白酒的酒壶抓过去，在自己面前另一只杯子里注满了一杯白酒，接着就旁若无人地深深呷了一口"。而鲁迅给二萧简单介绍席上各人时，"这位聂先生连身子也没欠，只是哼了一声，因为他的嘴里已经在咀嚼着什么东西了"。当日的饭桌上有这样一个与聂绀弩有关的小细节：萧军看到"那位长身驼背的人"不停地往自己夫人碗里挟这个菜那个菜，而那位夫人也毫不客气，萧军觉得有趣，便也学着聂绀弩的样向萧红的碗里挟一些她挟不到的菜，这让萧红很不好意思，暗暗用手在桌下制止了他……

聂绀弩与二萧年龄差距不大，又都是鲁迅晚年往来较多的青年作家，按理说他们应该很快就能打成一片，但事实是在上海的那几年他们连见面的次数都不多，聂绀弩后来在文章中就说自己"和萧红见面比较频繁的只是很短的一段时间"①，"前前后后，不过一个月光景"②。为什么明明相识更早，二萧和聂绀弩的关系却远不如和胡风来得密切呢？除了聂绀弩个性孤傲外，二萧与他在经历和观念上天南地北的差异也是一个主要原因，萧军就曾说自己和聂绀弩"对待某一问题，某一思想，某一见解……有时有争论，有争执，有争吵……甚至到了'面红耳赤'的地步"③。因此，西北之行前，聂绀弩和二萧特别是萧红并无深厚友谊，相互之间的了解也甚少。

聂绀弩所说和萧红见面比较频繁的"一个月光景"，指的是离开临汾后他们一行人随"西战团"转移途中及抵达西安住在七贤庄八路军办事处的那些日子，颠沛流离的旅程和亲密无间的集体生活拉近了他们的距离。更重要的是，在临汾火车站听了萧军那番话之后，聂绀弩对萧红可能产生了同病相怜的同情。因为和被执意去打游击的萧军丢下的她一样，当时的聂绀弩也等于是被夫人周颖丢下了，"七七事变"后周颖就带着未满周岁的孩子去了湖北京山做妇女救亡工

① 聂绀弩《序〈萧红选集〉——回忆我和萧红的一次谈话》，《聂绀弩全集》第九卷，武汉出版社，2004年，第71页。
② 同上。
③ 萧军《我们第一次应邀参加了鲁迅先生的宴会》，《鲁迅给萧军萧红信简注释录》，黑龙江人民出版社，1981年，第100—114页。

作，加入游击队了。

羁留西安期间无事可做，聂绀弩和萧红作了几次倾心长谈。同在一个文学圈子，聂绀弩也曾一鳞半爪地听过萧军和黄源妻子许粤华的婚外情传闻，但他不是一个热衷八卦是非的人，直到听萧红讲起，他才对那些传闻的来龙去脉及二萧的感情生活有了初步了解。后来《在西安》一文中他回忆当日与萧红长谈，"朦胧的月色布满着西安的正北路。萧红，穿着酱色的旧棉袄，外披黑色小外套，毡帽歪在一边，夜风吹动帽外的长发。她一面走，一面用手里的小竹棍儿敲那路过的电线杆子和街树。她心里不宁静，说话似乎心不在焉的样子；走路也一跳一跳地。脸白得跟月色一样。"两人在马路上来回走着随意谈着，萧红说得多聂绀弩说得少，萧红讲了很多话。最后，她举起手里那根两尺多长、小指头粗细的软棍儿，告诉聂绀弩说它是她在杭州买的，带在身边已经一两年了。端木蕻良看到了想要，她不想送，只答应明天再讲，现在她打算把它放在箱子里然后跟端木说已经送给聂绀弩了，她请求聂绀弩要是端木问起就承认有这回事。聂绀弩答应了，他"知道她是讨厌 D.M. 的，她常说他是胆小鬼，势利鬼，马屁鬼，一天到晚在那里装腔作势的。可是马上想到，这几天，D.M. 似乎没有放松每一个接近她的机会，莫非他在向她进攻吗"？想起离开临汾前萧军曾叮嘱他照顾"在处世方面，简直什么也不懂，很容易吃亏上当"的萧红，聂绀弩觉得自己有责任提醒她，于是他说："飞吧，萧红！记得爱罗先珂童话里的几句话么：'不要往下看，下面是奴隶的死所！'……"聂绀弩的言外之意是要萧红专注文学创作，追求更高境界，不要再跌入情爱罗网。而萧红似乎没有完全理解他的意思，但也可能，是聂绀弩没有理解萧红的意思。

那次谈话后不久，丁玲接到了回延安述职的通知，聂绀弩决定随行，临走前的一天傍晚他在马路上碰到萧红，她执意要请他吃晚饭。到了饭馆，萧红点了两个聂绀弩爱吃的菜，又要了酒，她不吃也不喝，只隔着桌子望着聂绀弩。聂绀弩邀请萧红一起去延安，萧红说不想去，怕碰见萧军。[①]他们没再说话，萧红默默地、目不转睛地看着聂绀弩吃饭，"好象窥伺她的久别了的兄弟姐妹是不是还和旧时一样健饭似的"。聂绀弩说那是萧红最后一次含情地望着他，她的眼神，直到 1946 年他写《在西安》时还清清楚楚地记得，"好象她现在还那样望着我似的"。聂绀弩吃了三碗饭，出了馆子，萧红告诉他那根小竹棍她已经送给端木了。聂绀弩马上有了不好的预感，他问："你没有说已先送给我了吗？"萧

---

① 根据 1938 年 3 月 30 日萧红写给胡风的信，她和端木没去延安是因为车子问题，并非不想去。

红回答："说过，他坏，他晓得我说谎。"沉默片刻，聂绀弩又问："那小棍儿只是一根小棍儿，它不象征着旁的什么吧？""你想到哪里去了？"她把头望着别处否认道，"早告诉过你，我怎样讨厌谁？"聂绀弩还是不放心，他再次提醒萧红："萧红，你是《生死场》的作者，是《商市街》的作者，你要想到自己的文学上的地位，你要向上飞，飞得越高越远越好……"次日启程去延安，聂绀弩向人群中的萧红做飞翔的姿势，又用手指向天空，萧红会心地点头笑着。

半个月后，聂绀弩和丁玲带着萧军一回到西安，就看到萧红和端木从丁玲房里出来，看见萧军，都愣了一下。端木上前与萧军拥抱，"但神色一望而知，含着畏惧、惭愧，'啊，这一下可糟了！'等复杂的意义"。聂绀弩进房间，端木也跟进去，拿刷子帮他刷衣服上的尘土，低着头说"辛苦了"，在聂绀弩听来，他的意思就是"如果闹什么事，你要帮帮忙"，于是聂绀弩知道了，"比看见一切还要清楚地知道：那大鹏金翅鸟，被她的自我牺牲精神所累，从天空，一个筋斗，栽到'奴隶的死所'上了"！①

---

① 聂绀弩《在西安》，载重庆《新华日报》，1946 年 1 月 22 日。

72. "她比我还要憎恶他"

　　1980 年 6 月端木蕻良接受葛浩文的访问，谈到在西安与萧红定情的往事时，愤愤不平地否认了聂绀弩《在西安》一文中有关他向萧红索要小竹棍的叙述，在他的记忆中，事情是这样的：

　　"当时塞克喜欢做木制的鞭子，这样引起大家的兴趣，也跟着去做。萧红的学生送给她一根竹竿的马鞭，因为我当时穿一条马裤，就说，你从哪里弄来一条马鞭，我穿马裤、拿马鞭不正合适吗？可以送我吗？当时聂说应该送他，不应该送我。而聂穿长衫，拿马鞭合适吗？而且老实说，我也并不是故意要那个马鞭，我穿马裤拿个马鞭像什么呢？我只是为了好玩罢了，也不会因得了一个马鞭就多情起来。但那个聂是非常认真的，萧红觉得奇怪：你穿长衫，拿个马鞭像什么？于是她说：这样吧，我把马鞭藏在屋里，你们谁找到就给谁。大家说好吧。然后萧红偷告诉我马鞭藏在哪里，聂到现在也不知这场戏。我到屋里装着东找西找，其实早知藏哪儿了，当然聂找不到。可是他写文章，好像谁找到马鞭，萧红就属于谁的了，这我大吃一惊，当时根本就没想到这些，后来从萧军他们文章里知道，他们和聂交代，好像聂与萧红结合在一起，萧红才会得到理想丈夫，这可见他们是这样一个计划。"[①]

　　究竟是萧红不想给而端木执意强求，还是端木和聂绀弩都想要但萧红只想给端木，在端木得到小竹棍的过程上端木与聂绀弩各执一词，事实真相已不得而知，但萧红送出小竹棍和定情端木的时间实在接近，所以无论是聂绀弩的《在西安》，还是端木蕻良几十年后的反驳，都给这根小竹棍赋予了特殊含义。聂绀弩文中称萧红常说端木是胆小鬼、势利鬼、马屁鬼，一天到晚在那里装腔作势，很讨厌他，但终究抵挡不了他的连番"进攻"，栽在"奴隶的死所"上，就如她本不想送小竹棍给他但还是在他的软磨硬泡之下送给了他一样；而端木的意思则是，他对马鞭是无所谓的，跟萧红要也只是好玩，反而是聂绀弩把马鞭的意

---

① 端木蕻良《我与萧红》，曹革成《我的婶婶萧红》，江苏文艺出版社，2010 年。

义看得很重大，很认真地想要那根与他装束不搭的马鞭，结果萧红还是偏心地把马鞭给了自己，端木的言外之意是自己并没有"进攻"过萧红，是萧红在他和聂绀弩之中挑中了他。那么，萧红真的说过端木"是胆小鬼，势利鬼，马屁鬼，一天到晚在那里装腔作势"吗，她真的讨厌他吗？

萧军曾在《侧面》中写到在临汾与萧红分别时自己内心的矛盾："送她一道去运城吧！让她自己走，她会为了过度牵心我永久也得不到安宁……长个子老鲁以及其余的人她是不大能谈得来的，更是那凹鼻子杜，她比我还要憎恶他……"① 文中"长个子老鲁"指聂绀弩，"凹鼻子杜"是端木蕻良。从这段描述可知，萧军与端木间和谐融洽的气氛早已不再，因为端木在小金龙巷与特务对峙中的懦弱表现，因为他与萧红的亲昵，萧军早已对他心生怨恨，但萧红为什么要比萧军更憎恶他呢？他不是常常在她和萧军争吵时护着她吗？一天到晚装腔作势的印象又从何而来呢？萧军在《侧面》中写的一件发生在临汾的小事也许就是答案：

"一次，学校要凹鼻子杜到运城去担任'文艺指导'，因为那里也有一千多学生。可是，凹鼻子杜却发了愤怒，在院子里就叫骂起来，而且同学生们发着牢骚：

"'我要回武汉写我的第三部长篇小说去啦……谁他妈稀罕干这个……我到这里来也是为的写小说哪……'他的两支穿着骑马靴的小脚，哒哒哒……在院子里的砖地上走来走去的响叫着，拍车就也跟着小声地哒哒地响叫着……学生们笑着，装作恭谨的样子，赞成着这杜先生的主张：

"'是啊……杜先生是应该回武汉去创作您伟大的作品啦……这里有什么意思呢……我们也要不干了……'

"杜也在向学生们诉说着他在北京作学生运动的光荣：

"'……我用不到几煽动……这学校的学生们就会全跑空了……阎锡山他办这学校，是予备把你们牺牲在山西的……'

"为了发自己的牢骚，而向学生们发这种破坏的危险性的理论，使我恼怒了，我几乎要扯过他来打他的嘴巴；那时候，红在屋子里也焦急地小声骂着这个神经错乱的人：

"'杜是怎样了呀！疯了吗？怎么可以向学生们说这些呢？谁去阻止住他罢……'

"我终于压制下去自己的愤怒，深深地叹息了一口说：

---

① 萧军《从临汾到延安》，山西人民出版社，1983年，第13-14页。

"'随他去说罢！全忘了我们在临由武汉出发之前共同的约言：一切为了救亡，一切为了巩固统一战线的任务而工作！时才在学校发来"通知"的时候，我向他说："杜你应该去的……那里也需要我们去工作呢……"但他却是一只疯了的狗似的，露出尖尖的牙齿要咬伤人似的向我大叫"我怎么该去呢？我怎么该去呢？"为了院里有学生，我只好沉默地垂下头……啊！"一切为了工作"！这就是他的"工作的表现"……妈妈的……

"从那一次，这个人的印象深深地在我的记忆里就生了不良的根芽。"①

萧军的意思是，端木不肯服从学校安排去运城做文艺指导、叫嚷着要回武汉写小说的行为激怒了他，也给萧红留下了很不好的印象。但事实上，对"民大"失望是《七月》同人抵达临汾后的共同感受，他们风尘仆仆地赶来，却没有得到期待中的教授待遇。当战火催逼着他们尚未站稳脚跟就不得不撤离时，连萧军自己也说出了"民大"乱七八糟不值得留恋，让聂绀弩和萧红不必在运城分校逗留直接跟丁玲去西安之类的话，②端木只是提早道出了众人的心声。而且，如果说《七月》同人中有谁是能够理解和赞同端木的，那个人便只能是萧红，因为她也是反对作家为抗战放弃写作的。

出于被"夺妻"的怨愤，萧军很可能在写作《侧面》时夸大了自己和萧红对端木的不满。萧军认为，在处世方面什么都不懂很容易吃亏上当的萧红最后选择和端木在一起，是她继顺从汪恩甲之后又一次在"无耻的、狡猾的纠缠下，而使自己降伏了"的错误，是她的一生被"所卑视、所憎恶的'人'……而毁灭了"。③另一个例证，简而言之就是，她被端木骗了。《侧面》虽然是报告文学，有纪实性的特点，却也带有明显的个人情绪和萧军作品中常见的自夸英武的倾向，《侧面》中的端木蕻良被塑造成了英雄萧军的反面，萧军并且用轻蔑鄙夷的口吻详细描述了他的外表、衣饰、动作和声音：

"凹鼻子杜说完了这俏皮的话，也悄默地退回到自己的坐位旁边。但他并没有坐下来，两只胳膊抱起来了，两条穿着带有拍车的细腰马靴的小腿，又用着大角度的距离在叉开……。在站着的时候，他的小肚子总是喜欢挺在外面的。他的脖子并没有毛病，可是平常时候那长形的葫芦头总是更多一点离开中心线侧垂在人的左边，以致那留得过于长的'菲律宾'式的头发常常就要象梳结得不结实的女人们的鬓发垂流下来了。为了这，女人们开玩笑就也叫他作'姑娘'，但他并不为这生气的。"

① 萧军《从临汾到延安》，山西人民出版社，1983年，第19—20页。
② 聂绀弩《在西安》，载重庆《新华日报》，1946年1月22日。
③ 萧军《萧红书简辑存注释录》，黑龙江人民出版社，1981年，第159页。

"他说话总是一只鸭子似的带点贫薄味地响彻着。这声音和那凹根的小鼻子，抽束起来的袋口似的薄嘴唇，青青的脸色……完全是调配的。近来我已经几多天没有和他交谈，我厌恶这个总企图把自己弄得象个有学问的'大作家'似的人，也总喜把自己的幸福建筑在别人的脖子上的人——我不独憎恶他，也憎恶所有类似这样的可怜的东西们。"①

萧军的激愤和偏见，被后来的聂绀弩、骆宾基、梅志、胡风等人沿用到了自己的文章中，这就是有关萧红生平的又一个难解之谜——她为什么要和自己憎恶的端木蕻良在一起——成形的开始。

---

① 萧军《从临汾到延安》，山西人民出版社，1983年，第7页。

73. "也许操主动权的是萧红"

聂绀弩认为萧红和端木的关系是到了西安才发生质变的，确切地说，抵达西安不久他就感觉端木"没有放松每一个接近她的机会"，疑似在追求萧红。等他去延安走了一遭回来，看到端木萧红一同从丁玲房间出来，他就知道一切尘埃落定了。骆宾基的《萧红小传》沿用了这种说法，因此端木乘虚而入追求萧红致使二萧彻底分手的叙述便成了有关萧红和端木恋情开端的主流话语，直到1975年12月周鲸文发表《忆萧红》一文提出另一种可能性。

周鲸文说，四十年代初在香港与萧红端木过从较密的那段时间，他曾留意到端木对萧红不太关心，"端木虽系男人，还像小孩子，没有大丈夫气。萧红虽系女人，性情坚强，倒有男人气质"，因此他和妻子都认为端木与萧红的结合，操主动权的也许是萧红，"但这也不是说端木不聪明，他也有一套软中硬手法"①。周鲸文的猜测，被端木后来的自述证实。在端木的记忆中，1937年年底在武昌萧红就曾向他表示过好感，和萧红在一起是他在聂绀弩和丁玲从延安带回萧军之后，在完全被动的情况下做出的选择。

多年来萧红一直活在萧军的粗暴、忽视和背叛中，日积月累的伤痛渐渐侵蚀了她的爱，她仍然爱他，但也想保护自己不再受到伤害。文质彬彬的端木出现了，他总是护着她赞成她，还那样不加掩饰地表达对她的欣赏——萧军最吝于给予她的欣赏——他简直就是萧军的反面。朝夕相处的日子多了，萧红不自觉地向他靠近，甚至吟出"恨不相逢未嫁时"的诗句来。没有迹象表明端木回避过萧红的示好，他觉察到了两人关系微妙的变化。但正如周鲸文所说他也有他软中硬的手法，端木虽不主动，却也不拒绝。

但好感和爱毕竟不可同日而语，当萧军执意要留在临汾打游击时，据端木说，萧红担心萧军的暴躁脾气惹麻烦，曾要求他同萧军一起留下。可见直到临汾一别，萧红最在乎的人仍然是萧军。如果萧军没有执意留下，萧红对端木的

---

① 周鲸文《忆萧红》，载香港《时代批评》32卷12期，1975年12月。

好感可能很快就会烟消云散。但萧军离开了她，还明确表示想要从此分手，萧红不愿分手，到潼关时她还计划着和萧军会合，还发信给高原说自己要去延安了。但到了西安，她的感情终于发生了变化，她从离别的伤痛中抽离出来了，对自己和萧军的关系有了较清醒的认知，也慢慢接受了分手的事实。再加上，从临汾到西安的路上她和端木亲密相处的机会又多了起来，同住武昌小金龙巷时的感觉又回来了。

聂绀弩和丁玲去延安后，萧红发现自己怀孕了，她刚和萧军分手，能不能再见面还是未知之数，这个当口有了孩子，她感到恐慌、一筹莫展，想要打胎，3月30日她给胡风写信请他帮忙筹措费用，这封信六十多年后被胡风的女儿张晓风从故纸堆里捡出：

> 胡兄：
>
> 　我一直没有写稿，同时也没有写信给你。这一遭的北方的出行，在别人都是好的，在我就坏了。前些天萧军没有消息的时候，又加上我大概是有了孩子。那时候端木说："不愿意丢掉的那一点，现在丢了；不愿意多的那一点，现在多了。"
>
> 　现在萧军到延安了，聂也去了，我和端木尚留在西安，因为车子问题。
>
> 　在西北战地服务团，我和端木和老聂、塞克共同创作了一个三幕剧《突击》，并且上演过，现在要想发表，我觉得《七月》最合适，不知道你看《七月》担负得了不？并且关于稿费请传电汇来，等急用，是因为不知什么时候要到别处去。
>
> 　屠小姐好！
>
> 　小朋友好！
>
> 　　　　　　　　　　　　　萧红　端木　三月三十日
> 　　　　　　　　　　　　　　　　　塞克附笔问候
> 电汇到西安七贤庄八路军驻陕办事处萧红收[①]

从这封短信的语气可以看出，当时端木于萧红而言还只是一个可以亲近、倾诉的朋友，两人的关系并未超出友谊，而且，萧红不去延安的原因并非不想见到萧军，而是"车子问题"。

---

① 张晓风《萧红佚信一封》，载《中华读书报》，2001年1月8日。

4 月 7 日，丁玲和聂绀弩从延安返回，出人意料地带回了离队一月有余的萧军。可能是已经从聂绀弩口中得知了小竹棍的事，加上早就对萧红与端木的关系存疑，据端木说，萧军一见面就不容分说地让萧红和端木结婚，他自己要和丁玲结婚：

"萧军回来当天就对萧红和我宣布：你们俩结婚吧，他要和丁玲结婚。不晓得谁跟他说的，那我就不知道了。当时屋里好像还有一架风琴，他按了风琴，好像在想再说几句。他说：你们俩结婚吧，不用管我。当时萧红挺生气，我也挺生气。萧红说：你和谁结婚我管不着，我们俩要结婚，还需要你来下命令吗。我也奇怪，我说：我们结婚不结婚干你什么事！在这种情况下，萧红就非常生气，把他叫过去和他单独谈。本来跟我没什么事嘛，我也没想到对萧红怎么的，这是突如其来的，当然我就要考虑这个问题了：我是参与这个事，还是退出来？这已跟我发生这么密切的关系了。我想，萧红有独立人格的话，我也有独立人格的话，我们有我们自己的自由想法的话，还要你萧军来教我们吗？而且，萧红难道是一件东西？你甩给我，还是我端木找不着老婆，要你来成全这件事？这是对我们人格上的侮辱。至于我和萧红结不结婚，跟你完全不着边际，而且你这样一宣布，不等于你跟萧红分手了吗？萧红本来就有那些心理活动，当然就很气愤了。后来他们谈什么，我就不知道了。当然萧红不会说：端木，你跟我结婚，我就和萧军离婚。她当然不会这样，她要找任何人都可以找到，不一定非找我不可。

"一天夜里，他们可能明确了离婚，要把东西分开，就在吵架。我住这个房间就听他们为信件吵。萧军把萧红给他的信件都分到他那边去了。萧红就说，信件是她的，她应该拿回来，现在已经没有那种关系了。但萧军力气大拿去了。萧红说，你把信件拿来，拿来，你拿去也没用，你公布于世也没用。这事就这样过去了。

"那么在这种情况下，我当然要站在萧红这方面。实际上，我一直没有结过婚，萧红年龄还比我大，身体还那样坏，我当然也有考虑。但这种情况下，我必须与萧红结婚，要不然她会置于何地？这以后，我们就经常在一起了，关系也明确了。"[1]

萧军让萧红和端木结婚，说自己要和丁玲结婚，这既是冲动的气话，也是他的心声。尽管丁玲当时已有爱人——"西战团"的年轻团员陈明——萧军对

---

[1] 端木蕻良《我与萧红》，曹革成《我的婶婶萧红》，江苏文艺出版社，2010 年。

她有好感却是显而易见的，^①萧红听了这句话不可能不痛心。而她最不能容忍的是，在萧军的口中自己竟是一件可以任意处置的东西。萧军的火暴脾气，直接将萧红推向了端木，也将端木也推到了必须表态的关口。在二萧争吵时始终站在萧红那边的端木，在当时的情况下，势必要站在萧红一边了，尽管有些犹豫——萧红年龄比他大，结过婚生过孩子且又怀着孕，身体还那样差——但从那以后他们就"经常在一起了，关系也明确了"。

　　端木1938年4月10日、16日写给胡风的两封信，也可作为他的叙述的佐证。4月10日的信里，他先向胡风报告了自己和"萧红，萧军，都在丁玲防地，天天玩玩"，然后请胡风帮忙托人，将一套他顶喜欢的西装带到汉口，交给孔凡容，寄到兰州炭市街四十九号白危转端木蕻良。从这封信可知，萧军到西安三天后，端木还计划着和塞克等人一起去往兰州。过了六天他再次写信给胡风，又说："前次写了一信，嘱老兄将我的西装寄到兰州的事，请先不要执行，因为还是存在武汉，等着我以后再麻烦你，或许就从此不麻烦了也，一笑！"^②意思是他决定不去兰州，可能要回武汉了。是什么让端木在短短几天内改变了行程目的地呢，答案只能是他和萧红的关系发生了实质性改变，他们决定要在一起，因此要避免和萧军同行了。

---

①　萧军和萧红分手后去了兰州并很快和王德芬结婚，他和丁玲的情愫到了1940年在延安才明朗化，这段婚外恋情深深地伤害了王德芬。见萧军《延安日记1940—1945》，牛津大学出版社，2013年。

②　袁权《从端木蕻良致胡风信谈起》，载《文汇报》，2013年3月30日。

74. "三郎——我们永远分开罢"

送走去运城的萧红一行后的次日早晨，留在临汾的萧军独自醒来，没有像平常那样立刻起身，而是躺在床上任凭目光和思绪随意游荡，"红的一双矬腰的小皮靴子在屋角出现了。那是一双棕红色的她常常在爱着和夸耀着的小靴子。她每次穿起它们行路，总是故意要显得一点愉快和轻捷——她竟遗忘了它们"。看到靴子，想到萧红和昨天的离别，萧军有了"一种空漠漠的感觉，自己似乎是躺在一片无边无际的沙原上了，这里，没有水草，没有旅伴，没有亲人"……

他包起靴子，写了一封短信，托准备去运城的对门同事带给萧红，信中他说：

红：

这双小靴子不是你所爱的吗？为什么单单地把它遗落了呢？总是这样不沉静啊！我大约随学校走，也许去五台……再见了！一切段同志（丁玲）会照顾你……

祝健康！

军

萧军同时交给那个同事的，还有一个小包，里面是《第三代》的部分底稿、一部合订的《第三代》、一些材料和十几封信，是带给丁玲的。在给丁玲的信里萧军交代："如果我活着，那请再交给我；万一死了，就请把那日记和朋友们的信，顺便扔进黄河里罢。或者代烧掉它。总之，我不愿自己死了，这些东西还留在别人的眼睛里。请尊重我的嘱托。"①

萧军为什么把他最重要的东西托付给相识不久的丁玲，而不是和他共同生

① 萧军《从临汾到延安》，山西人民出版社，1983年，第22-27页。

活了多年的萧红呢？原因不难猜想，丁玲是新目标，而萧红，他已决定和她分道扬镳，从此可能不会再见了。但仅仅一个多月后，萧军就又见到萧红了，重逢同时也是正式分手的情形，在晚年萧军的记忆中是非常洒脱干净的，没有他让萧红和端木结婚自己要和丁玲结婚的情节：

"正当我洗除着头脸上沾满的尘土，萧红在一边微笑着向我说：

"'三郎——我们永远分开罢！'

"'好。'我一面擦洗着头脸，一面平静地回答着她说。接着很快她就走出去了，……。

"这时屋子里，似乎另外还有几个什么人，但当时的气氛是很宁静的，没有谁说一句话。

"我们的永远'诀别'就是这样平凡而了当地，并没任何废话和纠纷地确定下来了。"

萧军还说，这个结局，他在从延安到西安的路上就有了心理准备，只是没想到来得这样快。他估计，这"可能是萧红自己的决定，也可能是某人所主张，因为他们的'关系'既然已经确定了，就应该和我划清界线，采取主动先在我们之间筑起一道墙，他们就可完全公开而自由，免得会引起某种纠纷……。其实她或他估计错了，我不会、也不屑……制造这类纠纷的"[1]。但是根据端木蕻良的口述，当时主动提出分手的既不是萧红，萧红和萧军的"诀别"也没有萧军说的那么"平凡而了当"，而且两人明确了离婚，萧红公开和端木在一起了，萧军竟又提出要复婚，遭到萧红拒绝后，他便拎着一根粗棒子，跟在她和端木身后，走到哪儿就跟到哪儿；还有一个晚上，端木在屋里睡觉，萧军一脚踢开他的房门，要拉他去城外决斗，直到萧红听到动静，赶过来威胁他"你要把端木弄死，我也把你弄死"，他才罢休……[2]

两种叙述对比，端木蕻良记忆中的拎着粗棒子、要求决斗的萧军，比萧军笔下那个平静、没有任何废话和纠缠的自己更符合他一贯的个性和作风。复婚无望，萧军和塞克等人一起去了兰州。为摆脱萧军，萧红和端木决定再也不和他同行了，于是他们回了武汉。

4月28日，萧军抵达兰州，遇见了曾与之有过一面之缘的王德芬，并迅速坠入了爱河，相识仅一个月余，他们就在《民国日报》上刊登了"订婚启事"。随后萧军便带着新婚妻子王德芬离开兰州，于6月12日又回到了西安，这时距

---

① 萧军《萧红书简辑存注释录》，黑龙江人民出版社，1981年，第157页。

② 端木蕻良《我与萧红》，曹革成《我的婶婶萧红》，江苏文艺出版社，2010年，第201页。

他与萧红"离婚"仅两个月。萧军再婚速度之快，连丁玲也感到诧异。

二萧近六年的共同生活以各自迅速的再婚画上了句号，此后两人再也没有见过面了，西安一别成了真正的诀别。萧军曾给过萧红一个家，也曾给她数不清的痛苦和伤害。如果没有遇见他，张乃莹的人生很可能是另一番景象，她不会成为作家"萧红"，文学史上将不会有《生死场》《商市街》《马伯乐》和《呼兰河传》。他是她的青春和爱情记忆，是她生命中的一个重要篇章。

75. 友情封锁

4 月 18 日，萧红和端木蕻良启程离开西安。为了这次的离别，诗人田间特意创作了一首《给萧红——一九三八年四月十七日夜在西安，为告别萧红姊而写》：

> 中国的女人都在哭泣。
> 在生死场上哭泣，在火边哭泣，在刀口哭泣，
> 在厨房里哭泣，在汲井边哭泣。
> 呵，让你的活跃的血液，
> 从这战斗的春天底路上，
> 呼唤姊妹，提携姊妹，
> ——告诉她们，
> 从悲哀的家庭里，
> 站出来——到客堂吃饭，
> 上火线演说，去战地打靶……
> 中国的女人不能长久哭泣。

次日早晨，田间又写了一首给端木蕻良的送别诗。在年轻诗人诚挚友爱的祝福中，萧红带着开始新生活的希望与端木蕻良一起回武汉了。

4 月下旬，萧红和端木抵达武汉，①立刻去找胡风，胡风对西安发生的种种已有所耳闻，但他们不请自来，又没有提前来信，他还是感到很突然，只好请他们去饭馆吃饭，得知萧红急于见池田，就把鹿地夫妇也约来了。其时鹿地夫

---

① 1938 年 5 月 14 日的《抗战文艺》第 1 卷第 4 号上，刊登了一则《文艺简报》："萧军、萧红、端木蕻良、聂绀弩、艾青、田间等，前于一月间离汉赴临汾民大任课，临汾失陷后，萧军已与塞克同赴兰州，田间入丁玲西北战地服务队，艾青、聂绀弩先后返汉，端木蕻良和萧红亦于日前到汉。"

妇已在国民政府军事委员会政治部任职，身份与过去已经不可同日而语，连胡风也成了他们出席各种公开、私人场合的陪同和翻译。之后接连两天下午，萧红和端木都去了胡风家。第三天下午，萧红在花园的蔷薇架下跟胡风讲了他们的情况，端木远远地看着。梅志说他们的事胡风早就看出苗头了，去临汾前萧军也模糊跟胡风提过萧红和端木都想离开武汉，既然萧红无法跟萧军共同生活下去了，离婚也好。不过听了萧红的叙述，再看端木那份冷淡的以胜利者自居的样子，胡风心里很不是滋味，为萧红感到委屈。①胡风梅志都认为端木的插足导致了二萧婚姻的彻底破裂，而萧红选择端木，也只是受到屈辱和伤害后的反抗或报复，不是出于真正的爱情，"也许仅是想转换一下生活对象罢了，做得似乎是太冒险了"②。因此胡风责问萧红："作为一个女人，你在精神上受了屈辱，你有权这样做，这是你坚强的表现。我们做朋友的为你能摆脱精神上的痛苦是感到高兴的。但又何必这样快？你冷静一下不更好吗？"③

骆宾基《萧红小传》写到当时的情形也有一段类似的对话：

"萧红在武汉感到了友情的封锁，然而这并没有给她很大的威胁。当 S 在她最初安身的武汉旅馆里探访的时候，就作着下面的忠告。

"'你离开萧军，朋友们是并不反对的。可是你不能一个人独立地生活么？'

"'我为什么要一个人独立地生活呢？因为我是女人么？'萧红说，'我是不管朋友们有什么意见的，我不能为朋友们的理想方式去生活，我自己有我自己的生活方式。'"

骆宾基认为，萧红误会了 S 即胡风说这番话的真正用意，把它当作"社会向女人作的一种封建式要求"④而加以反抗，因此和胡风一家日渐疏远了。

池田幸子邀请萧红与她同住，萧红同意了，但不久池田就向梅志发牢骚说："我请她住在我家，有一间很好的房子，她也愿意。谁知晚上窗外有人一叫，她跳窗逃走了。喝，像夜猫子一样，真没办法！我真的没办法！"梅志听了想，"这可能是爱得狂热了效文君的私奔？还是真的被爱着呢？或者正因为他的一副胆怯相，一副温和的绅士派头，使她离开了粗犷的萧军？总之，我以为她这是一个任性的反拨，走向另一极端的选择。我们是说不出什么话的"⑤，她仍然不相信萧红和端木在一起是因为爱情。

---

①　梅志《胡风传》，宁夏人民出版社，2007年。
②　梅志《"爱"的悲剧——忆萧红》，载《花椒红了》，中国华侨出版社，1995年。
③　胡风《悼萧红》，载《艺谭》，1982年4月。
④　骆宾基《萧红小传》，黑龙江人民出版社，1981年，第84页。
⑤　同②。

不止胡风夫妇不看好这对新组合，几乎所有的新旧朋友都不能接受和适应这突如其来的改变，无法和他们自然相处。萧红和端木到汉口找蒋锡金帮忙解决房子问题，正好小金龙巷的房子他还租着，只是三个月没交房租了，端木交了一个月租金便住进去了，萧红也从池田幸子家跳窗逃来同住。过了些日子，蒋锡金回小金龙巷付欠下的两个月房租，顺便取些衣物，他和端木谈了一会儿打算要走，听到里间萧红问他为什么不进去，蒋锡金推门进去看见萧红盖着被子躺在床上，苍白的脸上睁着两个很大的眼睛，好像有些害怕模样。蒋锡金知道她这是要向自己公开她和端木的关系了，他觉得这是个人私事，作为朋友是没有置喙余地的。萧红流着泪，请他帮忙找医生打胎，她说自己一个人生活都很困难，不能再带个孩子把自己毁了。蒋锡金认识的医生只有于浣非——二萧初到武汉时遇见的检疫官，便建议找他来商量，萧红一听，马上大声说"不要，我不要找他，不能找他"。既如此，蒋锡金就只能劝她不要太担忧，好好把孩子生下来了。那以后，蒋锡金就没有回小金龙巷看望过萧红了，他后来回忆说，一则是忙，二则是想反正有端木在，端木有责任照顾萧红。[①]

老友张梅林的态度也很不自然，他曾是小金龙巷的常客，萧红和端木从西安回来后他却不大上门了，倒是萧红和端木常找到他那里去闲谈，或者偶尔一起去蛇山散步。据张梅林回忆，虽然他没说过什么，他异样的眼色还是落在萧红眼里了，因此有一次她直接问他："是因为我对自己的生活处理不好吗？"他回答说那是她自己的事。萧红又问："那么，你为什么用那种眼色看我？""什么眼色？""那种不坦直的，大有含蓄的眼色。"张梅林默然了。"其实，我是不爱回顾的，"萧红说，"你是晓得的，人不能在一个方式里面生活，也不能在一种单纯的关系中生活。现在我痛苦的，是我的病……"[②]

萧红口中的"病"指的是她日渐隆起的肚子，它让她不得不延迟开始新生活的计划，而那尚未开始的"新生活"又让她陷入了前所未有的友情危机之中，朋友们的疏远和有声无声的责备，在萧红看来都是因为她是女人。但事实上，萧红可能真的误会了胡风们的深意，他们并不在意她离开萧军，也不在意她立刻开始新恋情，他们反对的，是端木蕻良。

那年夏天高原从延安到武汉，通过胡风找到了萧红，见她大腹便便，端木又不在身边。作为老友，高原的心情很沉重，也很激动，他直截了当地批评萧红"在处理自己的生活问题上，太轻率了，不注意政治影响，不考虑后果，犯

---

① 蒋锡金《乱离杂记》，载《萧军萧红外传》，北方妇女儿童出版社，1986 年。
② 张梅林《忆萧红》，载《梅林文集》，上海春明书店印行，1948 年。

了不可挽回的严重错误"。萧红很不服气，反击高原说他从延安回来学会了几句政治术语就训人。① 萧红几乎所有重大的人生抉择都是"轻率"的、"不考虑后果"的，离家出走如此，与汪恩甲同居如此，与相识仅一天的萧军狂恋也是如此，而果断与萧军离婚与端木结合时她甚至都没有想到会遭到友人们的责问和排斥，当然更不可能考虑到什么"政治影响"了。高原直率地道出了胡风、蒋锡金和张梅林等人没有言明的隐忧。那么，为什么朋友们会认为萧红选择与端木结合是"不注意政治影响，不考虑后果"的行为呢？丁玲 1981 年 6 月 24 日接受美国学者葛浩文访问时说的一段话或许就是答案："我对端木蕻良是有一定看法的。端木蕻良和我们是说不到一起的，我们没有共同语言。我们那儿政治气氛是很浓厚的，而端木蕻良一个人孤僻，冷漠，特别是对政治冷冰冰的。早上起得很晚，别人吃早饭了，他还在睡觉，别人工作了，他才刚刚起床，整天东逛逛西荡荡，自由主义的样子。看那副穿着打扮，端木蕻良就不是和我们一路人。"

在那个高度政治化的年代，在人人追求进步的集体生活中，端木蕻良自由散漫、"对政治冷冰冰"、讲究服饰的性格作风自然极其刺目，容易给人留下小资产阶级知识分子的不良印象，遭到排挤甚至敌视。丁玲所说的"不是和我们一路人"这句话，说明当时端木已经被边缘化甚至敌对化了，只是他自己还不知道。萧军对端木的强烈反感有个人情绪的因素，却也能部分反映当时大家对端木的态度——"我厌恶这个总企图把自己弄得象个有学问的'大作家'似的人，也总喜把自己的幸福建筑在别人的脖子上的人——我不独憎恶他，也憎恶所有类似这样的可怜的东西们"。萧红选择端木，就意味着选择小资产阶级知识分子，就意味着放弃革命放弃进步，这自然是"不可挽回的严重错误"了。而这，大概也是聂绀弩从延安回到西安，一看到萧红和端木一起从丁玲的房里出来，就觉得萧红"从天空，一个筋斗，栽到'奴隶的死所'上了"的原因，曾与萧红倾心交谈过的他回到武汉后也只见了她一面，友情封锁的苗头，在西安就冒出来了。

---

① 高原《离合悲欢忆萧红》，载《哈尔滨文艺》1980 年第 12 期。

76. "在武汉和萧红正式结婚"

1980 年 6 月 25 日，端木蕻良向葛浩文讲述了四十多年前他和萧红结婚的往事："在武汉和萧红正式结婚。当时池田还送萧红一套衣料，这衣料还有段来历：池田到上海时生活很苦，和鹿地亘还不认识，所以她做业余舞女跳舞。她的 posture（姿态）比较吸引人，尤其又是日本女人，当时日本女人不多，所以被孙科看中了。孙科想接触她，送了她很多东西，这衣料就是孙科送的。池田说，我不想穿孙科这种人送我的衣服，就转送给你吧，你在新婚之中，一下子也来不及去买。我们考虑，东西是要接受的，但我们也不愿穿孙科送来的东西。这时我的一个嫂子，连夜给萧红缝了一件礼服。当时参加我们婚礼的人很少，因为很多朋友到重庆去了。"①

后来，钟耀群在《端木与萧红》一书中又对端木和萧红的婚礼作了更多更详细的描述：端木和萧红回武汉不久，端木的三哥曹京襄就从浙江上虞赶到了武汉，与他当时尚在武汉大学读书的女友刘国英订婚。刘国英的父亲刘镇毓是交通部邮政总务司司长，因此订婚酒宴场面盛大而热闹，报纸上还登了大大的订婚启事，不过萧红没有出席曹京襄的订婚宴，② 只有端木独自参加。办完订婚宴曹京襄要赶回上虞，听端木说要和萧红结婚，他马上表示反对，说萧红年龄大又结过婚还怀着别人的孩子，母亲一定不会同意。端木不管，只说母亲反对就不告诉母亲。曹京襄无奈，临走前留下一笔钱，给弟弟结婚用。5 月下旬，端木和萧红在汉口大同酒家办了婚宴，三哥不在，未过门的三嫂刘国英帮了不少忙，除和同学窦桂英一起连夜为萧红缝制旗袍外，还极力说服了自己的父亲刘镇毓给端木和萧红当主婚人。结婚当日，萧红穿着刘国英为她赶制的红纱底金绒花旗袍，端木穿着浅驼色西服打着红领带，出现在汉口大同酒家婚宴上时，

① 端木蕻良《我与萧红》，曹革成《我的婶婶萧红》，江苏文艺出版社，2010 年，第 202 页。
② 钟耀群书中说萧红因为和池田幸子事先约好参加一个活动，在江那边一时赶不过来，所以未能出席端木三哥的订婚宴。这个解释很牵强，萧红未能出席订婚宴的原因不难猜想。

两人看起来都是又漂亮又文雅。参加婚宴的亲友不多，除了刘国英的亲友，便只有文化界的朋友胡风、艾青等少数几人，宴席上刘国英就坐在胡风旁边，胡风还时不时和他们开玩笑，为她夹菜……①

萧红和端木真的举行过婚礼吗？为什么她去世后的几十年里，在许广平、萧军、胡风、梅志、聂绀弩、张梅林、蒋锡金、高原、白朗等等几乎所有友人写的回忆文章里，都没有一个字提及她的人生中曾有过一次婚宴？也许甚至连她自己也没有提过，因为骆宾基根据她的讲述撰写《萧红小传》，一直将从未举办任何结婚、离婚仪式的她和萧军称为"夫妇"，将端木蕻良称为她的"同居者"。正如萧红与汪恩甲的兄长那场不为人知的离婚官司一样，萧红与端木蕻良的婚礼，如果有过的话，也被有意遗忘了。

但端木蕻良坚称他和萧红办过婚宴，他两次向《萧红传》的作者、美国学者葛浩文肯定自己在武汉与萧红正式结过婚，并一一细述婚礼细节和到场的宾客。葛浩文相信"即使此后的端木和萧红之行为、言论偶尔不像一般的夫妇，但这都不能否定他们结了婚一事"。②1995年5月，已经八十三岁的端木在北京家中接受学者孔海立的访问时，再次申明他和萧红是正式结过婚的。而端木蕻良的侄子曹革成在1996年8月2日接受学者孔海立的访问时，还解释说当日端木之所以坚持要和萧红举行婚礼，就是要对她负责任，因为他认定萧红屡遭背弃伤害的原因就是没有举行过正式婚礼没有名分，男人可以不受约束地与其他女人谈情说爱。因为萧红不愿去政府机关办理结婚登记手续，他们才因陋就简在大同酒家办了婚宴。孔海立《忧郁的东北人端木蕻良》一书还引用了一篇题为《文坛驰骋联双璧》③的文章中描述的婚礼细节，说当时胡风为活跃婚礼气氛，提议让新郎新娘谈谈恋爱经过，萧红说："张兄，掏肝剖肺地说，我和端木蕻良没有什么浪漫蒂克式的恋爱历史。是我在决定同三郎永远分开的时候我才发现了端木蕻良。我对端木蕻良没有什么过高的希求，我只想过正常的老百姓式的夫妻生活。没有争吵、没有打闹、没有不忠、没有讥笑，有的只是互相谅解、爱护、体贴。""我深深感到，像我眼前这种状况的人（指她当时正怀有萧军的孩子），还要什么名分，可端木却做了牺牲，就这一点我就感到十分满足了。"④而据另一篇《萧红遗物的几点说明》，当日的婚礼上萧红还送了四颗南国相思红豆给端木作为定情信物，这四颗红豆分别装在橘黄色的丝袋和薄牛皮纸

① 钟耀群《端木与萧红》，中国文联出版公司，1998年。
② 葛浩文《萧红传》，复旦大学出版社，2011年，第96页。
③ 这篇文章署名"国兴"，发表在《铁岭师专学报》1994年第1期第39页上。
④ 孔海立《忧郁的东北人端木蕻良》，上海书店出版社，1999年，第99页。

信封里，各两颗，是从前鲁迅和许广平送给她的礼物。①

多年来，由于端木口中那些参加过婚礼的宾客的缄口不提，萧红和端木是否真的正式结过婚举办过婚礼成了一个谜。但一个有意思的小细节是，胡风后来写《悼萧红》时称端木蕻良为"那个 T"，梅志写《"爱"的悲剧——忆萧红》时称他为"那个朋友""D"或"D 君"。但在梅志根据胡风日记所作的《胡风传》一书中，写到 1938 年 8 月 13 日胡风在汉口三教街碰到萧红，"看到萧红那高挺的肚子，男人丢下她不管，实在使他气愤，也感到悲惨凄凉。前不久，端木的三哥曾大宴宾客举行订婚礼，席上的女客们在笑谈着昆明见、重庆见的话。难道这人竟连一个弟媳妇都不能携带着离开武汉"②?"弟媳妇"这个词，说明胡风、梅志虽然反对萧红的选择，绝口不提萧红和端木的婚礼，实际上却已经将他们视作夫妻了。

① 倪美生《萧红遗物的几点说明》，载《北方论丛》第 4 辑。
② 梅志《胡风传》，宁夏人民出版社，2007 年。

77. 端木的第一宗"罪"

1937 年年底南京沦陷，武汉一度有成为前线的趋势，从上海等地内迁至武汉的人们陆续向西赶往重庆或昆明，但 1938 年 4 月的台儿庄大捷又让一部分抵达重庆的人看到了抗战胜利的希望，回到武汉来了，冯乃超的夫人李声韵就是这些人中的一个。可惜不久徐州就失守，武汉再次告急，6 月 27 日国民政府军事委员会颁发《抗战一周年宣传大纲》，提出了"保卫大武汉"的口号。但据蒋锡金说，当时越是上层人士越不相信口号不相信武汉能守住，于是由达官要人带头，政府机关、工厂企业都开始西迁，"中华全国文艺界抗敌协会"的总会和"军事委员会政治部第三厅"也都在筹备迁往重庆的事宜，文人作家有路可走的也都扶老携幼地走了。

一天下午，蒋锡金位于汉口三教街的住所突然迎来了带着铺盖卷和小提箱的萧红，她说要搬过来住，蒋锡金问端木呢，她说去重庆了。蒋锡金将萧红留下，给她分析了房子的情况：楼下两间住的是赵惜梦（原《大光报》的社长和主笔）一家；楼上两间由孔罗荪租用，后间本来是一位体育新闻记者在住，他搬去重庆后就空着。为了防止住进闲杂人等，蒋锡金向老舍建议由文协租下作为对外联络的场所，那里常有人来往，夜里经常有人借宿，有时还有人来打小麻将，冯乃超夫妇就在里面丢过钱，所以那间房太嘈杂，没法住；蒋锡金他们住的前间只有一张双人床，他和罗荪睡，冯乃超在的时候他们三个就打横睡，用长藤椅垫上书本搁脚，也没法让萧红住。萧红听了，只说："我住定了，我睡走廊楼梯口的地板，去买条席子就行。"蒋锡金不同意，说那里人来人往的她睡不稳不说，别人行走也不方便。但萧红不听，向他要了席子，打开铺盖一铺，就躺下了。蒋锡金一看，她的被褥、床单和枕头都是他留在小金龙巷的，她的肚子很大样子很疲惫，便只好说你先休息吧，这事还得等孔罗荪回来商量。孔罗荪回来后，三人一同吃晚饭，孔说既然想不出办法那就让萧红住下吧。萧红就这样住下来了，她成天在地铺上躺着。

蒋锡金还记得，武汉夏天很热，有一次几个朋友让他请客饮冰，他没钱，萧红却一轱辘从地铺上爬起来说我有钱我请，大家高高兴兴去了一家新开的饮冰室，各自要了刨冰、冰激淋和啤酒，吃了大概两元多钱。萧红从手提包里拿出一张五元钞票结账，女侍者送回多余的钱时，她竟挥挥手说不要了。蒋锡金埋怨她花钱大手大脚太阔气，萧红却说反正那是她最后一点钱了，两元多钱留着也派不上什么用场。蒋锡金不放心身无分文滞留武汉的萧红，就去生活书店向曹谷冰借了一百元，又去读书生活社向黄洛峰借了五十元，他告诉他们这是代萧红借的将来由她用稿子还，如果她不还他就自己用稿子还。钱拿回来交到萧红手上，蒋锡金又叮嘱她要好好保存不能乱请客，萧红苦笑着收下了。蒋锡金去找冯乃超，让他设法把萧红送走，冯乃超说李声韵过几天也要去重庆了，让她们俩结伴走吧，蒋锡金这才放下心来。①不久他就启程去了广州，从此和萧红再没见过面。

1938年夏天大腹便便的萧红在汉口三教街孔罗荪、蒋锡金的住处打地铺的往事，留在了很多人的记忆里。高原后来也谈到那年他为了寻找自己的组织关系联系人从延安到武汉，通过胡风，他找到了"怀着很重的身孕，穿着一件夏布的长衫"的萧红。她的床铺就安置在楼梯边的地板上，天气很热，她便坐在席子上和高原谈话，地上还摆着一盘未燃尽的蚊香。当时萧红已经囊空如洗，高原便把自己仅有的五元钱留给了她。谈到端木，高原听人说他脸上有明显的天花疤痕，萧红便拿出她和端木的合影给他看，高原觉得萧红的神情很不自然，也不愉快，似乎不愿多谈端木，因此他猜想端木已经不在萧红身边了，否则萧红怎么会困窘到如此地步呢！没多久，萧红告诉高原她要离开武汉了，还拿出当晚九时开往重庆的船票给他看。那天晚上，高原办完事赶到码头想给萧红送行，结果找遍整艘船也没找到萧红，直到船要启航了他才失望地随着送行的人们下船，从那以后他就再也没有见过萧红。②

同样在三教街见过萧红的还有胡风，据《胡风回忆录》记载，8月13日上海抗战周年，他到三教街，见冯乃超夫妇和萧红都在，才知道萧红还没有走，"端木将她一人留下自顾自先走了。她身体已显笨重，一个孕妇无人照管，怎么行呢？问她有什么困难，她说将随乃超夫人一道撤退，我才放了心"③。后来梅志写到这件事，又增添了一段萧红和胡风的对话："在无人的时候，胡风问萧红：'怎么，端木不和你在一起？'她扁扁嘴说：'人家从军去当战地记者

① 蒋锡金《乱离杂记》，载《萧军萧红外传》，北方妇女儿童出版社，1986年。
② 高原《离合悲欢忆萧红》，载《哈尔滨文艺》1980年第12期。
③ 胡风《胡风回忆录》，人民文学出版社，1993年，第112页。

了。'……萧红掩盖着内心的痛苦告诉胡风，乃超让她随自己的妻子一同走。"① 但这段对话与事实不符，端木是在当战地记者的希望落空之后才决定去重庆的。这一点，有当时和他同一艘船前往重庆的张梅林作证。张梅林写于 1942 年春天的《忆萧红》大概是最早回忆武汉保卫战中端木先行入蜀将萧红独自留在武汉之事的文章，文中说："7 月间，武汉开始紧急，萧红的'病'越发沉重，我们相约一同去重庆。但在 8 月初旬将上船那天，萧红因了有直达的船落后了，我同罗烽和未实现充当某报战地记者的愿望的端木蕻良先到了重庆。"② 根据张梅林所述，萧红是为了乘直达的船才落在了端木后面。

骆宾基后来写《萧红小传》，对张梅林《忆萧红》中这段文字进行引申，变为"等到船票拿到手，武汉已极度恐慌的时候，T 君向 M 要求了：'萧红不走啦！她要留一些日子另外等船。'而他却把船票作为己有和 M、F 启程去川了。因为他的战地特派员的梦想，没有实现"③，T 君是端木蕻良，M 和 F 分别指张梅林和罗烽，在骆宾基笔下，端木先行的性质已经发生了改变。

萧红去世后，端木蕻良一直因为曾弃她于战乱中的武汉不顾而饱受诟病。1980 年 6 月 25 日他在访谈中向葛浩文详述了当时的情形：

"当时，我们俩稿费和版税足以维持生活，但当时是抗日高潮，因此我想到《大公报》王芸生那儿做一名战地记者，反映前线的情况。本来《大公报》已答应我做本报随军记者，但国民党撤退很快，没有去成，就决定去重庆。

"本来是准备与罗烽、白朗、萧红我们一起走的。但罗烽去买票没有买到那么多票，白朗和罗烽的母亲先到了重庆的江津。罗烽后来又买到两张票，萧红就说，她和罗烽一起走不合适，票又是罗烽买的，因此要我和罗烽一起走。当时白朗已走，萧红肚子又大，她和罗烽一起走是不大合适，万一路上出点儿差错不好办。我去托田汉的爱人安娥，她说她有办法，萧红和她一起走。这样安娥是女的，我就放心了。

"我和罗烽到重庆，我就等萧红。但我走后，安娥并没有弄到票，因为当时非常紧张，好像《卡萨布兰卡》那个电影一样，买票非常紧张。萧红来信说：安娥没有弄到票，但我是有办法的，因为大家都走武汉，不会把她扔下。"④

将端木蕻良的讲述与蒋锡金、张梅林以及孔罗荪的回忆相对照，不难推断，端木先行的原因大抵就如他所说是船票紧张无法二人同行，萧红怀孕不方便与

① 梅志《胡风传》，宁夏人民出版社，2007 年。
② 张梅林《忆萧红》，载《梅林文集》，上海春明书店印行，1948 年。
③ 骆宾基《萧红小传》，黑龙江人民出版社，1981 年，第 85 页。
④ 端木蕻良《我与萧红》，载曹革成著《我的婶婶萧红》，江苏文艺出版社，2010 年。

罗烽一起走，所以端木与罗烽先行，萧红再与女伴一同上船。这是不得已的对策，可能萧红也的确要求过端木先走，但当她身怀六甲滞留在炮火纷飞的武汉，身上又囊空如洗时，内心不可能没有怨言，不可能不对新婚的伴侣感到失望。而等到她好不容易与李声韵买到票上船，行至宜昌李声韵又突然大咯血被送到当地医院，萧红送她到医院后赶回码头，发现船已开走只能等下一班，萧红被缆绳绊倒，挺着肚子动弹不得，只能躺在地上。过了很久，才被过路人扶起，然后她又独自挨过了剩下的行程，所以抵达重庆后她曾哀怨地对友人说："我总是一个人走路，以前在东北，到了上海后去日本，现在到重庆，都是我自己一个人走路。我好像命定要一个人走路似的……"① 所以《萧红小传》里，骆宾基问萧红到重庆后是否想过离开端木，换一种方式生活，萧红回答："想是想的，可是我周围没有一个真挚的朋友……"②

至于萧红滞留武汉时的身无分文，1992 年 8 月 2 日端木蕻良被孔海立问到这个问题时显得很尴尬，他说自己从来不过问钱财之事，"拿了工资就全部交给萧红，然后就再也不过问。有关家政之事都是萧红管理的，萧红安排他的生活，萧红给他零用钱"③。也就是说，端木蕻良离开武汉时，可能根本不知道萧红身上有没有钱，有多少钱。此说乍看不可思议，但联系到端木蕻良的个性以及周鲸文对他"虽系男人，还像小孩子，没有大丈夫气"④ 的评价，可信度还是很高的。

---

①　张梅林《忆萧红》，载《梅林文集》，上海春明书店印行，1948 年。
②　骆宾基《萧红小传》，黑龙江人民出版社，1981 年，第 88 页。
③　孔海立《忧郁的东北人端木蕻良》，上海书店出版社，1999 年。
④　周鲸文《忆萧红》，载香港《时代批评》32 卷 12 期，1975 年 12 月。

78. 理想中的文艺咖啡馆

端木和张梅林、罗烽上了开往重庆的船，萧红本计划与之同行的田汉夫人安娥却暂时不走了，她只好到汉口三教街找蒋锡金，在他和孔罗荪住处的楼梯口打地铺住下，打算等买到票再和冯乃超的夫人李声韵一同出发。

孔罗荪和萧红颇有渊源，他本是上海人，1928 年因为父亲调任哈尔滨电报局而到哈尔滨，进了道外五道街邮局工作。他爱好文学，业余常向《国际协报》《晨光报》投稿，还与《国际协报》副刊编辑一起办过"蓓蕾社"，编辑过副刊《蓓蕾》。在哈尔滨期间，孔罗荪曾与萧红当时的同窗好友沈玉贤等人一起办"寒光剧社"，排演田汉的《湖上的悲剧》并担任主演，同样在剧中担任主演的还有萧红的校友、哈女中的学生周玉屏。1932 年 9 月，她和孔罗荪结婚，之后两人一起离开了哈尔滨。据周玉屏后来回忆，在校时她和萧红只是见面打招呼的交情，从来没有坐下来深谈过，也没有一起玩过。①1937 年在武汉意外重逢，彼此都感到非常欣喜。1937 年年底周玉屏带着孩子去了重庆，孔罗荪位于汉口三教街的两间房子就空了一间，变成了文协在汉口的联络地。据他说，武昌大轰炸的第二天萧红和李声韵就带着她们的行囊搬过去和他们同住了。那段共处时光，在孔罗荪的记忆中是不乏趣味的，他们常常在轰炸时凭窗望着敌机投弹，望着武昌、徐家棚一带的大火，有时候夜袭，他们还煮咖啡开一次晚会。战时无常的聚散，让滞留在三教街的他们变得更亲密了。

起初，三教街这间临时"收容所"里的生活相当舒适有序，因为有一个女仆烧饭打杂，但没过几天女仆就偷了客人一笔巨款逃跑，没人给他们做饭了，同住的宇飞、冯乃超和蒋锡金经常不在家，剩下的萧红、李声韵和孔罗荪三人只好自己解决吃饭问题。他们往往是吃午饭的时候就在计划着晚餐的节目了，锦江的砂锅豆腐、冠生园的什锦窝饭都是他们物美价廉的食物。逢到精神好的时候，萧红还买来牛肉、包菜、土豆和番茄烧一锅汤，三个人就着汤吃面包，

---

① 周玉屏《我的怀念》，载《萧红印象·记忆》，黑龙江大学出版社 2011 年。

那是他们最丰盛最富有风味的午餐。

吃饱喝足之后，常常是漫无边际的闲谈。萧红健谈，她一边抽烟，一边讲自己的计划和幻想："人需要为着一种理想而生活着。"说这句话的时候，烟雾在她的面前散漫开来，就像她朦胧的憧憬。

"即使是日常生活上很琐细的小事，也应该有理想。"她继续说。

孔罗荪悠闲地斜躺在租来的长沙发上说："那么，我们就来谈谈最小的理想吧。"

萧红提议到重庆后大家一起开一座文艺咖啡馆，她认真地强调："这是正经事，不是说玩笑。作家生活太苦，需要有调剂。我们的文艺咖啡一定要有最漂亮、最舒适的设备，比方说：灯光、壁饰、座位、桌子上的摆设、使用的器皿等等。而且所有服务的人都是具有美的标准的。而且我们要选择最好的音乐，使客人得到休息。哦，总之，这个地方是可以使作家感觉到最能休息的地方。"

孔罗荪和李声韵沉默了，三人都沉浸在美好的幻想之中了。李声韵忍不住问："这不会成为一间世外的桃源了吗？"

"可以这样说。"萧红肯定地回答，"要知道桃源不必一定和现实隔离开来，正如同现实主义，并不离弃浪漫主义，现实和理想需要互相作用的……"她还告诉他们，她在报纸副刊上看到过一篇题为《灵魂之所在咖啡室》的文章，说马德里《太阳报》报馆里有一间美丽的咖啡室，专供接待宾客及同事之用。四壁都是壁画，上面画了五十九位欧洲古今的名人，每一个人物都能表现出他自身的个性和精神，这些生动的壁画，可以使它的顾客沉湎于这万世不朽的人类文化所寄托的境界，顿起追崇向上之心。她说："你们看，我们的灵魂难道不需要这样一个美丽的所在吗？"兴奋染红了萧红的脸颊，她呛咳起来，休息了片刻又感叹道："中国作家的生活是世界上第一等苦闷的，而来为作家调剂一下这苦闷的，还得我们自己动手才成啊！"①

萧红的那声叹息，和美国作家史沫特莱后来对她的生活境况的描述如出一辙，史沫特莱说香港时期的萧红"同现代中国大多数作家一样，生活穷困潦倒。这些作家挣得的钱只够维持苦力阶级的经济生活水平"②。其实，香港时期已经算是萧红自 1930 年离家出走后过得最安稳的一段日子了。一连好多年，无论是在物质还是情感上，她都是一个赤贫的人，贫穷牵制了她的自由，愁闷桎梏了她的灵魂，但身为一个作家她不能萎败，她必须挣脱那种赤贫的状态，过一种

① 孔罗荪《忆萧红》，《最后的旗帜》，重庆当今出版社，1943 年。
② 史沫特莱《中国的战歌》，新华出版社，1985 年，第 460 页。

有理想有要求、能滋养灵魂的生活，所以她告诉孔罗荪他们，"即使是日常生活上的很琐细的小事，也应该有理想"，所以她对张梅林说"人不能在一个方式里面生活，也不能在一种单纯的关系中生活"，所以她对白朗说"贫穷的生活我厌倦了，我将尽量去追求享乐"①，她一直在表白拯救自己的决心，推己及人，她亦希望同样生活苦闷的同道们能够在一间美好的"文艺咖啡室"里安置他们疲惫的灵魂。

可惜，这个梦想注定只能是个梦想，一来如孔罗荪所说，文人没有资金，而商人的资金自有其去向，绝没有为诗人造一方安顿灵魂的处所的可能；二来，即便文人有资金，在当时的社会氛围中也绝没有去开一家富于罗曼蒂克色彩的咖啡馆的可能。萧红不是不清楚，但抵达重庆后每次见面，她还是会絮絮地和孔罗荪提起她的梦想，"仍然是兴味多于惋惜的"②。

---

① 白朗《遥祭——纪念知友萧红》，原载《文艺月报》第十五期，1942 年 6 月 15 日。
② 孔罗荪《忆萧红》，《最后的旗帜》，重庆当今出版社，1943 年。

79. "我将孤寂忧悒以终生"

端木蕻良一到重庆，就受当时复旦大学教务长孙寒冰之邀，到由上海江湾内迁至重庆北碚黄桷树的复旦大学任教了。他同时还和贾开基一起编辑复旦《文摘》副刊，被安排住在昌平街黎明书店楼上的《文摘》门市部，那是个单身住所。彼时重庆成了新的战时政治、军事、文化中心，到处都是逃难来的人，房子非常难找。萧红到重庆之后端木只能先将她安置在友人范士荣家，而逃出了炮火轰炸的武汉的萧红，此时距离她渴求的安稳生活还有一道重要的坎，那就是生孩子。

端木蕻良后来说，当时萧红考虑到自己就要临产而他毫无经验，居住的地方离城远找大夫不易，两人刚到重庆人地生疏语言也不通等种种因素，便想到江津白朗那里去生孩子。白朗和罗烽都是萧红多年的好友，罗烽的母亲也在江津，萧红去那里待产，能得到较为妥善的照顾。后来的事实证明，到江津去生产是一个明智的决定，因为就在萧红生完孩子不久的 1939 年 1 月，同样来到重庆的梅志为了生女儿，坐着滑竿跑遍了大半个山城也没有找到一家肯接收她的医院，后来还是一个同乡医生同情她，去旅馆给她接了生。[①]就这样，在重庆住下没多久，萧红又独自挺着肚子坐船去了江津投奔白朗。

萧红在江津待产时情绪低落，据白朗回忆，她"似乎有着不愿告人的隐痛在折磨着她的感情"，连欢笑都让人感到是一种忧郁的伪装。和 1935 年夏天在上海萨坡赛路时一样，萧红虽然整天与友人同吃同住，却没有向她敞开心扉尽情倾诉过。她还变得非常暴躁易怒，有两三次为一点小事跟白朗大发脾气，直到理智恢复才慢慢沉默下去。更让白朗意外的是，有一次萧红竟然对她说了一句很"不正确"的话："贫穷的生活我厌倦了，我将尽量地去追求享乐。"后来她坐完月子离开江津，又凄然地对白朗说："莉，我愿你永久幸福。"当白朗回答"我也愿你永久幸福"时，萧红苦笑道："我会幸福吗？莉，未来的远景已经

---

① 梅志《"爱"的悲剧——忆萧红》，载《花椒红了》，中国华侨出版社，1995 年。

摆在我的面前了，我将孤寂忧悒以终生。"①

萧红去世后白朗回忆在江津与她共处的日子，记起临别前的这番话，很自然地将萧红的忧郁归结为与萧军分手留下的伤痛，和"爱上了一个她并不喜欢的人"的不幸。但梳理相关史料不难推论，产前的萧红有着比爱情更大、更切实的忧郁之源，那就是她肚子里即将降生的孩子。她戏剧性地在和萧军分手后发现怀孕，几度想打胎都没有打成，在宜昌码头上跌倒时她曾祈祷过跌掉孩子，结果没有。临盆在即她不能不为自己和孩子的将来烦恼，不能不想到这个不合时宜的孩子出生后将会成为她沉重的负担，甚至毁了她的人生；至于产后的凄然和"未来的远景已经摆在我的面前了，我将孤寂忧悒以终生"的断言，则更可能与那个出生仅三天就非正常死亡的孩子有关。萧红曾有两次做母亲的机会，都是在与腹中孩子的父亲分手、与新的爱人在一起之后，1932 年出生的女婴，出生六天没有吃上一口母乳就被送给了陌生的妇人；而 1938 年诞生在江津的男婴，毋庸讳言，极可能是夭折于无法也不愿抚养他的母亲的手上。萧红的内心有着与外表不一致的坚硬和决绝，当她迫切想要摆脱某种她无法再容忍的处境时，常常表现出常人无法企及的果断和干脆，从福昌号屯离家出走时的彻底，和萧军分手时的坚决，两次割舍母子之情时的绝情，都是她对扭转人生轨迹、奔赴新生活的强烈欲望所致。她的坚硬和决绝成就了她，也损伤了她，她身边一个亲人都没有了，她说自己将要孤寂忧悒以终生，指的或许就是这个。

萧红去世三个月后，白朗写《遥祭——纪念知友萧红》怀念她，想到她临别前那句"我将孤寂忧悒以终生"的预言，不禁悲叹："如今，红已安息在地下了，当她与生诀别时，是否如她的预言一样呢？我无由得知，更欲问无从了！"而据骆宾基的《萧红小传》所言，萧红临终前也确曾对他提起当年在哈尔滨生下的女婴，"她怀念地沉思着：'但愿她在世界上很健康地活着。大约这个时候，她有八九岁了，长得很高了'"②。

① 白朗《遥祭——纪念知友萧红》，原载《文艺月报》第十五期，1942 年 6 月 15 日。
② 骆宾基《萧红小传》，黑龙江人民出版社，1981 年，第 31 页。

80. 二人世界

绿川英子和池田幸子有着相似的人生轨迹：抗战前从日本到上海，为生计当过舞女，抗战爆发流徙到香港，1938 年又以反战日本人的身份到国民党政府机关任职。她们所不同的是，绿川英子的丈夫是她在日本认识的中国留学生，而池田幸子的丈夫则是她在中国认识的日本人。

1937 年在上海时，绿川英子曾做过萧红一个多月的邻居，那是"八一三"之后，她刚到中国不久，战争的炮火迫使她从法租界的这一隅逃到了那一隅，住进了萧红和萧军当时所在的家庭旅馆。绿川英子后来回忆，为了避人耳目，在上海时她没有拜访过萧红，"每天只在灶披间烧饭洗衣服的时候，看见过她几回衔着烟嘴的面孔，或听见过她在楼上的谈话声"。

1938 年 10 月 25 日武汉陷落，绿川英子、池田幸子等人随政府机关转移到了重庆。这时重庆各个角落已被四面八方逃难来的人们充满，一房难求，池田幸子便邀请绿川英子住进了她位于米花街小胡同的家。当时池田怀有身孕，鹿地亘又长期在外地工作，一听说萧红也在重庆，池田又把萧红也邀来同住了。就这样，1938 年 12 月绿川英子在重庆正式认识了萧红。

一年多后再见，萧红在绿川英子看来也只不过是社会中通常的所谓"女作家"，写优雅的文章，过罗曼蒂克的生活，以女色出现于文坛，随着女色的消逝而消逝于文坛。但在不见日光的重庆米花街小胡同共同生活了一段时间后，绿川英子对萧红的印象改变了，也具体了，她们"日里在重庆所具有的享乐生涯中度过，夜里就又落在不与战争相关的闲谈中"。在这些场合中，萧红是一个善于抽烟善于喝酒善于谈天善于唱歌的必不可少的角色，而另一方面，她又常常为临盆期近、不便自由外出的池田煮她拿手的牛肉，像亲姐妹一般关心地同她闲谈。不过，比起从短暂相处中得来的感性认识，绿川英子更加认同池田幸子对萧红的评价——"进步作家的她，为什么另一方面又那么比男性柔弱，一股脑儿被男性所支配呢"？所以，对萧红离开米花街小胡同后的生活，绿川英子的感受是"正如我所担心的，这并没有成为她新生活的第一步。人们就不明白端木为什么在朋友面前始终否认他和她的结婚。尽管如此，她对他的从属性却是一天一天加强了。看见她那巨大的圆眼睛，和听见她那响亮的声音的机会也就日渐减少。于是不久之后，他们就在北碚自囚在只有他们两人的小世界中。专心于创作吗？——谁也无从知悉"。①

在绿川英子看来，萧红沉溺于二人小世界，脱离原来的朋友圈子，脱离广阔的现实世界，无疑是身为"进步作家"的她的退步。但在梅志的回忆文章中，事实却是池田幸子生下女儿后萧红常常带着端木去"打扰"他们，池田幸子很生气，甚至背着萧红对梅志大发牢骚说，说自己没有保姆不行，没有朋友可以。②从那以后，萧红和端木才在池田家绝迹的。绿川英子见到萧红的次数减少，并不仅仅因为萧红沉溺于二人世界，也因为她和她的友谊对昔日的友人来说已属多余。

萧红在米花街小胡同池田幸子家住了一些时日，便和端木搬到了重庆风景区歌乐山最高峰灵庙上一家叫乡村建设的招待所。歌乐山风景优美，但生活不便，首先是耗子奇多，有些甚至追打着掉到帐顶上，萧红每每被吓到惊叫，其次则是歌乐山与端木任教的复旦大学所在地北碚黄桷树相距甚远，交通也不便利，于是端木便请孙寒冰帮忙设法，孙很快就为他和萧红找到了两间位于黄桷树山下苗圃的房子。绿川英子说的"自囚在只有他们两人的小世界中"，指的大约就是萧红和端木搬到黄桷树后的事。从那时起，萧红与端木确因种种原因与往日的友人疏远了：1939 年 6 月 10 日，胡风一家也搬到了复旦大学附近居住，和萧红端木住得很近，但他们始终没有登门互访过；1939 年秋天，萧红和端木搬进黄桷树镇上唯一的新式楼房"秉庄"，那是复旦大学的教授宿舍，作家靳以一家就住在他们楼上，但两家也几乎没来往……和他们来往较多的只有复旦大学的学生李满红、苑茵等人，萧红还参加过复旦师生组织的读书会和抗战文艺习作会，但总的来说，她和端木的确从原来那个"日里在重庆所具有的享乐生涯中度过，夜里就又落在不与战争相关的闲谈中"的朋友圈中淡出，过上了深居简出、笔耕不辍的新生活。

①　绿川英子《忆萧红》，载重庆《新华日报新华副刊》，1942 年 11 月 19 日。
②　梅志《"爱"的悲剧——忆萧红》，载《花椒红了》，中国华侨出版社，1995 年。

81. 创作，是萧红的"宗教"

从 1937 年 1 月回上海，到 1938 年 8 月滞留武汉，颠沛流离一年半，萧红只写了几篇随物赋形的短篇小说和散文，那是她十年写作生涯里的低谷，但从各种文献记录和她之后的作品来看，那又是她对文学的思考走向自觉和独立的转折期。

1938 年 1 月和 4 月萧红两次参加《七月》座谈会并发表了对抗战文学的独特理解，从她与其他作家的言论记录中不难看出她的创作观已经开始摆脱同人圈子、时代氛围和阶级观念的影响而更趋真诚朴素，如她在 4 月 29 日的会上说："作家不是属于某个阶级的，作家是属于人类的。现在或是过去，作家们写作的出发点是对着人类的愚昧！那么，为什么在抗战之前写了很多文章的人而现在不写呢？我的解释是：一个题材必须要跟作者的情感熟习起来，或者跟作者起着一种思恋的情绪。但这多少是需要一点时间才能把握住的。"①

萧红对作家身份、作家与时代关系的理解超越了"崇高"的战时功利主义文学观，也超越了对她早期作品影响至深的阶级意识形态。"作家不是属于某个阶级的，作家是属于人类的。现在或是过去，作家们写作的出发点是对着人类的愚昧"。在"救亡"取代"启蒙"成为抗战时期文学的主调后，身为"进步作家"的萧红公然发表这样的言论，等于是在宣告自己的落后与退步，但萧红向来直接坦率，对她来说文学不再是个人谋生的手段，亦非服务时代需要的工具，而成为了一种信仰——她相信伟大作品可以疗救人类的愚昧，当信仰遭到矮化时，她不能不为之发声。

同样是在 1938 年春天，和聂绀弩闲谈时，萧红又谈到了她在天才式的写作、小说的写法、写杂文和写小说的鲁迅等等问题上的看法。当聂绀弩称赞萧红为才女时，她自比《红楼梦》里的香菱，道出了自己在写作上不为人知的勤力："你说我是才女，也有人说我是天才的，似乎要我自己也相信我是天才之类。

① 《现时文艺活动与〈七月〉——座谈会记录》，载《七月》第十五期。本书第 66 节"萧红与《七月》"对此有具体讨论。

而所谓天才，跟外国人所说的不一样。外国人所说的天才是就成就说的，成就达到极点，谓之天才。例如恩格斯说马克思是天才，而自己只是能手，是指政治经济学这门学说的。中国的所谓天才，是说天生有些聪明，才气。俗话谓之天分、天资、天禀，不问将来成就如何。我不是说我毫无天禀，但以为我对什么不学而能，写文章提笔就挥，那却大错。我是像《红楼梦》里的香菱学诗，在梦里也做诗一样，也是在梦里写文章来的，不过没有向人说过，人家也不知道罢了。"

当聂绀弩预言萧红将成为了不起的散文家时，萧红听出了他的弦外之音，对她小说的形式、结构的批评，她听得太多了，但她并不认同，她自有一套更自由的小说观："有一种小说学，小说有一定的写法，一定要具备某几种东西，一定写得像巴尔扎克或契诃甫的作品那样。我不相信这一套，有各式各样的作者，有各式各样的小说。若说一定要怎样才算小说，鲁迅的小说有些就不是小说，如《头发的故事》《一件小事》《鸭的喜剧》等等。"

谈到鲁迅，萧红认为写小说的鲁迅比写杂文的更加悲悯，情感上也更贴近他笔下的人物和世界："鲁迅的小说的调子是很低沉的。那些人物，多是自在性的，甚至可说是动物性的，没有人的自觉，他们不自觉地在那里受罪，而鲁迅却自觉地和他们一齐受罪。如果鲁迅有过不想写小说的意思，里面恐怕就包括这一点理由。但如果不写小说，而写别的，主要是杂文，他就立刻变了，从最初起，到最后止，他都是个战士，勇者，独立于天地之间，腰佩翻天印，手持打神鞭，呼风唤雨，撒豆成兵，出入千军万马之中，取上将首级如探囊取物！即使在说中国是人肉的筵席时，调子也不低沉。因为他指出这些，正是为反对这些，改革这些，和这些东西战斗。"这和她在《七月》座谈会上说的"一个题材必须要跟作者的情感熟习起来，或者跟作者起着一种思恋的情绪"的观点，是相通的。

至于自己的小说与鲁迅的小说的不同，萧红则认为"鲁迅以一个自觉的知识分子，从高处去悲悯他的人物。他的人物，有的也曾经是自觉的知识分子，但处境却压迫着他，使他变成听天由命，不知怎么好，也无论怎样都好的人了。这就比别的人更可悲。我开始也悲悯我的人物，他们都是自然的奴隶，一切主子的奴隶。但写来写去，我的感觉变了。我觉得我不配悲悯他们，恐怕他们倒应该悲悯我咧！悲悯只能从上到下，不能从下到上，也不能施之于同辈之间。我的人物比我高。这似乎说明鲁迅真有高处，而我没有或有的也很少"[1]。

如果聂绀弩的记忆无误，如果"我觉得我不配悲悯他们，恐怕他们倒应该

---

[1] 聂绀弩《序〈萧红选集〉——回忆我和萧红的一次谈话》，《聂绀弩全集》第九卷，武汉出版社，2004年，第72-74页。

悲悯我"确实出自萧红之口，那么可以推知，萧红对文学的感知不仅超越了与她同时代的大部分作家，也越过了"五四"启蒙主义文学观的范畴，她对"启蒙"也有了反思。萧红并非以理论性和思想性见长的作家，她体认世界思考问题多依赖感受，而她之所以能感受得那么深，除了天赋和勤奋，多少也得益于她对创作的虔诚和信仰，用端木蕻良的话来说，"创作，是萧红的'宗教'"①。

萧红开始写作时，和萧军一样，是为了挣稿费谋生，但和常把不得已、不甘心挂在嘴边的萧军不同，萧红很快就将写作当成了自己唯一的工作和精神寄托。1936年在东京时，她曾写信告诉萧军："你说我快乐的玩吧！但那只有你，我就不行了，我只有工作、睡觉、吃饭，这样是好的，我希望我的工作多一点。但也觉得不好，这并不是正常的生活，有点类似放逐，有点类似隐居。"信中的"工作"指的就是写作，唯有写作能慰藉她浩瀚无边的寂寞，确认存在的意义。而1938年初的西北之行后，写作于萧红的意义似乎更加纯粹了，为了给自己营造一个安宁稳定的创作环境，萧红设法排除了一切她可以排除的干扰。和萧军分手之后她的很多重要决定，都是在这一前提下做出的，包括放弃孩子，包括闭门蛰居，也包括后来的飞港留港……端木蕻良说1939年在重庆时，孙寒冰曾邀请萧红去复旦大学教授文学，萧红不假思索地拒绝了。事后她对端木解释道："教书必得备课，还得把讲义编好，要吸收的和要说出的，和写小说、散文可不一样。讲课日久天长，就会变成一位学究，要搞创作也可能只会写教授小说了。有些人写的小说，就是这样。还有一些人巴不得进入学院来教几个钟点的课呢，那是他们的事。"后来在香港，时代书局创办人、《时代批评》的主编周鲸文也曾建议萧红编一份《时代妇女》，作为《时代文学》的姊妹刊物每月出一期。考虑到萧红体弱多病，周鲸文还提出不仅事务性的工作可以交给别人做，看稿也可找人代劳，但萧红还是谢绝了，一方面她不想担那个虚名，另一方面她也不愿意牺牲一点点写作的时间和精力。②

正因为对创作有着宗教般的信仰和虔诚，在日复一日的工作中萧红不知不觉地穿越层层迷雾，接近了文学的真谛。她还在短短三年内写出了两部长篇小说和数十篇短篇小说、散文，其艺术水准不仅高于她前期的作品，也高于绝大部分同时代作品。

---

① 端木蕻良《萧红和创作》，香港《龙之渊》第10期，1988年10月。
② 同上。

82. 萧军结婚了

　　和萧红分手后，萧军和塞克、舞台灯光专家朱星南、作曲家王洛宾、话剧演员罗珊等人一起去了兰州。在那里，吴渤和王德彰、王德谦、王德芬、王德威兄弟姐妹四人以"王家兄妹小剧团"名义排演了陈里霆和崔嵬编的抗日救亡街头剧《放下你的鞭子》，收到了很不错的反响，萧军等人就是应吴渤之邀去兰州支援抗战文艺工作的。1938 年 4 月 28 日早晨，萧军塞克一行人抵达兰州，找到了吴渤的住处——炭市街四十九号前院——也是王德芬的家。

　　据王德芬回忆，1937 年夏天，还是苏州美专高二学生的她，到上海和就读于正风文学院的姐姐王德谦一起过暑假。王德谦是个思想激进、崇拜鲁迅的文学爱好者，和很多左翼作家有往来。7 月下旬的一天，她带妹妹王德芬去拜访许广平，在电车上看到萧军，王德谦走上前很恭敬地和萧军打招呼，并介绍妹妹给他认识，谁知萧军只是点了点头欠了欠身，一句话都没说就继续埋头看报了，因此给王德芬留下了"不善交际、略嫌高傲"的坏印象。

　　但半年后在兰州重逢，王德芬感觉萧军好像换了一个人，他热情莽撞、不拘小节，不仅向她解释了初次见面的冷淡是出于政治环境下的安全考虑，而且相识仅四五天他就热烈地向她求爱了，还大胆要求她跟他去武汉。年仅十九岁的王德芬没有拒绝，萧军突如其来的表白让她不知所措，但她对那个粗野自信、豪爽开朗、活力逼人的青年作家也不是没有好感。没过几天，萧军就因为屡屡对王德芬动手动脚而与王父发生争执，被下了"逐客令"，搬出了炭市街四十九号前院。王家除了王德谦，没人赞同他们恋爱。萧军年长王德芬十二岁，结过两次婚，刚和萧红分手，一到兰州就"引诱"他家刚成年的女儿，王家骂他是卑鄙下流的流氓，王德芬也被软禁了，他们只能靠王德谦帮忙传递书信。阻力是爱情最好的催化剂，尤其对当时的年轻人，仅仅是战胜封建家长摆脱封建家庭之类崇高的附加意义便足以振奋人心、给爱情描金，何况萧军的火辣辣的情书一封接一封地私传到王德芬手里，在他的热情攻势下，原本犹犹豫豫的王德芬接受他了。5 月 31 日，经过激烈争论，萧军终于得到了王德芬父母的首肯，6 月 2 日他以王德芬父亲的名义在《民国日报》上发表了订婚启事。6月6日清晨，王德芬告别父母，随萧军一起离开兰州前往西安，从此开始了两人长达半个世纪的风雨婚姻。

萧军与王德芬的结合，无论从哪一方面来说，都较萧红和端木蕻良的结合更为草率，就连王德芬后来回忆她和萧军的婚姻，也不得不承认草率给她带来了难以言说的痛苦。离家不到半个月，在西安到成都的路上王德芬和萧军就因为一个往延安去的汪姓姑娘产生了隔阂。7月中旬到成都，两人便陷入了无言的局面，王德芬备受萧军冷落，心生悔恨，整日以泪洗面。而萧军又讨厌她流泪，狂热退潮，他也不是没有悔意，如王德芬自己所说，"我早就承认我没有学问，我缺乏各方面的修养，肯定还会有一些缺点和毛病，这一切我早已毫无隐瞒地袒露在他的面前，他不是不知道，他应当明白两个人的差距太大会产生什么样的结果！结了婚再后悔已经晚了，他缺乏信心和耐心，只考虑他自己的利害得失，不愿担负培养和教育妻子的责任，他觉得太'得不偿失'了。他甚至忧虑到时我健康起来能够自立以后，我会像萧红一样将他抛弃！所以他烦躁、苦闷、后悔……"萧军对待王德芬，一如当年在哈尔滨对待相识不久的萧红，短暂的狂热和激情后，是冷落、反悔，但因为对王德芬父母有承诺在先，又在报上登过订婚启事，他不能弃她不顾，王德芬没有独立生存的能力，亦如当年的萧红。同床共枕的两人很少说话，王德芬后来说当时的自己"像一个无告的奴隶，受着灵与肉的痛苦煎熬"，但她没有退路，只能委曲求全，一封接一封地给萧军写信，直到1939年初发现自己怀孕，情况才开始好转。①

1939年春天，身在重庆的胡风和梅志忽然收到萧军成都来信，信中夹带着一张照片，照片上萧军和王德芬坐在一处山石上，身边有一只狗，照片背面写着："这是我们从兰州临行前一天在黄河边'圣地'上照的。那只狗也是我们底朋友……"拍摄这张照片，正是在萧军和王德芬的恋情最炙热的时候，而收到信的胡风和梅志都认为"从照片上可以看出姑娘很年轻、很健康也很漂亮，萧军在信里忍不住宣泄了自己充满幸福的心情"。他们非但不觉得萧军草率，反而为他高兴，"衷心祝愿这一对新婚夫妇，天长地久，永远幸福"，跟当初在武汉听萧红宣布她与端木的关系时态度截然相反。

萧军的信到了没几天，萧红气喘吁吁地爬上胡风家所在的三层阁楼来拜访了，她身体不好，在竹制的圈椅上坐了半天才顺过气来。胡风不在家，闲谈中梅志便把萧军的来信和照片拿给萧红看，萧红"仔细地看了信，也看了照片，看了正面又看反面"，看完后"手里拿着照片一声不响，脸上毫无表情，刚才

---

① 王德芬《我和萧军风雨五十年》，中国工人出版社，2004年。

的红潮早已退了，现在白里透青的颜色，像石雕似的呆坐着"，梅志见她这般景象，慌神了，后悔了，"想不到她对萧军还有这么深的余情！看得出她心里是痛苦、失望、伤心的。这张照片对她该是一个不小的打击，但又是必然要来的一个打击"①。萧红没坐多久就起身告辞了。这件往事，后来胡风在回忆萧红的文章里也特别提到了："有一次她一个人来家看我，我不在。我妻子将萧军新近寄的新婚照片给她看了。她看后好半天没有说话，看去这在感情上对她是一个不小的打击。她没有等我，就匆匆的走了。"②

在胡风和梅志看来，萧红没有忘情于萧军，甚至已经在后悔离开他了，所以萧军结婚的喜讯对她来说是"一个不小的打击"。但在钟耀群的《端木与萧红》一书中，得到萧军结婚消息的那天，萧红是在路上遇见梅志，被她硬接到家里去坐并且"将萧军和他老婆孩子的相片给她看"的。萧红回家告诉端木，端木问萧军的孩子有多大，萧红说"没问她"。③ 言下之意便是梅志有意用萧军的照片和结婚消息试探刺激萧红，而萧红并不在意。但钟耀群的这段叙述并不可信，其中一个明显的漏洞便是当时萧军与王德芬的孩子尚未出世，何来"萧军和他老婆孩子的相片"呢？

胡风在他那篇回忆萧红的文章中还写到，1941 年他到香港去探望卧病的萧红时，萧红很兴奋地对他说："我们办一个大型杂志吧？把我们的老朋友都找来写稿子，把萧军也找来。"听到这话，站在旁边的端木露出了尴尬不乐的样子，萧红当作没看见，继续说："如果萧军知道我病着，我去信要他来，只要他能来，他一定会来看我，帮助我的。"④ 那次和萧红会面的情况，胡风在他的回忆录里也写到了："无论她的生活情况还是精神状态，都给了我一种了无生气的苍白印象。只是谈到将来到桂林或别的什么地方租个大房子，把萧军也接出来住在一起，共同办一个大刊物时，她的脸上才露出了一丝生气。我不得不在心里叹息，某种陈腐势力的代表者把写出过'北方人民的对于生的坚强，对于死的挣扎'，'会给你们以坚强和挣扎的力气'的这个作者毁坏到了这个地步，使她的精神气质的'健全'——'明确和新鲜'都暗淡和发霉了。"⑤ "某种陈腐势力的代表者"显然指的是已被胡风视为异己的端木，胡风认定萧红就是因为他才失去了身体和精神双方面的健康生机，而反复书写萧红提出要把萧军找来一起办杂志这个细节，则因为它证实了他和梅志的判断——她对萧军还有余情。

---

① 梅志《"爱"的悲剧——忆萧红》，载《花椒红了》，中国华侨出版社，1995 年。
② 胡风《悼萧红》，载《艺谭》，1982 年 4 月。
③ 钟耀群《端木与萧红》，中国文联出版公司，1998 年。
④ 同②。
⑤ 胡风《胡风回忆录》，人民文学出版社，1993 年，第 246 页。

83. 蛰居重庆

季峰从 1938 年 12 月起在重庆歌乐山保育院工作，因此和萧红做了一段时间邻居。季峰和丈夫沙梅曾在歌乐山下的保育院宿舍里，见过萧红从山顶住处挎着篮子下来，到菜市场买菜，那应该是萧红在江津产子后返回重庆不久。季峰见到的她"穿着旧旗袍，外套背心，衣服不甚整洁，头发乱蓬蓬的，后边梳着个小髻髻，衬着显得苍白的脸"。季峰很想结识这位《生死场》的作者，但萧红似乎不愿多谈，路上相遇，也只说些"吃过饭了吗""你从哪里来"之类打招呼的话。季峰还听人说，萧红很怪，平日里房间的窗帘子都通通拉上，好像不要任何空气似的，也不答理人。端木蕻良去看她，不走保育院的大道，而是从旁边的小路上坡。①

对萧红和端木的婚后生活有相似印象的是作家靳以。靳以和端木合编《文摘》副刊，端木和萧红搬到黄桷树镇上的二层新式小楼秉庄居住时，靳以就住他们楼上。据他观察，萧红"和那个叫做 D 的人同住在一间小房子里，窗口都用纸糊住了，那个叫做 D 的人，全是艺术家的风度，拖着长头发，入晚便睡，早晨十二点钟起床，吃过饭，还要睡一大觉。在炎阳下跑东跑西的是她，在那不平的山城中走上走下拜访朋友的也是她，烧饭做衣裳是她，早晨因为他没有起来，拖着饿肚子等候的也是她"。靳以和胡风、萧军、丁玲他们一样看不惯端木的艺术家装扮和自由散漫的生活方式，因为厌恶他，便觉得萧红可怜，因为同情萧红，便觉得端木更加可厌了，所以靳以在文章中毫不留情地批判端木自私，"自视甚高，抹却一切人的存在，虽在文章中也还显得有茫昧的理想，可是完全过着为自己打算的生活"。而"在人生的路上，怕已经走得很疲乏了，她需要休息，需要一点安宁的生活"的萧红和他在一起，得到的只是精神上的折磨，"他好像更把女子看成男子的附庸。她怎么能安宁呢，怎么能使疾病脱离她的

---

① 丁言昭《萧红纪念卡》，载《艺术家》1988 年第 6 期，1988 年 11 月 1 日。

身体呢"？①

如果说靳以是厌恶端木同情萧红的话，那梅志就是为萧红离开萧军、选择端木而深深惋惜了。胡风一家移居黄桷树镇后，梅志经常到镇上赶场，有一次碰到了刚搬进秉庄的萧红，见她不是在菜摊上挑选蔬菜，而是带着一个大娘（保姆）在杂货摊选购日用品。梅志见那大娘手里提着砂锅、铁锅之类，萧红空着手，大娘要什么她就打开皮包付钱，一点意见都没有，匆匆忙忙地买着，一副只想赶快离开的样子。梅志没有上前打招呼，她觉得萧红这次搬家，跟以前在商市街的生活不同了，"这是高贵的教授生活，但她没有兴致。可能是想到了过去，那时可不是她一个人安家，一个人奔波操劳，那时她得到作为一个女人的照顾和爱护，而今天她成了保姆的主人，保姆头头罢了"。一个月后梅志在大学操场的篮球架旁再次偶遇"一个人站在那里望着远处的青山和将消失的红霞，似乎在沉思"的萧红，她邀请萧红去家里坐坐，萧红婉拒。因为住得近，那段时间梅志常常看到萧红和端木，有时是在他们散步的时候，有时是他们到对岸北碚去，端木"穿着他过去常穿的咖啡色夹克，像过去一样斜着肩低着脑袋在街上走着，相隔两米远的后面萧红也低着头尾随着。不知道他们关系的人，只当是两个路人呢！知道的也可以认为他们不和刚吵了架哩！都低着头不高兴和人打招呼。别人也就不去和他们点头招呼了"。从背影看，梅志感觉萧红瘦了很多，两肩耸得比过去更高了，抬着肩缩着脖佝偻着背，一点也不像一个还不到三十岁的少妇，"再也看不出过去那个在上海昂着头挺着胸，用劲地响着皮鞋在马路上赛跑的年轻的北方姑娘了"②。

显然，靳以和梅志都认定萧红日渐消瘦憔悴、与友人疏远的蛰居生活是不如意的婚姻所致，认定她非但没有得到端木的呵护照顾，反而不得不用瘦弱的肩膀扛起家务的重担，因此从一个朝气蓬勃的进步女作家沦落为了"保姆头头"。对这些指控，端木在与葛浩文的对谈时全部予以了否认，他说在重庆时他和萧红都很忙，他写《大江》和《新都花絮》，萧红也写东西，他们跟靳以接触很少，互不往来，靳以并不了解他和萧红的私生活，所以那篇文章写得不真实。③但1996年接受孔海立的访问，端木蕻良谈到他和萧红在秉庄的生活，又说当时他们虽然雇了一个四川保姆，但萧红喜欢自己操持家务和亲自下厨，因早年在哈尔滨住过，炸牛排、洋肉饼、煮罗宋汤等等俄国大菜都很拿手，在东京住过

---

① 靳以《悼萧红与满红》，载《靳以短篇散文小说集》，平明出版社，1953年。
② 梅志《"爱"的悲剧——忆萧红》，载《花椒红了》，中国华侨出版社，1995年。
③ 端木蕻良《我与萧红》，载曹革成著《我的婶婶萧红》，江苏文艺出版社，2010年。

半年的她还会做日本料理，擅长日本鸡素烧，这些她都做给他吃过。[①]这似乎又部分证明了靳以所说"在炎阳下跑东跑西的是她，在那不平的山城中走上走下拜访朋友的也是她，烧饭做衣裳是她，早晨因为他没有起来，拖着饿肚子等候的也是她"的真实性。

不过，几乎每位萧红生前的友人在回忆她时都会提及她的厨艺，提及她拿手的牛肉汤。许广平就说过"萧红先生因为是东北人，做饺子，有特别的技巧，又快又好，从不会煮起来漏穿肉馅。其他像吃烧鸭时配用的两层薄薄的饽饽，她做得也很好。如果有一个安定的，相当合适的家庭，使萧红先生主持家政，我相信她会弄得很体贴的"[②]；梅志也说，1935年春天她第一次见到萧红，是去她和萧军的住所吃晚饭，当晚她完全把萧红"当做一个普通的但很能干的家庭主妇"了，因为"处处地方都表现出她是一个好主妇"[③]。回家后经胡风提醒，才记起她小说家的身份。

萧红出色的持家本领和对烧饭、做衣裳等家务不自觉的爱好，与她脑海中逐步清晰的女权意识，构成了又一对矛盾体。她曾向聂绀弩表示讨厌女性身上那种"过多的自我牺牲精神"，她觉得那是"在长期的无助的牺牲状态中养成的自甘牺牲的惰性"，所以她一贯抗拒家庭主妇式的命运，抗拒古老的文化体系和伦理道德打在女性身上最后渗入她们骨血的烙印。这种抗拒姿态与她本人和时代的激进气质结合，便发展成一种过度自省乃至自我否定的理念。[④]她一方面本能地喜欢照顾他人，另一方面又痛恨这种本能，她想要挣脱，却常常失败，如她对聂绀弩说的，"不错，我要飞，但同时觉得……我会掉下来"[⑤]。而她离开大男子主义的萧军后选择的端木蕻良，偏偏又是一个出生成长于地主家庭、自幼生活在母慈子孝丰衣足食家庭氛围中的小少爷，他既不懂得关怀体贴她，对家庭琐事也不上心不感兴趣，连他后来的妻子钟耀群也说他不抽烟不喝酒生活简单，家庭事务由她一手包办。可以想见，在他和萧红短暂的婚姻生活中，也是萧红一手包办家务琐事的。萧红恼恨自己的牺牲精神的同时，不可能不捎带上坐享其成的他。

友人们对萧红在重庆和香港两地的生活，有同情也有不满，他们批评萧红

---

① 孔海立《忧郁的东北人端木蕻良》，上海书店出版社，1999年，第111页。
② 许广平《追忆萧红》，原载《文艺复兴》第一卷第六期，1946年7月11日。
③ 梅志《"爱"的悲剧——忆萧红》，载《花椒红了》，中国华侨出版社，1995年。
④ 萧红一生两次拒做母亲，除了客观条件不允许，也有主观上她要对自身"过多的自我牺牲精神"进行反抗的因素。
⑤ 聂绀弩《在西安》，载重庆《新华日报》，1946年1月22日。

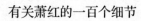

讲究衣饰，批评过上了"教授夫人"生活的她从追求精神进步堕落到了追求物质享受，连许广平也忍不住在她身后说道："过分压抑着使比较美好生活的不能享受，也许是少数人或短时间所能忍受的罢，然而究竟怎样是比较美好的生活呢？物质的享受？精神领域的不断向上追求？有人偏重一方，把其他方面疏忽了，也许是聪明，却也有人看作是傻子。总之，生活的磨折，转而使她走到文化领域里大踱步起来，然而也为了生活的磨折，摧残了她在文化领域的更广大的成就。"[1] 其实，只要对萧红1938年以后的文学作品稍加检视，就不难发现烧饭做衣裳远非她生活的主要内容，贫血却吃不起补品的她更谈不上什么物质享受。仅1939年一年，她就带病完成了集子《旷野的呼喊》里的大部分短篇小说，写作整理了长篇散文《回忆鲁迅先生》，还写下了《牙粉医病法》《滑竿》《林小二》《放火者》《长安寺》等散文，她在文学创作上投入的精力和专注远远高于过去几年。而与昔日同人的疏远，除了自觉遭到"白眼冷遇"后的主动规避，多少也是受到了端木写作习惯的影响——当年初到上海的他为了专心写作长篇小说《大地的海》，也曾刻意与文化界人士保持距离。

---

[1] 许广平《追忆萧红》，原载《文艺复兴》第一卷第六期，1946年7月11日。

84.端木的第二宗"罪"

靳以后来著文回忆萧红的秉庄生活，写到了端木打保姆一事：

"还有一次，他把一个四川泼辣的女佣人打了一拳，惹出是非来，去调解接洽的也是她。我记得那时她曾气愤地跑上楼来说：

"'你看，他惹了祸要我来收拾，自己关起门躲起来了，怎么办呢？不依不饶的在大街上闹，这可怎么办呢？……'

"又要到镇公所回话，又要到医院验伤，结果是赔些钱了事，可是这些又琐碎又麻烦的事都是她一个人奔走，D一直把门关得紧紧的，正如同她所说的那样'好像打人的是我不是他！'"①

这件事给靳以的夫人陶素琼也留下了深刻印象，以至于许多年后她还记得萧红跑上楼来向靳以求助时"那蕴满了泪的大眼睛，泪水一转一转的，几乎就要滴落出来"。陶素琼还发现萧红总是独自里外奔忙，一张苍白无血色的脸上是高高的颧骨和大大的眼睛，显得很疲惫，脸上从未有过笑容。②

端木惹出的祸端在萧红的奔走下很快了结，但夫妻二人都是知名作家，端木又在复旦大学任教，这件小事很快便发酵成了战时封闭无聊的复旦大学和黄桷树镇上人们茶余饭后的笑谈。梅志就曾听她当时的邻居——"学校的会计主任，一个美国留学生。外表长得很矮小，一口江西土话更像个土老头"——用嘲笑的口吻对她说："张太太，你们文学家可真行呀，丈夫打了人叫老婆去跑镇公所，听说他老婆也是文学家，真贤惠啊！"梅志一听就知道说的是端木和萧红，后来在码头上遇见靳以，从他"活灵活现而且也充满着激情和气愤"的讲述中得知了详细经过。当时靳以面红耳赤，一边愤怒地诉说一边不停用手推着眼镜，梅志甚至担心他太激动上不了船。相比之下，梅志觉得靳以文章中指斥端木的语气已是"冷静而又冷静了"③。

① 靳以《悼萧红与满红》，载《靳以短篇散文小说集》，平明出版社，1953年。
② 南南《从远天的冰雪中走来——靳以纪传》，山西人民出版社，1999年10月。
③ 梅志《"爱"的悲剧——忆萧红》，载《花椒红了》，中国华侨出版社，1995年。

后来，骆宾基写《萧红小传》，便引用了靳以文章中萧红急匆匆跑上楼求助的段落，并道出了端木打女佣的原委："实际上，据我所知道的，是那四川女佣人在他们的窗口上放了一把茶壶引起来的纠纷。窗外就是过道，那些教授的女佣人，常常在他们的窗口上放盘子放碗，T君已经说过多次，再若是在他家的窗口上摆东西，他就给掷出去。可是那些四川女佣人并没有过分注意。而正当T君和萧红因为某种事彼此愤然默坐的时候，窗口上竟出现了一把茶壶，T君就奋然地推下去，茶壶碎了。那个四川女佣人就推门进来吵，当T君向外'推'她一下的时候，她就借势倒在地上了。"在骆宾基看来，端木与人发生了冲突争执却让妻子出面解决，显然有失大丈夫担当。联系到后来他在太平洋战争爆发后对萧红的弃之不理，正可说明"一当他的肩头该扛负什么的时候，他就移到了萧红的肩上"[1]是他的本性。

1996年8月端木接受孔海立访问时也承认了打女佣确有其事，事情的起因和《萧红小传》所述也大体一致：山城重庆地处西南，阴霾潮湿又多浓雾，被称为"雾都"，因此每逢晴天家家户户都要趁机把东西拿出去晾晒以防长霉。一个难得的晴朗的日子他准备打开窗户时，发现邻居家的女佣人又把鞋子晾在他的窗台上了，想到自己曾多次警告女佣不许在他的窗台上晾晒杂物她们却全不理会，他猛地一下把窗子推开，将窗台上的鞋子扇了下去。晾晒鞋子的女佣仗着自家主人有势力，气势汹汹地找上门来，端木早有准备，打开门二话不说一巴掌把她推了出去，女佣借势倒在地上撒泼耍赖，闹得不可开交，端木反正听不懂她的四川话，潇洒地关门了事。[2]

钟耀群后来写《端木与萧红》，也着重强调了女佣对端木的警告充耳不闻，无理在先——"保姆的主人是国民党，平时对端木这些左派就看不顺眼，因此，这位保姆也没把端木的警告当回事，一有太阳，鞋子又晒到了他们的窗台上了"，而略去了端木将保姆推倒这一动作，只说他将鞋子"从窗台上挥下去"之后，就在保姆的大声叫嚷声中"将窗子一关，气得躺在床上，什么也干不下去了"，"萧红也很生气，但听到保姆还在外面大声嚷嚷，也不得不出去解决一下"[3]。

孔海立与钟耀群书中的材料都来自当事人端木蕻良的讲述，与骆宾基所述对照，只有女佣放在窗台上的物件有所不同。在这两次叙述中，端木都道出了与女佣争执的原委，却在他关上大门、让萧红一个女人去奔走调解这个问题上

① 骆宾基《萧红小传》，黑龙江人民出版社，1981年，第91页。
② 孔海立《忧郁的东北人端木蕻良》，上海书店出版社，1999年，第107-108页。
③ 钟耀群《端木与萧红》，中国文联出版公司，1998年。

保持了沉默。他不会不知道，人们关注的并非他和女佣的是非对错，谴责他也只是因为他惹了麻烦却交给萧红去奔走处理。对于端木逃避责任的行为，孔海立猜测或许是因为他当时关着房门不知道外面的情况，或许萧红根本没有告诉他那些复杂的细节，"只是在外面发发牢骚而已"[1]。但端木半个多世纪后的沉默表明，对骆宾基"一当他的肩头该抗负什么的时候，他就移到了萧红的肩上"的指责，很可能他自己也觉得没有申辩的余地。

---

[1]　孔海立《忧郁的东北人端木蕻良》，上海书店出版社，1999年，第108页。

85. 代笔疑云

　　骆宾基说他曾经问过萧红，在重庆时是否想过离开端木蕻良换一种方式生活，萧红回答："想是想的，可是我周围没有一个真挚的朋友，……因为我是女人，男人与男人之间是不是有一种友爱呢？"骆宾基说："有是有的，不过也很少。不是古人也说过么，人生难逢一知己。这也许就是这个社会的冷酷性……——为什么必定要男人的友爱呢？"萧红答道："因为社会关系都是在男人身上……今天在哪里都是有封建这个坏力量存在的。……"

　　骆宾基认为，萧红之所以离不开端木，一是要靠他获得身为女人难以得到的社会关系，二是因为端木给了她一个希望，"那就是她可以到北平他三哥那里去养病，她可以不必愁苦搁笔之后的生活，她可以去恢复她身体的健康"，加上不愿屈服于"那些遥远的不坦直的大有含蓄的眼光"，萧红终于选择了"屈辱的忍受"，并且在他们的关系中扮演了依附于他的角色，证据之一就是她曾为他抄过稿子：

　　"她为了参加苏联大使馆在枇杷山举行的十月革命纪念节的庆祝活动，从北碚到了重庆，住在一个旅社里。

　　"据说，曹靖华先生来看她，她向他打开了精神世界的窗子，她愉快地谈到她来自的道路和她受的屈辱。

　　"'认识了你，我才认识了生活。'他感叹地说，'以后不要再过这种生活了。……'

　　"当萧红和T君一起去探访他的时候，他注意到T君原稿上却是萧红的字迹。那是《大江》。

　　"'为什么象是你的字呢？'

　　"'我抄的……'萧红说。

　　"'你不能给他抄稿子，他怎么能让你给抄呢？不能再这样。'曹靖华先生坦率地说。"①

----

① 骆宾基《萧红小传》，黑龙江人民出版社，1981年，第88-92页。

当时作家用纸笔写作，初稿写成，经修改，誊抄出干净整洁的定稿才能送交杂志或出版编辑，抄稿是作家写作中最后也是必要的工序，是一项枯燥而繁重的体力活。妻子给丈夫抄稿，有体贴代劳之意，在文坛上并不罕见，许广平给鲁迅抄过稿，梅志给胡风抄过稿，萧红也曾给萧军抄过稿。曹靖华在端木的稿子上看到萧红的字迹后郑重其事地交代她不能再为他抄稿，是因为她是著名的左翼女作家，她的文坛地位高于端木蕻良，她理应将更多的时间和精力——如果不是全部的话——用于更富创造性的写作或从事社会活动，替丈夫抄稿，这是无知的、依附于丈夫的家庭主妇做的事。

对于骆宾基那段文字，端木后来也予以了否认，他说自己和萧红从来没有互相抄过稿子，因为他们的稿子都是随抄随改的，但他透露，《大江》连载期间，他生过一次病，停了笔，眼看无法连载下去了，《星岛日报》又来信说千万别停，于是萧红就帮他写了一段，两人风格不同，那一段一看就是萧红手笔。[①]1984年为花山文艺出版社即将出版的《大江》写"新版前言"，端木蕻良进一步指出小说中有一段文字——"本书104页倒数第3行自节略号起，到107页第5行止的这一段文字"——是萧红按照他的意思代写的，虽然风格不一致，但他觉得很有意思，就保留了下来。端木蕻良还说，当时重庆与香港通邮不方便，他和萧红身体都不好，姚奔主动提出为他抄复写稿以便在信件丢失的情况下及时补上，而萧红除了在他生病期间代写过一段外，还为他题写了"大江"二字，因此当时《星岛日报》上连载的小说《大江》的标题是萧红的手迹[②]。关于刊头题字，端木蕻良在与葛浩文的访谈中也曾提及是萧红手书，"她说墨笔字没我写得好，但为了留个纪念，她就为我题了刊头，其实我认为她的字很好的"[③]。

如果端木所说属实，萧红并未为他抄过稿子，那么骆宾基《萧红小传》中所述曹靖华在《大江》原稿上看到的萧红的笔迹，就只能是她为端木代笔的那一段了，她谎称为端木抄稿，可能是为了掩饰代笔的真相。其实，以萧红的倔强和骄傲，是无法长久屈服于任何一种压制力而不反抗的，她也不会心甘情愿地长期依附于任何人，何况，与前一段婚姻不同，年龄稍长阅历较丰的萧红在与端木的关系中，常常扮演的是主动和主导的角色。因此在这个细节上，端木的代写一段说比骆宾基的抄稿说更可信。

除了萧红曾代笔过《大江》中的一段外，端木还告诉葛浩文，哑剧《民族魂》是他为萧红捉刀的："在香港，为纪念鲁迅先生诞辰六十周年，杨刚要萧红和我写

① 端木蕻良《我与萧红》，载曹革成著《我的婶婶萧红》，江苏文艺出版社，2010年。
② 端木蕻良《〈大江〉新版前言》，《大江》，花山文艺出版社，1985年。
③ 同①。

一个剧本，让萧红写，我来演鲁迅。我没演过戏，萧红没写过剧本，我们就说考虑。后来我说萧红：你还是写，怎么演再说。我给她出个主意写个哑剧，因为我们在南开演过这种剧。实际上那个哑剧是我给她写的，叫《民族魂》。因为鲁迅先生遗体上盖的旗帜就是'民族魂'，所以不需加'鲁迅'二字。我写原稿，她改，要不然她就不想写，因为她写鲁迅，这是严肃认真的，不能歪曲鲁迅形象。我写后，她觉得还可以。让我演鲁迅，我坚决不同意，这不严肃嘛，如果我是个演员，那人物可以创造出来——鲁迅的形象、精神状况，但我没这个把握。萧红不愿写也就是考虑这点。后来觉得还可以，把剧本给人看，大家认为可以，就上演了。"

　　萧红是鲁迅扶植起来的女作家，兼与晚年的鲁迅往来较多，对鲁迅的日常生活也很熟悉，她在重庆完成的《回忆鲁迅先生》一书也刚刚出版，为纪念鲁迅诞辰的活动创作一部体现鲁迅生平和精神的剧本，她的确是最合适的人选，这大概就是当时《大公报》文艺副刊主编杨刚提出让没有剧本创作经验的萧红来执笔的原因。但按照端木蕻良的说法，正因为萧红没有写过剧本，所以不愿写，最后出来的剧本是他代笔创作，完稿后由萧红修改、上交的[①]。由于各种原因，这个剧本未能上演，1940年8月3日"鲁迅先生六十诞辰纪念大会"上演出的《民族魂鲁迅》乃是由冯亦代与"文协香港分会""香港文协漫画协会"的同人参照萧红的剧本改编而成的[②]，10月20日至31日，未被采用的原作题名《民族魂鲁迅》在香港《大公报》连载，作者署名萧红。

　　1941年9月1日，端木蕻良主编的《时代文学》第1卷第4期上，发表了署名萧红的《给流亡异地的东北同胞书》，此文据萧红1938年9月18日发表在汉口《大公报》副刊"战线"上的《寄东北流亡者》删改而来。而后者，据晚年的端木蕻良回忆，也是他执笔完成的[③]。

① 值得一提的是，当时文坛上"代笔"的情况并不鲜见，如鲁迅的《答徐懋庸并关于抗日统一战线问题》一文就是由冯雪峰根据病中的鲁迅的意见执笔写就再经鲁迅修改增补而成的。

② 冯亦代1940年8月11日发表在《大公报》的文章《哑剧试演〈民族魂鲁迅〉》中说："香港文协在筹备庆祝鲁迅先生六十岁诞辰时，就立意用一种最庄严的戏剧形式，将先生一生的奋斗史表现出来。哑剧的形式在中国似乎尚未见采用，但在西方演剧史上特别是宗教演剧方面，它却有过它的地位的。它以沉默、严肃、表情动作的直接简单取胜，最适宜于表现伟大端庄、垂为模范的人物，以它来再现鲁迅先生，似乎能于传达先生的崇高以外，更予观众一种膜拜性的吸引力，使先生生活史的楷模性，更能凝定在我们后辈人的生活样式里面。因此，便决定把它实现了。"冯的意思是香港文协在筹备庆典时就决定了采用哑剧形式表现鲁迅生平，这与端木蕻良的回忆——萧红接到任务后不想写，他提议"写个哑剧"——有一点细节上的出入，但端木当时作为文协会员和五名候补理事之一，参与筹备会并提议采用哑剧形式也是可能的，不能据此断定剧本《民族魂》并非出自他手。

③ 曹革成《我的婶婶萧红》，江苏文艺出版社，2010年，第110页。

86. "谜一样的香港飞行"

　　1940 年 1 月 17 日，萧红和端木蕻良突然离开生活了一年多的陪都重庆飞抵香港，此举不仅出乎很多人的意料，在当时引起不小争议①，而且，因萧红短短两年后的病逝而被视为置她于死地的一个错误决定。

　　萧红昔日亲密后来因种种原因疏远的友人们对她和端木何时以及为何离开重庆前往香港毫无头绪，胡乱猜疑，还演绎出了阴谋论。如绿川英子称萧红和端木此行为是"谜一样的香港飞行"②;梅志和胡风几十年如一日地坚持认为那是一次别有用心的出走，梅志说自己在他们离开很久之后才从靳以口中得知消息，靳以当时破口大骂，连说"不告诉朋友们倒也罢，怎么连大娘都不辞退。……走得这样神秘，这样匆忙，为什么? 连我这个老朋友都不告诉? 连我都不相信"。他们想不明白萧红和端木为什么要做出"离开抗战的祖国到香港去"这种在浓厚的爱国氛围中显然是极端愚蠢的行为。梅志断定萧红是出于软弱和牺牲精神，不情不愿地跟随端木去了香港，"她只希望有一个强大的力量拉住她，不让她去。但她终于远离了抗战的祖国和人民，到那人地生疏，言语不通的亚热带的香港去了"③;梅志的猜测可能与《萧红小传》有关，骆宾基说"当萧红准备和 T 君去香港的时候，曹靖华先生没有肯定地说:'你不要去，想法在重庆住下来休养吧!'据 C 君说:'只要他这样说一句，萧红就会留下来的'，这是萧红逝世前向他不止一次表示过的遗憾"④……在这些揣度和惋惜声中，萧红再次被塑造成一个柔弱无力、不能自已的形象，而端木蕻良也顺理成章地成了做出错误决定并导致萧红客死香港的罪人。

　　其实，早在 1941 年 8 月，萧红尚在人世，端木就针对有关他们"秘密"飞港的流言作过解释:"那时，票子很不好买，据说托人也得先一个月定座。到

① 见本书第 91 节"胡风的构陷"。
② 绿川英子《忆萧红》，载重庆《新华日报新华副刊》，1942 年 11 月 19 日。
③ 梅志《"爱"的悲剧——忆萧红》，载《花椒红了》，中国华侨出版社，1995 年。
④ 骆宾基《萧红小传》，黑龙江人民出版社，1981 年，第 92 页。

城里去找朋友,我想至少也得半个月才能弄到手,要带的东西足有余裕回学校整理。朋友晚上回来告诉我,十五号有一张,十七号有两张。十五号就是明天,又是一张,我当然不走,十七号也只差两三天,我的随手的东西,又都在北碚,往返来不及拿。这样快买到票子,反而增加麻烦。而且第二天朋友拿了票子要我签字,我一想就倒霉,什么东西不能带,朋友存在我处的稿子,朋友送给我的亲笔联,心爱的西藏瓷佛,我自己的稿子,跟我到处跑的纪念品,珍贵的信……脑子里塞满了这些。朋友说,我走后,他可以替我收拾,想法带给我,房子的押租,别人欠我的稿费,都由他承顶过去,我想也不错,无事一身轻,我就欣然签了字。"① 也就是说,1940 年 1 月 14 日,端木和萧红进城去找友人帮忙订飞机票,原打算订好票就返回北碚收拾东西然后再离开重庆,结果意外地买到了 17 号的机票,他们来不及回北碚,就直接飞到了香港。这是他们没告诉朋友、没辞退大娘就匆忙离开重庆的原因。那么,他们为什么会在 1940 年 1 月端木刚刚拿到复旦大学全职教授聘书的时候离开重庆,又为什么会选择前往当时的英属殖民地香港呢? 1980 年端木蕻良对葛浩文作了回答:离开重庆的原因——"重庆被日军飞机轰炸越来越频繁,尤其北碚,据说那里有个军火库,日本人总炸那里,萧红受不了。另外又出一个隧道大惨案,这样我想萧红在这儿要活不长了,因此决定离开重庆";前往香港的原因——"我的原意要到桂林,那里已有不少朋友在,如艾青他们都在,而香港朋友少,海外情况又不了解,但萧红说,到桂林,然后再轰炸,我也受不了,这样就准备到香港";行程保密的原因——"事先我跟华岗谈过,当时他还是《新华日报》副总编。他跟《文摘》的人谈过,其他人就没有通知,因怕一传开国民党不让走。飞机票是托中央银行职员袁东衣买的,他现在是天津政协委员"。②

1986 年 12 月,端木蕻良在文章中再次讲述四十多年前他和萧红离开重庆前往香港的始末:

"重庆城里大轰炸后,北碚开始成为轰炸目标。据说北碚有个武器库,敌机不但白天来炸,而且加强了夜袭,接二连三地来。

"萧红日夜得不到休息,体力日渐不支,我便和华岗商量,谈到有两个地方可去,一是桂林,一是香港。但华岗说,桂林不久也免不了空袭,还得跑警报,莫如去香港,那里也有许多工作要做。华岗知道我有两个长篇在香港报刊连载,大时代书局又要我编《大时代文艺丛书》,所以赞成我们去香港。

---

① 端木蕻良《纸篓琐记》,载香港《时代文学》第三号,1941 年。
② 端木蕻良《我与萧红》,载曹革成著《我的婶婶萧红》,江苏文艺出版社,2010 年。

"当时，去香港的机票很难买到，我们估计要等一个月才能拿到手。没想到为我们买票的银行老朋友，过不了两天就把机票送来了。因为中国银行总保留有一种机动舱位。我们也来不及向朋友们辞行，便匆匆收拾行装走了。剩下的事务，只有委托为我们购机票的朋友代替办了。"①

将访谈内容与两篇相隔四十多年的文章相对照，不难看出端木蕻良对离开重庆的原因交代得很清晰，是为了萧红的健康。行程保密的原因前后说了两种，一是怕传开了国民党不让走，二是提前买到了机票未及向友人辞行造成了秘密出走的误会。至于选择去香港而非桂林，则一说是萧红的决定，跟华岗谈过，一说是华岗的建议，总之不是他个人的主张。端木固然有推卸责任的嫌疑，但其表述大体是可信的。

其实，1942年萧红去世后不久，张梅林就在悼念文章中写到1940年春他曾在重庆临江门看见萧红，萧红告诉他过几天就要去香港了，还叮嘱不要告诉别人。张梅林说萧红的飞港引起了一些熟人的谈论，后来萧红也曾写信给他说明飞港原因，不外想安静地写点比较长些的作品，因为抗战以来她是只写了点散文之类的，其次，也是为了避开讨厌的警报。②对萧红与端木的结合，张梅林也是用"那种不坦直的，大有含蓄的眼色"看待的友人之一，这篇文章中他甚至刻意避免写出端木蕻良的名字，只以"她的朋友"代称，因此他不可能为端木辩护，所以这篇文章的可信度较高。端木和萧红离开重庆的原因远比友人们的猜测简单，而作出去香港的决定时，萧红就算不是主动的决策者，也绝不是毫无主见任人摆布的盲从者。

---

①　端木蕻良《友情的丝》，原载于香港《八方》文艺丛刊，1987年第5辑。
②　张梅林《忆萧红》，选自《梅林文集》，上海春明书店印行，1948年1月。

87. "如今我却只感到寂寞"

"不知为什么，莉，我的心情永久是如此的抑郁，这里的一切景物都是多么恬静和幽美，有山，有树，有漫山漫野的鲜花和婉啭的鸟语，更有澎湃泛白的海潮，面对着碧澄的海水，常会使人神醉的，这一切，不都正是我往日所梦想的写作的佳境吗？然而呵，如今我却只感到寂寞！在这里我没有交往，因为没有推心置腹的朋友。因此，常常使我想到你，莉，我将尽可能在冬天回去……"①

抵达香港的那年春天，萧红给白朗写信倾诉自己的抑郁和寂寞，那不只是初到异地的短暂伤感和不适，因为同年6月24日写给华岗的信中她也说了"虽然住在香港，香港是比重庆舒服得多，房子吃的都不坏，但是天天想回重庆，住在外边，尤其是我，好像是离不开自己的国土的。香港的朋友不多，生活又贵。所好的是文章到底写出来了，只为了写文章还打算再住一个期间"之类的话。

其实，身为知名作家的萧红和端木蕻良几乎是一抵港，就受到了当地文艺界的热烈欢迎。如1940年2月3日《大公报》就刊出消息，通知会员们报名参加由中华全国文艺界抗敌协会香港分会举办的招待由渝来港的萧红和端木蕻良的聚餐会，2月5日晚，有四十多位作家到大东酒家参加了聚餐会，会上萧红还作了"重庆文化粮食恐慌情形，希望留港文化人能加紧供应工作"的报告；3月3日晚，香港几间著名女校在坚道养中女子中学举行座谈会，讨论"女学生与三八妇女节"，萧红和妇女领袖廖梦醒等人受邀出席；4月，萧红和端木蕻良以"中华全国文艺界抗敌协会"会员的身份，登记成为"文协"香港分会会员，端木还在14日的换届选举上被推举为候补理事，和著名作家施蛰存一起负责"文艺研究班"的工作；5月11日，萧红和端木蕻良应邀主持了刚成立的岭南大学艺文社的第一次座谈会，他们的谈话被当时艺文社的常务记录、整理，

---

① 白朗《遥祭——纪念知友萧红》，原载《文艺月报》第十五期，1942年6月15日。

以《关于抗战文艺的几个问题》为题发表在 29 日的《艺文专刊》上；5 月 12 日，萧红和端木又出席了"文协"香港分会和中国文化协进会为纪念音乐家黄自逝世两周年而举办的"黄自纪念音乐欣赏会"；8 月 3 日下午 3 时，萧红在加路连山道的孔圣堂参加了由香港的文化团体包括"文协"香港分会、中华全国漫画作家协会香港分会、青年记者协会香港分会、华人政府文员协会、业余联谊社、中华全国木刻协会香港分会等联合举办的鲁迅六十岁诞辰纪念会，会上她还作了关于鲁迅生平事迹的报告，而当晚纪念晚会上演的哑剧《民族魂鲁迅》，也是由"文协"请萧红执笔的剧本改编而来。在那半年里，萧红和端木蕻良参加公开活动的次数，比他们在重庆一年的还多，可见他们在香港文化圈受追捧的程度。

他们还陆续结识了一些新朋友。据端木《友情的丝》一文，他和萧红刚到香港，在九龙尖沙咀金巴利道诺士佛台 3 号住下，著名的"雨巷诗人"戴望舒就登门造访，把他们接到他的"林泉居"去了。"林泉居"位于薄扶林道，是一幢靠山望海、林木环绕的三层小楼，非常适合静心写作。戴望舒给端木和萧红介绍了小楼的周边环境，左邻右舍的国籍、身份和职业，然后和夫人穆丽娟一起邀请萧红和端木搬来同住。考虑到刚刚租下房子，端木又风湿发作爬不得山路，他们婉拒了戴望舒夫妇的好意。不过在香港的两年，端木萧红与戴望舒的来往一直较为频繁。

周鲸文是辽宁锦县人，是著名的东北将领张作相——张学良的"辅帅"、张作霖的"拜把兄弟"——的外甥。周鲸文早年曾在日本早稻田大学、美国密歇根州立大学和英国伦敦大学留学。1931 年回国，在哈尔滨办过《晨光晚报》；1933 年在平津地区组织东北民众自救会，出版过《自救》杂志；1938 年赴港，又创办了《时代批评》。用周鲸文的话说，萧红居住过的城市他都住过，只是因为身属不同的文化圈一直没有机缘碰面。在端木和萧红找到他位于雪厂街十号交易所大楼的办事处之前，周鲸文就听同乡们说过有两位东北作家到了香港，他也想结识他们，所以双方一见如故，从此就常相往来了。有时是到酒楼饮茶，有时是端木萧红到周鲸文家做客。在周鲸文的印象中，端木"身体很弱，中国文人的气质很重，说话慢腾腾的，但很聪明"，而萧红则"面貌清秀，性格爽朗，有人说她孤僻，我对她倒没有这种印象"。1940 年圣诞节前后，萧红曾带着圣诞糕去拜访周鲸文，她走了一段山路和升登楼梯，累得呼吸紧张，在屋里坐了好一会儿才平复下来。周鲸文那时才注意到，不只端木身体不好，萧红的身体也很弱，而且，端木似乎对萧红不太关心。萧红和端木在香港的那两年，周鲸文对他们照拂颇多，除了他主编的《时代批评》上连载过《马伯乐》和《科尔沁旗前史》外，1941 年 6 月他还创办《时代文学》，交由端木全权打理。1941 年年底萧红的健康状况急转直下非住院不可时，周鲸文一力承担了全部医疗开销。香港沦陷前，周鲸文为无处落脚的他们安排了住处。圣诞节那天下午港督宣布投降，周鲸文避难前还曾到时代书店的书库去看望过萧红。①

除了戴望舒和周鲸文，作家叶灵凤、柳亚子、骆宾基、《大公报》著名记者杨刚还有袁大顿等人也都是萧红和端木到香港后结识的友人。萧红和端木在香港的社交生活远比在重庆时丰富，萧红本不应有寂寞之感，不该发出"在这里我没有交往""香港朋友不多"的喟叹，但她确实寂寞，与其说她在香港感到寂寞，毋宁说寂寞从未离开过她，她不断地感受着寂寞书写着寂寞：从《王阿嫂的死》里"王妹子坐在王阿嫂的身边，炕里蹲着小环，三个人在寂寞着"，到《生死场》中"坟场是死的城廓，没有花香，没有虫鸣，即使有花，即使有虫，那都是唱奏着别离歌，陪伴着说不尽的死者永久的寂寞"，再到《搬家》中"我饿了，冷了，我肚痛，郎华还不回来，有多么不耐烦！连一只表也没有，连时间也不知道。多么无趣，多么寂寞的家呀！我好像落下井的鸭子一般寂寞并且隔绝"。《新识》开头"太寂寞了，'北国'人人感到寂寞"，再到《孤独的生活》中"吃了这些东西之后，着实是寂寞了。外面打着雷，天阴得混混沉沉的了。想要出去走走，又怕下雨，不然，又是比日里还要长的夜，又把我留在房间了"……如果将萧红所有的文字放在一起做统计，"寂寞"一定是她使用频率最高的一个词语，她从来没有停止书写那茕茕孑立形影相吊的寂寞，她笔下的人、物、景也无不沾染着寂寞的色彩。寂寞是她最深刻最强烈的个人体验。

因为寂寞，也因为在亲情和爱情两方面都得不到被爱的满足，萧红对友情的需求格外强烈。为了写作她需要安静和独处，但她喜欢的是热闹的、其乐融融的集体生活。1932 年底至 1933 年间在哈尔滨"牵牛房"打发的时光，1937 年下半年在武昌小金龙巷与萧军、端木、蒋锡金共处的日子，和 1938 年 8 月在汉口三教街与孔罗荪、李声韵同住的日子，都是她人生中的快乐片段。她还曾畅想过到重庆后和孔罗荪他们开一间美丽的文艺咖啡室，给作家们提供一处灵魂栖息地，1941 年在病榻上她又向胡风表达了要和老朋友一起办大型杂志的愿望……她惧怕独处，喜欢和朋友在一起，曾因上门"打搅"的频率太高先后招致许广平和池田幸子的不满。1936 年刚到东京时她也曾一天三次上门确认友人许粤华是否在家，1939 年春天在重庆她一个人走难行的山路再爬上三层阁楼去

---

① 周鲸文《忆萧红》，载香港《时代批评》32 卷 12 期，1975 年 12 月。

探望胡风梅志，累得坐下半天才顺过气来。1940年冬在香港她也曾不辞劳苦地独自走过山路和升登楼梯去拜访周鲸文夫妇……她交过很多朋友，至死仍孜孜不倦地编织着人际网络，但她内心深处那个寂寞、不安的黑洞从未餍足。周鲸文看错了，萧红确实孤僻，在热情爽朗的笑容下，“我周围没有一个真挚的朋友”①“半生尽遭白眼冷遇”②才是她的真实感受。

---

① 骆宾基《萧红小传》，黑龙江人民出版社，1981年，第88页。
② 同上，第103页。

88.《旷野的呼喊》：抗战的声音

　　1940 年 3 月，萧红的上一本集子《牛车上》问世近三年后，短篇小说集《旷野的呼喊》作为郑伯奇主编的《每月文库》一辑之十，由上海杂志公司出版了，其中收录的七篇作品全部作于 1938 年下半年至 1940 年初。

　　《黄河》完成于 1938 年 8 月 6 日，是抗战中最大规模最酷烈的一场战争武汉会战打响之后，萧红在炮火中等待一张去重庆的船票时写下的作品。小说的主体部分是一位刚死了老婆要赶早渡河追赶部队的八路军战士和船工阎胡子之间的对话，或者说，是船工阎胡子在自说自话，只有结尾处阎胡子在沙滩上追上士兵，问他"是不是中国这回打胜仗，老百姓就得日子过啦"，士兵回答他"是的，我们这回必胜……老百姓一定有好日子过的"时，双方才像是终于接上了话头。这是一篇带有明显宣传色彩和政治倾向性的小说，和萧红过去那些不成功的短篇小说一样，叙事凌乱松散，人物尤其是八路军士兵基本只是一个脸谱，但小说开头几段描写黄河沿岸风景的文字气势雄浑，充分展现了萧红在景物描写上的天赋：

　　"悲壮的黄土层茫茫地顺着黄河的北岸延展下去，河水在辽远的转弯的地方完全是银白色，而在近处，它们则扭绞着旋卷着和鱼鳞一样。帆船，那么奇怪的帆船！简直和蝴蝶的翅子一样；在边沿上，一条白的，一条蓝的，再一条灰色的，而后也许全帆是白的，也许全帆是灰色的或蓝色的，这些帆船一只排着一只，它们的行走特别迟缓，看去就象停止了一样。除非天空的太阳，就再没有比这些镶着花边的帆更明朗的了，更能够眩惑人的感官的了。"

　　《旷野的呼喊》写的又是一个青年因参加抗日（或革命）丢下风烛残年的老父的故事。弃父出走的主题，萧红在早期的《看风筝》、后来的《北中国》中都写过，只是《旷野的呼喊》里陈公公的儿子并没有真的离家去参加义勇军，害父母担心了三天后他回来了，他去给日本人修铁路了，还暗暗下定了要拔掉铁道上的钉子弄翻日本火车的决心，回来了的他仿佛变了一个人，令父母觉得他像走了一样，"陈公公转了一个身，在转身时他看到儿子在微光里边所反映的蜡明的脸面和他长拖拖的身子。只有儿子那瘦高的身子和挺直的鼻梁还和自己一样。其余的，陈公公觉得完全都变了。只有三天的工夫，儿子和他完全两样了。两样得就象儿子根本没有和他一块生活过，根本他就不认识他，还不如一个刚来的生客"。等父母慢慢适应了儿子的铁路工身份，他弄翻日本火车被捕的消息也传来了，陈公公疯了，在浩浩荡荡的大风中呼喊着奔向荒野。这篇小说和《黄河》一样有生拼硬凑之嫌，算不上佳作，但亦有几个段落精彩可读，尤其是写陈姑妈因儿子失踪心慌意乱的片段，令人联想起《生死场》里可怜可笑的麻面婆。

《朦胧的期待》和《山下》讲的都是女佣的故事，也许因为有长期和女佣们朝夕相处的经历，萧红多次以她们为主人公创作小说。《夜风》里给地主老太太洗衣裳的婆子老李，《烦扰的一日》中那个想离开丈夫去当老妈子、才二十四岁就已半老的婆娘，《桥》里做了乳娘顾不上亲生孩子的黄良子，还有《牛车上》丈夫当了逃兵的五云嫂，萧红给予了这些被侮辱与损害的女性很深的同情，她几乎从未用讽刺性口吻描述过她们，而这往往是她小说中男性主人公时有的待遇。《朦胧的期待》中的二十五岁的女佣李妈和老爷的卫兵金立之好上了，金立之要上前线了，回来看老爷和太太。李妈给他打好了裹腿，又跑去买烟，准备连身上仅有的一元钱都一起给他带走，买烟回来却发现金立之已经走了。这原本又是一个女佣的悲剧，李妈的热情和希望双双落了空，她绝望了，她觉得自己被掏空了，"她的背脊被凉风拍着，好象浸在凉水里一样。因为她站定了，她停止了，热度离开了她，跳跃和翻腾的情绪离开了她。徘徊，鼓荡着的要破裂的那一刻的人生，只是一刻把其余的人生都带走了"。也许是考虑全民抗战的时代不需要个体的悲哀，所以萧红在小说的结尾给了李妈或者说了所有如李妈一样被战争剥夺了一切的人们一丝希望一线曙光：

"夜里，她梦见金立之从前线上回来了。'我回来安家了，从今我们一切都好了。'他打胜了。

"而且金立之的头发还和从前一样的黑。

"他说：'我们一定得胜利的，我们为什么不胜利呢，没道理！'

"李妈在梦中很温顺地笑了。"

《山下》中十一岁的林姑娘本来是嘉陵江边一个甜蜜顺从勤劳的小姑娘，和她残疾的母亲过着极度贫穷的日子。战争的潮水给她生活的小镇送来了许多逃难的有钱的"下江人"，也给了她一个到教书先生家去做帮佣的机会。林姑娘从先生手里拿到了不少赏钱，还获准把先生家吃不完的剩饭剩菜带回家，她和母亲过上了好日子，邻居们很是羡妒。不久，先生家请了厨子，林姑娘不需要每天到饭店为他们取饭了，她的工钱也降低了。林姑娘的母亲受到邻人怂恿，上门去找先生理论、要挟，林姑娘被辞退了。大病一场后，她变得苍白沉默、郁郁不乐，成了一个小大人了。这是一篇用人物心理变化、情绪波动来结构情节的短篇，是典型的萧红手笔，文字优美而富诗意，开头写在江边洗衣的林姑娘，简直就像无忧无虑地在水边玩耍的精灵：

"林姑娘顺着这江，看一看上游，又看一看下游，又低头去洗她的衣裳。她洗衣裳时不用肥皂，也不用四川土产的皂荚。她就和玩似的把衣裳放在水里而后用手牵着一个角，仿佛在牵着一条活的东西似的，从左边游到右边，又从右边游到左边。母亲选了顶容易洗的东西才叫她到河边来洗，所以她很悠闲。她有意把衣裳按到水底去，满衣都擦满了黄宁宁的沙子，她觉得这很好玩，这多有意思呵！她又微笑着赶快把那沙子洗掉了，她又把手伸到水底去，抓起一把沙子来，丢到水皮上，水上立刻起了不少的圆圈。这小圆圈一个压着一个，彼此互相地乱七八糟的切着，很快就抖擞着破坏了，水面又归于原来那样平静。她又抬起头来向上游看看，向下游看看。"

《孩子的讲演》写的也是战争中一个小孩迅速成熟为小大人的故事。小王根是战地服务团九岁的小团员，在一个有五六百人参加的欢迎会上他被请上台发表演讲，紧张中他把听众的笑声和掌声当成了嘲讽，当众大哭起来。这是整部集子中最短的一篇小说，萧红的原意可能是要绘一幅简单利落的速写，但她下笔随意，那些穿插在小王根意识流中的回忆、场面和景物描写，破坏了行文的流畅性，小说因此显得破碎拖沓。

《莲花池》中的小豆是一个父亡母嫁、跟着祖父生活的孤独小孩，他最大的愿望就是去莲花池看一看莲花，但邻家孩子的欺负让他不敢离开家门半步。祖父夜里盗墓白天睡觉，也不能带他去看。他只好一天天地蹲在窗口，从早晨到黄昏，望向莲花池。然后，日本人来了，爷爷再也不能靠盗墓维持生活了，又怕被拦去当兵，只好带着小豆去投靠日本人，诬告他人，结果小豆在审堂室里大喊"汉奸"，被日本兵一脚踢开，不幸死去。小说后半段尤其是祖孙去投敌、小豆被踢死的部分逻辑混乱，缺乏真实感，读起来有如坠云雾莫名其妙之感，但写小豆的寂寞和祖孙俩相依为命生活的前半段则相当细腻感人，萧红在摹写人物心理上的功力始终优于她的叙事能力。

《逃难》是整部集子中较为特别的一篇，它的主人公何南生是一位中学教员，他的嘴里永远骂着"真他妈的中国人"，身上却有着最卑劣的中国人才有的劣根性——自私、伪善、怯弱。刚对学生作完"与陕西共存亡""绝不逃难"的演讲，转眼何南生便带着太太孩子和全副家当到了火车站。说是逃难，他却连点火用的旧报纸都带了五十斤，好不容易等到火车要来了他又匆忙跑回家去收一条太太忘下的小手帕，没有挤上火车何南生骂中国人"要逃不要命"，挤上火车之后又庆幸"还好，还好，人总算平安"……萧红把中国人保存自我的"智慧"集中安放在何南生的身上来讽刺批判，结果用力过猛，反而使人物变形失真。而值得一提的是，《逃难》这篇小说让人不能不联想到叶圣陶1925年发表的短篇小说《潘先生在难中》，叶圣陶的讽刺口吻含蓄一些，控制叙事节奏的技巧也较萧红略胜一筹，因此，同样是教员，同样有着自私、表里不一、软弱的个性，同样是带着太太和两个孩子挤火车逃难，叶圣陶笔下的潘先生却比萧红的何南生更真实可信。

以上便是收入《旷野的呼喊》中七篇作品的大致情况，萧红意图用它们来证明她在1938年1月16日《七月》座谈会上表达过的观点，没有深入前线，不表示与战时生活隔绝了，没有深入前线，一样能写以抗战为背景的作品。总的来说，这些短篇小说都不能算一流的作品，它们有的宣传色彩过于明显，有的完成得草率匆忙，有的暴露了萧红不善叙事和塑造人物的弱点，但在抗战初期普遍浮躁、空洞、粗糙的文学作品中，它算得上一部相对沉潜和精致的集子。

89. 东拼西凑的《萧红散文》

1940 年 6 月，大时代书局又出版了一本《萧红散文》，收录萧红各时期的散文共十七篇，其中九篇曾收入《桥》，其余八篇作于 1937 年至 1939 年。

《鲁迅先生记》由 1937 年 10 月鲁迅周年祭时萧红发表的两篇散文《万年青》（改题为《鲁迅先生记（一）》）和《在东京》（改题为《鲁迅先生记（二）》）组成，这两篇散文本书前文已述及①，不赘述。

在《一条铁路底完成》中，萧红回忆了她年少时参加反对日本在中国东北修筑铁路的学生运动的往事。1937 年 11 月，举国上下抗战激情高涨的时候，萧红也许是受到感染，提笔写下了这篇散文，她详尽细致地回顾了大约十年前自己站在反日运动队伍中的感受。她如此忠于真实和细节，以致正义的运动到她的笔下竟成了一幅又澎湃又滑稽的画面：

"脚踏车队在空场四周绕行着，学生联合会的主席是个很大的脑袋的人，也没有戴帽子，只戴了一架眼镜。那天是个落着清雪的天气，他的头发在雪花里边飞着。他说的话使我很佩服，因为我从来没有晓得日本还与我们有这样大的关系，他说日本若完成了吉敦路可以向东三省进兵，他又说又经过高丽又经过什么……并且又听他说进兵进得那样快，也不是二十几小时？就可以把多少大兵向我们的东三省开来，就可以灭我们的东三省。我觉得他真有学问，由于崇敬的关系，我觉得这学联主席与我隔得好象大海那么远。"

又如她写气势如虹的大队伍在警察鸣枪后瞬间溃散的场景，也十分生动：

"大队已经完全溃乱下来，只一秒钟，我们旁边那阴沟里，好象猪似的浮游着一些人。女同学被拥挤进去的最多，男同学在往岸上提着她们，被提的她们满身带着泡沫和气味，她们那发疯的样子很可笑，那挂着白沫和糟粕的戴着手套的手搔着头发。还有的象已经癫痫的人似的，她在人群中不停地跑着：那被她擦过的人们，他们的衣服上就印着各种不同的花印。"

---

① 见本书第 54 节"萧红与'鲁迅帮'"。

《牙粉医病法》作于 1939 年 1 月，记载的是萧红和池田幸子同住米花街胡同时一段有关殖民者、殖民地的对话。萧红给池田讲了自己的弟弟得黑死病被英国医生用凉水灌肚子灌死的往事，池田告诉她那是帝国主义把殖民地中国人当试验室的动物随便试验的伎俩。她还告诉萧红，她父亲的朋友曾说过，到中国来当医生，无论中国人得了什么病都给开一点牙粉。两人再由牙粉谈到吃人肉，池田觉得日本兵吃女人肉是可能的，因为他们在战争中已经心理变态了，萧红对池田的话并不全信，但也相信一部分，毕竟"池田是生在帝国主义的家庭里，所以她懂得他们比我们懂得的更多"，她因而感慨鬼子真正厉害的地方中国人还不知道呢！

《滑竿》《林小二》和《长安寺》三篇都写于 1939 年春天的重庆歌乐山，写的也都是作者在山上的见闻：《滑竿》中的轿夫像黄河边的驴子一样破烂瘦弱，被人瞧不起，但他们肩负着重庆的交通运转，也记挂着国家大事；林小二是保育院的孤儿，撤退到重庆前他在汉口街头做过几年小叫花，到保育院后他把小叫花的习性都改了，成了一个好孩子，但他看上去很寂寞，也很害羞。萧红看到他终于交到一个朋友时很欣慰，"他是一定会长得健壮而明朗的呀"；安闲宁静的长安寺是一方没有受过战争侵扰的净土，在那里，"耳朵听的是梵钟和诵经的声音；眼睛看的是些悠闲而且自得的游庙或烧香的人；鼻子所闻到的，不用说是檀香和别的香料的气息"，但这是一个战争年代，想到"可能有一天这上面会落下了敌人的一颗炸弹"，萧红就悲哀起来。

那颗可能会落下的炸弹到底落下来了。作于 6 月 19 日的散文《轰炸前后》记载了重庆的五月大轰炸，多次与战争擦肩而过的萧红不得不直面它的恐怖与狰狞了。走在街道上，她耳朵听到的是士兵在废墟中拉拽断墙发出的吆喝声，眼睛看到的是"被炸过了的街道，飞尘卷着白沫扫着稀少的行人"，鼻子闻到的是尸体烧焦的气味，那些尸体都曾是一个个鲜活的生命。萧红不禁问："重庆在这一天，有多少人从此不会听见解除警报的声音了……"这篇散文在编入《萧红散文》前，曾由萧红修改并改题为《放火者》，本书前文引用过其中的段落，这里也不再复述①。

以上便是《萧红散文》中八篇新作的概况，这部集子如其书名所示，没有统一的选编主题和标准，只是将萧红的新旧散文不论好坏地拼凑在一起，因而其总体质量既不如之前的《商市街》，也不如她随后出版的《回忆鲁迅先生》。

---

① 　见本书第 59 节"兵临城下"。

90.《回忆鲁迅先生》，最生动的晚年鲁迅画像

　　1939 年鲁迅逝世三周年前后，萧红写作和发表了一系列回忆鲁迅的散文。完成于 9 月 22 日的《鲁迅先生生活散记——为纪念鲁迅先生三周年祭而作》一文，先是部分发表在 10 月 1 日《中苏文化》第 4 卷第 3 期鲁迅纪念刊上，10 月 14 日前半部分在《星洲日报》副刊《晨星》上发表，题为《鲁迅先生生活散记》。主编郁达夫在编者按中说："萧先生所记者，系鲁迅先生晚年的生活，颇足以补我《回忆鲁迅》之不足，请读者细细玩味，或能引起其他更多关于鲁迅的记述，那就是我的希望了。"11 月 1 日，武汉出版的《文艺阵地》第 4 卷第 1 期上也转载了该文部分内容。另有一篇《记忆中的鲁迅先生》，10 月 18 日至 28 日在香港戴望舒主编的《星岛日报》副刊《星座》上连载，10 月 20 日桂林叶圣陶主编的《中学生》战时半月刊第 10 期上又刊登了萧红的《记我们的导师——鲁迅先生生活的片段》一文。此外，还有一篇《鲁迅先生生活记略》12 月在上海的《文学集林》第 2 辑上发表。

　　写作回忆鲁迅的散文成了 1939 年下半年萧红最重要的创作活动。因为眼见过鲁迅的晚年生活，聆听过他的教诲，接触过他的家庭，鲁迅去世后，萧红不断受到报纸杂志的邀约，请她写有关鲁迅的文章。而萧红写鲁迅，也总是有意落脚于"生活"，这点从她那些文章的标题也不难看出。究其原因，同年 3 月 14 日她写给许广平的信中的一段话应该是最好的解释："导师的长处，我们知道得太少了，想做好人是难的。其实导师的文章就够了，绞了那么多心血给我们还不够吗？但是我们这一群年轻人非常笨，笨得就像一块石，假若看了导师怎样对朋友，怎样谈闲天，怎样看电影，怎样包一本书，怎样用剪子连包书的麻绳都剪得整整齐齐。那或者帮助我们做成一个人更快一点，因为我们连吃饭走路都得根本学习的，我代表青年们向你呼求，向你要索。"①

---

① 引自萧红 1939 年 3 月 14 日写给许广平的信，这封信的前半部分发表在同年 4 月 5 日《鲁迅风》第 12 期上，署名萧红。后来被收入《萧红文集》，题《致 × 先生》。

因此可以推断，在 1939 年 3 月或更早，萧红就意识到除了高歌鲁迅文学成就、研究鲁迅思想的文章，还需要一篇回忆散文，以微小而丰富的生活细节从各个方面呈现鲁迅的完整人格。在她看来，陪伴在鲁迅身边的许广平是写作这篇散文的最佳人选，她当时可能还没有自己动笔实现的想法，但随着一篇篇回忆鲁迅的散碎文章先后出炉，这篇散文已初具雏形了。

　　1939 年 10 月底，萧红将这些回忆鲁迅生活的短文整理成《回忆鲁迅先生》一文，重庆妇女生活出版社在它的基础上加了一篇许广平的《鲁迅和青年们》、一篇许寿裳的《鲁迅的生活》，还有一篇"附记"，次年 7 月出版发行。

　　在《回忆鲁迅先生》前半部分中，萧红将她最擅长的写作手法运用到了极致，基本上舍弃了时间的先后顺序，以一个个生动传神的细节结构全篇。这些细节有的只是一个动作，如"鲁迅先生走路很轻捷，尤其使人记得清楚的，是他刚抓起帽子来往头上一扣，同时左腿就伸出去了，仿佛不顾一切地走去"；或是鲁迅说过的一句话，如"鲁迅先生不大注意人的衣裳，他说：'谁穿什么衣裳我看不见得……'"；或简略地陈述一个事实，如"鲁迅先生喜欢吃一点酒，但是不多吃，吃小半碗或一碗。鲁迅先生吃的是中国酒，多半是花雕"；还有的则集体写一个鲁迅的生活习惯："鲁迅先生包一个纸包也要包得整整齐齐，常常把要寄出的书，鲁迅先生从许先生手里拿过来自己包，许先生本来包得多么好，而鲁迅先生还要亲自动手。鲁迅先生把书包好了，用细绳捆上，那包方方正正的，连一个角也不准歪一点或扁一点，而后拿着剪刀，把捆书的那绳头都剪得整整齐齐。"

　　鲁迅晚年生活的方方面面在萧红的笔下纤毫呈现——鲁迅喜欢北方口味的菜；鲁迅胃不好饭后必吃"脾自美"药丸；鲁迅痛恨青年人写信太潦草；鲁迅最佩服珂勒惠支的画；鲁迅从不游公园；不习惯戴手套围巾；鲁迅平常吃饭的三个菜是炒豌豆苗、笋炒咸菜和黄花鱼；鲁迅有两种纸烟，贵的前门烟用来待客，便宜的自己吸；鲁迅看不惯浓妆艳抹的摩登女子；鲁迅讲自己早年踢鬼的故事；鲁迅的作息时间；甚至鲁迅卧室和书桌的布置等等——她的的确确写出了鲁迅是"怎样对朋友，怎样谈闲天，怎样看电影，怎样包一本书，怎样用剪子连包书的麻绳都剪得整整齐齐"的，这些细节勾勒出的鲁迅形象前所未有的生动立体，幽默、睿智、温暖，富于人格魅力。

　　萧红还花了不少笔墨回忆她和鲁迅一家的交往，回忆鲁迅对她的亲切慈爱：

　　"有一天下午鲁迅先生正在校对着瞿秋白的《海上述林》，我一走进卧室去，从那圆转椅上鲁迅先生转过来了，向着我，还微微站起了一点。

　　"'好久不见，好久不见。'一边说着一边向我点头。

"刚刚我不是来过了吗？怎么会好久不见？就是上午我来的那次周先生忘记了，可是我也每天来呀……怎么都忘记了吗？

　　"周先生转身坐在躺椅上才自己笑起来，他是在开玩笑。"

　　"梅雨季，很少有晴天，一天的上午刚一放晴，我高兴极了，就到鲁迅先生家去了，跑得上楼还喘着。鲁迅先生说：'来啦！'我说：'来啦！'

　　"我喘着连茶也喝不下。

　　"鲁迅先生就问我：

　　"'有什么事吗？'

　　"我说：'天晴啦，太阳出来啦！'

　　"许先生和鲁迅先生都笑着，一种对于冲破忧郁心境的崭然的会心的笑。

　　"海婴一看到我非拉我到院子里和他一道玩不可，拉我的头发或拉我的衣裳。

　　"为什么他不拉别人呢？据周先生说：'他看你梳着辫子，和他差不多，别人在他眼里都是大人，就看你小。'

　　"许先生问海婴：'你为什么喜欢她呢？不喜欢别人？'

　　"'她有小辫子。'说着就来拉我的头发。"

　　散文的后半部分，萧红写了1936年春夏间鲁迅病中的种种情形，大陆新村九号因为鲁迅的病，瞬间寂静了下来：

　　"卧室在黄昏里边一点一点地暗下去，外边起了一点小风，隔院的树被风摇着发响。别人家的窗子有的被风打着发出自动关开的响声，家家的流水道都是哗啦哗啦的响着水声，一定是晚餐之后洗着杯盘的剩水。晚餐后该散步的散步去了，该会朋友的会朋友去了，弄堂里来去的稀疏不断地走着人，而娘姨们还没有解掉围裙呢，就依着后门彼此搭讪起来。小孩子们三五一伙前门后门地跑着，弄堂外汽车穿来穿去。

　　"鲁迅先生坐在躺椅上，沉静地，不动地阖着眼睛，略微灰了的脸色被炉里的火染红了一点。纸烟听子蹲在书桌上，盖着盖子，茶杯也蹲在桌子上。

　　"许先生轻轻地在楼梯上走着，许先生一到楼下去，二楼就只剩了鲁迅先生一个人坐在椅子上，呼喘把鲁迅先生的胸部有规律性的抬得高高的。"

　　在这段文字描绘的有声图画中，外面世界的车水马龙和家长里短是背景，环绕着的画面中央的鲁迅，在一点炉火的照映下显得虚弱、沉静而孤独。鲁迅当然是孤独的，疾病本就是无法与人言说的身体体验，作为思想者的他更加不可能不孤独。萧红或许无法准确全面地论述鲁迅的学术思想文学成就，但她看到了一个老人、一个孤独的个体在盛名之下的寂寞。或许是因为天性善感，或许是同为写作者的同理心，或许因为自己也无时无刻不寂寞，萧红的笔触轻盈地触到了鲁迅灵魂的深层。

现在，《回忆鲁迅先生》已被学界公认为所有回忆鲁迅的文章中最生动隽永的篇章，但在萧红写作它时，它远不如现在受重视，甚至，它是被轻视的。端木代萧红写的"附记"中强调此文记的是"先师鲁迅先生日常生活的一面"，并预告"关于治学之经略，接世之方法，或未涉及。将来如有机会，当能有所续记"。端木后来说，萧红看到他写的后面那几句时觉得口气太大，要求删去，是许寿裳劝说"将来写续篇时，知道多少说多少，知道什么写什么，怎样理解就怎样写，读者还可以从你的理解中多得到一些看法呢"，她才同意保留下来。①从这段"附记"不难看出，在端木蕻良看来，纯粹记录鲁迅日常生活的散文格局太小，终究不如研究他的"治学之经略，接世之方法"有意义。

而根据靳以的回忆，萧红和端木住在重庆秉庄时，有一次他到他们的房间，见萧红在写东西，端木在睡觉，他就问萧红在写什么，萧红一面把稿纸掩上，一面回答他说在写回忆鲁迅先生的文章。这时端木揉着眼睛从床上爬起来，用略带一点轻蔑的语气说："你又写这样的文章，我看看，我看看……"看了一点，他又鄙夷地笑起来，"这也值得写，这有什么好写？……"萧红的脸红了，她气愤地说："你管我做什么，你写得好你去写你的，我也害不着你的事，你何必这样笑呢？"端木没再说什么，但也没有停止他的笑。靳以觉得不平，默默地走开了，"后来那篇文章我读到了，是嫌琐碎些，可是他不该说，尤其在另一个人的面前。而且也不是那写什么花絮之类的人所配说的"。② 这说明，端木的确对萧红写的那一系列回忆鲁迅生活细节、后来被整理成《回忆鲁迅先生》一书的散文心存鄙夷过，而同情萧红的靳以也只是觉得端木不该把他的想法说出来，尤其是不该当着外人的面说出来。至于萧红的那篇文章，"是嫌琐碎些"，他其实也是认同端木的看法的。

① 端木蕻良《鲁迅先生和萧红二三事》，载《新文学史料》，1981 年 3 期。
② 靳以《悼萧红与满红》，载《靳以短篇散文小说集》，平明出版社，1953 年。

91. 胡风的构陷

　　1939 年 6 月，和端木一样在复旦大学任教的胡风也举家搬到了北碚黄桷树镇。但据胡风说，虽然住得近了，萧红一次都没有去看过他，他只从靳以口中得知她"在生活方面的一些不愉快的情况"。胡风认为，因为上次的照片事件，萧红已经将他看成了"萧军党"①。这年秋天，萧红和端木搬进了黄桷树镇上的秉庄。此后，梅志便常常在大街上、复旦大学传达室里碰到萧红，她曾邀请萧红到家里来，遭到婉拒，萧红没有再登过他们的门。梅志和胡风一样坚持认为，萧红和端木在一起之后，因为萧军的缘故，逐渐和他们疏远了。

　　仅仅因为胡风收到了一张萧军的照片，萧红就要和他疏远，这说得过去吗？萧红到底为什么要断绝和老友一家的往来呢？ 1942 年 6 月 20 日，得到萧红去世消息的胡风给萧军写了一封信，其中一段话或许可以解开这个谜：

　　"然而悄吟却死了。我到港后见过她一次，皮包骨头，面无血色，后来不愿而且也不忍再见了。现在听一听，回忆起来，她自西安回来后，我对她过于残酷了。我想她已绝望，但她自己也许还有寻求再生的念头的。但现在她已死了！我要写一篇回忆，但牵及的人事太多，还不能动笔。——端木还想出卖这块人骨头，所以非说出真相不可。你写了什么就寄来。"②

　　胡风到底是怎样"过于残酷"地对待从西安回来后的萧红并置她于绝望境地的呢？他和梅志后来所写的回忆文章都没有一个字提及，但梅志《"爱"的悲剧——忆萧红》一文的字里行间又透露，重庆时期的她和胡风都在有意回避和萧红碰面。从靳以口中得知萧红和端木搬到秉庄做了他们的邻居之后，梅志曾在镇上看见萧红带着保姆买东西，久别重逢按理说她是应该上前去打招呼的，但梅志没有，原因很牵强，说是看见萧红"就这么匆匆忙忙地买着，只想赶快离开"；胡风带梅志去过靳以家，她能找到萧红的住处，但她想"还是不去拜

---

① 胡风《悼萧红》，载《艺谭》，1982 年 4 月。
② 萧军《延安日记 1940-1945》（上卷），牛津大学出版社，2013 年，第 541 页。

访她为好"；一个月后梅志在学校操场篮球架旁碰到正在看夕阳的萧红，梅志还是没有打招呼，"想从她身旁斜穿过去"，这时萧红掉转了头，和她打了个照面，她"只好停住了脚"，邀请萧红去家里坐，萧红犹豫了一下后推说下次再去看他们，从那一刻起，梅志便"隐隐地知道她不会来看我们"了。① 从这些细节不难看出，梅志不想主动和萧红打招呼，不愿邀请她到家里来，更不用说主动上门拜访了。这样不坦率的态度，萧红不可能觉察不到，所以，与其说是萧红疏远了胡风一家，倒不如说，自从和端木在一起之后，胡风和梅志对她有意的疏远，她终于感觉到了，对他们的友情也绝望了。

1940 年 1 月 17 日萧红和端木离开重庆，自然就没有通知胡风了。他们没想到的是，6、7 月间上海的朋友那里突然传来消息，说胡风曾在给许广平的信中说端木和萧红"秘密飞港，行止诡秘"。后来，艾青也向端木蕻良证实，胡风曾写信给他，说端木跟汪精卫去了香港，并在香港安了一个"香寓"。② 这等于无中生有地给萧红和端木扣上了汉奸的罪名，他们既惊且惧，7 月，萧红为此两次写信给华岗，倾诉不满，7 月 7 日的信里说：

"胡风有信给上海迅夫人，说我秘密飞港，行止诡秘。他倒很老实，当我离渝时，我并未通知他，我欲去港，既离渝之后，也未通知他，说我已来港，这倒也难怪他说我怎样怎样。我想他大概不是存心侮陷。但是这话说出来，对人家是否有好处呢？绝对的没有，而且有害的。中国人就是这样随便说话，不管这话轻重，说出来是否有害于人。假若因此害了人，他不负责任，他说他是随便说说呀！中国人这种随便，这种自由自在的随便，是损人而不利己的。我以为是不大好的。"

这封信萧红写得很谨慎，极力克制住了自己的情绪，对胡风的行为，只说"大概不是存心侮陷"，是不管轻重的"随便说话"。到了 7 月 28 日，复华岗的回信时再提到胡风的"侮陷"，萧红的语气就愤慨多了：

"关于胡之乱语，他自己不去撤消，似乎别人去谏一点意，他也要不以为然的，那就是他不是胡涂人，不是胡涂人说出来的话，还会不正确的吗？他自己一定是以为很正确。假若有人去解释，我怕连那去解释的人也要受到他心灵上的反感。那还是随他去吧！

"想当年胡兄也受到过人家的侮陷，那时是还活着的周先生把那侮陷者给击退了。现在事情也不过三五年，他就出来用同样的手法对待他的同伙了。呜呼

① 梅志《"爱"的悲剧——忆萧红》，载《花椒红了》，中国华侨出版社，1995 年。
② 端木蕻良《我与萧红》，载曹革成著《我的婶婶萧红》，江苏文艺出版社，2010 年。

哀哉！

"世界是可怕的，但是以前还没有自身经历过，也不过从周先生的文章上看过，现在却不了，是实实在在来到自己的身上了。当我晓得了这事时，我坐立不安地度过了两个钟头，那心情是很痛苦的。过后一想，才觉得可笑，未免太小孩子气了。开初而是因为我不能相信，纳闷，奇怪，想不明白。这样说似乎是后来想明白了的样子，可也并没有想明白，因为我也不想这些了。若是越想越不可解，岂不想出毛病来了吗？您想要替我解释，我是衷心的感激，但话不要了。"

其中"当年胡兄也受到过人家的侮陷"一句，指的是 1934 年胡风被怀疑为"左联"内奸的往事。1933 年 6 月胡风从日本回国，先后在"左联"任宣传部长、行政书记之职，并负责"左联"与鲁迅的联络工作。1934 年中共上海中央局两次遭到大破坏，书记李竹声和盛忠亮被捕叛变，在国民党中山教育馆任日文翻译的胡风被怀疑为内奸，被迫脱离"左联"。1934 年 10 月的一天，周扬和阳翰笙、夏衍、田汉一起约鲁迅在内山书店见面，提醒他注意胡风，鲁迅不信，反而更加反感他们。这年 12 月 6 日，写给二萧的信中，鲁迅就表达了对文坛中的谣言和造谣者的极端厌恶，他说："中国是古国，历史长了，花样也多，情形复杂，做人也特别难，我觉得别的国度里，处世法总还要简单，所以每个人可以有工夫做些事，在中国，则单是为生活，就要化去生命的几乎全部。尤其是那些诬陷的方法，真是出人意外，譬如对于我的许多谣言，其实大部分是所谓'文学家'造的，有什么仇呢，至多不过是文章上的冲突，有些是一向毫无关系，他不过造着好玩，去年他们还称我为'汉奸'，说我替日本政府做侦探。我骂他时，他们又说我器量小。"[①] 1936 年，《答徐懋庸并关于抗日统一战线问题》一文再次为胡风辩诬："胡风我先前并不熟识，去年的有一天，一位名人约我谈话了，到得那里，却见驶来了一辆汽车，从中跳出四条汉子：田汉、周起应，还有另两个，一律洋服，态度轩昂，说是特来通知我：胡风乃是内奸，官方派来的。我问凭据，则说是得自转向以后的穆木天口中。转向者的言谈，到'左联'就奉为圣旨，这真使我口呆目瞪。再经几度问答之后，我的回答是：证据薄弱之极，我不相信！当时自然不欢而散，但后来也不再听人说胡风是'内奸'了。"[②] 萧红所说"周先生把那侮陷者给击退了"，指的就是鲁迅为胡风反击谣言的往事。

《答徐懋庸并关于抗日统一战线问题》中还有这样一段话："据我的经验，

① 萧军《鲁迅给萧军萧红信简注释录》，黑龙江人民出版社，1981 年，第 62 页。
② 鲁迅《答徐懋庸并关于抗日统一战线问题》，《鲁迅全集》第 6 卷，人民文学出版社，2005 年，第 554—555 页。

那种表面上扮着'革命'的面孔，而轻易诬陷别人为'内奸'，为'反革命'，为'托派'，以至为'汉奸'者，大半不是正路人；因为他们巧妙地格杀革命的民族的力量，不顾革命的大众的利益，而只借革命以营私，老实说，我甚至怀疑过他们是否系敌人所派遣"。[1] 胡风既然不是敌人派遣，又为什么要构陷他昔日的同伙呢？不满萧红和端木当初弃《七月》赴临汾，反感端木的小资产阶级做派，惋惜萧红的错误选择，恼恨他们不辞而别飞离重庆，似乎都构不成罗织汉奸罪名的充分理由。到底是什么促使了胡风这样做，萧红想不明白，多年后端木向葛浩文讲述往事时却透露了一些线索。

1937 年"八一三"之后萧红与端木因筹备《七月》相识并熟识，萧红嗔怪胡风早认识端木却不告诉她和萧军，说："噢，你是单线领导，你是为了讨稿子到那儿去，为了讨稿子到我们那儿。"萧红是随口一说，端木却觉得"胡风这个人不坦率，拿我们做稿源和私产"。[2] 端木 1936 年在文坛崭露头角，除鲁迅和郑振铎曾帮他推介作品发表外，胡风也是给予过提携之力的文坛前辈。他第一个为端木的短篇小说《鴛鷺湖的忧郁》撰写评论《生人的气息》，并赞扬它是当年"创作界底可宝贵的收获"，端木起初是信赖胡风的。鲁迅去世后，茅盾成了左翼文坛的新领袖，文学青年大都聚集在他的周围。端木也经胡风引荐，于 1936 年 11 月第一次见到了茅盾。那时茅盾正办着一个名为"日曜会"的文艺沙龙，成员们每逢周一在上海的"新雅酒家"碰头聚会，端木便经常去那里与王统照、沙汀、艾芜、罗烽等人相聚，并很快得到了茅盾的青睐。得知端木毕业于南开中学而且二哥也在南开教书后，茅盾还让他与二哥联系，设法把他的女儿也转到南开去读书，此事因抗战爆发未成，端木和茅盾亦师亦友的关系却保持下来了。其实，比起端木，萧红认识茅盾更早，1934 年 12 月 19 日鲁迅在梁园豫菜馆宴客，刚到上海的二萧与茅盾就都在受邀之列，但萧红与他一直没有深交，直到结婚后受端木影响，萧红和茅盾才恢复了联系，萧红还曾将作品交给茅盾主编的《文艺阵地》发表。而这，是很可能招致视萧红等人为"稿源和私产"的胡风不满的。

胡风和茅盾关系复杂。1929 年在日本相识，回国后都曾在"左联"任职，也都曾与鲁迅来往密切，但从他们后来的回忆文章看，胡风和茅盾面和心不和，始终在猜忌争斗。茅盾后来承认自己 1935 年下半年就曾向鲁迅进言，说胡风行踪可疑，与国民党有关系，而且消息来自陈望道和郑振铎，是他们从南京方面

---

[1] 鲁迅《答徐懋庸并关于抗日统一战线问题》，《鲁迅全集》第 6 卷，人民文学出版社，2005 年，第 549–550 页。
[2] 端木蕻良《我与萧红》，载曹革成著《我的婶婶萧红》，江苏文艺出版社，2010 年。

的熟人那里听来的。鲁迅听了脸色一变，顾左右而言他，从此他就无法和鲁迅深谈了[①]；而胡风则在回忆录中说创造社的作品，几乎都是大而空的意识形态的表演，没有普通人民的感情，茅盾的作品有具体描写，但形象是冷淡的，或者加点刺激性的色情，也没有普通人民的真情实感的生活[②]。他从一开始就不喜欢茅盾的作品，鲁迅去世后，茅盾文坛领袖的地位也让他不能心服。"八一三"之后茅盾在上海办《烽火》杂志，胡风与冯雪峰、茅盾等人的矛盾激化，便伙同二萧、端木蕻良、聂绀弩等一批年轻作家办《七月》；1938 年 2 月，茅盾从上海到武汉，宣布要编一个大杂志，并对文艺运动提了几点后来被胡风在回忆录中批为"完全脱离了当前的文艺发展实际的"意见。联想到 1936 年"左联"解散时茅盾唯恐左翼作家放弃立场放弃得不彻底，一手办了一个空名的、一成立就消失的"文艺家协会"，胡风觉得茅盾视而不见正在酝酿中的全国性的文艺界抗敌组织，反而想恢复由左翼成员组成的似组织又非组织的左翼作家网，无非想要自己做中心，亲自指定各地的负责人[③]。胡风还认为，茅盾对文艺运动的三点意见其实落脚在交换稿件上，目的是要散布在各地的老左翼作家都向他的大杂志投稿，这无疑会分走《七月》的稿源，胡风对此非常不满。萧红在这个时候向茅盾靠拢，已足以让胡风将她从"鲁迅帮"中剔除了，更何况，萧红也确实在《文艺阵地》上发表过文章，1939 年春天她和端木还打算过随茅盾前往新疆，胡风和梅志回避与萧红碰面，也差不多是从那时开始。

　　构陷事件一出，萧红和胡风五年的友谊就算完了。1941 年皖南事变后，胡风自己也到了香港，得知萧红健康状况不佳，也曾前往探望。据他说，萧红见到他还是很高兴的，还跟他提议将来一起办个大型杂志。萧红去世后，胡风一面写信给萧军，说自己对她"过于残酷"，一面又在追悼会上公开批判萧红注重衣饰。1946 年 12 月 22 日，在纪念萧红的会上，胡风再次对已逝的友人举起批判大旗，他说："萧红后来走向了脱离人民脱离生活的道路，这是毁灭自己创作的道路，我们应该把这当作沉痛的教训。"[④]直到 1981 年，他仍然在文章中坚称萧红和端木的香港之行可疑——"忽然没有告诉任何人，随 T 乘飞机去香港了。她为什么要离开当时抗日的大后方？她为什么要离开这儿许多熟悉的朋友和人民群众，而要到一个她不熟悉的、陌生的、言语不通的地方去？我不知道，我

---

① 茅盾《需要澄清一些事实》，载《新文学史料》，1979 年第 2 期。
② 胡风《胡风回忆录》，人民文学出版社，1993 年，第 1-2 页。
③ 同上，第 87-88 页。
④ 同上，第 351 页。

想也没有人能知道他们的目的和打算吧"①。

只有在回忆录里，写到当初在上海与二萧初识时，胡风才对他昔日的伙伴萧红流露出了些许温情和怀念：

"一次，我们从鲁迅家出来后已经夜深了，电车已停，只好步行回法租界。总有十多里远吧，我们走着一路谈笑，毫无倦意。终于，萧红和我赛起跑来了，萧军在后面鼓掌助兴。完全没有想到这是危险的，万一巡捕拦住讯问身份和住址，那很可能惹出祸来。两三天后，鲁迅先生在给我的信里说，不要在马路上赛跑，就是指的这事。我们在兴奋中一点没有想到危险。"②

---

① 胡风《悼萧红》，载《艺谭》，1982 年 4 月。
② 胡风《胡风回忆录》，人民文学出版社，1993 年，第 50 页。

92.《马伯乐》：“他妈的中国人”

1938 年 4 月，茅盾主编的《文艺阵地》创刊号上发表了讽刺小说《华威先生》，作者张天翼在小说中塑造了一个忙于在各抗日会场表演的小官僚形象，揭露了抗战热潮表象下虚伪浮夸的真实另一面。《华威先生》引爆了此后长达两年的关于抗战文学到底要不要暴露与讽刺的讨论，对它持批评和否定态度的人担心文学作品暴露现实矛盾会散播悲观主义论调，干扰大众的抗战信心和决心，但大部分作家如茅盾、吴组缃、孔罗荪、刘念渠等人则坚持文学的现实主义精神，认为揭露和批判现实的黑暗面不仅对抗战有益无害，也是作家的责任。茅盾还强调作家写黑暗不应等同于展览黑暗，而应该深入挖掘黑暗根源，遵行典型化原则，将描写的重点放在“人”上，人“如何而能克服了那黑暗的一面，或者为什么终于不能克服那黑暗的一面，这才是必须描写出来的焦点”[1]。茅盾对“暴露与讽刺”文学的肯定，与萧红第二次参加座谈会上所说的“现在或是过去，作家们写作的出发点是对着人类的愚昧”[2]，有相近之意。张天翼并非当时唯一写“暴露与讽刺”的作家，随着抗战的持续和深入，很多作家从盲目乐观中清醒过来，看到热火朝天、全民抗战的表象背后，国民性一如既往的虚伪阴暗，于是他们停止摇旗高歌，写起了暴露讽刺小说，萧红也是其中之一。

萧红的作品中向来不乏讽刺的笔墨，1938 年春天在西安，她还向聂绀弩透过自己要写《阿Q正传》《孔乙己》之类而且长度要超过它们的小说的计划[3]，1939 年 1 月，她在端木主编的《文摘》（战时旬刊）上发表了一篇与以往哀婉抒情风格完全不同的短篇小说《逃难》，并将讽刺的枪口对准了一个携家带口逃难的中学教员[4]，而且，正如茅盾对作家们所要求的那样，小说题为《逃难》却

① 茅盾《暴露与讽刺》，《文艺阵地》第 1 卷第 12 期。
② 《现时文艺活动与〈七月〉——座谈会记录》，载《七月》第十五期。
③ 聂绀弩《序〈萧红选集〉——回忆我和萧红的一次谈话》，《聂绀弩全集》第九卷，武汉出版社，2004 年，第 72-74 页。
④ 见本书第 88 节《〈旷野的呼喊〉：抗战的声音》。

并未将叙事的重心放在主人公逃难的过程上，而是着力暴露和讽刺何南生伪善、小气、自私、卑怯的人性弱点上。1940 年到香港后，萧红对《逃难》进行扩写和改写，于是，长度大大超过《阿 Q 正传》和《孔乙己》的长篇讽刺小说《马伯乐》诞生了。

马伯乐出身于青岛一个绅士之家，他父亲既是"穿着中国古铜色的大团花长袍，礼服呢千层底鞋，手上养着半寸长的指甲"、性格悭吝虚伪的纯粹中国老头，却十分崇洋，学着外国人信奉耶稣，教孙儿们读《圣经》，学说外国话，提倡穿西装。马伯乐一方面憎恶家庭，反感父亲说外国这个好那个好，另一方面又继承了他父亲自私小气伪善的性格，而且也常常骂中国人。跟《逃难》里的何南生一样，马伯乐总把"他妈的中国人"这句话挂在口头上，在汽车上被人挤掉了帽子他要骂"他妈的中国人"，走在街上被人撞了要骂"他妈的中国人"，仆人失手摔了杯子他要骂"他妈的中国人"，自己拆信封不小心撕破了里面的信纸要骂"他妈的中国人"，连向父亲要钱没要到，也要骂"他妈的中国人"……马伯乐憎恶世间一切的人和事，只爱自己，他的人生信条是"万事总要留个退步"，而他所谓的"退步"就是"逃跑"。"是凡一件事，他若一觉得悲观，他就先逃。逃到那里去呢？他自己常常也不知道。但是他是勇敢的，他不顾一切，好像洪水猛兽在后边追着他，使他逃得比什么都快"，所以卢沟桥事变的消息一传来，马伯乐就第一个坐上大洋船逃到上海去了。

马伯乐去过上海两次。第一次去是他跟父亲说要到上海 ×× 大学去念书，父亲不同意，马伯乐想到太太已经知道自己正和另外的女子谈恋爱，肯定是她向父亲告了状说自己要追着那女子去上海父亲才不同意的，马伯乐怕再在家里住下去惹出乱子，加上对家庭厌恶之极，就逃到上海去了。马伯乐的离家出走，令人不能不联想到作者萧红本人的往事，她对马伯乐逃离家庭时内心活动的描绘和毫不留情的讥讽，还有马伯乐嘴里和脑子不时冒出的时髦空话，如"青年人久住在这样的家里是要弄坏了的，是要腐烂了的，会要满身生起青苔来的，会和梅雨天似的使一个活泼的现代青年满身生起绒毛来，就和那些海底的植物一样。洗海水浴的时候，脚踏在那些海草上边，那种滑滑的粘腻感觉，是多么使人不舒服！慢慢地青年在这个家庭里，会变成那个样子，会和海底的植物一样。总之，这个家庭是呆不得的，是要昏庸老朽了的"，便值得细细玩味，其中不乏作者对后"五四"时代流行话语体系的反思。

但马伯乐到底没有在外面的世界久留，他没有考上大学，父亲又不肯给费用，在上海待不下去，只好回青岛继续做大少爷。然后，他喜欢上了文学，喜欢看翻译的外国小说，中国小说虽然也读，但总觉得写得不够劲，"比方写狱中记一类事情的，他感觉他们写得太松散了，一点也不紧张，写得吞吞吐吐。若是让他来写，他一定把狱中的黑暗暴露无遗，给它一点也不剩，一点也不留，要说的都说出来，要骂的都骂出来。惟独这才能够得上一个作家"。读了几本世界名著，马伯乐便作起小说来，他边写边抱着本世界名著看，那名著并不写中国，但马伯乐觉得无所谓，只要把外国人的名字如彼得罗夫什么的改成李什么王什么，然后再加上最中心的主题"打日本"就好。马伯乐知道，"现在这年头，你不写'打日本'，能有销路吗？再说你若想当一个作家，你不在前边领导着，那能被人承认吗？"萧红借着马伯乐之口，吐露了她对抗战前后文坛作品主题单一、文学沦为宣传工具的状况的不满。

马伯乐写小说是想卖钱，但除了抄名著他一个字都写不出来，便觉得还是经商赚钱，于是他拿着父亲资助的一笔款子，第二次去上海，开了一家书店。起初，马伯乐的书店开得很阔气，有三层楼，厨房里还请了一个娘姨。书店里往来的人很多，"比方会写一点诗的，或将来要写而现在还未写的，或是打算不久就要开始写的诗人，或是正在收集材料的小说家"，想到今后的生意要靠这些人供稿，马伯乐就做了他们的至交。书店的厨房里常蒸着鸡鸭鱼肉，马伯乐成天和这些未来的文学家们一起吃吃喝喝高谈阔论，什么写作是为了挽救中华民族啦，什么霞飞路上的外国书店啦，什么俄国作家都愿意穿哥萨克衣裳啦，聊到实在没什么话说了，马伯乐就慷慨地请未来的文学家们吃西瓜。理所当然地，马伯乐没阔气多久，就把带来的钱花了一大半，他只好缩小书店规模，停止请客，这样一来，朋友们就来得少了，书店也冷清了。撑了三个月，没出一本书，马伯乐的书店就关门了，他逃难似的变卖了东西，灰溜溜地回了青岛。

卢沟桥事变后，马伯乐第三次到了上海，逃难而来的他"坐了电车经过先施公司、冠生园、大新公司的前边，那里边外边都是热热闹闹的，一点也没有逃难的样子，一点也没有惊慌的样子，太太平平的，人们是稳稳当当的"。见到这景象马伯乐很生气，心里恨极了"他妈的中国人"。尤其是当他向友人们宣传日本人就要打来的思想却不被信任时，马伯乐为人类的愚昧而感到痛苦了，"他就像救世主似的，自动地激发出一种悲悯的情怀"。马伯乐用从家里带来的钱租了一间狭窄的、暗无天日的房子，一边以"省钱第一"地过着极其邋遢肮脏懒惰的所谓"逃难"生活，一边盼着日本人快点打到青岛，好让太太带钱来上海跟他会合。

马伯乐在上海苦苦挨了一个多月，日本人才打来，马伯乐的思想得到了验证，他兴奋得好像自己取得了什么重大胜利一样，只是想到逃出上海需要钱，自己身无分文太太又还在青岛，他才发起愁来，怎么才能让太太早日到上海来呢？马伯乐想出了给太太发电报吞吞吐吐地说自己在上海交了女朋友的计策，他预计太太一看电报就会气得睡不着觉，马上买船票到上海来了。

谁知，马伯乐又等了两个月太太才来上海，那两个月他穷得一塌糊涂，过得惨极了。好在太太到底是来了，太太到的第二天，马伯乐就去梵王渡车站打听了火车票价，他的逃难计划是转道南京往汉口，因为汉口有熟人，大家在一起热闹。但太太一听说马伯乐有朋友在西安做中学校长，马伯乐到那里可以谋个教员职位，就主张去西安，她想不论多少每个月有点进款总是好的。太太手里有钱，马伯乐不愿去西安也不敢跟太太争辩，更不敢问她究竟从家里带了多少钱出来，只能"把他满心事情就这样压着。夜里睡觉的时候，马伯乐打着咳声，长出着气，表现得非常感伤"。太太早已见惯他这副样子，也不去理他。就这样又挨了几天，马伯乐终于为自己不能尽快逃出上海哭了，并且从白天直哭到了深夜。在太太的耐心追问下，他才道出了想去汉口的心声，这回太太不但爽快依了他，连从家里带来的存折也交给他了。三天后，马伯乐终于带着妻儿行李，踏上他的逃难之旅。

这是《马伯乐》第一部的大致情节，不难看出，这部脱胎于《逃难》的长篇小说已焕然新生。如果说《逃难》是一幅何南生速写，那《马伯乐》第一部就是一幅后"五四"时代青年阿 Q 的人物肖像画，在这幅画上，不仅马伯乐的面目、性格和命运清晰可见，一个时代的表情也在他的眉宇嘴角间时隐时现。

《马伯乐》第一部完成于 1940 年夏天，7 月 28 日萧红写信给华岗，就谈到了要在 8 月写一部新长篇小说的计划，信尾她说："附上所写稿《马伯乐》长篇小说的最前的一章，请读一读，看看马伯乐这人是否可笑！因有副稿，读后，请转《中苏文化》曹靖华先生。"可见，写这封信时，《马伯乐》第一部已完稿或接近完稿，萧红对它颇为满意，想知道友人的看法。

可惜，寄出的手稿过了许久才抵达华岗手中，次年 1 月 29 日，萧红给华岗的信中有一句"我那稿子，是没有用的了，看过就请撕毁好了，因为不久即有书出版的"，其中的"稿子"，指的就是她半年前寄出的"《马伯乐》长篇小说的最前的一章"。那时候，正是《马伯乐》第一部单行本① 出版的前后，萧红已完成了另一部长篇小说《呼兰河传》的写作，马不停蹄地投入到了《马伯乐》第二部的写作中，1941 年 2 月 1 日起，《马伯乐》第二部开始在《时代批评》上连载②。

---

① 1941 年 1 月《马伯乐》第一部由大时代书局初版时题为《马伯乐》。
② 《马伯乐》第二部在周鲸文主编的《时代批评》上连载时依然题为《马伯乐》，刊物目录和卷内都没有"第二部""下部"字样。

《马伯乐》第二部的情节紧接着延续第一部，前四章写马伯乐一家五口从上海奋力挣扎到汉口的艰难过程，第五章到第九章写马伯乐一家抵达武汉后的见闻和生活。跟人物肖像画似的《马伯乐》第一部相比，《马伯乐》第二部尤其是前四章更像是一幅战争中逃难者野蛮疯狂的群像：

"从上海开来的火车，一到了淞江桥，翻箱倒筐的人们都从黑黑的车厢里边钻出来了，那些在车上睡觉的，打鼾的，到了现在也都精神百倍。

"'淞江桥到了，到了！'人们都一齐喊着，'快呀！要快呀！'

"不知为什么，除了那些老的弱的和小孩子们，其余的都是生龙活虎，各显神威，能够走多快，就走多快，能够跑的就往前跑，若能够把别人踏倒，而自己因此会跑到前边去，那也就不顾良心，把别人踏倒了，自己跑到前边去。

"这些逃难的人，有些健康得如疯牛疯马，有些老弱得好似蜗牛，那些健康的，不管天地，张牙舞爪，横冲直撞。年老的人，因为手脚太笨，被挤到桥下去，淹死。孩子也有的时候被挤到桥下去了，淹死了。

"所以这淞江桥传说得如此可怕，有如生死关头。

"所以淞江桥上的过客，每夜喊声震天，在喊声中间还夹杂着连哭带啼。那种哭声，不是极容易就哭出来，而是象被压板压着的那样，那声音好象是从小箱子里挤出来的，象是受了无限的压迫之后才发出来的。那声音是沉重的。力量是非常之大的，好象千百人在奏着一件乐器。

"那哭声和喊声是震天震地的，似乎那些人都来到了生死关头，能抢的抢，不能抢的落后。强壮如疯牛疯马者，天生就应该跑在前边。老弱妇女，自然就应该挤掉江去。因为既老且弱，或者是哭哭啼啼的妇女或孩子，未免因为笨手笨脚就要走得慢了一点。他们这些弱者，自己走得太慢那倒没有什么关系，而最主要的是横住了那些健康的，使优秀的不能如风似箭向前进。只这一点，不向前挤，怎么办？

"于是强壮的男人如风似箭地挤过去了；老弱的或者是孩子，毫无抵抗之力，被稀里哗啦地挤掉江里去了。

"优胜劣败的哲学，到了这淞江桥才能够证明不误，才能完全具体化啊。

"同时那些过桥的人，对于优胜劣败的哲学似乎也都大有研究，那些过去了的，先抢上了火车，有了座位，对那些后来的，不管你是发如霜白的老者，不管你是刚出生的婴儿，一律以劣败者待之。

"妇人孩子，抖抖擞擞的，走上车厢来，坐无坐处，站无站处，怀里抱着婴孩，背上背着包袱，满脸混了泪珠和汗珠。

"那些已经抢到了座位的优胜者，坐在那里妥妥当当的，似乎他的前途已经幸福了。对于这后上来的抱孩子的妇人，没有一个站起来让座，没有一个人给这妇人以怜悯的眼光，坐在那里都是盛气凌人的样子，似乎在说：'谁让你劣败的？'

"在车厢里站着的，多半是抱着孩子的妇女和老弯了腰的老人，那坐着的，多半是年富力强的。

"为什么年富力强的都坐着？老弱妇女都站着？这不是优胜劣败是什么？

"那些个优胜者坐在车厢里一排一排地把眼睛向着劣败的那方面看着。非常的不动心思，似乎心里边在说：'谁让你老了的！''谁让你是女人！''谁让你抱着孩子！''谁让你跑不快的！'"

自私自利的逃跑主义哲学信奉者马伯乐，在一群更加自私自利的逃跑主义哲学信奉者面前，沦为"劣败者"了。在梵王渡车站汹涌的逃难人潮中马伯乐一家全体负伤，丢了一只大箱子，奋战两天才挤上火车；上海到南京途中，徒步过淞江桥时，马伯乐和他背上的女儿小雅格被可怕的人群挤下土崖，几乎送命；为了尽早离开南京，一向小气悭吝的马伯乐被帮他买船票的旅馆茶房狠敲了一笔；从南京到汉口的小破船上，在那位拿着几百人的性命作赌注大发国难财并发表着"做人要有良心""全国上下一心抗敌"演说的船老板面前，马伯乐简直要算善良天真了；还有马伯乐父亲的朋友王先生，身为物价评判委员会的官员，口里是"民生第一要紧""在这抗战期间，物价是绝对不应该提高的"的成套官话，赞同马伯乐对趁机涨价、"发国难财"的洋车夫拳脚相加，手上却干着囤积居奇倒卖煤炭的勾当……"他妈的中国人"不再时时挂在马伯乐嘴边了，但马伯乐在逃难途中所耳闻目击的，尽皆是"他妈的中国人"。作者在第一部中施予马伯乐的辛辣讽刺，在第二部中成倍地转移到"他妈的中国人"上。在武汉，马伯乐与青梅竹马的王小姐发生了一段短暂的轻烟薄雾似的恋爱。失恋后马伯乐黯淡了六七个月，等来了"武汉又要撤退了"、逃难又要开始了的"光明"。《马伯乐》第二部的第九章，就在一个承上启下式的句子——"于是全汉口的人都在幻想着重庆"——后完结了。

1941 年 11 月 1 日，第九章在《时代批评》刊出后，《马伯乐》第二部的积稿全部发表完了，而故事的发展看来还很长邈，于是编辑袁大顿为续稿事宜前往玛丽医院探视住院的萧红，萧红说："大顿，这我可不能写了，你就在刊物上说我有病，算完了吧。我很可惜，还没有把那忧伤的马伯乐，提出一个光明的交代。"[①] 就这样，因为萧红的早逝，长篇讽刺小说《马伯乐》成了一部未竟的

---

① 袁大顿《怀萧红——纪念她的六年祭》，原载香港《星岛日报》，1948 年 1 月 22 日。

作品。据袁大顿所说，萧红似乎有意让自私自利的逃跑主义哲学信奉者马伯乐在逃难中接受改造，走向光明；而刘以鬯则推测，萧红接下来要写的是马伯乐一家从汉口逃难到重庆的情形，小说的情节发展将在对战时陪都的揭露和讽刺中达到高潮①。但这都只是猜测，马伯乐未完的旅程，归根到底还是和萧红的生命一起湮灭在炮火中了。

大半个世纪以来，《马伯乐》一直是萧红主要作品中最不起眼的一部。美国学者葛浩文认为，《马伯乐》具有非凡的幽默感和讽刺意味，格调独树一帜，只是因为嘲讽了爱国文学和作家，才遭到了批评界一致的漠视②，"若我们撇开政治观点不论，而纯就《马伯乐》一书的本身价值来估价，可看出萧红不但是个有天才的人，而且也是个有多方面才华的作家"。但葛浩文也不得不承认，萧红过分幽默和啰嗦的倾向，使《马伯乐》的一些情节流于低级闹剧而变得令人讨厌，塑造人物时萧红也没能避免漫不经心、虎头蛇尾的老毛病③。这是中肯的评价。

① 刘以鬯《萧红的〈马伯乐〉续稿》,《短绠集》,中国友谊出版公司，1985 年。
② 在萧红的主要作品中，《马伯乐》遭到的评论界的冷遇的确前所未有，评论家们对这部作品不置一词，以致上世纪八十年代初研究萧红的学者一度将《马伯乐》第一部等同于《马伯乐》，不知道还有第二部的存在。
③ 葛浩文《萧红传》,复旦大学出版社，2011 年，第 106 页。

93. "她站不起来了"

　　柳亚子也是萧红和端木到香港后才结识的文化界友人。柳亚子 1940 年年底到香港，次年 11 月因在《时代文学》上发表《鲁迅先生逝世五周年》和《图南集丙辑》组诗与端木相识。同月，柳亚子到端木的住处拜访，见到了刚从玛丽医院出院、在家养病的萧红。萧红"虽偃卧病榻，不能强起，而握手殷勤，有如夙昔相稔者"，双方均有相见恨晚之感。柳亚子此后便常常登门，陪卧病的萧红清谈，他见端木殷勤地在萧红病榻边端茶送水，便题了《再赠蕛良一首，并呈萧红女士》：

　　　　谔谔曹郎莫万哗，温馨更爱女郎花。
　　　　文坛驰骋联双璧，病榻殷勤伺一茶。
　　　　长白山头期杀敌，黑龙江畔漫思家。
　　　　云扬风起非无日，玉体还应惜鬓华。

　　萧红也曾倚靠在枕头上为柳亚子题诗册子，并叹息什么时候她康健了能陪老先生一起看电影再到酒楼小酌该有多好！[①]柳亚子感慨不已，再赋诗一首鼓励她保重身体以期来日：

　　　　轻扬炉烟静不哗，胆瓶为我斥群花。
　　　　誓求良药三年艾，依旧清谈一饼茶。
　　　　风雪龙城愁失地，江湖鸥梦俩宜家。
　　　　天涯孤女休垂涕，珍重春韶鬓未华。

　　柳亚子的祝福是好的，萧红的病却是严重的，恢复起来又是缓慢的。去玛

---

① 柳亚子《记萧红女士》，载《怀旧集》，耕耘出版社，1946 年。

丽医院打空气针的那天，萧红心情很不错，脚步轻捷，走在路上她记起端木还在时代批评社等她，就打电话过去告诉他自己已经从九龙过海了，先到玛丽医院打针，一个小时后去他那里。她完全没料到自己一进医院就出不来了，所有隐藏的疾病都在空气针的作用下暴露出来了，"打过空气针，她感到的是从来未有过的疲倦，她站不起来了"①。

起初，萧红住的是玛丽医院半开放的三等病室，那里有肺病病人最需要的阳光和新鲜空气，也有她最不堪忍耐的寂寞。端木的腿患了风湿瘫痪症，行动迟钝，过海去医院探访萧红要靠协助他编辑《时代文学》的袁大顿陪同，他无法每天去医院看望她。所以1941年吴似鸿去玛丽医院探望动手术的戴爱莲，得知萧红就住在隔壁，她走进萧红的病房时，见到的情形是萧红"似乎睡着了，一双大红皮拖鞋安放在床边的地板上，房中只有她一个人，并没有见到探望她的友人，寂寞的空气充满着全室"。②加上肺病病人需要休息静养，医生禁止端木带书给萧红，她的寂寞无法排遣，时间没法打发，心情更加抑郁了。在请一个病友陪她吃苹果遭到辞谢后，萧红自怜自伤说："你要吃一片的。因为我们两个人在世界上都是没有亲友关心的，你若是不陪着我吃这一片苹果，你会后悔的；要留一个记忆，说是那一年我和一个名叫萧红的人，在玛丽医院养病，我们一块吃着苹果。"③也因此，在医生拒绝给受凉咳嗽的她打止咳针时，她觉得自己受到了虐待，再也不能遏止出院的念头了。

起初端木考虑到要照顾病人情绪，把她接回去了，但不久病情恶化，他又不得不把萧红送回玛丽医院。后来，端木还告诉葛浩文，萧红住在玛丽医院期间的一个深夜，刮着十二级台风，他突然接到医院来电说萧红病危，他独自深夜过海赶到医院，却看到萧红在睡觉，问护士才知道是电话打错了。那时一方面对医院的荒唐很生气，另一方面也产生了不祥的预感。④

但萧红还是不想住院，端木不答应她出院，她便觉得他没有真诚地为自己着想，只会推脱和说些宽慰的话，所以设法打了电话给于毅夫。于毅夫是当时东北救亡协会香港分会的负责人，他接到电话马上赶到医院并按照萧红的意愿接她出了院。于毅夫此举，让承担了负责萧红全部医疗开支的周鲸文很不以为然，他觉得萧红本来是可以不死的，如果当时她没有执意出院的话：

"萧红虽患肺病，在当时的医药进步情况下，肺病是可以治疗的，何况，她

---

① 骆宾基《萧红小传》，黑龙江人民出版社，1981年，第94页。
② 吴似鸿《萧红印象记》，载《西湖》1980年第2期。
③ 同①。
④ 端木蕻良《我与萧红》，载曹革成著《我的婶婶萧红》，江苏文艺出版社，2010年。

的肺患处已经钙化。偏偏遇到医生主张把钙化的疤吹开，以使根治。这不能说不对，但需按医生的指示治疗。

"在医院治疗时，偏偏有于毅夫这样好心肠的人，见着病人诉苦，感情用事，竟把她接出医院，投到萧红的家——肺病可以肆虐的火坑。（关于这种情况，我平生经过类似的有四个朋友的例子，都是不听医生劝告，自作主张，以致送了命。）

"萧红虽然因一时冲动出了医院，如能经过我的劝告再急行回到玛丽医院，在香港战争期间，医院还是照常工作，她还可有医生照顾，不致使病势恶化，至少也免去东奔西逃的折磨。这折磨，好人都受不了，何况病人！

"简言之，萧红的病初时并不严重，不致到不起的境地。首先是主持病的人误了事。其次，是战争把萧红折磨死。"①

但回到家里的萧红确实心情开朗了不少，她受够了医院的冷清和寂寞，对友情如饥似渴。自她出院，茅盾、巴人、骆宾基、杨刚等文化界友人都曾上门探候，新识的忘年交柳亚子不消说是常常来访，萨空了当时的夫人金秉英也是家中常客。金秉英与萧红年龄相仿，二人在玛丽医院的电梯上偶然相遇相识，萧红出院第二天即差女佣给她送去便条，约她到家一谈。她们是那样情投意合，又有那么多相似之处，话题像黄河水一样滔滔不绝，金秉英每天下午都要陪萧红海阔天空地谈一两个小时，她一天不到，萧红必差女佣去找。据金秉英后来回忆，起初萧红精神很好谈兴很高，还曾提议圣诞节时约几个朋友聚餐，每人自备材料做一个拿手菜，她要和金秉英这个北京人比一比烙葱油饼的手艺。说这话时萧红的语气，就好像再过二十几天她就会好起来一样。她还和金秉英约定来年一起去青岛看海，两个人整天坐在海边的石头上谈天，她自信来年身体一定会好。②相似的憧憬未来的话，萧红对前来探望的胡风也很兴奋地说过。③可惜，萧红未能如她所愿地迅速恢复健康，她的病情在恶化。一天，金秉英去看望萧红，发现她精神萎靡地卧倒在床上，她说是伤风吃点药就会好，但事实却如周鲸文所言，在肺病肆虐的温床——萧红和端木的阴沉的住所里——萧红的病情非但没有好转，反而一天天地加重了。袁大顿记得，那时萧红白天睡不安宁，卧榻常常要南移又要北转，他和端木就像摆动摇篮一样将她的床摆东又摆西，她喉头的痰越来越多了，袁大顿替她买痰盂、买药品，一天要跑几趟，但

---

① 周鲸文《忆萧红》，载香港《时代批评》32卷12期，1975年12月。
② 金秉英《昙花一现的友情——思忆萧红》，载《青海湖》，1980年6月。
③ 胡风《悼萧红》，载《艺潭》1982年4月。

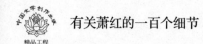

萧红很自信，她要随时了解病情的变化。①

　　祸不单行的是，就在萧红病情一天比一天严重的时候，太平洋战争爆发了。萧红的自信瞬间崩塌，1941 年 12 月 8 日早晨柳亚子赶来看望她时，一反常态地，她的眼睛里满是恐怖，她抓着友人的手说："我害怕！"柳亚子问她怕什么，萧红黯哑地说："我怕……我就要死。"② 这是当天在场的骆宾基的记载。

　　萧红去世后，柳亚子忆及当天情形，也说"太平洋战争爆发，女士嘱端木以笺招余，至则惊怖甚，谓：'病体不支，闻飞机声心悸弗可止。'余强颜慰藉之，悄然别去"③，1945 年他在《八年回忆》写到太平洋战争爆发，再次提及那天萧红"受了刺激，神经有些失常，拖住了我，坚决地要我和她在一起，她认为这样她才可以安心。但事情是不可能的，我只好安慰了她一下"④。很可能，萧红之前的自信只是要强的伪装，早在端木不祥的预感前，她就感觉到了死神冰冷的逼近，她努力拉拢每一个新结识的友人，试图从友情里寻找依靠，不料死神带来了它最强大的武器——战争。

① 袁大顿《怀萧红——纪念她的六年祭》，原载香港《星岛日报》，1948 年 1 月 22 日。
② 骆宾基《萧红小传》，黑龙江人民出版社，1981 年，第 97 页。
③ 柳亚子《记萧红女士》，载《怀旧集》，耕耘出版社，1946 年。
④ 柳亚子《八年回忆》，《柳亚子先生文集自传·年谱·日记》，上海人民出版社，1986 年，第 233 页。

94.端木的第三宗"罪"

萧红去世后，端木蕻良最为人诟病的一点便是曾经弃她于战乱中的香港不顾，而大部分针对他的指责，资料来源都是骆宾基的《萧红小传》。

照骆宾基的说法，太平洋战争爆发后是他将萧红从九龙护送到香港并安排进思豪酒店的，端木从战争爆发的第二天也就是 1941 年 12 月 9 日起就再也没有露过面，不知道躲哪儿去了。由于萧红的恳求，骆宾基不得不留在酒店陪护已不能走动的她，萧红告诉他端木准备突围，已经和她告过别，不会再来了，她和端木"不能共患难"。不久，端木突然回来，带来了两个苹果和柳亚子赠送萧红的四十美金，被问到是否准备突围时，他回答说："小包都打起来了，等着消息呢！"然后，他为萧红刷洗了痰盂，走了，直到 1942 年 1 月 12 日才再度现身。也就是说，在骆宾基的叙述中，从 1941 年 12 月 9 日到 1942 年 1月 12 日，整个香港天翻地覆的一个多月里，端木在萧红身边只待了短暂的一瞬间，直到香港沦陷半个多月后，萧红病情加重住进医院，他才再次回到她身边，"一九四二年一月十三日黄昏，萧红躺在跑马地'养和医院'的病室里，C 君和头天晚上带着行李来的 T 君在床侧，围踞在酒精蒸汽炉旁。那天萧红动过手术"①。

相似的说法，隔了三十多年后，骆宾基在为重版的《萧红小传》写"修订版自序"时又强调了一遍：

"从一九四一年十二月八日太平洋战争开始爆发的次日夜晚，由作者护送萧红先生进入香港思豪大酒店五楼以后，原属萧红的同居者对我来说是不告而别。从此之后，直到逝世为止，萧红再也没有什么所谓可称'终身伴侣'的人在身边了。而与病者同生死共患难的护理责任就转移到作为友人的作者的肩上再也不得脱身了。

---

① 骆宾基《萧红小传》，黑龙江人民出版社，1981 年，第 98-100 页。

"一九四一年十一月①，萧红在战争期间与战后经过四迁而后进入跑马地养和医院，这已经是战争威胁解除约两周之久了。曾经'不告而别'的 T 君，又同样突然地'不告而来'，带来了全部行李，自告奋勇地表示愿意伴我来陪住了。"②

因为端木蕻良的沉默，在一段漫长的时间里骆宾基的说法被认为是对萧红生命最后阶段最权威和真实的记录，端木蕻良也因此被钉在了"薄情"和"不负责任"的耻辱柱上。但从上世纪七十年代起，端木和周鲸文先后开口回忆 1941 年战争爆发后那一个多月里发生的往事，由于时间久远或记忆衰退等种种原因，他们提供的细节有些相互抵触、对不上号，但还是足以拼贴出大概的事实轮廓。而骆宾基完成于 1946 年的《萧红小传》和作于 1980 年的《修订版自序》中很多关于端木蕻良的说法也被发现是站不住脚的。

首先，据曹革成《我的婶婶萧红》一书记载，战争爆发后将萧红从九龙护送到香港并安排进思豪酒店的，并非骆宾基一人，还有端木和于毅夫。12 月 8 日晚，三人用床单做了一副临时担架抬上萧红，乘坐小划子偷偷离开遭炮火袭击的九龙，渡海到了香港，他们先是去《时代批评》的职工宿舍找张慕辛和林泉，扑空后又赶到这二人借住的思豪酒店五层张学良之弟张学铭的包间，张、林看到他们，将房间让出来，萧红这才住进了思豪酒店③。曹革成的叙述来自他叔叔端木蕻良的回忆，较《萧红小传》的更详细，也更符合逻辑。因为战争爆发时萧红已病重至无法下床走路，骆宾基凭一己之力是无法带她渡海再设法找到住处的，骆宾基有意对端木和于毅夫的在场略而不提，便给读者留下了端木完全置身事外、萧红只有骆宾基可以倚靠的印象。

其次，根据周鲸文 1975 年发表的《忆萧红》一文，12 月 17 日或 18 日下午两三点钟，端木和于毅夫曾将萧红抬到他家里，同去的还有于太太和两个孩子。他们稍作休息后，就开始商量解决住在哪儿尤其是萧红住在哪儿的问题。当时周鲸文一家住的楼房已遭过炮轰，并随时有再遭轰炸的可能，所以警报一响或炮火一攻大家就都得挤到车房去避难，一天不知道要跑多少次。萧红不能行走又经不起颠簸，肯定是不能住楼房里的，只能住车房，但车房本身已住满了人不说，那里封闭潮湿的条件也不适合萧红，再加上萧红的肺病又很严重，周鲸文也不得不替孩子们考虑，于是经过讨论，"大家决定暂把萧红送到雪厂街思豪酒店，由端木照顾她。临行时，我交给端木五百港币"④。

---

① 原文如此，当是骆宾基笔误，应为"一九四二年一月"。
② 骆宾基《萧红小传修订版自序》，《萧红小传》，黑龙江人民出版社，1981 年，第 6 页。
③ 曹革成《我的婶婶萧红》，江苏文艺出版社，2010 年，第 191 页。
④ 周鲸文《忆萧红》，载香港《时代批评》32 卷 12 期，1975 年 12 月。

按照周鲸文的说法，就算端木确曾抛下萧红准备自己突围，那么，他也早在香港沦陷之前就回到她身边了，萧红在炮火中的几次转移也都是他和周鲸文协商后做出的决定。周鲸文的叙述，与端木自己的表述基本上是可以相互印证的，只是周鲸文记混了酒店名，端木和于毅夫是在将萧红抬出中弹的思豪酒店后才找到周鲸文家的，所以他们讨论后将萧红送进的酒店是告罗士打，不是思豪。

不久，日军登陆香港，接管了告罗士打酒店，萧红和端木等人只好再次迁出，辗转几处后端木又找周鲸文想办法，周鲸文想到了他在斯丹利街时代书店后面租的用作书店同仁宿舍和书库的两层房子，书库那层存书不多，又宽敞又安静，萧红住在那里的话，书店同仁也好关照。就这样，12月24日，圣诞前夕，萧红住进了时代书店的书库。次日下午，港督宣布投降，香港沦陷。周鲸文在《时代批评》办事处打发家眷离开后，也换上了广东流行的工人短装，准备撤离香港。临行前他曾到斯丹利街看望书店同仁和萧红，在书库他见到了"蜷伏在一架小床里，似在昏沉沉熟睡"的萧红，周鲸文没有惊动她就离开了。他可能不知道萧红的病情正在急速恶化，不过就算知道他也无能为力了。战争打乱了一切既定秩序，个人的命运已如大浪中起伏的一叶扁舟，没有方向，也微不足道。港英政府与日本签订占领合约后，端木就不得不上街去为萧红寻找营业的医院了。

因此，可以确定骆宾基有关端木蕻良停战两周后也就是1942年1月12日才回到萧红身边的说法是不符合事实的。如果端木蕻良确曾离开过萧红，那么他回到萧红身边应该是在他们迁出思豪酒店之前，确切的日期，按周鲸文所说是不迟于1941年12月17、18日这两天。而曹革成《我的婶婶萧红》一书也说12月18日日军空袭中环当晚思豪酒店六楼中弹，"骆宾基起而避到底楼。端木蕻良正给萧红热吃的，闻声奔到床边把萧红搂住"[1]，次日他们便搬出酒店，先将萧红转移到周鲸文家继而住进了告罗士打酒店，因此，最迟是在12月18日，端木便回到了思豪酒店萧红身边。

那么，端木到底有没有弃病重的萧红不顾而打算自行突围过呢？1975年1月3日周鲸文在接受刘以鬯的访问时直言："端木初时，有突围的打算。后来因萧红的病日渐加重，改变了主意。"[2]事实上，早在太平洋战争爆发之初，也就是12月8日端木、萧红等人从九龙转移到香港的当晚，周恩来就密电指示八路军

---

① 曹革成《我的婶婶萧红》，江苏文艺出版社，2010年，第175页。
② 刘以鬯《周鲸文谈端木蕻良》，《见虾集》，辽宁教育出版社，1997年8月。

驻香港办事处主任廖承志做好撤离留港进步文化人士的准备。次日，周恩来再次致电廖承志，部署将滞港进步人士经澳门或广州湾撤往桂林的具体方案。而据钟耀群说，萧红住进思豪酒店之后，端木就接到了于毅夫的通知，说过几天要在告罗士打酒店地下大厅召集滞港文化人，布置撤退事宜，病重不能行走的萧红自然无法参加。①端木之打算突围，很可能就是指在组织安排下撤离，而无法下床的萧红则一时未能进入撤离名单。作为香港文协会的理事，端木安顿萧红住进思豪酒店后离开，也可能是去组织和参加告罗士打酒店的集会了，所以他回思豪酒店给萧红送苹果和美金，被问到是否准备突围时，他的回答是包已打好，"等着消息呢"。

端木蕻良曾因萧红的早逝而饱受指责，他澄清过，辩白过，但无论他自己，还是他的代言人钟耀群和曹革成，都没有否认过太平洋战争爆发后他曾想突围，想离开香港。这或多或少说明，他确曾有过突围的打算，还告诉了萧红。也许他认为组织肯定也会安排萧红撤离的，只是他先走萧红后走而已，就像1938年从武汉到重庆那样，他不知道那时的萧红对死亡充满了恐惧，最需要安全感和他的扶持，而萧红大概由于心寒和倔强，也没有要求他留下。这件事是他们三年多婚姻状况的一个缩影，像周鲸文说的，端木对萧红不太关心，他"是文人气质，身体又弱，小时是母亲最小的儿子，养成了'娇'的习性，先天有懦弱的成分"，萧红呢，"小时没得到母爱，很年轻就跑出了家，她是具有坚强的性格，而处处又需要支持和爱"②。他们都希求被爱，也都无法从对方那里得到满足，两人心里一直有隔阂。

端木终究没有走，可能是萧红日渐恶化的病情让他后知后觉地意识到了身为丈夫的责任，也可能是因为他最终被组织安排与萧红一同撤离③。无论如何，1942年1月萧红住进养和医院前，在茅盾、叶以群、邹韬奋、柳亚子、何香凝等人撤离香港的时候，端木蕻良则拖着病腿奔波在战后混乱的街头，为萧红寻找开门接纳病人的医院。

---

① 钟耀群《端木与萧红》，中国文联出版公司，1998年1月。
② 刘以鬯《周鲸文谈端木蕻良》，《见虾集》，辽宁教育出版社，1997年8月。
③ 据曹革成《我的婶婶萧红》一书第177页记载，萧红入住养和医院之前，于毅夫找到端木蕻良，代表组织给了他一笔医疗费，并通知他，他和萧红的撤离将由王福时来安排，一旦萧红能行动了，就由王福时护送二人离港。

95. "我所需要的就是友情的慷慨"

　　骆宾基原名张璞君，祖籍山东平度，1917 年出生在吉林珲春县一个经营茶庄的商贩之家。骆宾基早年的经历与端木蕻良相似，记事起家道就开始衰落，少年时被送到关内求学，未及成年又失去了父亲。父亲去世后，骆宾基去了北平，在北京大学和中国大学旁听了一年半之后回到珲春，打算去苏联读"东方大学"，但当时边境遭日本关东军封锁，他出不了国门，只好去哈尔滨进修俄语。在那里，他认识了地下党员金剑啸——萧红和萧军的老朋友。从金剑啸的口中骆宾基得知二萧在鲁迅的扶持下出版了《生死场》和《八月的乡村》，成了作家，于是 1936 年 4 月，骆宾基也到了上海。

　　在上海，年轻的骆宾基和当时大部分的文学青年一样租住在狭窄的亭子间，靠着母亲辗转寄来的五十块大洋维持着贫寒的生活，他一边奋笔疾书，一边向鲁迅靠拢。长篇小说《边陲线上》才写了几章，骆宾基就将稿子寄给了鲁迅，询问是否有出版价值，1936 年 7 月 10 日鲁迅日记里便有"得张依吾信并稿，即复还"的记载，"张依吾"就是骆宾基。此后两个月，鲁迅日记里不时出现"得依吾信""得依吾信并稿""还依吾稿，复回信""复张依吾信"等字眼，其时鲁迅在病中，精力大不如前，回信也不太长，骆宾基的失望可想而知。鲁迅去世后，他又鼓起勇气写信给另一位文坛领袖茅盾，附上了刚完稿的《边陲线上》，茅盾看后回信说将在小说修改后介绍出版。可惜，这部长篇小说出版过程之坎坷又和端木蕻良的《科尔沁旗草原》有的一比，直到 1939 年底才得以问世。

　　1937 年抗战爆发，骆宾基先是参加了"青年防护团"和国民政府军事委员会领导下的一支"别动队"，年底又经茅盾等人推荐赴浙东从事基层救亡宣传工作，随后加入中国共产党。1938 年 11 月他被调往绍兴主编宁绍特委机关刊物《战旗》。1940 年夏天骆宾基前往皖南，想要实地采访陈毅率领的新四军，结果非但没有如愿，回到浙东后还因为此行的"小资产阶级知识分子的自由主义"色彩，失去了工作和党组织关系。失落的骆宾基在冯雪峰的鼓励下重拾纸笔，并于 1940 年底到了桂林，但很快就是"皖南事变"，文化界人士纷纷离开桂林奔赴香港，骆宾基也设法攒了一笔路费，1941 年 9 月底经澳门去了香港。

抵港后骆宾基身无分文，他想起了同为东北作家的端木蕻良，就打了个电话。据当时在《时代批评》做编辑的张慕辛晚年回忆，端木蕻良接到骆宾基的电话后便写信给他和林泉，托他们照顾骆宾基。就这样，骆宾基住进了时代批评社的宿舍，因为是同乡，张慕辛和林泉接待他很热情，吃住在一起之外，还给他安置了一处安静的写作环境，每晚请他去安乐园喝茶，又在《时代批评》上预留版面给他。骆宾基的一篇描写南方部队战士生活的小说《生活的意义》就是张慕辛作了初校送去付排的。那时，张慕辛家住澳门，一次，他要回家，骆宾基给了他一张当票，说途经澳门时为买来香港的船票当掉了行李，张慕辛便出钱帮他赎了回来。为了让骆宾基挣到维持生活所需的稿费，端木撤下自己正在《时代文学》上连载的长篇小说《大时代》，空出版面发表骆宾基的《人与土地》。①

骆宾基在时代批评社宿舍住了两个月才搬去九龙，他的几位东北同乡对他可谓无私友爱，所以战争爆发后他原打算离开香港，打电话向端木辞行时一听说需要人手帮忙照顾萧红，他就留下来了。他只见过萧红两次，还不算上熟。

1941 年 12 月 9 日，端木、于毅夫和骆宾基一起将萧红从九龙住处转移到香港的思豪酒店之后，于毅夫走了，不久端木也出去了，《大公报》记者杨刚来探望过萧红后也走了。骆宾基起身向萧红告辞，说要回九龙去取自己的长篇小说《人与土地》的稿子，萧红一听，便开始设法挽留他：

"那时候萧红已经半年不能走动了，她躺在床上说：'英国兵都在码头上戒严，你为什么冒险呢？'

"'我要偷渡。'C 君说。

"'那么你就不管你的朋友了么？'

"'还有什么呢？我已经帮你安排好了。'

"'你朋友的生命要紧还是你的稿子要紧？'

"'那——我的朋友和我一样，可是我的稿子比我的生命还要紧。'

"'那——你就去！'

"'那是自然的。'

"然而 C 君发现萧红埋过脸去，在一段理论式的对话里，'崇高精神'和'作

---

① 见曹革成《我的婶婶萧红》，江苏文艺出版社，2010 年，第 172-173 页。

家向作家的要求'之类的语句里，C 君终于沉思着在萧红面前安定下来了。"①

兵荒马乱的世界、人去楼空的酒店和不能动弹的身体，萧红好像画了一个周长为十年的圆圈，回到了那个令人恐惧绝望的起点——1932 年哈尔滨的东兴顺旅馆。端木走了，可能不会回来了，就像当年的汪恩甲一样。萧红不想死，她要活，恐慌中她几次试图抓住点什么而未遂，现在不能放过眼前唯一的生机了。于是她向他说理，先用"崇高精神"和"作家向作家的要求"之类的大道理稳住了这个年轻人，然后再对他动之以情：

"萧红说：'对现在的灾难，我所需要的就是友情的慷慨！你不要以为我会在这个时候死了，我会好起来，我有自信。'

"萧红说：'你的眼光就表示你是把我怎么来看的，这是我从前第一回见到你的时候，就感觉到的了。你也曾经把我当作一个私生活是浪漫式的作家来看的吧！你是不是在没有和我见面以前就站在萧军那方面不同情我？我知道，和萧军的离开是一个问题的结束，和 T 又是另一个问题的开始。你不清楚真相，为什么就先以为是他对，是我不对呢？作人是不该这样对人粗莽。'

"萧红说：'我早就该和 T 分开了，可是那时候我还不想回到家里去，现在我要在我父亲面前投降了，惨败了，丢盔弃甲的了。因为我的身体倒下来了，想不到我会有今天！'

"萧红说：'T 是准备和他们突围的。他从今天起，就不来了，他已经和我说了告别的话。我不是已经说得很清楚么？我要回家乡去。你的责任是送我到上海。你不是要去青岛么？送我到许广平先生那里，你就算是给了我很大的恩惠。我不会忘记。有一天，我还会健健康康地出来。我还有《呼兰河传》的第二部要写……'

"萧红说：'他么？各人有各人的打算，谁知道这样的人在世界上是想追求些什么？我们不能共患难。'

"萧红又说：'我为什么要向别人诉苦呢！有苦，你就自己用手掩盖起来，一个人不能生活得太可怜了。要生活得美，但对自己的人就例外。'"②

正如萧红所言，她不是一个热衷于诉苦的人，哪怕是对好友白朗她也没有尽情倾诉过内心的痛苦，但她必须对还不熟悉的骆宾基剖白自己，尽力打消他对自己的成见。于是，她对他详述曾经叛逆倔强的青春，与萧军、端木的分合，坦承人生的失败，明确表示需要他的帮助而且将来一定回报他的恩惠，她称他

---

① 骆宾基《萧红小传》，黑龙江人民出版社，1981 年，第 98 页。
② 同上，第 98-99 页。

为"自己的人"……

骆宾基被说服了，放弃了离开的念头，他在萧红的讲述中不仅重新认识了她，也重新认识了端木蕻良。他忍不住问她："我不理解，怎么和这样的人能在一块共同生活三四年呢？这不太痛苦么！"萧红回答："筋骨若是痛得厉害了，皮肤流点血也就麻木不觉了。"①外面的世界炮火连天，骆宾基陪萧红躲在暂时的安稳里，用交谈打发漫长的时间。②

后来端木去而复返，思豪酒店中弹后萧红被抬着四处转移，最后落脚在时代书店的书库里。12月25日港英政府投降，端木又开始忙于寻找食物和开张的医院。守在萧红身边的一直是骆宾基，她对他有了更多的信任和依赖。1月12日住进养和医院后，疲惫不堪的骆宾基看端木在旁边，就提出自己要去找个僻静的地方大睡一觉。此前萧红已经得知组织上安排了王福时来负责她和端木的撤离，只等她病情好转能行走，王福时就会护送他们离开香港，但这还是没有给予她足够的安全感，她对骆宾基的要求很警觉，立刻吩咐端木回避，单独告诉骆宾基她要他护送回上海的打算并未改变，同意他回书店宿舍休息一晚但绝不允许他擅自离开香港回九龙③。骆宾基无奈遵从，直到九天后的1月21日，萧红住进了玛丽医院，他才借着买火柴的机会脱身回九龙住处取书稿，次日清晨捧着大堆食物赶回香港时，骆宾基发现玛丽医院被日军接管了，挂上了"大日本陆军战地医院"的牌子，昏迷中的萧红被转移到红十字会在圣士提反女校设立的临时病院，于上午11点停止了呼吸。

骆宾基一共陪护了萧红四十四天，在她最后的无助时刻里他给了她安慰和希望④。临终前，萧红兑现了要回报他的恩惠的承诺，骆宾基得到了她已发表但尚未出版的长篇小说《呼兰河传》的版权。但萧红永远不会知道的是，陪伴她度过生命中最后一个半月的两个男人，在她离世不久就因为《呼兰河传》的版权问题闹到了斯文扫地不可开交从此老死不相往来的地步。据孙陵说，端木和

① 当时萧红怨恨端木要弃她突围，在对骆宾基的讲述中难免有夸大她和端木婚姻不幸、抹去他优点的激愤之辞。骆宾基同情萧红的遭遇，又不满端木在思豪酒店把萧红交给他就撒手不管，再加上萧红去世后他和端木在《呼兰河传》版权上产生纠纷，写《萧红小传》时他放大了自己的情绪。

② 萧红曾给骆宾基描述过一篇她酝酿中的小说，后来骆宾基根据她生前的讲述写出了《红玻璃的故事》，发表在1943年1月15日《人世间》第1卷第3期上，署名萧红遗述、骆宾基撰。

③ 骆宾基《萧红小传修订版自序》，《萧红小传》，黑龙江人民出版社，1981年，第6页。

④ 根据孙陵《我熟识的三十年代作家》（台北成文出版社，1980年）一书，萧红临终前曾写下"我恨端木"的小纸条交给骆宾基，并许诺病愈后与他结合。此事若属实，则是萧红人生中又一个仓促的重大决定。

骆宾基埋葬萧红之后离开香港去了桂林，住在他位于榕荫路的两间租房里，住了两个月之后，他不得不对争吵斗殴的他们下逐客令。孙陵还说，当时骆宾基打赢端木后，拿出一封萧红痛骂端木的信和一张萧红临终前写下的"我恨端木"的小纸条，宣布他记下的萧红遗嘱是《商市街》的版权给张秀珂，《生死场》的给萧军，《呼兰河传》的归他，端木什么也得不到。端木不服，两人便到上海杂志公司的桂林分公司去理论，结果骆宾基胜诉①。端木后来对葛浩文解释说，萧红在养和医院做完手术后确曾跟他说过想用《生死场》的版税酬谢骆宾基，考虑到《生死场》出版已久合同期内的版税所剩不多，便转而想将《呼兰河传》的版税相赠，是"版税"，而非骆宾基所说的"版权"②。

① 孙陵《骆宾基》，《我所熟识的三十年代作家》，台北成文出版社，1980年。
② 端木蕻良《我与萧红》，载曹革成著《我的婶婶萧红》，江苏文艺出版社，2010年。

96. 致命的一刀

1941 年 12 月 25 日港英政府投降，28 日日军进城，接管香港发行军票。短短二十天，一座热闹繁华的城市死了，如另一位女作家后来在小说里写的：

"在那死的城市里，没有灯，没有人声，只有那莽莽的寒风，三个不同的音阶，'喔……呵……呜……'无穷无尽地叫唤着，这个歇了，那个又渐渐响了，三条骈行的灰色的龙，一直线地往前飞，龙身无限制地延长下去，看不见尾。'喔……呵……呜……'叫唤到后来，索性连苍龙也没有了，只是一条虚无的气，真空的桥梁，通入黑暗，通入虚空的虚空。这里是什么都完了。剩点断堵颓垣，失去记忆力的文明人在黄昏中跌跌跄跄摸来摸去，像是找着点什么，其实是什么都完了。"①

战争劫掠过的城市街头横陈着尸体，商铺关门了，到处是烂仔，活下来的人们忙不迭地逃离。为了早日逃出这座死城，也因为萧红的病越来越严重，端木蕻良不得不冒险上街去寻找营业的医院，最后，他找到了位于跑马地的养和医院，这是当时香港最好的私立医院。晚年的端木蕻良回忆他和医院接洽的过程时说：

"医院最好的大夫叫李树魁，只有他还在开业，我接触的是他弟弟李树培，现在大概不在了。这个人我估计他就是要骗钱。因为当时最需要军票，因此他说，我可以给你介绍一个房间，但不要美金、港币，只要军票。当时我哪有军票？即使找朋友能借到金子，银行也冻结了，我连斯诺夫人邮来的稿费都取不出来。另外，骆宾基写文章连点常识也没有。他不知道，在香港，你得先付医院手续费和一星期住院费，还需要付一星期的特别护理费，骆说一百块钱就怎么了，他一点儿常识都不知道。造谣也该有点常识。我得把这些钱都准备好，人家才允许萧红住院。特别是护士费，是一天，昼夜，

---

① 张爱玲《倾城之恋》，《张爱玲集倾城之恋》，北京十月文艺出版社，2006 年，第 218-219 页。

一个夜班要加 25 块钱。养和医院多半是外国护士，看护萧红的可能是个波兰人。"①

　　端木设法把手上的美金和港币兑成军票交了住院的费用，萧红住进了养和医院，李树培给她做了身体检查后说她气管里有瘤子，要开刀。端木知道肺病病人开刀不易封口，他二哥曹汉奇患脊椎结核在北京协和医院开刀后躺了八年还未能起床，所以他不同意给萧红开刀。但李树培反问是听我的还是听你的，端木就底气不足了，治病当然要听医生的。萧红本来就不信任端木，这时又着急离开香港，再加上她早就对此前玛丽医院的保守治疗不耐烦了，于是对端木说你不要婆婆妈妈的开刀有什么了不起，见端木还是不肯在手术单上签字，她就自己签了。萧红一签字，医院就再也不理端木了，很快就把萧红送进了手术室，又很快把手术做好了。端木看手术流血不多，萧红精神不错，还很高兴，觉得医生利落，麻醉技术也高。但他溜进手术室想问问大夫开刀的结果再看看切出的瘤子时，见盘子里除了一堆带血的药棉就什么也没有了。回到病房，萧红用极低的声音告诉他，手术时她听到大夫说没有肿瘤，她感到胸痛②。四十年后，讲到这个瞬间时端木仍然控制不住地悔恨了，痛哭了③，他认定李树培就是为了骗钱才接纳他们住院，让萧红开刀的，是这次错误的诊断和雪上加霜的手术，还有战后医疗物质的缺乏，要了萧红的命。

　　手术之后萧红又在养和医院住了几天，医院明确告诉端木他们拿萧红的病没办法了，端木知道这种情况下一没时间二没精力跟他们交涉，救萧红的命要紧，于是他又去玛丽医院联系转院。那边答应了收萧红，但玛丽医院距城里来回八十里路，交通又已经断绝，靠走路他是没法把萧红送过去的，有汽车就很方便了，于是他想方设法找辆汽车。当时香港的汽车都被日本人征用了，要找汽车只能找日本人。日本人分两种，一种是军阀武士道，另一种是可能还有人道主义思想的人，如记者。端木想也许他们会愿意提供帮助，为了尽快借

①　端木蕻良《我与萧红》，载曹革成《我的婶婶萧红》，第 206-207 页。
②　钟耀群《端木与萧红》，中国文联出版公司，1997 年。
③　据葛浩文回忆，1980 年造访端木蕻良，"那一天，我一口气向端木蕻良提出了一大串有关萧红的问题。我至今还清楚地记得，我的最后一个问题是有关萧红病逝的细节，万万没想到端木蕻良的反应是出乎我的意料之外的。只见他突然用一把扇子遮住了他的脸，无法控制地号啕大哭。哭声甚至惊动了他那在隔壁房间里忙碌着的老伴，连忙赶过来查看，这让我更加不知所措。接着端木蕻良断断续续地述说他内心的痛苦，他不断自责自己没有能阻止1942 年香港的那次错误的手术，结果加速了萧红的逝世，他甚至感到罪过。"载孔海立著《忧郁的东北人端木蕻良》序。

到汽车，他顾不上是否会暴露身份了，看到两个日本记者在用英语交谈，他就上前去作了自我介绍。幸运的是，那两个人听了他的话，马上就把他带到办公室，并找来了汽车①。就这样，萧红又回到了玛丽医院。据骆宾基的《萧红小传》记载，那是在 1942 年 1 月 18 日中午，入院时，萧红又见到了拒绝陪她吃苹果的那位病友。

---

① 　见端木蕻良《我与萧红》。端木还提到，其中一位日本记者后来还去医院看望过萧红，"他也说，看萧红这样，希望不大了。我说都是养和医院开刀缩短了她的寿命。他说，不是开刀，也活不很长。我想至少能维持几年，他这么说无非是想减少战争的罪恶。但他本人还是帮了一些忙，萧红一死，我就把那个日本记者甩掉了"。

97. "身先死，不甘，不甘"

1942年1月19日夜，十二时，陪护在萧红身边的骆宾基突然从睡梦中醒来，见萧红先是用眼神关切地问"你睡得好么"，然后示意他拿笔。回到玛丽医院，她的喉口就被插上了呼吸管，她不能说话了。萧红用笔在拍纸簿子上写下了"我将与蓝天碧水永处"，骆宾基知道她的意思，便劝她不要那么想，但萧红挥手示意不要打断她的思路，接着写了一句"留得那半部《红楼》①给别人写了"，然后她又继续写道："半生尽遭白眼冷遇，……身先死，不甘，不甘。"写完掷笔微笑。

萧红知道自己来日无多了，但她是从什么时候起放下强烈的求生欲接受将死的事实的呢？《萧红小传》还说，1月13日黄昏，做过喉管手术之后躺在养和医院病床上的萧红曾向骆宾基和端木宣讲人类的精神和作家的追求，然后她说："我本来还想写些东西，可是我知道我就要离开你们了，留着那半部《红楼》给别人写去了……你们难过什么呢？人，谁有不死的呢？总要有死的那一天，你们能活到八十岁么？生活得这样，身体又这样虚，死，算什么呢！我很坦然的。"②照此说，萧红是喉管手术一结束便知生命已到尽头了。但是，骆宾基的叙述可信吗？一个喉管上刚刚开过刀的病人，真的有可能作这样激情昂扬、长篇大论的演说吗？萧红真的对死亡坦然了吗？

1930年秋，那个还叫张乃莹的少女第一次离家出走，和表哥住在北平的一处小院落里。那年霜降后下了一场雪，萧红和陆振舜用竹竿打下院中枣树上残存的枣子，再收来一点墙头的积雪，放在小砂锅里煮枣子吃。吃枣时好友李洁吾还提醒他们小心煤气中毒，陆振舜不以为然，谁知不久萧红就中了煤气，闲谈中突然昏倒，李洁吾急忙喊来耿妈，将萧红抬到室外，放在躺椅上用棉被盖

---

① 关于半部《红楼》，骆宾基在《萧红小传》的注释中说是指萧红曾向他谈到的，将在胜利之后与丁玲、聂绀弩、萧军等人遍访红军过去之根据地及雪山、大渡河而拟续写的一部作品，见《萧红小传》第102页。但也有学者认为萧红指的是未完成的《马伯乐》，或《呼兰河传》第二部。
② 见《萧红小传》第101页。

好，耿妈又找邻居借来酸菜水，大伙一通忙乱才把萧红救醒。因为这件事，他们谈到了"死"，萧红说："我不愿意死，一想到一个人睡在坟墓里，没有朋友，没有亲人，多么寂寞啊！"①

1932年7月12日，萧红和萧军初次见面的那个晚上，畅谈中她曾问："你为什么要活着？请不要用磨棱的话来覆我。"萧军尖锐地反问："那你为什么还要在这世界上留恋着？拿你现在自杀条件，这般充足。"当时的萧红欠着旅馆一大笔债，肚子里怀着汪恩甲的孩子，旅馆老板威胁她再不还钱就送她到妓院去。那样的处境下，自杀的确是一种简单而当然的选择，但萧红没有，她投出一封又一封求救信，给可能帮助她的人打了一个又一个电话，当萧军出现在她的门口时，她一再请求他留下……为什么要活着？她的回答是："我吗？……因为这世界上，还有一点能使我死不瞑目的东西存在，仅仅是这一点。它还能系恋着我。"②

1938年9月，萧红从汉口坐船前往重庆，船行至宜昌时同行的李声韵患急病下船，萧红在黎明的码头上被绳索绊倒，当时她新婚的丈夫端木蕻良已先行入蜀，她孤零零一个人，挺着八九个月的身孕，提着包裹，她挣扎着想站起来，却没有一丝力气。后来和骆宾基谈及此事，萧红说她躺在那里，感到了一种从未有过的平静，周围没有人，天上是稀疏的星星，她想天就要亮了，警察会走过来的，警察一来定会有很多人围观，那像什么样子呢，还是挣扎着起来吧，但还是没有力气，起不来，她想到了死，"死掉又有什么呢？生命又算什么呢！死掉了也未见得世界上就缺少我一个人吧"，"然而就这样死掉，心里有些不甘似的，总像我和世界上还有一点什么牵连似的，我还有些东西没有拿出来"③。

1941年12月8日早晨，隆隆炮声中萧红紧拉着柳亚子的手，黯哑地说："我怕……我就要死。"

"这时候谁敢说能活下去呢？"柳亚子站起来说，"这正是发扬民族正义的时候，谁都要死，人总是要死的。为了要发扬我们民族的浩然正气，这时候就要把死看得很平常……"他还很激动地说了一些话，让一旁的骆宾基感受到了他大无畏的精神。但柳亚子匆促离开后，萧红还是用她低弱、黯哑的嗓音说："我是要活的！"④

---

① 李洁吾《萧红在北京的时候》，原载《哈尔滨文艺》第六期，1981年。
② 萧军《烛心》，三郎、悄吟著《跋涉》，五画印刷社，1933年，第30页。萧军曾说《烛心》全为实录，所以文中"畸娜"的回答就是萧红当时的回答。
③ 骆宾基《萧红小传》，黑龙江人民出版社，1981年11月，第87页。
④ 同上，第97页。

十年漂泊里萧红屡陷绝境险境，在一个每天都有无数人无辜丧命的时代，如她所言，个人的生死是微不足道的，世界不见得就缺少哪一个人，但萧红她还是要活，凭着顽强的求生欲，她千方百计地攀紧哪怕是一点点渺茫的希望，将自己拉出了死亡的深渊。她还是想活的，她不甘心死，可是她太想救自己，结果耗光了最后的力量。

1942年1月20日凌晨三点，萧红示意吃药，又吃了半个苹果，她神色恬静，在纸上写道："这是你最后和我吃的一个苹果了！"

1月21日早晨，萧红喉口的铜管被痰堵塞，她又能发声了，那天她面色红润心情愉快，吃了半个牛肉罐头后说："我完全好了似的，从来没有吃得这样多。"她招呼骆宾基坐下抽烟，并按了床头的电铃叫护士送火柴，她不知道医院已经没人了。

1月22日一早，玛丽医院被日军接管，所有病人被撤出。萧红被送到了法国医院，法国医院也被军管，萧红又被送到了设在圣士提反女校的临时救护站。那里连基本的医疗设备也没有，萧红的生命力迅速衰竭，她"仰脸躺着，脸色惨白，合着眼睛，头发披散地垂在枕后，但牙齿还有光泽，嘴唇还红，后来逐渐转黄，脸色也逐渐灰黯，喉管开刀处有泡沫涌出"[①]。十一点，萧红去世。

---

① 骆宾基《萧红小传》，黑龙江人民出版社，1981年11月，第104页。

98. "岂应无隙住萧红"

1956 年 12 月 5 日，《人民日报》副刊上发表了一篇题为《萧红墓近况》的短文：

"'年年海畔看春浓，每过孤坟息旅笻。黑水白山乡梦渺，独柯芳草旧情空。沧波不送归帆去，慧骨长堪积垢封？生死场成安乐地，岂应无隙住萧红！'

"女作家萧红在太平洋战争爆发后病逝香港，在兵荒马乱之中，被人草草埋葬在浅水湾头。那地方面临大海，种满了红影树，浓春红花霰发，如火如荼，绿叶浓荫，可说是一条'花巷'。我每次到浅水湾去，总要到萧红墓那里去看看。那里自然环境虽不坏，但因当时草草埋葬，既无石碑，又乏冢阜，只有一个用水泥围筑的圆圈。过往行人，恐怕根本不知道这里长眠着我国的著名女作家。

"战后初期，在那个圆圈里有一株独柯的树，高一丈许，虽然孤单，但亦有清傲之意。看着它，每每令人想起瘦弱的萧红。但三年前我去看时，连这株独柯树也已被人斩去，只剩野草芊芊了。景况更令人不快，那坟地竟被人填平，上面搭了帆布棚，作为卖汽水食物的摊子，天天任人践踏，杂垢遍地。因为浅水湾是香港游泳海滩之一，这一带每年都搭了许多'游水棚'，因而汽水食物摊也就到处都是了。

"我觉得，让这位我国著名的女作家的坟墓在这里受到糟蹋，总不是我们表示尊重之道吧？所以写了这首诗，希望至少能引起文艺界的注意，设法迁葬。当年的'生死场'，而今已成为祖国建设繁荣之地，也应该接萧红回去看看了吧？（11 月 21 日寄自香港）"[1]

香港诗人陈凡的诗文一经发表，就引起了中国作协和香港文艺界的重视。次年 3 月 1 日，作家叶灵凤在香港中英学会作了一次"关于萧红女士的事情"的演讲会。根据演讲主持者之一陈君葆当日的日记，那天的集会非常成功，到会人数之多出乎意料，会场上不得不临时添加椅子。5 月 22 日，香港英国文化

---

[1] 陈凡《萧红墓近况》，原载《人民日报》副刊，1956 年 12 月 5 日。

委员会谭宝莲女士代表中英学会写信给端木蕻良，向他征求保护萧红墓地的建议，信托文化部夏衍转交，但在整风和反右运动盛行的当时，端木没能收到这封海外来信，因此中英学会也迟迟未能得到他的答复。陈君葆、李子诵等香港文化界人士商议后觉得萧红墓还是继续保留在香港浅水湾为宜，因为"国内多了一个萧红，不觉得怎样稀奇，倒是香港少了这个'埋香骨的冢'便觉得损失大了"①。到了7月初，丽都酒店建儿童游泳池，萧红墓地被划入了施工范围，墓地上一块原用作出租泳衣棚架的地基的圆形混凝土被掘破了一半，陈君葆得知后致电谭宝莲，请她与丽都酒店方面协商，总算阻止了墓地的进一步损毁，但迁墓也成了刻不容缓之事。中英学会认为当务之急是将萧红的骨灰掘出来，迁葬则另作打算，于是叶灵凤在7月9日以萧红友人的身份向市政卫生局递交了许可迁葬的申请书，十多天的奔走后得到了批准。与此同时，端木蕻良和广州作协的回信也到了，信中除了对墓地发掘的关心，还表达了如发现萧红骸骨或骨灰请他们立刻送回广州的愿望。

根据叶灵凤的《萧红墓发掘始末记》一文，萧红墓的发掘工作是7月22日上午开始的，泥工们得知墓里葬的是一位女作家的遗骸，都干得热忱细心，但一直到午餐时间，除了一个白蚁巢，他们什么也没挖出来。下午三点，一位工人的锄头像碰到什么陶器似的发出"卜"的一声，他立刻抛下铁锄，用手去扒泥土，其他人也围了上来，泥土被拨开后，一具直径约七八英寸的圆形黑釉瓦罐便出现在众人眼前了，盖子的一部分已经被锄头打碎。工作人员赶紧将瓦罐捧到空旷的地方，先取了盖子的碎片，又剔除了堕下的泥土，再将骨灰一部分取出来加以清理。叶灵凤看到骨灰中有一小块像是未烧化的牙床骨，又有一小片像是布灰。骨灰清理完成后被小心地放回陶罐，罐盖的碎片也被完整地拼凑起来了。叶灵凤对照从前拍摄的萧红墓照片，确认挖出瓦罐的地点就是当年竖着"萧红之墓"木牌的地点②。时隔十五年之后，萧红的骨灰重见天日。

1957年8月3日上午，九龙红磡永别亭里举行了萧红骨灰返穗送别会，共有六十多位香港文化界人士参加。之后，叶灵凤、曹聚仁等六人在尖沙咀火车站上车，途经深圳，于当天下午将萧红的骨灰运抵广州。8月15日，萧红迁葬悼念仪式在广州别有天殡仪馆举行，多位广东省文化局、广州市文化局领导以及作协广州分会领导参加。仪式结束后，萧红的骨灰下葬广州郊区的银河公墓。

但事情并没有尘埃落定，早在迁墓那年的7月25日，萧红骨灰离港之前，

① 陈君葆《陈君葆日记全集》，香港商务印书馆，2004年。
② 叶灵凤《萧红墓发掘始末记》，载香港《文汇报》1957年8月3日。

参与过墓地发掘的陈君葆去广州参加广东省第一届人代会第六次会议，碰到韩北屏，就得到了消息说萧红的骨灰是分两处埋葬的，浅水湾墓地发掘出来的只是其中一部分。① 而 1980 年端木蕻良向葛浩文详细讲述了他为萧红办理后事的过程，也坐实了这一传闻，他说：

"萧红临死有这样的一个遗言：要葬在鲁迅墓旁。但当时情况做不到，我说只有将来办到了。她说那你把我埋在一个风景区，要面向大海。这样我选定了香港风景最好的浅水湾。骆宾基根本不了解这情形。当时日本人军管，死人很多，都是乱七八糟地埋在一个公墓，我当然不能让萧红埋在那里，将来根本无法辨认，成了万人坑，日本人就搞这种万人坑嘛。我去找管理的人，他也是高级知识分子，懂英文，我用英文跟他说，他很高兴，他问葬在哪儿，我说葬在浅水湾，他也不知浅水湾是哪里，因为那里根本不能葬人，但他批准了。我当时没有用他的车子，要甩开他们，我是抱着骨灰瓶走去的。

"我想立墓碑在当时没有条件，就找了一块木板，写了'萧红之墓'。当时连锹都没有，是用手或拿石块挖的，那是人家的一个花坛（在当时的丽都酒店前方），面向大海，路上一个人也没有。埋她，我心里很不放心，我知道香港是一定要收回的，但这个墓会不会保存呢？将来英国人是不会保存这个墓的，因为这不是埋人的地方。因此处理骨灰时，装了两个骨灰瓶。那时候，买不到骨灰盒，是敲开古玩店的门，买的古玩瓶，一个埋在浅水湾，一个后来埋在圣士提反女校中。浅水湾埋了萧红后，我住到香港大学文学系马季明家里。他对我很好，劝我在他那儿住，恢复一下。他家住半山，我把另一只骨灰瓶也带去了，在中国来讲，这是犯忌讳的。我想这个骨灰瓶要找一个不同于浅水湾的地方，这样毁了一个，还能保存一个，因此把它埋在圣士提反女校。"②

将萧红的骨灰分两处埋葬后，端木蕻良还是不放心，他记起鲁迅有一位日本朋友内山完造，就给上海的许广平发了一封简短的信，报告萧红去世的噩耗，也请她托内山完造设法保护萧红的墓地③。1944 年 11 月 1 日，身在遵义的端木蕻良又写信给诗人戴望舒，特别提到萧红墓："萧红女士墓照，弟虽由大公报收得，但以桂变遗失，兄处或尚有保存乎。又弟不能迅速莅港，盼兄或可分神照料乎，又弟拟迁之西湖，兄意亦以为然乎？弟对此皆感焦虑，盼兄能为告，感激无拟。又弟早知港变不久当会结束，故萧红女士实要葬他安也。"戴望舒收信后不负友

---

① 见陈君葆 1957 年 7 月 25 日日记，载《陈君葆日记全集》。
② 端木蕻良《我与萧红》，载曹革成《我的婶婶萧红》，第 208 页。
③ 端木的请求，许广平觉得不妥，所以没有向内山完造转达。见本书第 48 节，"许广平的心结"。

人之托，于 11 月 20 日与叶灵凤一起，在一位日本友人的帮助下，绕行六个小时的路程，到了当时还处于日军禁区的浅水湾萧红墓前凭吊，并写下了著名的《萧红墓畔口占》一诗：

> 走六小时寂寞的长途，
> 到你头边放一束红山茶。
> 我等待着长夜漫漫，
> 你却卧听海涛闲话。

1948 年 10 月，端木蕻良在睽违六年之后回到香港。据与他结伴同行的方蒙后来回忆，抵港不久他们就一起去了浅水湾萧红墓地，见那里"墓围犹存，墓园中的小树，树叶迎着海风，沙沙作响"，端木含泪凭吊，并拍照留念①。1996 年 8 月 2 日端木蕻良在接受孔海立的采访时告诉他，那次去香港，他其实还一个人悄悄去了萧红另一半骨灰的安葬地——圣士提反女校祭扫。②1948 年，由于文化界人士再次大规模由内地赴港，浅水湾的萧红墓地很是热闹了一阵。郭沫若在她的墓前发表过著名的五分钟演讲；柳亚子几度前往凭吊，写下的《浅水一首，为萧红女弟赋》中有"文章辽海终名士，衣钵稽山老肝薪。一诀无缘惭负汝，凯旋应许奠江唇"的句子；聂绀弩也在扫墓后写下了著名的《浣溪沙·扫萧红墓（在香港浅水湾）》：

> 浅水湾头浪未平，
> 秃柯树上鸟嘤鸣，
> 海涯时有缕云生。
>
> 欲织繁花为锦绣，
> 已伤冻雨过清明，
> 琴台曲老不堪听。

紧接着这阵喧闹的是近十年的寂寥和败落，之后才是 1957 年隆重盛大的迁葬仪式。"文革"结束后，一波接一波的萧红热兴起，银河公墓的萧红墓总算不

---

① 方蒙《萧红与端木蕻良》，载香港《文汇报》，1993 年 3 月 14 日。
② 孔海立《忧郁的东北人端木蕻良》，上海书店出版社，1999 年，第 176 页。

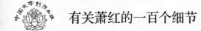

再寂寞，近二十年来，呼兰地方为将萧红的骨灰迁回故乡，还曾多次与广州文化局协商再次迁葬。

而埋在香港圣士提反女校的另一半萧红骨灰，据卢玮銮写于 1986 年 12 月的文章中说，端木蕻良曾托她寻找，只是校园几年前曾大翻了一次，"不知道那一次翻土，会不会惊动了那坎坷的灵魂，怕只怕修筑的人发现那一尺高的好看花瓶，就会扔掉瓶中灰，当成古董卖。又或者那瓶子早已碎于锄下，骨灰已和泥土混合，永回不了呼兰河畔。我接到这份委托，实在感到为难。回到香港，几次站在圣士提反校园外，满心凄怆。我在想办法，但能不能找到这一半骨灰，那就得看天意了"①。1989 年，端木蕻良意欲再次前往香港寻找和祭扫圣士提反校园的萧红骨灰埋葬地，因病未能成行，他便不断委托友人前去察看地形，还找来学校平面图辨认，终因记忆衰退和校园变化太大，未能找到萧红另一半骨灰的具体埋葬地点。②1996 年 10 月 5 日，八十四岁的端木蕻良在北京与世长辞。次年 5 月 13 日，钟耀群遵照遗嘱，将他的部分骨灰撒在了圣士提反校园的花坛里。

① 卢玮銮《十里山花寂寞红——萧红在香港》，载《香港文纵内地作家南来及其文化活动》，华汉文化事业公司，1987 年。
② 曹革成《我的婶婶萧红》，江苏文艺出版社，2010 年，第 193 页。

99.《呼兰河传》：重构童年，重构故乡

1940 年 7 月 28 日萧红写信给华岗时，谈了自己未来一个月的写作计划：

"我打算写完一长篇小说，内容是写我的一个同学，因为追求革命，而把恋爱牺牲了。那对方的男子，本也是革命者，就因为彼此都对革命起着过高的热情的浪潮，而彼此又都把握不了那革命，所以那悲剧在一开头就已经注定的了。但是一看起来他们精神上是无时不在幸福之中。但是那种幸福就象薄纱一样，轻轻的就被风吹走了。结果是一个东，一个西，不通音信，男婚女嫁。在那默默的一年一月的时间中，有的时候，某一方面听到了传闻那哀感是仍会升起来的，不过不怎具体罢了。就象听到了海上的难船的呼救似的，辽远，空阔，似有似无。同时那种惊惧的感情，我要把他写出来。假若人的心上可以放一块砖头的话，那么这块砖头再过十年去翻动它，那滋味就绝不相同于去翻动一块放在墙角的砖头。"

写一部长篇爱情小说，还要写出那种"辽远，空阔，似有似无"的"惊惧的感情"，这对以左翼进步女作家身份登上文坛、在十年创作生涯中鲜少将爱情作为小说主题的萧红来说，会是一个新鲜大胆的尝试，可惜她最终还是没能将这个计划付诸实施[①]。这年 8 月，她开始了另一部长篇小说《呼兰河传》的创作。

《呼兰河传》的写作并非始于 1940 年 8 月，据蒋锡金说，1937 年 12 月住在武昌小金龙巷时，萧红就在写这部小说了。那时萧红都要给几个大男人做饭，有时还叫他们把衣服也脱下来给她捎带着洗了，她常说："嗳，我要写我的《呼兰河传》了。"她只能抽着空子写。蒋锡金读过《呼兰河传》的部分原稿，包括第一章和第二章的开头几段，他很纳闷，萧红一直在抒情，她对乡土的思念是那样深切，对生活的品味是那样细腻，情意悲凉，好像写不尽似的，人物迟迟的总不登场，情节也迟迟的总不发生，他不知道她要怎样写下去，也不知道她

---

① 完成于 1941 年 7 月的《小城三月》，讲述的是一个哀婉动人的古典式爱情故事，略可以弥补这个遗憾。

将精雕细刻出一部什么样的作品来。但他喜欢她写的那些，认为写得很好，希望她快快地写成。武昌小金龙巷的住处只有三张桌子，所以蒋锡金写东西总是到外面去写，把桌子留给萧红，但第二章还没写完，萧红就匆匆去了临汾。[①]蒋锡金推断1938年春末夏初萧红从西北回到武汉后，很可能在小金龙巷继续写完了《呼兰河传》第二章，因为他觉得《呼兰河传》"第一二章写得都比较完整"。9月萧红离开武昌前往重庆，《呼兰河传》大约就被搁置起来了。

萧红暂停写作《呼兰河传》的原因不难猜想，战乱中疲于奔命的她根本没有创作长篇小说的时间和精力，而且，在群情激奋的抗战氛围中埋头写一部追忆童年和故乡的抒情小说显得不合时宜。那么，两年半之后的1940年8月，写完《马伯乐》第一部的萧红放弃计划好的长篇爱情小说而重拾《呼兰河传》，又是因为什么呢？曹革成认为，是抗战爆发后纷纷拥入香港的外乡人带来的港九报刊上乡音乡情和思乡情绪的泛滥，激荡起了萧红和端木蕻良心中对东北故乡的思念，所以他们才分别写出了《呼兰河传》和《科尔沁前史》。[②]在《呼兰河传》的"尾声"里，萧红确实这样借"我"之口表白过自己的创作心境：

"呼兰河这小城里边，以前住着我的祖父，现在埋着我的祖父。

"我生的时候，祖父已经六十多岁，我长到四五岁，祖父就快七十了。我还没有长到二十岁，祖父就七八十岁了，祖父一过了八十，祖父就死了。

"从前那后花园的主人，而今不见了。老主人死了，小主人逃荒去了。

"那园里的蝴蝶，蚂蚱，蜻蜓，也许还是年年仍旧，也许现在完全荒凉了。

"小黄瓜，小倭瓜，也许还是年年地种着，也许现在根本没有了。

"那早晨的露珠是不是还落在花盆架上，那午间的太阳是不是还照着那大向日葵，那黄昏时候的红霞是不是还会一会工夫变出一只马来，一会工夫变出一只狗来，那么变着。

"这一些不能想象了。

"听说有二伯死了。

"老厨子就是活着年纪也不小了。

"东邻西舍也都不知怎样了。

"至于那磨房里的磨倌，至今究竟如何，则完全不晓得了。

"以上我所写的并没有什么优美的故事，只因他们充满了我幼年的记忆，忘却不了，难以忘却，就记在这里了。"

① 蒋锡金《萧红和她的〈呼兰河传〉》，原载《长春》，1979年5月。
② 曹革成《我的婶婶萧红》，江苏文艺出版社，2010年，第142-143页。

寥寥数语，她对故乡和家的思念已然漫溢，正因为"忘却不了，难以忘却"那些往事，萧红才写了《呼兰河传》。曹革成的解释是合理的。但值得注意的是，在重拾《呼兰河传》之前的 1940 年 4 月，萧红就完成并发表了故事情节与后来《呼兰河传》第七章高度一致的短篇小说《后花园》①，而《呼兰河传》中写"有二伯"的第六章，也是对完成于 1936 年 9 月 4 日的《家族以外的人》的改写。因此，萧红究竟是什么时候开始酝酿和写作《呼兰河传》的，中途她将它搁置了多久，又是什么时候因为什么重拾起来的，看来并没有一个简单清晰的答案。可以肯定的是，她早已将童年、故乡和往事当作珍贵的写作素材，揣在心底无声无息地发酵着了，如她自己所说，她的写作"像《红楼梦》里的香菱学诗，在梦里也做诗一样，也是在梦里写文章来的，不过没有向人说过，人家也不知道罢了"。正因为《呼兰河传》一直在她的心里和梦里，她才能在短短四个多月中完成这部十四万多字的长篇小说②。

《呼兰河传》一共七章，和《生死场》一样，没有主要人物和情节。前两章中作者用全知视角，描述了呼兰河城的概况——它的四季更迭它的风光景色它的街道胡同，还有生活在那里的"一声不响地默默地办理"着自己的生老病死的人们，以及他们的精神生活包括跳大神、盂兰会、河滩唱戏、娘娘庙大会等所有为鬼而不是为人举行的盛举；从第三章起，小说以"我"——一个四五岁小女孩——的视角为出发点，描述了"我"和祖父在那"房子多，院子大，人少"因而显得荒凉寂寞的家中的生活，还有十二岁的小团圆媳妇被虐待整死的惨烈过程，孤苦伶仃的有二伯的故事，和磨倌冯歪嘴子的遭遇。萧红用诗意盎然的笔触，串起了七个相对独立的篇章，在文本中重新建构了一个童年和一个故乡。

童年视角和相对松散的结构方式的采用，让萧红的语言天赋得到了最淋漓尽致的展示：在《马伯乐》中还显得啰嗦累赘、毫无意义的同义反复，到了《呼兰河传》中变得极具抒情功能，并营造出了一唱三叹的效果；通感的灵活运用，如"那粉房里的歌声，就像一朵红花开在了墙头上，越鲜明，就越觉得荒凉"等句子，又为小说增添了童趣……

《呼兰河传》无论从哪个方面来说，都是萧红个人创作生涯的巅峰之作，也是中国现代文学史上一部风格独特的长篇小说，这一点，现在已为文学评论界所公认。但是，正如前文所说，在当时的政治氛围中埋头写一部这样的小说是不合时宜的，因此在很长的一段时间里，《呼兰河传》也一直被视为萧红的退步

---

① 本书第 10 节中对此有具体阐述。
② 1940 年 9 月 1 日起，《呼兰河传》开始在《星岛日报》上连载，12 月 20 日完稿，同月27 日完成连载。

之作。1946 年 8 月，萧红去世四年多之后，茅盾为将要出版的《呼兰河传》作序①，肯定它是"一篇叙事诗，一幅多彩的风土画，一串凄婉的歌谣"之后，温和地批评了萧红个人生活和作品的阴暗消极：

"萧红写《呼兰河传》的时候，心境是寂寞的。

"她那时在香港几乎可以说是'蛰居'的生活。在 1940 年前后这样的大时代中，象萧红这样对于人生有理想，对于黑暗势力作过斗争的人，而会悄然'蛰居'，多少有点不可解。她的一位女友曾经分析她的'消极'和苦闷的根由，以为'感情'上的一再受伤，使这位感情富于理智的女诗人，被自己的狭小的私生活的圈子所束缚（而这圈子尽管是她诅咒的，却又拘于惰性，不能毅然决然自拔），和广阔的进行着生死搏斗的大天地完全隔绝了，这结果是，一方面陈义太高，不满于她这阶层的知识分子们的各种活动，觉得那全是扯淡，是无聊。另一方面却又不能投身到农工劳苦大众的群中，把生活彻底改变一下。这又如何能不感到苦闷而寂寞？而这一心情投射在《呼兰河传》上的暗影不但见之于全书的情调，也见之于思想部分，这是可以惋惜的，正象我们对于萧红的早死深致其惋惜一样。"②

茅盾的序言，为此后的评论定下了基调，很长一个时期内，批评家们在肯定《呼兰河传》的哀婉和诗意之余，总是要嫌它战斗性不够，不符合时代进步的潮流，"这是可以惋惜的"，因为，正是在茅盾和那些批评家们不理解不认同之处，萧红和她的《呼兰河传》显示了独立高贵的品格和对文学的忠贞。今天，《呼兰河传》作为二十世纪经典长篇小说的地位已不可动摇。

---

① 《呼兰河传》最初在桂林出版，1947 年 6 月作为范泉主编的《寰星文学丛书》第一集由上海寰星书店出版时，收入了茅盾的这篇序言和骆宾基的《萧红小传》。
② 茅盾《〈呼兰河传〉序》，载《文艺生活》，1946 年 12 月。

100. 结语

萧红曾对友人说："我最大的悲哀和苦痛，便是做了女人。"①

---

① 石怀池《论萧红》,《石怀池文学论文集》,上海耕耘出版社,1946 年。

后 记

这本书写了三年半，动笔时我还在奔三，写这篇"后记"的我已经活得比萧红长了。当然会焦虑，想想萧红写《生死场》时多大，写《回忆鲁迅先生》时多大，我就比她更希望有人在我写不动时拿鞭子抽我了。但总的来说这三年半是充（苦）实（闷）的，收集整理资料时的昏天暗地，写稿时的绞尽脑汁都不必说，就是漫长的删改过程也是辛酸而隆重的，因为每一稿，都是人生观、文学观震荡的结果。三年半里，我震了不下十次。所以，如果书中有任何错误、不当之处，不是因为仓促、匆忙，完全是因为作者学识和才力的限制。

感谢萧红。第一次如此长时间地凝视一个人，看着她命运的肌理、文字的脉络以及两者的交错牵连逐渐清晰，我对她的感情，也经历了从敬慕到同情到讶异到理解（或者说竭力去理解）的变化，时至今日我仍不敢说自己完全了解她，或读懂了她的每一行文字，我可以肯定的是在这个过程中我对文学和人性的理解变得宽阔了一点，也具体了一点。如果您在阅读本书的过程中有相似的感受，那就是我最大的荣幸了。

感谢编辑方叒为书稿出版付出的努力和耐心。

谢谢我的家人，尤其是把青春都奉献给了我的邱彦林先生。

句芒
杭州
2014 年 7 月

图书在版编目（CIP）数据

有关萧红的一百个细节 / 句芒著 .—北京：作家出版社，2018.5
（中国文学创作出版精品工程）

ISBN 978-7-5063-7564-1

Ⅰ.①有… Ⅱ.①句… Ⅲ.①传记文学—中国—当代

Ⅳ.① I25

中国版本图书馆 CIP 数据核字（2014）第 209955 号

有关萧红的一百个细节

作 　者：句　芒
责任编辑：方　焱
装帧设计：曹全弘
出版发行：作家出版社
社 　　址：北京农展馆南里 10 号　　　　邮　　编：100125
电话传真：86-10-65930756（出版发行部）
　　　　　86-10-65004079（总编室）
　　　　　86-10-65015116（邮购部）
E-mail:zuojia @ zuojia.net.cn
http://www.haozuojia.com（作家在线）
印 　刷：三河市北燕印装有限公司
成品尺寸：170×240
字 　数：365 千字
印 　张：20.75
版 　次：2018 年 5 月第 1 版
印 　次：2018 年 5 月第 1 次印刷
ISBN 978-7-5063-7564-1
定 　价：48.00 元